GOLDMANN

Heinz G. Konsalik, 1921 in Köln geboren, begann schon früh zu schreiben. Der Durchbruch kam 1958 mit der Veröffentlichung des Romans »Der Arzt von Stalingrad«. Konsalik, der erfolgreichste deutsche Autor der Gegenwart, hat mehr als hundert Bücher geschrieben, die in viele Sprachen übersetzt wurden. Die Weltauflage beträgt über sechzig Millionen Exemplare. Zahlreiche Romane wurden bereits verfilmt.

Außer dem vorliegenden Band sind von Heinz G. Konsalik als Goldmann-Taschenbücher erschienen:

Eine angesehene Familie. Roman (6538) · Der Fluch der grünen Steine. Roman (3721) · Der Gefangene der Wüste. Roman (8823) · Das Geheimnis der sieben Palmen. Roman (3981) · Eine glückliche Ehe. Roman (3935) · Das Haus der verlorenen Herzen. Roman (6315) · Der Heiratsspezialist. Roman (6458) · Das Herz aus Eis / Die grünen Augen von Finchley. Zwei Kriminalromane in einem Band (6664) · Ich gestehe. Roman (3536) · Im Zeichen des großen Bären. Roman (6892) · Ein Kreuz in Sibirien. Roman (6863) · Die Liebenden von Sotschi. Roman (6766) · Das Lied der schwarzen Berge (2889) · Manöver im Herbst. Roman (3653) · Ein Mensch wie du. Roman (2688) · Morgen ist ein neuer Tag. Roman (3517) · Schicksal aus zweiter Hand. Roman (3714) · Das Schloß der blauen Vögel. Roman (3511) · Die schöne Ärztin (3503) · Schwarzer Nerz auf zarter Haut. Roman (6847) · Die schweigenden Kanäle. Roman (2579) · Sie waren Zehn. Roman (6423) · Sommerliebe. Roman (8888) · Die strahlenden Hände. Roman (8614) · Die tödliche Heirat. Roman (3665) · Unternehmen Delphin. Roman (6616) · Wer sich nicht wehrt... Roman (8386) · Wie ein Hauch von Zauberblüten. Roman (6696) · Wilder Wein. Roman (8805) · Stalingrad. Bilder vom Untergang der 6. Armee (3698) · Engel der Vergessenen. Roman (9348) · Im Tal der bittersüßen Träume. Roman (9347) · Liebe auf dem Pulverfaß. Roman (9158) · Duell im Eis. Roman (8986) · Das goldene Meer. Roman (9626) · Verliebte Abenteuer. Roman (3925) · Geliebte Korsarin. Roman (9775) · Leila, die Schöne vom Nil. Roman (9796) · Schlüsselspiele für drei Paare. Roman (9837)

Heinz G.

KONSALIK

Auch das Paradies wirft Schatten
Die Masken der Liebe
Verliebte Abenteuer

Drei Romane in einem Band

GOLDMANN VERLAG

Der Goldmann Verlag
ist ein Unternehmen der Verlagsgruppe Bertelsmann

Made in Germany · 11/90 · 6. Auflage
Genehmigte Taschenbuchausgabe

Umschlagentwurf: Design Team München
Foto: Hubertus Mall, Stuttgart
Druck: Elsnerdruck, Berlin
Verlagsnummer: 10175
AR · Herstellung: Heidrun Nawrot/Voi
ISBN 3-442-10175-1

Meinen Lesern

Heinz G. Konsalik

Auch das Paradies wirft Schatten

I

Eingebettet in den im Sommer wohltuenden Schatten dichter, alter Eichenkronen lag das Herrenhaus von Gut Aarfeld. Das große hölzerne Tor neben einer niedrigen, moosbewachsenen Umfriedungsmauer, der weite, sorgsam geharkte Vorplatz, die gepflegte Anfahrtsstraße, die zwischen fruchtbaren Feldern und prächtigen Waldbeständen hindurchführte, die in Schuß gehaltenen Gesindehäuser, Ställe, Scheunen und Geräteschuppen verrieten eine strenge und ordnende Hand, einen Blick für Zucht und Zweckmäßigkeit und zugleich – wenn man sich den hübschen, kleinen Park hinter dem Herrenhaus besah – auch eine Neigung zur Romantik und Träumerei. Nicht nur der ganze erste, sondern auch der zweite und dritte Eindruck dieses alten Gutes, das man im weiten Umkreis nur »das Rittergut« nannte, waren wie Begegnungen mit einer längst verklungenen sorglosen Zeit, in welcher der Mensch noch Sinn für Schönheit und Besinnlichkeit, für ein gepflegtes Leben hatte.

An diesem Morgen des Spätherbstes stand auf dem weiten Vorplatz des Herrenhauses ein großer, schlanker Herr in Reithosen und einem grünen Lodenrock. Er hatte die Reitgerte unter die rechte Achsel geklemmt und ging unruhig auf und ab, dazwischen immer wieder auf die Uhr an seinem kräftigen Handgelenk blickend. Der mit einem echten Gamsbart geschmückte Jägerhut saß ein wenig aus der Stirn zurückgeschoben auf dem Kopf und gab dadurch den Blick frei auf einige blonde Locken, die vereinzelt von silbernen Fäden durchzogen waren.

Baron Pedro von Aarfeld runzelte unwillig die Stirn und strebte mit weit ausgreifenden Schritten der nächsten Scheune zu, aus der in den gleichen Sekunden beflissen ein kleiner, fuchsgesichtiger Mann herauskam, der seinen Herrn beobachtet hatte. Ein Knecht. In seine Augen trat, als der Baron sich ihm näherte, ein Zug von Unterwürfigkeit, wie er eben nur zu oft Leuten eigen ist, deren ganzes Leben darin besteht, anderen zu dienen. Der Baron liebte solche Servilität keineswegs, er wurde nicht müde, sein Personal dazu aufzufordern, ihm selbstbewußt und frei gegenüberzutreten, aber Erfolg hatte er damit nur bei einem: seinem Förster Peter Recke, der seinen Namen also gewissermaßen völlig zu Recht trug.

Pedro von Aarfeld hatte die Reitgerte in die Hand genommen und schlug nun mit ihr gegen den hohen Schaft seines rechten Stiefels, dessen weiches Leder dadurch wieder einmal zu einer unverdienten Mißhandlung kam.

»Paul«, sagte der Baron, und seine Stimme war sonor, ein wenig heiser, aber durchaus wohltönend, »stimmt meine Uhr? Ich hab' halb neun.«

Der Pferdeknecht zerrte eine alte, vernickelte Zwiebel aus seiner Weste. Nach einem verdutzten Blick stieg ihm Verlegenheitsröte ins Gesicht, und er blieb stumm.

»Paul, ich habe dich gefragt, wieviel Uhr du hast.«

»Fünf nach zwei, Herr Baron.«

»Was?«

»Fünf nach zwei, Herr Baron. Sie ist mir stehengeblieben. Ich bitte um Verzeihung.«

Aarfeld blickte den Pechvogel, der sein Unglück verfluchte, an, seufzte und sagte ironisch: »Ich verzeihe dir. Aber das nächste Mal lasse ich dich aufhängen.«

Dann wandte er sich ab und ging zurück zum Herrenhaus, aus dessen Tür ihm sein um zwei Jahre jüngerer Bruder Siegurd entgegentrat. Siegurd trug einen eleganten Maßanzug, der in Schnitt und Stoff den besten Schneider verriet, ein rohseidenes Hemd und Maßschuhe. Ein scharf ausrasiertes schwarzes Bärtchen schmückte seine etwas spöttisch gewölbte Oberlippe, was dem schmalen, aristokratischen Gesicht die Note einer ziemlich aufgetragenen Nonchalance verlieh.

»Ärger?« fragte er den Älteren und setzte sich auf das imposante schmiedeeiserne Geländer der Treppe, das ein Ahne im 16. Jahrhundert hatte anfertigen lassen. »Du machst ein ziemlich saures Gesicht, ich kenne dich doch. Was ist los?«

»Ich verstehe das nicht.«

»Was verstehst du nicht?«

»Ich erwarte Dr. Faber mit dem neuen Katalog. Er ist seit einer halben Stunde überfällig.«

»Na und? Er wird schon noch kommen.«

»Ich hasse Unpünktlichkeit. Außerdem muß ich um halb zehn in der Stadt sein. Man erwartet mich dort.«

»Dann kommst du eben erst später hin; davon wird die Welt nicht untergehen.«

Pedro musterte den Jüngeren mißbilligend und sagte scharf: »Typisch! Solche Standpunkte vertrittst du! Mich solltest du aber schon besser kennen!«

»Ja, sicher, du kommst mir vor wie einer, der eine Uhr verschluckt hat. Du lieber Himmel, exakt bis in die Knochen! Mach dich doch nicht lächerlich!«

»Hast du nicht den Eindruck«, sagte Pedro, der mit der Reitgerte wieder gegen den hohen Stiefelschaft schlug, »daß es für dich an der Zeit wäre, dich um die Kartoffelernte zu kümmern? Die Leute auf den Feldern müssen sehen, daß es hier *zwei* Aarfelds gibt.«

Siegurds Oppositionsgeist gegenüber seinem Bruder schlug um in Zorn. Sein Gesicht wirkte plötzlich steinern und kantig.

»Sonst noch Befehle, Don Pedro?«

»Ich befehle dir nicht, ich erinnere dich an deine Pflichten.«

»An meine Pflichten, ja. Das tust du doch dauernd. Ich kann das verdammte Wort schon nicht mehr hören. Du mußt mir damit nicht ständig in den Ohren liegen, daß du hier der Herr bist. Ich weiß, du erbst das Gut als Majorat, du verkörperst, wie man so schön sagt, das ›Familienoberhaupt‹. Was bin ich denn dagegen? Eine Null, ein Grünschnabel ohne Stimme, ohne Verantwortung. Ich sitze brav am Tischchen, esse meine Breichen und darf einmal im Jahr laut ein Wort sagen, nämlich ›danke schön‹, wenn ich meine testamentarisch festgelegte Jahresrente auf mein Konto überwiesen bekomme. Und du denkst, diese Rolle gefällt mir . . .«

»Jedenfalls«, unterbrach Pedro den zornigen Redefluß Siegurds, »gefällt dir die erwähnte Jahresrente, mit der du großzügig umzugehen weißt. Oder irre ich mich?«

»Hast du etwas dagegen? Es ist mein Geld, mit dem ich machen kann, was ich will.«

»Du wirfst es mit vollen Händen zum Fenster hinaus, das ist dir wichtiger als das Gut. Was mit dem geschieht, ist dir egal.«

»Nicht so ganz, das wirst du schon noch sehen.«

»Siegurd«, sagte Pedro versöhnlicher, um einzulenken, »mir geht's doch nicht um mich. Ich denke an Aarfeld. Du hast zumindest die Aufgabe, in Reserve zu stehen. Mir kann doch z. B. etwas zustoßen . . .«

»Was kann dir schon zustoßen?« unterbrach nun Siegurd seinen Bruder. »Ein Herzinfarkt? *Dir* nicht – bei deinem soliden Lebenswandel! Dann schon eher mir. Oder ein Autounfall? Auch nicht. Du reitest doch viel lieber in der Gegend herum, statt zu fahren, sieh dich doch an.« Ein Fingerzeig Siegurds auf Pedros Stiefel und Reitgerte unterstrich diese Worte.

Pedro gelang es, sich zu beherrschen. Er antwortete: »Na schön, dann will ich dich an etwas anderes erinnern. Du weißt, was ein Majorat ist, du hast ja selbst soeben schon davon gesprochen. Unser Vater hat mir als Älterem das Erbe zur Verwaltung übertragen. Das ist vielfach seit Generationen so üblich. Da es sich also um ein Majorat handelt, bin ich verpflichtet, spätestens bis zu meinem 35. Lebensjahr zu heiraten. Bis dahin sind's, wie dir bekannt sein dürfte, gerade noch zwölf Monate, und ich wüßte nicht, daß mir meine Verehelichung ins Haus stünde. Oder liegen dir andere Informationen vor?«

»Sicher«, entgegnete trocken Siegurd, auf den Pedros faustdicke Ironie keinerlei Wirkung ausübte.

»Wie bitte?«

»Du denkst, ich habe keine Augen im Kopf.«

»Keine Augen im Kopf?«

Pedros Überraschung, die nicht von schlechten Eltern war, ließ so rasch nicht nach. Sie äußerte sich darin, daß er verständnislos Siegurds Worte nachplapperte.

»Ich sehe euch beide doch turteln, Pedro.«

»Euch beide? Wen?«

»Dich und Mathilde.«

»Welche Mathilde?«

»Die lustige Witwe.«

Der Groschen fiel, Pedro stieß hervor: »Bist du verrückt? Freiin von Bahrenhof kommt sich unseren Heuwender leihen. Oder eine Zugmaschine samt Fahrer. Jede Woche etwas anderes. Du weißt doch, wie's bei ihr aussieht, seit ihr Mann tot ist. Wie kannst du nur so dumm daherreden?«

Absolut unbeeindruckt winkte Siegurd ab, grinste besserwisserisch, entnahm einem flachen, goldenen Zigarettenetui eine Zigarette und steckte sie mit einem Feuerzeug, ebenfalls aus Gold, in Brand, ohne daran zu denken, auch dem Bruder eine Zigarette anzubieten. Dicke Rauchwolken von sich blasend, erklärte er in herablassendem Ton: »Gib dir keine Mühe, mein Lieber. Ich habe dir gesagt, daß ich Augen im Kopf habe.«

Dann drehte er sich um und ging ins Haus. Pedro schien ihm folgen zu wollen, doch in diesem Augenblick wurde Motorenlärm laut, ein Auto bog in die Zufahrtsstraße ein und näherte sich dem großen Tor des Gutes. Von weitem schon hupte der Fahrer. Dr. Faber, langersehnt, war im Anmarsch.

Als er aus dem Wagen kletterte, eilte ihm Pedro von Aarfeld entgegen und begrüßte ihn mit festem Händedruck. Faber war ein Herr mittleren Alters, mit grauen Haaren und einer dünnen Goldbrille, an der er ständig zu rücken pflegte.

»Spät kommt Ihr, doch Ihr kommt«, meinte der Baron halb lächelnd, halb im Ernst. »In einer Viertelstunde muß ich weg, tut mir leid. Hatten Sie eine Panne?«

»Nein. Ich mußte erst noch meine neue Sekretärin mit dem Nötigsten vertraut machen: Fräulein Klett. Darf ich sie Ihnen vorstellen . . .«

Auf der Beifahrerseite war inzwischen eine junge Dame aus dem Auto geklettert, die mit interessierten Augen den Baron musterte und ihm übers Wagendach hinweg ein bißchen verlegen zunickte. Fabers Verstoß gegen den Buchstaben der Etikette schien ihr keine Magenschmerzen zu bereiten. Der Verstoß fand aber keine Gnade vor dem Baron, einem Kavalier der alten Schule, welcher sagte: »Doktor, Sie sollten nicht die junge Dame mir, sondern mich der jungen Dame vorstellen. Sie lassen mir sonst ein Übermaß an Ehre zukommen, auf das nur uralte Herren Anspruch haben mögen. Oder sehen Sie in mir schon einen solchen Greis? Dann schlage ich aber zurück und verlange Ihren Paß mit Ihrem Geburtsdatum.«

Alle drei lachten. Das Eis war gebrochen. Marianne Kletts republikanische Befangenheit altem, reichem Adel gegenüber wich. Pedro von Aarfeld ging um den Wagen herum und begrüßte auch sie mit Handschlag. Das rasche Urteil, das er sich im Inneren bildete, lautete: Klasse!

Auch alter Adel weiß sich heutzutage aus dem nicht immer vornehmen, aber meistens treffenden Wortschatz des Volkes zu bedienen.

Die Morgensonne warf einen milden Schein auf die kastanienbraunen Haare Mariannes, auf das vom Sommer noch gebräunte Gesicht mit den schmalen Lippen und den hellblauen Augen, auf die ganze schlanke Gestalt mit Beinen, für die sich in Pedros Innerem lautlos wieder nur ein Wort formte: Spitze!

Doch dann erschrak er über sich selbst, erinnerte sich, wer er war, welche Mühen seine ganzen Jugendjahre hindurch Vater und Mutter und unerbittliche Erzieher in zwei exklusiven Internaten auf seinen äußeren *und* inneren Schliff verwendet hatten.

Er bat Dr. Faber und dessen neue Errungenschaft, Fräulein Klett, ins Haus, ohne sich noch einmal eine geheime Entgleisung zu gestatten.

Marianne betrachtete alles mit aufmerksamen Augen. Der Baron führte sie und Dr. Faber in sein großes, mit dunkler Eiche getäfeltes Herrenzimmer. Tiefe Polstersessel, ein breiter Schreibtisch, mächtige, geschnitzte Schränke aus altersschwarzem Holz und eine Sammlung von kapitalen Hirsch- und Bockgeweihen an der Wand empfingen sie. Den glatten Parkettboden bedeckte ein großer Teppich mit Jagdmustern.

Pedro kümmerte sich nicht um Dr. Faber, der ein alter Freund des Hauses und mit allem vertraut war, sondern nur um Marianne, die er zu einem der Sessel führte, in dessen Tiefe sie fast versank. Faber stand schon am Schreibtisch, öffnete ohne Hemmungen den Deckel einer Zigarrenkiste und beroch genießerisch den Inhalt. Des Barons lange, helle Importen genossen einen weithin reichenden Ruf.

»Darf ich?« fragte Dr. Faber, zugleich in die Kiste greifend.

»Sie sind ja schon dran«, sagte lachend Pedro von Aarfeld.

Faber bediente sich, setzte die erwählte Zigarre in Brand und wedelte sie sich, ehe er sie so richtig zu rauchen begann, mit geschlossenen Augen vor der Nase herum. Dann schwand der träumerische Ausdruck aus seinem Gesicht und machte einem Zug des Bedauerns Platz, wobei er sagte: »Zunächst muß ich Ihnen eine Mitteilung machen, die Ihnen nicht so ganz gefallen wird, lieber Baron. Das ›schlafende Mädchen‹ hat nicht den ersten, sondern nur den dritten Preis erhalten. Die Jury muß sich aus Banausen zusammengesetzt haben.«

»Sagen Sie das nicht, Doktor. Ich finde den dritten Preis sogar noch außerordentlich überraschend.«

»Ich auch – aber nicht, wie Sie, in positiver, sondern in negativer Hinsicht.«

Dr. Faber war also nicht von seiner Ansicht abzubringen.

»Was ist mit meinem Lenbach?« wechselte Aarfeld das Thema.

»Ich verhandle noch mit dem Besitzer. Der Preis, den er für das Bild verlangt, ist mir entschieden zu hoch. Sie werden sehen, ich kann ihn noch drücken. Im übrigen muß ich Ihnen sagen, daß Sie in den Katalogen, die ich Ihnen mitgebracht habe, zwei oder drei Angebote finden werden, die Sie Ihren Lenbach vergessen lassen. Ich kenne Ihr Auge und Ihren Geschmack.«

Marianne Klett, die aus der Unterhaltung der beiden Männer ausgeschlossen war, nützte die Zeit und betrachtete verstohlen den Hausherrn. Sie hätte nicht sagen können, daß er ihr nicht gefiel. Irgendwelche aberwitzigen Gedanken verband sie damit freilich nicht.

Aarfeld erinnerte sich plötzlich der Anwesenheit einer Dame und offerierte ihr einen Aperitif. Marianne lehnte erschrocken ab. Alkohol zu so früher Stunde wäre ihr etwas völlig Ungewohntes gewesen. Daraufhin schlug Aarfeld einen kleinen Imbiß vor, mit dem er Anklang fand. Er begab sich sogar selbst in die Küche, um das Nötige zu veranlassen. Seinem Diener könne er nicht läuten, sagte er, da dieser zwei Tage Urlaub habe, um bei einer Behörde seines Heimatortes etwas zu erledigen.

Als Aarfeld den Raum verlassen hatte, blickte Marianne Klett ihren Chef zweifelnd an. Eine Frage lag in ihren Augen, eine Verwunderung, die ihm nicht entging, so daß er sagte: »Sie haben sich den Baron wohl anders vorgestellt, oder?«

»Zum ... zum Teil schon«, antwortete sie zögernd.

»Wie denn?«

»Sie haben ihn mir als alten Hagestolz geschildert. Dabei ist er doch noch ein junger Mann ...«

»Vierunddreißig.«

»Vierunddreißig?«

»Ja. Warum interessieren Sie sich so sehr dafür?«

Dr. Faber war ein hinterlistiger Mensch, der es liebte, andere in Verlegenheit zu bringen.

»Ich interessiere mich nicht dafür«, antwortete Marianne Klett, prompt über und über rot werdend. »Ich stelle nur fest, daß Ihre Personalbeschreibung ganz und gar nicht den Tatsachen entsprach.«

»So, finden Sie?« Dr. Faber klopfte mit dem Zeigefinger auf das Tischchen, das zwischen ihren Sesseln stand. »Ich sage Ihnen, der Baron *ist* ein alter Hagestolz; er *ist* eine Einsiedlernatur!«

»Danach sieht er aber überhaupt nicht aus.«

Heute nicht, dachte Dr. Faber, das ist richtig. Weiß der Teufel, warum. Ich kannte ihn bisher ganz anders. Ist vielleicht doch etwas dran an den Gerüchten, welche ihn mit dieser adligen Witwe, die in Nöten ist, in Verbindung bringen?

»Und deshalb«, hörte Faber seine Sekretärin sagen, »muß ich auch an der Beschreibung zweifeln, die Sie mir von seinem Bruder gaben.«

»Meinen Sie?«

»Ja.«

Wieder klopfte Fabers Zeigefinger. »Siegurd von Aarfeld *ist* ein Windhund, ein Schürzenjäger, *ist* ein Verschwender!«

»Leben die Eltern noch?«

»Nein. Die Mutter starb schon früh, der Vater, der alte Baron Hubertus, vor einigen Jahren. Er wurde auf der Jagd von einem Wilderer angeschossen und nahm trotz seiner Verwundung die Verfolgung des Verbrechers auf, bis er verblutend zusammenbrach.«

»Wie schrecklich! Haben Pedro und Siegurd noch Geschwister?«

»Nein.«

»Mich wundert der Name Pedro.«

»Der ist auch erstaunlich. Wie kommt, so fragten sich schon viele, in ein uraltes deutsches Adelsgeschlecht plötzlich ein spanischer Name? Nun, ich werde es Ihnen sagen, Sie würden es ja auf alle Fälle von irgendeiner Seite hören. Man munkelt, daß der alte Baron seinen erstgeborenen Sohn aus Spanien mitgebracht hat, als er einmal länger als ein Jahr zur Jagd in den Pyrenäen gewesen war. Er war eine Kraftnatur. Seine Frau zu Hause, die schon früh kränkelte, mußte solche Dinge über sich ergehen lassen. Die Geburt Siegurds war ihre letzte große Kraftanstrengung, danach welkte sie nur noch dahin.«

»Entsetzlich!«

»Wie dem auch sei, Pedro wurde Erbe des Majorats und muß sich, das steht im Testament, bis zum fünfunddreißigsten Lebensjahr, also in zwölf Monaten, verheiratet haben. Wenn nicht, fällt das Erbe Siegurd zu. Und das wäre sicher nicht gut. Das Groteske ist nämlich, daß der Halbspanier Pedro ein kerniger, erdverbundener deutscher Landadeliger ist, ein Gutsherr, wie er im Buche steht, während Siegurd in allem das glatte Gegenteil verkörpert. Über Aarfeld würden unter seiner Herrschaft bedrohliche Zeiten heraufziehen, daran zweifelt niemand, der Einsicht in die Dinge hat.«

»Aber es dürfte doch nicht schwer sein«, zwang sich Marianne zu sagen, »eine Frau, die hier gebraucht wird, zu finden.«

»Anscheinend doch, bisher jedenfalls. Wissen Sie, es ist eben so, daß es Pedro an den nötigen Aktivitäten fehlen läßt. Vielleicht wäre es ihm letzten Endes gar nicht so unangenehm, wenn er das Gut vom Hals hätte.«

»Was sagen Sie da? Einen solchen Besitz?«

Wenn anderen Menschen der Alkohol die Zunge löste, so erreichte dies bei Dr. Faber eine gute Zigarre, die ein außerordentliches Maß an Zufriedenheit mit allem in ihm hervorrief und ihn dadurch zum redseligen, mitteilsamen Menschen machte.

»Pedro von Aarfeld«, sagte er, »hat ein Geheimnis, das nur ganz wenige kennen: Er malt; und er malt gut. Seine Bilder, die er mit dem Namen Ralf Torren signiert, finden steigenden Absatz. Ich verkaufe Sie, ich manage ihn überhaupt. Ich sage Ihnen das, weil Sie meine neue Sekretärin sind und Sie es früher oder später ohnehin erfahren müßten. Sie haben aber darüber zu schweigen, verstanden? Der Baron wünscht das. Sie hörten vorhin, daß von einem ›schlafenden Mädchen‹ gesprochen wurde. Es handelt sich da um ein Gemälde Pedros, das ich zur Kunstausstellung schickte. Es wurde prämiiert – meiner Ansicht nach zu gering; wie der Baron selbst darüber denkt, vernahmen Sie. Alles schön und gut, aber mir macht seine Leidenschaft zum Pinsel, aus der ich geschäftlichen Profit ziehe, auch Sorgen. Die Kunst ersetzt ihm nämlich alles. Am Tage schuftet er auf dem Gut, wirtschaftet heraus, was nur herauszuholen ist – aber am Abend, in letzter Zeit manchmal auch schon nachmittags, ist er plötzlich auf Stunden verschwunden und verkriecht sich in sein unbekanntes, geheimnisvolles Atelier, von dem niemand weiß, wo er es hat, und malt . . . malt. Dabei vergißt er, daß sein entscheidender Geburtstag heranrückt, daß sein Bruder Siegurd auf diesen Moment nur wartet, vergißt er die ganze Welt, die Frauen, das Gut, alles . . . und malt. Ich weiß nicht, wie man ihn davon abbringen, zumindest bremsen könnte. Mich lockt ja auch der Profit, den ich erwähnte. Ich gebe das zu. Es ist also so, daß ich gewissermaßen zwischen zwei Feuern stehe, verstehen Sie mich?«

Marianne Klett hatte gebannt dem langen Redefluß ihres Chefs gelauscht, ohne ihn auch nur ein einziges Mal zu unterbrechen. Nun meinte sie: »Bremsen Sie ihn, indem Sie ihm nicht mehr jedes Bild abnehmen. Sagen Sie ihm, daß er schlechter würde, daß er Pausen haben müßte. Vielleicht verliert er dann den Mut, resigniert er von selbst.«

Dr. Faber mußte schallend lachen.

»Den Mut verlieren, resignieren – Fräulein Klett, das sind Fremdworte für einen Aarfeld. Denken Sie an den alten Baron Hubertus. Angeschossen noch dem Wilderer nach bis zum Verbluten – *das* ist Aarfeld-Art! Selbst dem Windhund Siegurd würde ich in einer solchen Situation noch manches zutrauen. Wir dürfen . . .«

Dr. Faber brach ab und blickte zur Tür, da sich dieser von draußen Schritte näherten. Er legte den Finger auf den Mund.

Der Hausherr kam zurück und entschuldigte sich, daß es so lange gedauert habe. Ein Telefongespräch habe er auch noch führen müssen, erklärte er. In seinem Gefolge wurden zwei Küchenmädchen sichtbar, die beladen waren mit dem angekündigten Imbiß. Daß dieser nicht in wenigen Minuten zu bewältigen war, konnte jeder mit einem Blick erkennen. Die Tabletts in den Händen der Mädchen bogen sich.

»Sagten Sie nicht«, wunderte sich Dr. Faber, »daß Sie in einer Viertelstunde weg müßten, Baron?«

»Warum, glauben Sie, mußte ich telefonieren, Doktor?« fragte Pedro, und er setzte selbst hinzu: »Weil ich abgesagt habe.«

Dabei blickte er aber nicht Faber an, sondern Marianne Klett.

Siegurd von Aarfeld hatte Besuch. Auf der breiten Armlehne des Fauteuils, in dem er saß, hockte mit der einen Hälfte ihres absolut leckeren Hinterteils eine zierliche, flinke und außergewöhnlich hübsche Blondine und wippte ausdauernd mit einem Bein, so daß davon der Rock höher und höher rutschte. Ihre mandelförmigen Augen unter den weit geschwungenen Brauen glänzten, als sie jetzt dem jungen Baron mit zärtlichen Fingern über die Locken strich.

»Glaubst du denn«, sagte sie leise, »daß Pedro wirklich so dumm ist, nicht rechtzeitig zu heiraten? Lieber nimmt er doch die erstbeste, nur um das Gut nicht an dich zu verlieren.«

Siegurd schien unwillig zu sein. Er griff nach ihrer Hand, nahm sie sich vom Kopf, blickte ihr eine Weile in die Augen, schüttelte schließlich den Kopf und stieß hervor: »Ich verstehe dich nicht, Mathilde.«

»Was verstehst du nicht?«

»Ich dachte, *du* bist schon dran, dir mein Bruderherz zu angeln.«

»Ich?«

»Das habe ich sogar ihm selbst auch schon gesagt. Anscheinend doch ein Irrtum von mir.«

Mathilde von Bahrenhof war wirklich überrascht, auch ein bißchen empört über Siegurds Äußerung.

»Aber *wir* beide haben doch ein Verhältnis miteinander!« rief sie mit unterdrückter Stimme.

»Na und? Daran soll sich ja auch nichts ändern.«

»Wenn sich daran nichts ändern soll, kannst du mich auch nicht auf deinen Bruder hetzen.«

»Warum nicht?« Der Zyniker Siegurd ließ die Maske fallen. »Reizt dich das Gut nicht?«

»Doch, das würde mich schon reizen, aber ...«

»Über mich kriegst du's nicht, nur über ihn!«

»Aber dann müßte ich ihn ja heiraten.«

»Davon rede ich doch schon die ganze Zeit.«

Das ging ihr durch und durch. Wie gelähmt hörte sie auf, mit dem Bein zu wippen.

»Und wir beide?« fragte sie ihn aufgeregt. »Was soll mit uns werden?«

»Wie oft soll ich dir das noch sagen?« antwortete er. »Zwischen uns beiden bleibt alles beim alten.« Und grinsend setzte er hinzu: »Was glaubst du, wie viele Schwägerinnen mit ihren Schwagern schlafen?«

Der edle Herr Siegurd von Aarfeld gedachte natürlich, auf diese Weise nicht nur auf unabsehbare Zeit am Bett der edlen Freiin von Bahrenhof zu partizipieren, sondern auch am Gut Aarfeld. Mathilde sollte sehen, dieses in die Hand zu kriegen, und sollte dann davon abzweigen, was immer abzuzweigen war. Für ihren Geliebten, den Herrn Siegurd von Aarfeld.

Noch schien die Dame zu schwanken, aber sie hatte schon Blut gerochen. Es bedurfte nur noch einiger kleiner Anstöße.

»Du kennst deine Situation«, sagte Siegurd.

Sie nickte.

»Dir droht die Versteigerung.«

Abermaliges, angewidertes Nicken.

»Welcher Rettungsgürtel bietet sich dir, außer dieser Heirat?«

Darüber mußte Mathilde keine Sekunde mehr nachdenken, das wußte sie. Die Tür keiner einzigen Bank stand ihr mehr offen. Sie war also reif. Sie erschrak deshalb nun sogar, als ihr plötzlich eine neue Gefahr bewußt wurde, die noch einmal alles zunichte machen konnte, und stieß hervor: »Aber wenn er mich nicht haben will . . .?«

Siegurd richtete sich etwas in seinem Sessel auf, legte den Arm um Mathildes Hinterteil, strich kennerisch darüber und ließ Erinnerungen in sich aufleben.

»Das«, sagte er nach einem Weilchen, »hängt nur von dir ab. Du mußt lediglich zusehen, ihn zum ersten Mal ins Bett zu kriegen, dann gehört er dir mit Haut und Haaren.«

Mir kommt's ja darauf an, dachte er bei sich, mit allen Mitteln zu verhindern, daß dieser spanische Bastard irgendeine andere heiratet. Sollte er gar keine heiraten, um so besser. Dann würde das Testament in Funktion treten.

Die Erinnerungen, die in Siegurd wach geworden waren, wollten aufgefrischt werden.

»Komm, mein Schatz«, sagte er zu Mathilde, nahm sie an der Hand und führte sie in sein Schlafzimmer, in das sie ihm nur allzu willig folgte.

Wenige Tage später fand eine »zufällige« Begegnung statt. Dr. Faber hatte sich mit seiner Sekretärin wieder bei Pedro von Aarfeld zu einer Besprechung eingefunden und wurde, als diese zu Ende war, vom Baron hinausgeleitet. Als die drei die Freitreppe des Herrenhauses hinuntergingen, spielte der erwähnte »Zufall«: Aus dem Schatten der Eichen traten zwei Gestalten und kamen dem Trio entgegen.

Pedro übernahm die Aufgabe der gegenseitigen Vorstellung, die nötig wurde. Auf diese Weise lernte Marianne Klett die Freiin Mathilde von Bahrenhof und ihren Freund, Siegurd von Aarenfeld, kennen. Um diese beiden handelte es sich nämlich.

Die üblichen Floskeln wurden gewechselt, dann zögerte Siegurd nicht mehr, in seiner forschen Art und Unbekümmertheit des Lebemannes sein Ziel anzusteuern.

»Die Herrschaften sind wohl gerade dabei, nach Boltenberge zurückzufahren?«

»Ja«, nickte Dr. Faber.

»Nehmen Sie mich mit? Ich müßte zu meinem Goldschmied.«

»Natürlich.«

»Danke, dann hole ich nur noch rasch meinen Mantel.«

Siegurd sprang in sportlichen Sätzen die Stufen empor und verschwand im Haus.

Mathilde von Bahrenhof lächelte.

»Wie elastisch die Männer werden, wenn wir Frauen ihnen zusehen«, sagte sie leise zu Marianne Klett, und der Spott glänzte in ihren Augen. »Der eine springt wie ein Heuhüpfer, der andere zeigt mir, wie man im Morgengrauen einen Rehbock schießt.«

Ihr Blick wanderte dabei zu Pedro von Aarenfeld, der mit Dr. Faber ein paar Schritte vorausgegangen war und schon bei dessen Wagen stand.

»Dabei muß man wohl nicht besonders elastisch sein«, sagte Marianne.

»Wobei?«

»Beim Rehbockschießen. Höchstens der Finger am Abzug.«

Das war deutlich und wurde von Mathilde auch richtig verstanden.

»Vergessen Sie nicht das Anschleichen. Aber Sie lieben die Jagd wohl nicht?« sagte sie.

»Soviel ich weiß, werden Rehe vom Hochsitz aus, dem sie sich arglos nähern, geschossen.«

»Nicht alle.«

»Aber die meisten.«

Mathilde von Bahrendorf verstummte. Wie komme ich dazu, dachte sie, mit dieser Person hier, diesem kleinen Mädchen herumzudebattieren? Dessen ist doch die gar nicht würdig.

Was habe ich denn? fragte sich im stillen Marianne Klett. Wieso rege ich mich über Dinge auf, die mich bisher überhaupt nicht interessiert haben? Jede Art von Jagd war und ist mir doch egal. Und dann entdeckte sie in sich den Grund ihres Unmuts: diese hochnäsige Person da, der auch noch das Morgengrauen dazu verhalf, ihre Hand nach einem netten Mann auszustrecken.

»Pedro«, sagte die Freiin von Bahrenhof beim Auto zum Baron, »wollten Sie nicht Herrn Dr. Faber bald einmal zur Jagd einladen?«

»Ja, woher wissen Sie das?«

»Von Siegurd.«

»Und warum interessieren Sie sich dafür?«

»Weil ich Ihnen einen Tip geben möchte: Kommen Sie nur ja nicht auf die Idee, die Einladung auch auf Fräulein Klett auszudehnen.«

Pedro war verblüfft. »Wieso nicht?«

Die Idee war ihm fremd gewesen, aber nun erschien sie ihm plötzlich gar nicht so schlecht.

»Weil Sie es sich bei ihr völlig verscherzen würden«, sagte die Freiin spöttisch. »Fräulein Klett haßt das Totschießen unschuldiger Tiere – wie so viele, die keine Ahnung davon haben.«

Der Baron wandte sich an Marianne: »Stimmt das?«

Sie nahm Zuflucht zu einer Redensart: »Ich kenne wohl die Materie zu wenig.«

»Das läßt sich ändern«, erklärte kurzentschlossen Pedro von Aarenfeld, »indem ich die Einladung in der Tat auch auf Sie ausdehne. Frau von Bahrenhof hat mich da auf eine ausgezeichnete Möglichkeit aufmerksam gemacht.«

»Ich danke Ihnen dafür, Mathilde«, sagte er zu dieser selbst, ohne dabei auf eine kleine, ironische Verbeugung zu vergessen.

Der Freiin Nasenflügel zitterten leicht.

Marianne Klett hingegen reagierte mit einem netten, an Pedro adressierten Augenaufschlag, der ihr ganz gut gelungen zu sein schien, denn Mathilde preßte nun auch noch die Lippen aufeinander. Marianne, der das nicht entging, stieg mit einem lieblichen Lächeln in den Wagen. In jeder Frau wohnt ein kleiner Teufel, hat einmal ein Philosoph gesagt. Der Mann kannte das zarte Geschlecht.

»Ich darf also mit Ihnen rechnen?« sagte Pedro zu Marianne. Er hatte ihr die Autotür geöffnet und hielt diese noch in der Hand, um ins Wageninnere hineinsprechen zu können.

Marianne nickte lächelnd. »Ich freue mich«, erwiderte sie. »Ich liebe die Natur«, setzte sie hinzu. »Das Erwachen eines Waldes soll das Schönste sein, was es überhaupt gibt. Ich kenne es bisher noch nicht.«

»Schicksal aller Langschläferinnen«, warf trocken Dr. Faber ein, der mit solcher Lyrik wenig anzufangen wußte.

Siegurd kam die Treppe herabgelaufen, küßte Mathilde elegant die Hand und kletterte wie selbstverständlich zu Marianne hinten in den Wagen. Auch dies empfand Mathilde als kleinen Nackenschlag; es machte dem soeben erfolgten Handkuß einige Abstriche.

Dr. Faber fuhr an, Pedro winkte, Mathilde nicht. Nachdem der Wagen verschwunden war, wandte sich Pedro um und blickte in die lockenden Augen seiner schönen Gutsnachbarin. Attraktiv und begehrenswert war sie ja, das konnte sich so schnell nicht ändern. Sie hatte sich nun, da das Terrain von Konkurrenz geräumt war, wieder völlig in der Hand und war willens, sämtliche Minen springen zu lassen.

»Pedro«, sagte sie, »was machen wir jetzt?«

»Ich muß nach Niederstadt.«

Der Fluchtversuch mißlang.

»Ich auch«, sagte sie prompt. »Wir können den Weg zusammen machen. Oder haben Sie etwas dagegen?«

Das war natürlich nicht gut möglich. Er schüttelte den Kopf, zum Zeichen dafür, daß er nichts dagegen hätte.

Er wollte hinüber zu den Stallungen, um seinen Jagdwagen, mit den er immer in die nahe Kleinstadt zu fahren pflegte, einspannen zu lassen. Aber Mathilde von Bahrenhof hielt ihn an der Jacke fest.

»Kommen Sie doch mit zu mir hinüber«, meinte sie leichthin. »Ich möchte mich noch umziehen, und wir können ja auch meinen Wagen nehmen. Das kurze Stück zu mir, der kleine Spaziergang durch den Herbstwald ist meine schönste Erholung.«

Erholung, dachte Pedro und mußte im Inneren lächeln. Wovon mußt du dich schon erholen? Von der Anstrengung des Nichtstuns, von den Strapazen deiner Gesellschaften oder vom Kummer der bevorstehenden Pleite deines Gutshofes?

Es war ja kein Geheimnis mehr, daß der Besitz über und über verschuldet war, daß nicht ein Dachziegel mehr der Baronin gehörte, daß es ihr nur die Geduld der Gläubiger und zwei unkündbare Hypotheken noch erlaubten, das Gut ihr Heim zu nennen. Wie lange noch?

Die beiden gingen hinaus aus dem Tor. Nach einem kurzen Stück begann schon der Wald, der zum größten Teil aus hellen, schlanken Birken bestand.

Es war still. Nur die Füße der beiden raschelten in dem trockenen Laub, das den Boden bedeckte. Einige aufgescheuchte Krähen, die sich nach ihrem Frühstück von den Feldern in die Baumkronen geflüchtet hatten, um der Verdauung zu obliegen, flatterten mit klatschenden Flügelschlägen auf und zogen weite Kreise am Himmel.

Mathilde blickte von der Seite öfters zu ihrem Begleiter hinüber und gestand sich ein, daß er ein gutaussehender und vor allem kraftvoller Mann war. Letzteres fand besonderen Anklang bei ihr, hatte sie doch immer auch die Ansprüche vor Augen, die sie im Bett an einen Partner zu stellen pflegte.

Siegurd, dachte sie, soll sich nicht unbedingt die Hoffnung machen, daß er ein für allemal die Nr. 1 für mich bleibt.

Beruhigend erschien ihr, was Siegurd von Pedro erzählte: daß dieser oft nächtelang vom Haus fort sei, daß niemand wüßte, wo er sich rumtreiben würde, daß er einen Hang zu romantischen

Träumereien und Künstlerlaunen zeige.

Ich werde das alles in den Griff bekommen, dachte sie.

Pedro schritt schweigend dahin.

»Wollen Sie wirklich die kleine Sekretärin zur Jagd einladen?« fragte sie ihn, um die lastende Stille zu unterbrechen. Sie konnte von ihrem dummen Hochmut nicht lassen.

Pedro fuhr beim Klang ihrer Stimme zusammen. Zornig fühlte sie, daß er sie schon eine ganze Weile vergessen hatte und erst jetzt, als sie sprach, wieder an ihre Anwesenheit erinnert wurde. An was – oder wen – dachte er?

Die Antwort, die er ihr gab, war kühl. »Warum soll ich sie nicht einladen?«

»Sie weiß sich doch nicht richtig zu verhalten. Sie würde Ihnen das ganze Wild vergrämen.«

»Hauptsache, es macht ihr Spaß.«

Mathilde von Bahrenhof glaubte nicht recht zu hören. Hauptsache, es macht ihr Spaß? Ein Jäger sagte dies? Ihm das Wild zu vertreiben?

Wenn ein Jäger dies sagte, war höchste Gefahr im Verzuge, wobei es durchaus sein konnte, daß ihm selbst das noch gar nicht so recht bewußt war. Jedenfalls erkannte Mathilde von Bahrenhof, daß sie keine Stunde mehr versäumen durfte.

Der Gedanke daran, was sich da offensichtlich schon angebahnt hatte, raubte ihr schier den Atem.

Sie hatten den Birkenwald durchschritten und kamen nun an einem Fischteich vorbei, an dessen gegenüberliegendem Ufer sich das Herrenhaus vom Gut Bahrenhof erstreckte. Trauerweiden ließen ihre langen Zweige in das stille Wasser hängen, und eine Gruppe von Schwänen zog über den Teich.

So sehr sich Mathilde von Bahrenhof auch darum bemühte, Pedro dazu zu bewegen, mit in das Haus zu kommen, es glückte ihr nicht. Er bat, am Teich auf sie warten zu dürfen, da er den

Schwänen zusehen wolle. Er gehörte von jeher zu den Bewunderern der unnachahmlichen Majestät und Würde, mit der diese Vögel durch das Wasser ziehen.

Der Romantiker, dachte Mathilde und eilte, um sich nicht zu versäumen, mit schnellen Schritten ins Haus. Pedro, ein Mann, ließ Schwäne Schwäne sein und blickte ihr nach, würdigte in Gedanken durchaus ihre schlanke, biegsame Gestalt, die langen, blonden Locken, den wippenden, koketten Gang, den gekonnten, wirkungsvollen Schwung ihrer Hüften – letzteren besonders.

Pedros Nachbarin war eine schöne Frau, da biß die Maus keinen Faden ab. Wörtlich ging ihm dieser Gedanke, dem es an Adel wieder einmal gebrach, durch den Kopf.

Es dauerte nicht lange, und Mathilde kam zurück. Sie trug ein hellgraues Kammgarnkostüm mit einem engen Rock, der wieder ihre Hüften ganz besonders zur Geltung brachte. Daß es den Beinen nicht an Fähigkeit, Begeisterung zu erregen, fehlte, war Pedro auch nichts Neues. Um den Nacken lag ein breiter Silberfuchs. Auf dem Kopf saß ein modisches Hütchen, dessen Krempe rundherum mit einem französischen Schleier drapiert war.

Zugleich mit Mathilde erschien ein schwerer Tourenwagen, der die nahe Garage verlassen hatte. Der Mann, der ihn fuhr, hielt ihn vor Pedro an, stieg aus, zog grüßend die Mütze und übergab mit einer demonstrativen Geste Pedro das Steuer. Dazu hatte er von seiner Herrin Anweisung erhalten. Er war zwar der Chauffeur, aber er wurde nicht mehr gebraucht.

»Sie wagen es wirklich, sich mir anzuvertrauen?« sagte der Baron zu Mathilde. »Wissen Sie, was für ein Fahrer ich bin?«

Sie kletterte lachend auf den Sitz neben dem Steuer und erwiderte zweideutig: »Wenn es einen Mann gibt, der eine Frau nicht in Gefahr bringt, dann sind Sie es.«

Eine glatte Herausforderung.

Eine Herausforderung aber, deren Wirkung verpuffte. Pedro schwieg. Er blickte geradeaus auf die Straße vor sich, die sich wie ein elastisches Band durch Wälder und Felder wand und seine ganze Aufmerksamkeit in Anspruch zu nehmen schien. Die Chaussee nach Niederstadt bestand aus zwei Teilen, einem guten und einem schlechteren. Pedro stellte mit der rechten Hand das Radio an und kam dabei ungewollt mit Mathildes Knie in Berührung.

»Verzeihung.«

»Keine Ursache.« Dies sagte Mathilde nicht nur so hin, sondern damit meinte sie wirklich und wahrhaftig, was sie sagte.

Pedro war aber eine harte Nuß. Mehr und mehr schälte sich heraus, daß das Schicksal Mathilde zu Hilfe kommen mußte, und es schickte sich dazu auch schon an.

Die Natur zeigte sich von ihrer besten Seite, das Wetter auch. Mathilde blickte aus dem Seitenfenster und sagte, Pedros Hang zur Romantik im Sinn, überschwenglich: »Wie herrlich die Sonne auf die Fluren scheint! Es muß ein wunderbares Gefühl sein, das alles sein eigen nennen zu können.«

»Man hat auch viel Arbeit«, schränkte Pedro ein, »das Ganze muß nicht nur erhalten, es soll auch noch vergrößert werden. Stillstand heißt Rückschritt, lautet ein ehernes Gesetz unseres Wirtschaftssystems.«

Es konnte gar nicht anders sein, als daß Mathilde sich betroffen fühlte und sagte: »Das geht eben über die Kräfte einer schwachen Frau.«

»Man muß sich auch als Mann anstrengen.«

»Sie schaffen das in bewunderungswürdiger Weise.«

»Es gibt auch geradezu unverständliche Verpflichtungen, die damit verbunden sind. Ich . . .«

Er brach brüsk ab. Er ärgerte sich über sich selbst, da er ums Haar ein Thema angeschnitten hätte, das andere nichts anging.

Das Majorat, dachte zutreffenderweise Mathilde, er meint das Majorat. Und sie nutzte die Gelegenheit, zum Kern vorzustoßen, indem sie sagte: »Ist es denn gar so schwer, eine passende Frau zu finden?«

Keine Antwort.

»Das ist es doch, was Sie bedrückt, Pedro?«

Er schwieg verbissen.

»Oder wollen Sie darüber nicht reden?«

»Nein.«

Der schlechtere Teil der Straße begann. Schlaglöcher und Bodenwellen rüttelten den Wagen durch. Pedro fuhr langsam, und das sollte sich als Segen erweisen. Mathilde legte sich in ihrem Sitz zurück und schlug die schlanken Beine übereinander, das rechte über das linke, und nicht umgekehrt. Das Resultat war geradezu zwangsläufig: Ihr rechter Fuß, der frei in der Luft hing, paßte sich den Schlaglöchern an, wippte in deren Rhythmus und stellte dabei jedesmal den Kontakt mit dem rechten Bein Pedros her.

Wieder aber blieben die Früchte aus, die Mathilde damit wenigstens im Ansatz zu ernten hoffte. Pedro reagierte nicht. Sein Bein blieb ausschließlich damit beschäftigt, Gas zu geben, wegzunehmen, zu geben, wegzunehmen, zu geben . . .

Ein sturer Bock, dachte Mathilde. Und vom Bock war der gedankliche Sprung nicht weit zum Stier, den bei den Hörnern zu packen sie sich entschloß.

»Diese Klett«, sagte sie, »hat ein Auge auf Sie geworfen, Pedro.«

»Was?«

»Die Klett, Fabers neue Sekretärin, hat ein Auge auf Sie geworfen.«

»Wer sagt Ihnen das?«

»Niemand, aber einer Frau entgeht das nicht.«

»Unsinn!«

»Doch, doch! Sie ließ das ja auch deutlich genug erkennen, ohne jede Zurückhaltung. Und wissen Sie, woher das kommt?«

Pedro wandte seinen Blick von der Straße ab und sah Mathilde an, schweigend. Eine Kurve rückte näher.

»Von diesen blödsinnigen Illustriertenberichten, in denen Männer aus unseren Kreisen, Adelige, nicht standesgemäß heiraten, in denen sie Stewardessen oder kleine Dolmetscherinnen und – bitte – Sekretärinnen heimführen. Das verdirbt die Sitten, Pedro, glauben Sie mir. Jede denkt, es der Silvia nachmachen zu können.«

Die Kurve war erreicht. Urplötzlich tauchte ein Bauernwagen, der ihnen entgegenkam, auf. Pedro sah die Pferde und das erschrockene Gesicht des an den Zügeln zerrenden Bauern ganz nah vor sich, er hörte einen hellen Schrei neben sich – und da hatte er schon die Bremse getreten sowie das Steuer nach rechts gerissen. Der schwere Kraftwagen schleuderte zur Seite, schlitterte über die Schlaglöcher der in der Kurve besonders schadhaften Straßendecke und kam unmittelbar vor dem Chausseegraben zum Stehen.

Rasch erholte sich Pedro vom ersten Schreck, doch dann empfand er den zweiten: Mathilde lag an seiner Brust, mit geschlossenen Augen.

War sie ohnmächtig? Verletzungen konnte man keine an ihr entdecken.

Der Bauer fluchte, verstummte aber, als er den Lenker des Autos erkannte. Nachdem es ihm gelungen war, die Pferde zu beruhigen, fuhr er weiter.

Vorsichtig suchte sich Pedro von Mathilde zu lösen. In diesem Augenblick wurde die Frage ›Ohnmächtig oder nicht?‹ beantwortet. ›Nicht‹ lautete die Erwiderung. Pedro fühlte sich ergriffen, zwei blutrot geschminkte Lippen strebten den seinen entgegen, ein heißer Atem traf sein Gesicht, ein ganzer schlanker

Körper preßte sich bebend an ihn, und dann küßten ihn die blutroten Lippen mit einer Wildheit, die ihn wehrlos machte.

»Verzeih mir, Pedro«, stammelte Mathilde von Bahrenhof, »ich kann nicht anders. *Ich* hatte dich abgelenkt, *ich* wäre schuld an allem gewesen, was hätte passieren können. Das Entsetzen sitzt mir noch in den Gliedern. Den Tod vor Augen, erkannte ich, wie's um mich steht – und um dich. Wir lieben uns. Meine Küsse mischen sich mit den deinen . . .«

Mit den meinen? dachte Pedro verwirrt, und Widerspruch regte sich in ihm.

Rasch legte sie ihm ihre schmale, nach Kölnisch Wasser duftende Hand auf den Mund. »Sei still, ich spüre noch deinen Kuß.«

Ein Auto hupte hinter ihnen. Ihr Wagen stand schräg auf der Straße und bildete dadurch ein Hindernis, das zu beseitigen Pedro sich angelegen lassen sein mußte. Er ließ den abgewürgten Motor wieder anspringen, legte den Gang ein und gab Gas. Bis Niederstadt sprach er kein Wort mehr, auch Mathilde schwieg. Das Teilstück, das sie weitergekommen war, bereitete ihr verhaltene Triumphgefühle.

Die Straße wurde wieder besser. Bäume und Felder flogen an ihnen vorbei, die helle Herbstsonne spiegelte sich in Teichen und Tümpeln im Gelände. Am Ziel bat Mathilde, bei ihrer Schneiderin abgesetzt und dort später wieder abgeholt zu werden.

»Wann?« fragte Pedro knapp.

»Wenn du fertig bist.«

»Wann sind Sie's?«

»Ich richte mich nach dir.«

»Ich mich nach Ihnen.«

»Also gut, in zwei Stunden«, beendete sie den unterschiedlichen Dialog, der sie dazu ermahnte, ihre Triumphgefühle noch nicht allzu stark ins Kraut schießen zu lassen.

Dr. Faber hatte in Boltenberge seinen Wagen schon verlassen und war in sein Geschäft getreten, als Siegurd von Aarfeld noch immer bei Marianne Klett stand und auf sie einredete: »Sie dürfen einfach nicht nein sagen, gnädiges Fräulein. Was soll ich ohne Sie in der Ohio-Bar? Machen Sie mir doch das Vergnügen.«

»Nachts schlafe ich«, entgegnete Marianne ein wenig unsicher. »Ich muß früh frisch sein im Dienst. Dr. Faber darf das von mir erwarten. Übrigens«, sagte sie und setzte sich ein wenig ab von Siegurd, »muß ich jetzt zu ihm, er will mir sicher gleich ein paar Briefe diktieren.«

Siegurd ergriff ihren Arm und hielt sie fest. »Ich lasse Sie nicht gehen, bis Sie meine Einladung angenommen haben. Sie wissen, daß Sie entzückend sind. Sicher haben Ihnen das schon viele Männer vor mir gesagt, ich kann es nur wiederholen. Diese Fahrt nach Boltenberge war ein süßes Erlebnis für mich. Nennen Sie mich nicht kindisch. Ich muß Sie heute abend wiedersehen.«

Es gibt auch unter Schürzenjägern noch Rangstufen. Siegurd von Aarfeld war einer mit Format.

Als er sah, daß Marianne Klett den Kopf schüttelte und sich freimachen wollte, setzte er beschwörenden Tones hinzu: »Soll ich hier auf offener Straße, vor allen Leuten, vor Ihnen auf die Knie fallen? Ich tue es, wenn Sie mich dazu zwingen.«

»Sind Sie verrückt?«

»Natürlich bin ich das! Verrückt nach Ihnen!«

Welcher Frau hätte das nicht gefallen, vor allem auch deshalb, weil als Substanz hinter diesen Worten ein leibhaftiger Baron steckte?

Marianne fing an, weich zu werden. Siegurd, der das natürlich sofort merkte, bot seinen ganzen Charme, den er in ein schmelzendes, strahlendes Lächeln hineinlegen konnte, auf und sagte: »Ich sehe, Sie kommen zur Vernunft, Sie willigen also ein?«

»Vielleicht . . .«

»Sagt eine schöne Frau ›vielleicht‹, dann hast du bei ihr viel erreicht«, trällerte Siegurd vergnügt. »Ihr ›vielleicht‹ lasse ich deshalb gelten und werde Punkt acht Uhr abends vor Ihrer Tür stehen. Ihre Adresse, bitte?«

»Mozartstraße 4 – aber wenn ich komme, nur auf ein Glas Wein, ein Stündchen.«

»Einverstanden, nur auf ein Glas Wein, ein Stündchen.« Siegurd beugte sich über Mariannes Hand und küßte sie zart. »Eine Stunde Glück. Wie sagt doch Schiller? ›Einen Tag gelebt im Paradiese ist nicht zu teuer mit dem Tod bezahlt‹. Ich kann das nur unterstreichen.«

Marianne wandte sich lachend ab und lief in den Laden, auf dessen breiter Glastür in Goldbuchstaben ›Kunsthandlung Faber‹ stand. Siegurd blickte ihr durch die Scheibe nach, bis sie im Hintergrund des Raumes in einem Büro verschwand. In seinen Augen lag ein flimmernder Glanz, seine Lippen unter dem schmalen, schwarzen Bärtchen lächelten genießerisch. Er rieb sich sogar die Hände. Alles an ihm erinnerte an einen Menschen, der sich einer Beute sicher zu sein schien.

In der Ohio-Bar, einem der bevorzugten Reviere dieses Jägers, gab es schummrige Nischen und Ecken, in denen auch ein gewaltsamer Kuß nicht für Aufregung sorgte. Frauen, die sich widersetzten, erhofften sich vom Personal des Etablissements vergeblich Beistand.

Siegurd ging die Hauptstraße hinunter. Vor einem Blumenladen blieb er stehen, betrachtete die Auslagen und trat dann ein. Nach einer sorgfältigen, fachmännischen Auswahl bezahlte er einen wunderschönen Strauß kostbarer Blüten, den er durch Boten an ›Fräulein Marianne Klett, Kunsthandlung Faber‹, begleitet von einer Karte, schicken ließ. Auf die Karte hatte er geschrieben: »Ein Traum von Blumen meinem Traum vom Leben . . .«

Dann schlenderte er vergnügt und spannkräftig durch Boltenberge, drückte am Stadtrand die Vorgartentür einer kleinen Villa auf und schellte. Eine junge, hübsche Witwe öffnete ihm, stieß einen kleinen Freudenschrei aus, zog ihn ins Haus, sprang ihm drinnen in die auffangbereiten Arme und ließ sich dorthin tragen, wohin sich junge Witwen, nachdem sie den ersten Schmerz, den der von ihnen erlittene Verlust in ihnen hervorrief, überwunden haben, am liebsten tragen lassen.

2

Es war einer Woche später. Pedro von Aarfeld stand vor dem Tor des Gutes und erwartete den Wagen Dr. Fabers, der heute zur Jagd kommen sollte. Er hatte ein grünes Hemd und einen grünen Lodenanzug an, steckte in derben Stiefeln und sah, wenn man ihn nicht kannte, aus wie ein Forstbeamter.

Normalerweise stellte sich der Baron nicht vors Tor, um einen Gast zu erwarten und auf das Glück zu vertrauen, daß der Betreffende auch pünktlich erschien. Heute tat er es.

Und er hatte es auch nicht zu bereuen, denn genau zum festgesetzten Zeitpunkt tauchte die Limousine des Kunsthändlers auf und rollte vor dem Tor aus. Doch dann entdeckte Pedro überrascht am Steuer des Wagens nicht seinen Freund Faber, sondern dessen Chauffeur. Die noch größere Enttäuschung freilich, die ihm hätte drohen können, blieb ihm erspart. Im Fond des Autos saß Marianne Klett, ein wenig aufgeregt, ein wenig befangen, und blickte durch die Scheiben.

Galant half er ihr aus dem Wagen und drückte ihr nach Jägerart derb die Hand.

»Sie kommen allein?«

»Ja.« Ihre Stimme war etwas belegt vor Aufregung. »Herr Dr. Faber läßt sich entschuldigen, er mußte zu einem dringenden

Termin plötzlich nach München.«

»Warum rief er mich nicht an?«

»Weil es, sagte er, immerhin möglich ist, daß er mit dem Flugzeug zurückkommt und sich hier noch rechtzeitig einfindet.«

»Das hat er schon oft gesagt, ich glaube es nicht. Mein Verdacht ist der, daß er sich vor der von ihm gefürchteten sogenannten Mückenplage im Wald schützen will.«

Beide lachten, und Marianne sagte: »Inzwischen hat er jedenfalls mich als vorläufigen, alleinigen Ersatz geschickt . . .«

»Und dieser Ersatz«, verneigte sich der Baron galant, »ist viel besser als das Original.«

Der Chauffeur wurde mit dem Wagen zurück nach Boltenberge in Marsch gesetzt.

»Und wie werde ich nach Hause kommen?« fragte Marianne den Baron, der den Chauffeur mit einem reichlichen Trinkgeld bedachte.

»Ihren Transport übernehme morgen ich selbst.«

Sie gingen ins Haus, in welchem ihnen dann gleich Kaffee und Kuchen serviert wurde.

»Sind Sie gerüstet, sehr früh aus den Federn zu steigen?« fragte er. »Wann darf ich Sie wecken lassen?«

»Jederzeit. Ich möchte nichts versäumen im Morgenwald. Herr Dr. Faber hat mich verleumdet, als er mich als Langschläferin bezeichnete.«

Pedro trank einen Schluck Kaffee und blickte Marianne über den Rand seiner Tasse hinweg wohlgefällig an. Plötzlich trat ein leiser Schatten in seine Augen, er setzte die Tasse ab.

»Ach ja«, sagte er, »ich soll meinen Bruder Siegurd bei Ihnen entschuldigen. Er hatte eine wichtige Angelegenheit in der Stadt zu erledigen.« Und mit einem gewissen Lächeln setzte er hinzu: »Er hat oft wichtige Angelegenheiten in der Stadt zu erledigen.«

Marianne Klett spürte, daß sie ein Zucken ihrer Augenlider

nicht unterdrücken konnte.

»Wissen Sie«, überspielte Pedro die Situation – ob gewollt oder ungewollt, blieb unklar, »ich finde es herrlich, daß Dr. Faber nach München mußte. Hoffentlich erwischt er heute kein Flugzeug mehr. Ich habe kein Bedürfnis, mich von ihm noch mit seinen Katalogen traktieren zu lassen. Viel lieber würde ich mit Ihnen heute nachmittag schon einen Spaziergang durch den Wald machen, einen Orientierungsbummel sozusagen. Hätten Sie Lust?«

Sie sprang auf. »Aber ja!«

Im Moment floh sie gerne diese Räume hier, um den Geist Siegurds zu bannen.

An jenem Abend, an dem sie mit ihm in der Ohio-Bar geweilt hatte, war sie mit der Welt in Berührung gekommen, die man die »große« nennt und die sie nur aus Büchern und Filmen kannte. Ein glitzernder Raum mit einer Spiegeltanzfläche; mit schmiedeeisernen Geländern und Leuchtern; einer endlos langen Theke; Herren im Frack; Damen in Abendkleidern, Träumen aus Tüll, Spitzen, Lamé, Taft und Seide. Herren, die nicht mit 100 oder 200 Mark rechneten; Damen, die noch viel weniger erwarteten, daß ihre Begleiter damit rechneten; ein Orchester, das so wundervolle Weisen spielte, heiße und verträumte, daß man die Augen schloß und sich willenlos über den Spiegel gleiten ließ, an der Brust eines Mannes, der zärtlich und süß sagte, daß er die schönste Frau seines Lebens im Arme halte.

Siegurd von Aarfeld. Als er sie das erstemal küßte, blinkte es warnend auf in ihrem Inneren, aber sie küßte ihn wieder, weinselig, glücklich, einen Mann bei sich zu haben, der sie umschwärmte und verehrte. Und sie küßte ihn noch einmal und noch einmal und zuletzt auch, als er sie nach Hause brachte und sich korrekt an ihrer Tür verabschiedete. Nein, er versuchte nicht, die Situation auszunützen. Dr. Faber sah ihn falsch. Marianne kroch glücklich ins Bett und träumte von Tangos und feurigen Señores und lächelte im Schlaf. Was wußte sie von einer jungen, heißen Witwe, in deren Bett sich stündenlange Liebeskämpfe abgespielt hatten, aus denen jene Ermattung und Sittsamkeit resultierte, über die sie, Marianne, sich vor ihrer Haustür freuen zu dürfen glaubte.

»Mit Ihren Schuhen können Sie aber nicht losziehen«, sagte Pedro. »Im Wald ist's naß, vor allem gegen Abend, wenn wir doch länger draußen bleiben.«

Er weiß nichts von meinem Ohio-Bar-Besuch, dachte Marianne. Siegurd hat ihm nichts erzählt. Bin ich froh! Ein Mädchen darf sich nicht gleich beim erstenmal so gehen lassen. Ich wollte ja auch nur ein Stündchen bleiben, hatte ganz fest diesen Vorsatz. Aber der Wein war so gut ... und dann der Champagner! Ich hatte noch nie welchen getrunken. Er war herrlich. Am nächsten Morgen sah allerdings alles schon wieder etwas anders aus. Ich hatte Kopfweh. Und im Geschäft war ich müde. Übel war mir auch. Siegurd sagte mir am Telefon, das käme alles vom Durcheinander, das ich getrunken hätte. Warum hat er mir dann dieses Durcheinander eingeflößt?

Pedro schellte. Er fragte, ehe ein Diener erschien, Marianne: »Welche Schuhgröße haben Sie?«

»Achtunddreißig.«

Dann stand der Diener in der Tür, ein langer, dürrer Mensch, mit einem Gesicht, das ständig zum Ausdruck brachte, daß er mit der ganzen Welt, sämtlichen lebenden und toten Gegenständen, unzufrieden war. Alle im Haus nannten ihn Lulatsch.

»Lulatsch«, sagte der Baron, »bring uns ein Paar Gummistiefel für die Dame, Größe achtunddreißig; außerdem den Damenlodenmantel, auf den ich dich schon hingewiesen habe.«

»Sehr wohl, Herr Baron.«

Lulatsch ließ einen raschen Blick über die Besucherin seines

Herrn gleiten, dann stand sein Urteil fest: viel zu hübsch; solche Individuen verdrehen den Männern nur die Köpfe.

Er verließ den Raum.

Um die gleiche Zeit saßen sich auf Gut Bahrenhof Mathilde, die Herrin, und Baron Siegurd von Aarenfeld gegenüber. Siegurd hielt es aber in seinem Sessel nicht lange aus. Er stemmte sich aus ihm hoch und legte sich auf die Couch, zog die Beine an, verschränkte die Hände unter seinem Kopf und fuhr fort, an seiner Zigarette zu paffen, die ihm im Mundwinkel hing.

»Paß auf auf die Asche!« ermahnte ihn Mathilde ziemlich unwirsch.

Sie machte einen etwas derangierten Eindruck, ihre sonst so gepflegten Locken waren zerwühlt. Unter einem bunten Seidenmorgenrock trug sie nur eine schwarze Spitzenkombination. Das paßte zur Kleidung, in der Siegurd auf der Couch lag. Sie war auch nicht vollständig.

»Du sollst auf die Asche aufpassen«, wiederholte Mathilde. »Gleich fällt sie runter, das macht mich nervös.«

»Bring mir einen Aschenbecher«, sagte er faul.

Wortlos kam sie der Aufforderung nach, lief mit nackten Füßen über den Teppich und zog sich wieder in ihren Sessel zurück.

»Wie weit bist du mit Pedro?« fragte er sie.

Ein verächtlicher Laut, den sie ausstieß, war die einzige Antwort.

Siegurd drehte das Gesicht, mit dem er empor zur Decke geblickt hatte, hinüber zu ihr und sagte: »Was heißt das? Schaffst du ihn nicht?«

»Suche die Schuld nicht bei mir!« fauchte sie ihn an. »Dein Bruder ist wohl schwul. Ich habe eine Situation heraufbeschworen, habe mich hineingekniet, daß mir jeder normale Mann die

Kleider vom Leib gerissen hätte.«

»Wo war das? Hier in deinem Haus?«

»Das betritt er ja nicht. Nein, im Auto.«

»Im Auto?« Siegurd lachte schallend. »Das glaube ich, daß du damit bei dem nicht ankommst. Geschlechtsverkehr im Auto ist nichts für den.«

»Für dich schon.«

»Soll das ein Vorwurf sein? Dann müßtest du mich im gleichen Atemzuge der mehrfachen Vergewaltigung, begangen an dir, anschuldigen. Aber davon kann wohl nicht die Rede sein.«

»Laß uns nicht streiten. Weißt du, was ich gemerkt habe?«

»Was?«

»Die vom Faber ist hinter deinem Bruder her.«

»Wer die?«

»Die neue Sekretärin, du weißt schon.«

»Die Klett?«

»Ja, die kann den Blick nicht von ihm wenden.«

»Das bildest du dir ein.«

»Willst du mir abstreiten, daß ich ein Auge für so etwas habe?«

Siegurd richtete sich auf, schwang die Beine von der Couch und sagte, als er saß: »Mach mich nicht schwach, du meinst das wirklich?«

»Wirklich und wahrhaftig.«

»Aber du solltest doch in der Lage sein, ohne weiteres ein solches Gänschen auszustechen.«

Mathilde von Bahrenhof warf arrogant den Kopf zurück. »Bei einem normalen Mann ohne weiteres, ja. Dein Bruder scheint aber kein normaler Mann zu sein, wie ich dir schon sagte.«

»Hör mit diesem Unsinn auf!«

»Unsinn? Bist du sicher?«

»Absolut.«

»Schön, dann frage ich dich, was wir machen sollen. Die Situation ist nicht ungefährlich.«

Siegurd dachte kurz nach, dann entschied er: »Für dich gilt das gleiche wie bisher: Heiz ihm ein! Um die Klett kümmere ich mich.«

»Was hast du vor mit ihr?«

»Sie mir zu meiner Geliebten zu machen.«

»Siegurd! Das verbiete ich dir!«

»Thildchen, denk an deine Schulden«, sagte er trocken, und sie steckte auch prompt zurück: »Mußt du denn gleich ins Bett steigen mit ihr? Du weißt doch, wie eifersüchtig ich bin, Siegurd.«

»Nun gut«, lenkte er ein, »vielleicht genügen notfalls auch ein paar Küsse, um sie für einen spanischen Bastard zu erledigen.«

»Gegen ein paar Küsse hätte ich nichts einzuwenden.«

»Dazu wäre es auch zu spät«, lachte er.

»Was heißt das?« fuhr sie hoch.

»Das heißt, daß die Küsse schon über die Bühne gingen.«

Mathilde sprang auf. »Wann? Wo? Du Schuft! Du Lump! Das hättest du mir nie gesagt, wenn dich die Situation jetzt nicht mehr oder minder dazu gezwungen hätte. Sei vorsichtig, ich habe dich in der Hand.«

»Wer hat wen in der Hand, du mich oder ich dich?«

»Ich dich, täusch dich nicht.«

»Wieso du mich?«

»Weil ich, wenn du zu weit gehst, nicht zögern werde, deinem Bruder die Augen zu öffnen und ihm das Komplott zwischen uns beiden aufzudecken. Kapiert, mein Lieber?«

Er war so perplex, daß er nur hervorstoßen konnte: »Du bist ja verrückt!«

Doch er machte sich keine Illusionen und setzte hinzu: »Aber zuzutrauen wäre dir das.«

»Absolut!« schwor sie ihm.

Die allgemeine Stimmung war verdorben, und er sah kein anderes Mittel als das altbewährte, mit dem vor allem Mathildes Laune wieder aufzubessern war, und so waren die paar Sachen, die jeder von ihnen nur anhatte, rasch ausgezogen . . .

Im Wald war es völlig still. Wie ausgestreute Perlen hing der Tau an den Farnen und Gräsern der Lichtungen. Der weiche Waldboden roch herb nach Pilzen, verfaulendem Laub und dürren Tannennadeln.

An den Beinen dicke Gummistiefel und eingehüllt in ihren weiten, langen Lodenmantel, stapfte Marianne Klett neben Pedro von Aarfeld durch den herrlichen Forst. Stiefel und Mantel hatten Aufgaben des Schutzes zu erfüllen. Daneben konnten sie nicht auch noch die Aufgabe erfüllen, die Schönheit dessen, was sie schützten, zu unterstreichen. Beine und Figur wurden von ihnen verdeckt, nicht hervorgehoben. Trotz der Vermummung glitt Pedros Blick aber immer wieder zufrieden über das Geschöpf an seiner Seite.

Um ihr lockiges Haar hatte Marianne ein hauchdünnes Chiffontuch geschlungen. Tief atmete sie die reine Luft ein und blieb ab und zu stehen, wenn es im Gebüsch knackte oder ein Eichhörnchen vor ihnen im Geäst einer Fichte herumturnte.

Ehe sie auf eine Lichtung hinaustraten, hielt Pedro plötzlich an und faßte Marianne am Ärmel ihres Mantels. Zugleich legte er den Zeigefinger auf die Lippen und nickte nach vorn.

Lautlos schlüpften sie hinter einen dicken Baum. Ihnen gegenüber, auf der anderen Seite der Lichtung, entdeckte Marianne ein Reh, eine Ricke. Was eine Ricke war, nämlich ein weibliches Reh, wußte Marianne damals noch nicht, aber Pedro erklärte es ihr in einigen kurzen Worten, die er ihr ins Ohr hauchte. Dies geschah zu ihrem Vergnügen freilich, wie sie sich eingestehen mußte, weniger der Worte als des Hauches wegen.

Die Ricke äugte nach allen Seiten, sicherte; da aber der Wind ungünstig für sie stand, konnte sie keine Witterung nehmen und senkte deshalb beruhigt den Kopf, um die saftigen Spitzen der Gräser zu äsen. Zwischendurch hob sie immer wieder den Kopf und suchte mit ihren glänzenden Augen mißtrauisch die Waldränder ab. Langsam, Schritt für Schritt, näherte sie sich, während sie äste, den beiden Beobachtern.

Leise zogen sich Marianne und Pedro zurück und schlugen einen weiten Bogen um die Lichtung.

»Man soll das Wild nicht vergrämen«, erklärte ihr der Baron und blieb stehen. »Sehen Sie, wenn uns das Reh bemerkt hätte, wäre es sofort geflüchtet und hätte lange, vielleicht sogar für immer, diesen Platz gemieden. Die Tiere kennen die Gefahr durchaus, die ihnen vom Menschen droht.«

Sie gingen wieder weiter, schritten eine Weile stumm nebeneinander her, bahnten sich, Pedro voraus, einen Weg durch dichtes Unterholz, kletterten über einige kleine, bewaldete Hügel und kamen schließlich zu einem Abhang, dessen Fuß das Ufer eines kleinen Sees bildete. Verträumt, einsam, verlassen lag der See inmitten des Waldes. Das klare Wasser wurde von der Sonne bespiegelt, Gebüsch säumte das Ufer, und auf der gegenüberliegenden Seite erhoben sich wieder dicht bewaldete Hügel.

»Wunderschön«, sagte Marianne, die sich nicht sattsehen konnte. »Dieser Frieden! Diese Stille! Auch der See gehört Ihnen?«

»Ja«, sagte er. »Ich nenne ihn ›Das schlafende Mädchen‹. Ich habe ihn so getauft, weil er noch unberührt ist, jungfräulich inmitten einer prangenden Natur. Nur der Förster Recke kennt ihn genau . . . und ich.«

Er sah Marianne lächelnd an. Ihr kastanienbraunes Haar schimmerte in der Sonne. Das schöne Gesicht war ein wenig zur Seite geneigt. Leise atmend hob und senkte sich ihre Brust.

»Wunderschön«, sagte sie wieder, den Blick auf den See, über dem Libellen tanzten, gerichtet.

Pedro faßte sie an der Hand. »Kommen Sie, ich habe Ihnen noch etwas zu zeigen, ein Geheimnis. Sie müssen mir aber versprechen, es für sich zu behalten.«

Sie nickte.

Wie hatte doch Siegurd gesagt? ›Du darfst unser Geheimnis nicht verraten, kleines Mädchen. Wenn man sich liebt, muß man das ganz tief im Herzen behalten.‹

Wenn man sich liebt . . .

Liebte sie Siegurd wirklich? Liebte sie ihn, weil sie sich von ihm hatte küssen lassen? Weil sie seine Küsse erwidert hatte?

Oder konnte sie diesen großen Mann neben sich lieben, der so ganz anders war als sein Bruder, so ehrlich, so tief mit der Natur verbunden, so klar wie der See, der zu ihren Füßen lag?

»Kommen Sie«, sagte Pedro noch einmal, als sie versunken dastand und den Eindruck erweckte, als ob sie sich nicht in Bewegung setzen wollte, »es ist nicht weit.«

Er führte sie ganz hinunter ans Ufer, stützte sie, machte sie auf Stolperstellen aufmerksam. Jedesmal, wenn seine starken Finger an ihrem Arm fester zugriffen, um ihr Halt zu verleihen, durchströmte es Marianne, und sie verspürte den Wunsch, ihn zu umfangen, sich an seinen Hals zu hängen und sich in ihrer Gänze von ihm tragen zu lassen . . . immer . . . bis ans Ende der Welt.

Nur ein schmaler Pfad, der sich rasch verengte, führte um das Wasser herum. Pedro mußte nun vorausgehen. Er bog die in den Weg hineinragenden Zweige der Büsche zur Seite, Marianne diese lästige Arbeit ersparend, und strebte einem dichten Tannenwald entgegen. Schließlich wurde der Pfad wieder etwas breiter, das Ufer schien in den Wald hineinzuwachsen, es wurde flach – und plötzlich stand Marianne, als sie hinter einem Busch hervortrat, vor einem kleinen Holzhaus mit grünen Läden, das nahe an den See herangebaut worden war. Ein Bootssteg führte ins Wasser. Das Boot selbst lag kieloben auf dem schmalen Streifen zwischen Haus und See.

»Das Geheimnis«, sagte Pedro von Aarfeld, mit einer kreisenden Handbewegung auf die ganze Idylle weisend. »Was Sie hier sehen, Fräulein Klett, ist niemandem bekannt, meinem Bruder nicht, der Freiin von Bahrenhof nicht, Dr. Faber nicht – keinem, außer Recke. Sie sind die erste, der ich es zeige. Es handelt sich um das Atelier des Malers Ralf Torren.«

»Der Ort«, fragte sie ihn, »wohin Sie oft spurlos verschwinden?«

Und da er nickte, trat sie an das Häuschen heran und strich mit der Hand über das harte, rissige, dringend wieder eines Anstrichs bedürftige Holz.

»Ein Ort des Glücks«, sagte sie dabei. »Wie unverstanden von seinen Nächsten muß einer sein, den es in solche Einsamkeit treibt.«

Er stand hinter ihr. »Sagen Sie das nicht, Marianne. Hier fühle ich mich wohl. Gut Aarfeld ist meine Welt der Arbeit, das hier meine Welt des Glücks, des Künstlers – wenn ich mich einen solchen nennen darf. Hier sitze ich Stunden um Stunden und male: das Reh, den Hirsch, die Bäume um mich herum, die Nebel, die aus dem See steigen, die Schatten der Dämmerung, den Regenbogen, der sich über die Wälder spannt, den Fuchs, den Igel im Kampf mit einer Otter, das Eichhörnchen, das Zapfen knabbert, die Wildgänse, wenn sie gen Süden ziehen oder zurückkommen nach Norden. Ich male sie alle, die meine Freunde geworden sind, doch am meisten beschäftigt mich immer wieder mein Hauptmotiv: ›Das schlafende Mädchen‹.«

Er drehte den Schlüssel im Schloß und stieß die Tür des Häuschens weit auf. Ein Geruch nach Farben, Terpentin, Leinwand und Leim strömte ihnen entgegen. Rasch war Pedro bei den Fenstern, öffnete sie und ließ frische Luft und helles Tageslicht in den einzigen großen Raum der Hütte hereinquellen.

Links in der Ecke standen eine einfache Couch, ein Tisch und zwei Flechtsessel. Am hinteren Fenster befand sich die große Staffelei mit dem Farbenkasten. Die Wände waren über und über behängt mit den Gemälden Ralf Torrens. Den einzigen Gegenstand des Komforts, der vorhanden war, bildete ein guter Teppich. Er bedeckte einen großen Teil des roh gedielten Bodens. Ein alter Küchenschrank in der rechten vorderen Ecke und ein wackliger Herd daneben vervollständigten die Ausstattung des Raumes.

Marianne ging von Bild zu Bild und betrachtete jedes. Im Grunde wiederholten sich die Motive oft, waren aber immer abgewandelt. Derselbe Fleck Erde mit verschiedenen Gesichtern – bei Regen, Gewitter, bei strahlender Sonne, unter Schnee, im Nebel. Marianne staunte über die Vielfalt der Natur und die Könnerschaft, mit der Pedro sie eingefangen hatte.

Was sie dachte und empfand, sammelte sich alles in einem einzigen Wort, das sich endlich ihrem Inneren entrang: »Herrlich!«

»Ich freue mich, daß Ihnen die Bilder gefallen«, sagte Pedro schlicht.

»Was heißt ›gefallen‹? Ich bin begeistert, hingerissen! Wie machen Sie das nur?«

Er stand hinter ihr und antwortete: »Man muß die Stimme der Natur hören. Man muß ihr Antwort geben können aus der Seele heraus, denn fast alles, was wir sehen, ist irgendwie beseelt, hat Leben. Und man erschließt das Zauberreich jeder Seele nur, wenn man ihr mit offenem Herzen entgegentritt.«

Halb unbewußt strich er Marianne von hinten über das kastanienbraune Haar, von dem das Chiffontuch geglitten war. Das Mädchen fuhr unter der Berührung seiner Hand zusammen, und sofort trat er einen Schritt zurück und schlug einen Imbiß vor –

wahrscheinlich, um sie sein keckes Tun vergessen zu lassen.

Marianne bedauerte beides: ihr Zusammenfahren und seine überstürzte Reaktion darauf.

»Haben Sie denn hier Vorräte, Herr Baron?« fragte sie ihn.

»Bitte«, sagte er, »lassen Sie endlich den Baron weg.«

Sie sah ihn mit großen Augen an. »Aber ich kann Sie doch nicht Pedro nennen . . .«

»Warum nicht?«

»Nein, unmöglich!«

»Und wenn ich Sie Marianne nenne?«

»Auch dann nicht, der Unterschied ist zu groß.«

»Wissen Sie was?« meinte Pedro von Aarfeld nach kurzer Überlegung. »Nennen Sie mich Ralf.«

»Ralf?«

»Ja, das ginge doch. Ich fühle mich hier als Ralf Torren. Alles um uns herum zeugt nur von Ralf Torren. Oder gefällt Ihnen der Name nicht?«

»Doch, aber . . .«

. . . aber Pedro würde mir schon noch besser gefallen, dachte sie.

»Kein ›aber‹, Verehrteste! Es bleibt also bei ›Ralf‹, einverstanden?«

Den ›Pedro‹ bringe ich dir schon noch bei, dachte er.

Marianne nickte, wobei sie immer noch etwas zaghaft seufzte: »Einverstanden.«

»Prima!« freute er sich, rieb sich die Hände und schritt zum Herd. Dies veranlaßte Marianne, ihre ursprüngliche Frage nach den Vorräten, die ihm zur Verfügung stünden, zu wiederholen. Wie angenagelt blieb er auf halbem Wege stehen, um nachzudenken.

»Vorräte?« fragte er sich selbst. Die Antwort, die er an die eigene Adresse richtete, folgte auf dem Fuße: »Keine imposanten, weder der Menge noch der Qualität nach.«

Marianne lachte. »Dann werde ich mich also auf ein paar Eier gefaßt machen.«

»Eier!« strahlte Pedro alias Ralf. »Sie sind phantastisch, Marianne, Sie haben den Nagel auf den Kopf getroffen. Lassen Sie mich ausrufen: Die Eier des Kolumbus! Wie wünschen Sie sie, Marianne: weich, halbweich oder hart?«

Nachdem damit die Wahl, die auch an Spiegel- oder Rühreier hätte denken lassen können, entscheidend eingeengt war, antwortete Marianne vergnügt: »Halbweich, bitte.«

Der Küchenchef hätte auch gar kein Fett für Rühr- oder Spiegeleier greifbar gehabt.

Wasser gab's im See.

Marianne hatte den Mantel ausgezogen, saß in einem der einfachen Flechtsessel, streckte die Beine mit den dicken Gummistiefeln weit von sich und blickte abwechselnd auf letztere und auf ihren am Herd hantierenden Gastgeber.

Stiefel gefielen ihr nicht, deshalb zog sie sie aus.

»Sie werden mir hier drinnen zu warm«, sagte sie, um Ralf alias Pedro die Notwendigkeit dieser Maßnahme zu erklären.

Recht hat sie, dachte er, wer solche Beine hat, soll sie nicht unter den Scheffel stellen.

Das Wasser begann zu kochen. Pedro alias Ralf schickte sich an, die Eier in den Topf zu werfen, ohne vorher, um die zerbrechlichen Dinger vor dem Zerplatzen zu schützen, Salz ins Wasser gegeben zu haben. Marianne sprang auf, lief über den Teppich zum Herd und bemächtigte sich der Eier.

»Soll nicht doch lieber ich ...«

»Wieso, stimmt etwas nicht?«

»Ins Wasser muß Salz, Herr Baron.«

»Wenn Sie noch einmal ›Baron‹ sagen, gebe ich Zucker hinein.«

»Ralf.«

»So ist's richtig. Wieso Salz, Marianne?«

»Damit die kalte Schale nicht im kochenden Wasser zerspringt.«

Er blickte sie verdutzt an, schlug sich mit der flachen Hand gegen die Stirn und rief: »Sieh mal einer an! Das war's also: Salz! Deshalb hatte ich so oft Pech. Warum hat mir das nicht schon früher jemand gesagt?«

Marianne blickte sich nach Salz um, sah einen entsprechenden Topf am Fenster stehen und streute eine tüchtige Menge ins sprudelnde Wasser. Dabei sagte sie so nebenhin: »Frau von Bahrenhof weiß das vielleicht selbst nicht.«

»Was weiß die selbst nicht?«

»Daß man Salz ins Wasser geben muß. Sie hat dazu ihre Leute.«

»Schon möglich, aber wieso kommen Sie jetzt geradc auf die?«

»Sie hätte Ihnen den Tip geben können.«

»Die?« Er schüttelte absolut verwundert den Kopf. »Wann? Wo?«

»Vielleicht hier.«

»Hier?« Er starrte ihr ins Gesicht. »Was habe ich Ihnen gesagt? Wer kennt dieses Refugium hier? Niemand. Aber nun sehe ich, daß Sie mir nicht glauben, Marianne . . .«

»Doch«, stieß sie, ihren Fehler erkennend, rasch hervor. »Ich wollte es nur noch einmal hören, verzeihen Sie mir, Ralf.«

»Sie wollten es noch einmal hören?« hakte er, im Nu besänftigt, ein.

»Ja.«

»Wäre Ihnen denn das so wichtig?«

Sie wich seinem Blick aus und sagte: »Die Eier müssen ins Wasser. Können Sie mir einen Löffel geben?«

Protestierend trat er zwischen sie und den Herd.

»Bleiben Sie mir jetzt mit diesen verdammten – entschuldigen Sie – Eiern vom Hals, Marianne!« regte er sich auf. »Ich habe Sie etwas gefragt!«

Er legte ihr die Hände auf die Schultern und zwang ihr seinen Blick auf.

Eine rote Welle strömte ihr ins Gesicht.

»Ja oder nein, wäre es Ihnen wichtig oder nicht, Marianne?«

Sie entwand sich seinen Händen und sah zum Fenster hinaus. Ihr war klar, daß die Antwort, auf die er wartete, von entscheidender Wichtigkeit für sie beide war. Seine Augen hingen an ihr. Sie waren wie ein offenes Buch, in dem sie lesen konnte. Ihr Herz wollte jubilieren, aber im nächsten Moment drohte es ihr stehenzubleiben. Sie dachte an Siegurd, an den Abend mit ihm in der Ohio-Bar, an die halbe Verpflichtung, die sie eingegangen zu sein glaubte. Dies mußte erst bereinigt werden.

Über dem See stand hell die Sonne. Das Wasser glitzerte wie bewegliches, flüssiges Silber. Dunkel ragten die hohen Tannen empor, standen wie Wächter, welche die Unberührtheit zu bewachen hatten.

»Marianne . . .«

Sie wandte den Blick vom Fenster. Seine Stimme hatte leise geklungen, traurig.

»Du sagst also nein, Marianne. Warum?«

»Das stimmt nicht. Ich muß dich nur bitten, zu warten.«

Beide duzten sich plötzlich und merkten es nicht einmal.

»Warten heißt ›nein‹, Marianne«, sagte er dumpf. »Ich fühle das, nein, ich weiß es, ich mache mir da nichts vor.«

Er senkte den Kopf und blickte zu Boden.

»Du irrst dich!« rief Marianne mit leidenschaftlicher Stimme, doch als er sie daraufhin spontan in seine Arme reißen wollte, hob sie abwehrend die ihren. »Noch nicht, Ralf . . . nein, Pedro!«

»Warum nicht?«

»Ich kann dir das nicht erklären, du würdest mich nicht verstehen, gerade du nicht, weil bei dir alles so einfach, so natürlich, so unkompliziert ist. Aber ich verspreche dir, daß du nicht mehr lange warten mußt.«

»Kann ich dir irgendwie helfen?«

»Nein.«

»Handelt es sich – verzeih meine Frage – um einen anderen Mann?«

Sie schüttelte den Kopf. Als sie sah, wie er befreit aufatmete, wandte sie sich ab. Ich habe ihn belogen, durchzuckte es sie. Und er ist glücklich über diese Lüge, weil er sie glaubt. Er kann sich gar nicht vorstellen, daß ich ihm nicht die Wahrheit sage. Um wieviel ist er besser als ich! Oh, wie schlecht bin ich, wie abscheulich feige und kleingläubig . . .

Pedro fuhr fort, glühende Kohlen auf ihrem Haupt zu sammeln. »Ich vertraue dir. Hauptsache, kein anderer hat Rechte auf dich. Alles andere ist für mich unwichtig. Ich erhalte jedoch mein Angebot aufrecht, dir bei der Lösung jedes Problems behilflich zu sein.«

»Danke, Pedro.«

»Glaube aber nicht«, sagte er lachend, »daß ich dich lange in Ruhe lassen werde. Meine ständige Frage wird dich verfolgen: ›Warum sagst du nein – warum immer noch?‹ Jede Woche werde ich dir damit mindestens einmal in den Ohren liegen – bis zu dem Tage, an dem du ja sagst.«

Sie schämte sich innerlich und verfiel deshalb auf die Frage: »Wie lange soll nun das Wasser noch kochen?«

Auf diese Weise ging es vier Eiern – für jeden zwei – doch noch an den Kragen. Das Mahl vervollständigten zwei Scheiben Knäkkebrot pro Nase, und Salz, soviel jeder haben wollte. Marianne fragte auch nach Pfeffer. Pedro mußte sie enttäuschen.

Marianne zog aus allem lachend das Resümee: »Deshalb sind also deine Bilder so gut.«

Pedro antwortete: »Ich sehe keinen Zusammenhang. Was willst du damit sagen?«

»Du verwöhnst hier draußen deinen Magen nicht. Und es heißt, daß der Hunger die Künstler schon immer zu ihren größten Werken in der Kunstgeschichte beflügelt hat.«

Sie alberten eine Weile herum. Pedro fühlte sich glücklich, Marianne auch, sie vergaß fast ganz auf Siegurd und das Problem, das mit ihm zusammenhing. Schließlich entschlossen sie sich noch einmal zu einem Spaziergang um den See herum, und Marianne schlüpfte wieder in ihre Stiefel.

Sie erreichten eine von Büschen dicht umgebene Landzunge, die etwas in den See hineinragte, und blickten hinaus aufs Wasser, auf dem lautlos die Blätter trieben, die der Herbst bunt in den See streute.

»Hier will ich ein Haus bauen«, sagte Pedro und deutete auf den Platz dicht am Ufer. »Ein kleines Haus mit vier oder fünf Räumen. Darin möchte ich leben. Um das Gut mag sich dann ein Verwalter kümmern. Die Leute werden mich zwar sicher für verrückt halten, denn in ihren Augen dürfte es sich gewissermaßen um den Tausch eines Schlosses gegen eine Hütte handeln, doch das soll mir egal sein. Leichten Herzens werde ich den Majoratsherrn ablegen, um nur noch Maler zu sein . . .«

». . . und Jäger«, sagte da eine tiefe Stimme hinter ihnen.

Sie fuhren herum, etwas erschrocken, doch dann stieß Pedro einen erfreuten Laut aus und trat auf den großen Mann im Lodenmantel zu, der aus den Büschen kam, mit einem Gewehr auf dem Rücken.

»Sie verstehen sich aufs Anschleichen.« Pedros Zeigefinger war in gespielter Drohung erhoben. »Aber das müssen Sie mir nicht erst beweisen.«

Und zu Marianne gewandt, sagte Pedro: »Das ist Peter Recke, mein Förster. Ein Recke von Gestalt, Namen und Gemüt.«

Der Förster wollte auch den spaßhaften Vorwurf nicht auf sich sitzen lassen.

»Herr Baron«, sagte er, »Sie haben mir doch aufgetragen, gerade das Gelände hier im Auge zu behalten. Das kann man aber nicht, wenn man herumtrampelt.«

»Schon gut, Recke.«

Marianne und der Forstmann beschnupperten sich, und das Resultat schien auf beiden Seiten zufriedenstellend auszufallen.

»Am unangenehmsten wäre es mir«, sagte dann Pedro zu Recke, »wenn mein Bruder hier herumgeistern würde. Ich habe Ihnen das ganz offen gesagt. Worum's ihm geht, wissen wir. Er ist ein Schießer und kein Heger. Außerdem sucht er ständig nach Schlupfwinkeln für sich und seine zweifelhaften Damenbekanntschaften. Dabei macht er nicht einmal vor Hochsitzen halt. Sie haben ihn doch selbst schon zweimal beobachtet und mir berichtet, was sich da tat. Pfui Teufel!«

Marianne Klett schien plötzlich wie mit Blut übergossen zu sein.

»Entschuldige«, sagte Pedro, als sein Blick auf sie fiel. »Ich vergaß deine Anwesenheit. Aber der Kerl regt mich einfach immer wieder auf, wenn ich an ihn denke, und es schadet nicht, wenn du von Anfang an über ihn Bescheid weißt. Es ist traurig, daß es in einer Familie so aussehen kann.«

Die Entladung tat Pedro offenbar gut, denn wesentlich beruhigter schloß er: »Na ja, wenigstens heute sind wir sicher vor ihm. Er mußte nach Boltenberge.«

»Sagte er das zu Ihnen, Herr Baron?« fragte Recke.

»Ja.«

Recke strich sich über die Augen. »Dann muß ich wohl Sehstörungen haben.«

»Wieso?«

»Weil ich ihn erst vor einer halben Stunde gar nicht so weit von hier zusammen mit Frau von Bahrenhof durch die Gegend reiten sah.«

»So?«

Pedro sagte nichts mehr. Marianne dünkte es, als müsse der See gleich über die Ufer treten. Eine tiefe Scham erfüllte sie. Siegurd und die blonde Baronin? Hatte er nicht gerade über diese in der Ohio-Bar ungefragt einige Dinge gesagt, die alles andere als schön gewesen waren?

Lustige Witwe? Schönheitschirurgengoldgrube? Lebender Lift? Vollreiflese? Nymphomanin?

Die brave Marianne hatte nicht gewußt, was eine Nymphomanin ist, und anderntags in ihrer Naivität Dr. Faber, ihren Chef, gefragt. Der hatte sie überrascht angeblickt und dann nur gesagt: »Sie sind keine.«

Damit konnte sie auch nichts anfangen, und sie besorgte sich deshalb ein Lexikon und sah unter »Nymphomanin« nach. Das dicke Buch fiel ihr fast aus der Hand; dort stand: »Mannstolles Weib«.

Pedro schlug vor, den Spaziergang fortzusetzen.

»Und Sie, lieber Recke«, sagte er zum Förster, »melden mir heute abend, wo ein guter Bock steht, für den es dann morgen früh ernst werden soll. Fräulein Klett kann's schon gar nicht mehr erwarten.«

»Das stimmt nicht!« rief Marianne, damit unwillkürlich Zeugnis dafür ablegend, daß ihr das arme Tier jetzt schon leid tat.

Recke blickte den beiden, als sie sich entfernten, nach, bis sie hinter den Büschen verschwunden waren. Er steckte seine Pfeife, die ihm erloschen war, wieder in Brand und brummte vor sich hin: »Wenn das wahr wird, was sich da abzeichnet, gibt es noch ein Drama auf Aarfeld. Nur gut, daß man weiß, auf wessen Seite man zu stehen hat.«

Dann drehte er sich um und schritt in entgegengesetzter Richtung davon, um die Wildwechsel zu erreichen, von denen er wußte, daß er dort am ehesten den vom Baron erwünschten kapitalen Bock aufspüren würde.

Eine dringende Angelegenheit hinderte Pedro von Aarfeld daran, nach der erfolgreichen Jagd am Sonntag Marianne Klett selbst mit dem Wagen in die Stadt zurückzubringen. Dazu mußte also Lulatsch eingeteilt werden, den ein Führerschein dazu befähigte, als Chauffeur einzuspringen. Er lieferte Marianne vor ihrer Haustür ab, wendete den Wagen und fuhr sofort nach Aarfeld zurück.

Beschwingt, noch ganz im Banne der Erlebnisse, die hinter ihr lagen, glücklich und in seliger Stimmung, stieg Marianne leise summend die Stufen zu ihrem Zimmer hinauf und kramte in ihrer Handtasche nach dem Schlüssel, um aufzusperren, als sie von innen eine wohlbekannte Stimme hörte: »Komm nur rein, es ist offen. Ich erwarte dich schon seit Stunden.«

Ein eisiger Schreck durchfuhr sie. Sie lehnte sich an die Flurwand und sammelte ein bißchen Kraft, ehe sie sich stark genug fühlte, die Tür aufzudrücken und in das Zimmer zu treten. Mit starren Augen sah sie den Besucher an.

»Siegurd . . .«

»Ja, ich bin's«, sagte der junge Baron und winkte in seinem Sessel zur Begrüßung lässig mit der Hand. »Ich wundere mich, daß dir mein Name überhaupt noch geläufig ist. Hatte schon damit gerechnet, gar nicht mehr erkannt zu werden.«

»Was willst du hier?« fragte sie ihn schroff.

»Was für ein Ton! Empfängt man so einen Freund?«

»Wie bist du hereingekommen?«

»Wie denn wohl? Durch die Tür.«

»Ich weiß genau, daß ich sie abgeschlossen hatte.«

»Wenn du das so genau weißt, dann muß ich sie wohl aufgesperrt haben.«

Sie blickte ihn fassungslos an. »Mit welchem Schlüssel?«

»Mit einem der meinen.«

»Das mußt du mir schon genauer erklären.«

»Siehst du«, sagte er grinsend, wobei er aus seiner Tasche einen Bund mit sechs oder acht Schlüsseln zum Vorschein brachte, »ich verfüge davon über mehrere Exemplare. Auf Aarfeld, diesem alten Gemäuer, gibt's viele Schlösser, nicht die besten, genau wie das deine hier. Das war meine Theorie. Von ihr ging ich über zur Praxis und startete hier einige Versuche. Schon der dritte führte zum Erfolg.«

Marianne rang buchstäblich nach Luft. »Siegurd«, sagte sie mit gepreßter Stimme, »du weißt doch, was du da gemacht hast? Du hast eingebrochen!«

»Welch hartes Wort!« Sein Lächeln war widerlich glatt. »Nimm mich als modernen Troubadour. – Einbruch aus Liebe. – Leidenschaft kennt keine Fesseln. – Ich hatte Sehnsucht nach dir.«

»Was willst du?«

Marianne war an der Tür stehen geblieben, jeden Augenblick dazu bereit, die Tür wieder aufzureißen und sich abzusetzen, wenn er sich ihr nähern sollte. Siegurd schien das zu erkennen und blieb sitzen, aber um seinen lächelnden Mund erschien ein grausamer, harter Zug.

»Diese Frage stellst du jetzt zum zweitenmal. Ich sagte es inzwischen schon: Ich hatte Sehnsucht nach deinen Küssen.«

»Das ist vorbei. Ich will nicht mehr daran erinnert werden.«

»Und du meinst, damit ist der Fall erledigt?«

»Warum nicht?«

»Weil man einen Baron Aarfeld nicht in dieser Weise abserviert, du Luder«, explodierte er. »Was glaubst du denn eigentlich, wer du bist, du Kröte? Du kannst dein ganzes kleines, miserables Leben lang nur stolz darauf sein, daß dich ein Edelmann angefaßt hat. Hattest du dir denn überhaupt die Zähne geputzt, ehe du es wagtest, mich zu küssen?«

Marianne fing an zu zittern. »Verlassen Sie sofort mein Zimmer! Augenblicklich, sonst schreie ich!«

»Schrei doch. Weißt du, was ich denen dann erzähle? Daß du mich in dein Zimmer gelockt hast und gemein wurdest, weil mir die Bezahlung, die du gefordert hast, zu hoch war. Du kannst es ja darauf ankommen lassen, wem man glauben wird – dir oder einem Baron?«

»Du . . . du Schwein!«

»Danke.« Er verbeugte sich spöttisch im Sitzen. »Solche Schmeicheleien höre ich öfter. Wie mir scheint, hat mein Bruder Pedro, der stille Träumer mit den Märchenaugen, der Mann mit der tiefen Seele, einen großen Eindruck auf dich gemacht, dir sozusagen die Unterschiede der Aarfelds bewußt gemacht. Und nun träumst du vielleicht gar davon, Herrin auf Aarfeld zu werden, du kleine Goldgräberin. Ja, stimmt's? Aber das werde ich dir versalzen. Sicher wäre Pedro, der Majoratsherr, der keine Zeit zu verlieren hat, eine Frau zu finden, wenn er im Besitz des Erbes bleiben will, eine gute Partie für eine kleine Kokotte, aber . . .«

»Hinaus!«

». . . aber ich werde ihm die Augen öffnen, werde ihm sagen, wie du's in jenem Ohio-Séparée mit mir getrieben hast. Dafür gibt's Zeugen, die Kellner nämlich, und schon *ein* Kuß ist in den Augen meines stinkseriösen Bruders etwas ganz anderes als anscheinend hundert Küsse in den deinen, das kannst du mir glauben. Sollte er aber immer noch nicht genughaben, werde ich ihm erzählen, welchen Kampf es mich gekostet hat, mich von dir, als ich dich nach Hause brachte, nicht in dein Zimmer mit hineinziehen zu lassen. Wenn er das hört, bist du in seinen Augen ganz sicher nur noch eine Dir . . .«

Er hatte das Wort noch nicht ganz ausgesprochen, als Marianne schon mit einem Satz vor ihm stand und mit der ganzen Kraft, die ihr Wut und Verachtung verliehen, zuschlug und klatschend seine Backe traf.

Sie hatte ihn überrascht, so daß er gar nicht dazugekommen war, den Schlag abzuwehren.

Stumm, mit lodernden Augen blieb er noch zwei, drei Sekunden lang sitzen, dann aber sprang er ruckartig auf. Sein Mund war verzerrt. Wie eine Fratze sah sein Gesicht aus, wie eine diabolische, schauderhafte Fratze.

»Das wirst du mir büßen«, preßte er zwischen den Zähnen hervor. »Auf den Knien wirst du liegen und wimmern und mich anflehen, diesen Schlag zu vergessen . . .«

Er riß Mantel und Hut an sich, die auf der Bettcouch lagen, und eilte zur Tür. Auf der Schwelle drehte er sich noch einmal um und blickte haßerfüllt auf Marianne, die zitternd im Zimmer stand. »Ich spreche heute abend noch mit Pedro. Und wenn du wieder auf dem Gut erscheinen solltest – ob mit oder ohne Dr. Faber –, werde ich die Jagdhunde auf dich hetzen, und niemand, kein Pedro, wird mich daran hindern können.«

Die Wut sprach aus ihm, sonst wäre ihm selbst auch klar gewesen, wie lächerlich er übertrieb.

Er warf die Tür hinter sich ins Schloß. Marianne hörte seine Schritte auf der Treppe verhallen, dann sah sie ihn über die Straße gehen . . . elegant, beherrscht, ganz Gentleman, der Herr Baron von Aarfeld, ein Adeliger vom Scheitel bis zur Sohle.

Da schlug Marianne die Hände vors Gesicht und fiel weinend auf ihre Couch. Immer und immer wieder wurde ihr Körper von heftigem Schluchzen durchgerüttelt.

»Pedro«, stammelte sie, »ich habe dich verloren, es ist vorbei, für immer vorbei . . . vorbei . . . vorbei . . .«

Sie vergrub ihr tränennasses Gesicht in den Kissen und lag so, bis sie vor Erschöpfung einschlief. Aber selbst im Schlaf noch zuckte bisweilen ihr Körper und kam ein leises Wimmern von ihren bebenden Lippen. Und plötzlich schrie sie auf und schlug wild um sich. Jagdhunde verfolgten sie im Traum.

3

Die Unterredung zwischen den beiden ungleichen Brüdern fand wirklich noch am gleichen Abend statt, nur verlief sie anders, als Siegurd von Aarfeld sich das gedacht hatte. Und nicht er war derjenige, welcher diese Unterredung herbeiführte, sondern sein Bruder Pedro, der schon den ganzen Tag in einer freudigen Hochstimmung herumgelaufen war und mit Humor und guter Laune seine Leute auf dem Gut völlig durcheinandergebracht hatte. Selbst Lulatsch, der sich in seinem langen Dienerleben bereits an allerhand gewöhnt hatte, fand es äußerst bemerkenswert, daß ihm der Herr Baron freundlich auf die Schulter klopfte und sagte: »Lulatsch, du kannst heute abend eine Flasche aus meinem Keller trinken, diesmal mit meinem Wissen und meiner Erlaubnis.« Dabei zwinkerte er, und Lulatsch wurde ganz rot. Teufel, Teufel, dachte er, als er sich entfernte, der weiß also, daß ich ab und zu ein Fläschchen für mich abzweige, und hat mich trotzdem noch nicht zur Rede gestellt. Verdammt großzügig von ihm. Famoser Mensch.

Als Siegurd auf dem Gut eintraf und seine Wohnung aufsuchen wollte, kreuzte Lulatsch seinen Weg und teilte ihm mit, daß sein Bruder ihn im Herrenzimmer zu sehen wünsche.

»Da bin ich«, sagte Siegurd zu Pedro. »Was gibt's?«

Pedro wirkte etwas feierlich. Siegurd war überrascht. Der Duft einer guten Zigarre durchdrang das Zimmer.

»Willst du mir etwa mitteilen«, fuhr Siegurd fort, »daß du die Absicht hast, dich ganz deiner Malerei zu widmen und mir das Gut an den schmerzenden Hals zu hängen?«

Das Lächeln, das seine Worte begleitete, war alles andere als echt.

Pedro blickte ihn kurz an, paffte eine Zigarrenwolke in die Luft und erwiderte: »Nein, im Gegenteil, ich setze dich hiermit davon in Kenntnis, daß ich heiraten werde. Die Konsequenzen, die sich daraus ergeben, sind dir bekannt.«

Siegurd hatte kaum mit Überraschung zu kämpfen.

»Wen«, fragte er lauernd, »willst du heiraten? Die Klett?«

Nun war aber Pedro perplex. »Woher weißt du das?«

»Die ganze Umgebung spricht doch schon davon, wie sie dich umgarnt.«

»So?«

»Sie will sich dich unter den Nagel reißen, sagen alle.«

Pedro legte die Zigarre auf den Aschenbecher, atmete tief ein und erwiderte dann mit drohendem Unterton in der Stimme: »Ich möchte jedem raten, ab sofort nicht mehr so von meiner zukünftigen Frau zu sprechen. Das kannst du allgemein bekanntgeben.«

»Pedro«, sagte Siegurd, der erkannte, daß hier schweres Geschütz aufgefahren werden mußte, »ich muß dir über die die Augen öffnen . . .«

»Wie bitte?«

»Ich kenne sie besser als du, ich komme soeben aus ihrer Wohnung.«

»Aus Ihrer Wohnung? Wie kommst du in ihre Wohnung? Was hast du überhaupt mit ihr zu schaffen?«

»Dumme Frage. Sie hat es eben auch auf mich angelegt, und zwar schon länger.«

Aus Pedros Gesicht wich die Farbe. Langsam erhob er sich.

»Bist du bereit«, fragte er, »deine Behauptungen auch vor Fräulein Klett zu wiederholen?«

»Selbstverständlich. Sei aber nicht überrascht, wenn sie alles ableugnet. Das ist doch das übliche. Du wirst dich dann entscheiden müssen, wem du glaubst: deinem Bruder oder dieser Person.«

»Fräulein Klett ist keine ›Person‹, ich warne dich. *Noch* genießt sie meinen Schutz . . .«

»Nicht mehr lange. Ich kann dir nämlich mit Beweisen aufwarten, mit Zeugen . . .«

»Mit welchen Zeugen?«

»Mit Kellnern aus der Ohio-Bar. Sie kennen dich.«

»Aber *ich* kenne *die* nicht! Ich verkehre nicht in solchen Löchern, dazu ist mir meine Zeit zu schade!«

Auf Siegurds Gesicht breitete sich Hohn aus. »Fräulein Klett verkehrt in solchen Löchern . . .«

»Etwa zusammen mit dir?«

»Erraten.«

»Und?«

»Und führt sich dementsprechend auf.«

Pedro ging zum Fenster, blickte ein Weilchen hinaus, drehte sich dann um zu Siegurd und sagte gefährlich ruhig: »Ich will jetzt wissen, was passiert ist . . .«

»Frag die Kellner.«

»Ich will es von dir wissen.«

»Sie hat mir die Kleidung halb vom Leib gerissen.«

Pedro wurde noch blasser. »Können das die Kellner bezeugen?«

»Meiner Ansicht nach ja. Es ist aber möglich, daß ihre Ansichten darüber auseinandergehen. Das ist ja immer so: Dem einen genügt ein Knopf, der aufgeknöpft wird, der andere verlangt, daß die ganze Hose gefallen ist.«

»Konkret: Was können die Kellner bezeugen?«

»Daß sie mich geküßt hat.«

»Geküßt?«

»Und wie! Da blieb kein Auge trocken! Ich hatte alle Hände voll zu tun, mich ihrer zu erwehren!«

Seltsamerweise schien Pedro daraufhin etwas erleichtert. Er ging zweimal im Zimmer auf und ab und blieb plötzlich vor Siegurd stehen. »War sie betrunken, als sie dich küßte?«

»Wie ... wieso?« stieß Siegurd hervor. Die Frage kam ihm überraschend. Er hatte nicht mit ihr gerechnet.

»Weil es mich interessiert, was du ihr eingeflößt hast.«

»Eingeflößt? Das war nicht nötig, frag die Kellner.«

»Was hattet ihr getrunken?«

»Zusammen eine Flasche Burgunder.«

»Und?«

»Und jeder einen Martini.«

»Und?«

»Und vier Manhattan.«

»Zusammen oder jeder?«

»Jeder, aber was soll das, worauf willst du hinaus?« erregte sich Siegurd, dem dieses Verhör verständlicherweise auf die Nerven ging.

»Ich möchte sehen, wessen du fähig bist, um dir eine Dame gefügig zu machen.«

Siegurd verlor die Beherrschung.

»Einer Dame?!« schrie er. »Sag ›einer Dirne‹, dann stimmt's!«

Das war das zweitemal, daß dem jungen Baron von Aarfeld an diesem Tage ins Gesicht geschlagen wurde. Es war aber keine schwache Ohrfeige mehr, von mehr oder minder zarter Frauenhand, sondern ein wuchtiger Hieb, der ihn gegen den Schrank schleuderte, an den er sich anklammern mußte, um nicht umzusinken. Mit lodernden Augen stand Pedro vor ihm, einen Kopf größer, ein Riese, der sich der Kraft seiner Muskeln wohl bewußt war und ankündigte, daß er sich nicht scheuen würde, beim geringsten noch einmal zuzuschlagen.

»Noch ein solches Wort, und dich holt der Teufel, das sage ich dir!«

Siegurd war zwar benommen, aber soviel konnte er erkennen, daß seine Gesundheit, soweit sie ohnehin nicht schon geschädigt war, an einem seidenen Faden hing. Er wich vor Pedro zurück, retirierte zur Tür, während er sich mit einem rasch hervorgezogenen seidenen Taschentuch das Blut von den aufgesprungenen Lippen wischte. Auf der Schwelle blieb er noch einmal stehen und sagte: »Das wirst du mir büßen! Mich prügelt man nicht wie einen Hund, laß dir nur Zeit!«

»Hau ab! Am besten verschwindest du ganz vom Gut! Hier bist du von jeher zu nichts nütze!«

Mit lautem Krach schlug Siegurd die schwere Eichentür hinter sich zu, und Pedro sank, nachdem er einen Blick auf die Zigarre geworfen und gesehen hatte, daß sie ausgegangen war, in seinen Ledersessel. Er wischte sich über die Stirn, als wollte er in seinem Kopf das, was sich hier ereignet hatte, auslöschen. So saß er eine Viertelstunde lang, bis er des Aufruhrs in seinem Inneren langsam Herr wurde.

Lulatsch klopfte an die Tür und meldete konsterniert, daß der junge Herr Baron unter Mitnahme des größeren der beiden Wagen das Gut verlassen habe. »Ich fühle mich verpflichtet«, fügte er hinzu, »Ihnen mitzuteilen, was er gesagt hat, Herr Baron . . .«

»Was denn?«

»Das ganze Gut gehöre in die Luft gesprengt, mit Ihnen an der Spitze, Herr Baron. Er könne nur jedem raten, möglichst bald von hier zu verschwinden.«

»Lulatsch«, sagte Pedro bedrückt, »du weißt, was sich für einen guten Diener gehört . . .«

»Ich hoffe es.«

»Mein Bruder ist verrückt. Wir hatten eine Auseinandersetzung. Er redet dummes Zeug, wenn er sich aufregt. Manchmal läßt es sich nicht vermeiden, daß ein Diener davon etwas mitbekommt. Und dann zeigt sich der Unterschied zwischen einem guten Diener und einem schlechten. Ein schlechter Diener quatscht herum, ein guter kann sich schon eine Minute später nicht mehr an das geringste erinnern. Wieviel Uhr haben wir jetzt, Lulatsch?«

»Eine Minute später, Herr Baron.«

»Danke.«

»Keine Ursache, Herr Baron.«

Pedro erhob sich.

»Ich fahre noch in die Stadt. Hol mir bitte meinen Wagen aus der Garage.«

»Den Ihren?«

»Ja, natürlich.«

»Herr Baron, ich sagte Ihnen doch, daß der junge Herr Baron mit dem großen Wagen . . .«

»Wann sagtest du mir das?«

»Soeben.«

Lulatsch wunderte sich. Die müssen ja ganz schön gestritten haben, dachte er. Durcheinander sind sie jedenfalls beide.

»Und was ist mit dem Opel, Lulatsch?«

»Der steht zur Verfügung, Herr Baron.«

»Dann bring mir den.«

»Sehr wohl, Herr Baron. Sind Sie notfalls zu erreichen? Wollen Sie mir eine Adresse hinterlassen?«

»Nein.«

Lulatsch nickte und machte kehrt, um sich zu entfernen.

»Oder doch, Lulatsch: Ich bin bei Dr. Faber.«

Pedro von Aarfeld brauste durch die Nacht. Seine starken Scheinwerfer fraßen einen grellen langen Streifen aus der Dunkelheit vor ihm und ließen die Alleebäume fast weiß erscheinen. Mit der linken Hand steuerte er den Wagen, in der rechten hielt er eine Zigarette, die zitterte. Dies zeigte den Grad seiner inneren Erregung und Spannung an.

Ich muß das alles heute abend noch klären, dachte er. Ich muß Dr. Faber sprechen, auch Marianne. Jahre hatte ich Zeit, mich um meine Verhältnisse zu kümmern ... und habe mich um nichts gekümmert. Nur um meine Malerei, aber nicht um die Erhaltung meines Erbes. Und jetzt drängt sich alles praktisch auf Stunden zusammen. Es bleibt mir jedoch nichts anderes übrig, ich muß die Entscheidung fällen.

Übers Lenkrad gebeugt, starrte er auf die helle, von den Scheinwerfern der Dunkelheit entrissene Decke der nächtlichen Straße vor sich.

Marianne, dachte er, und es wurde ihm plötzlich heiß ums Herz und in der Kehle. Marianne – hast du deshalb nein gesagt? Ich will es wissen ... heute noch ... denn ich liebe dich.

Dr. Edmund Faber saß noch in seinem Arbeitszimmer, als unten vor dem Haus die Bremsen eines Wagens quietschten und kurz darauf bei ihm die Klingel ertönte.

»Nanu?« fragte er sich selbst. »Wer kann denn das noch sein?«

Kopfschüttelnd erhob er sich, stieg die Treppe hinunter und knipste die Außenbeleuchtung über der Haustür an. Dann öffnete er ein vergittertes Fensterchen in der dicken Tür und spähte hinaus. »Sie?« rief er überrascht, als er das Gesicht des Barons Pedro von Aarfeld entdeckte, der mit nervösem Ausdruck draußen stand. Rasch schloß er die Tür auf und bat Pedro herein.

»Was ist denn los bei Ihnen, wo brennt's?«

Der Baron schwieg. Er kannte sich im Haus aus und lief stumm hinauf ins Arbeitszimmer, in dessen Fenster das Licht gebrannt und dem Baron schon draußen gezeigt hatte, wo der Hausherr zu dieser Stunde sich noch aufhielt. Oben ließ sich Pedro in einen Sessel fallen, erst dann sagte er zu Dr. Faber, der ihm kopfschüttelnd gefolgt war: »Ich hätte fast meinen Bruder erschlagen.«

»Um Gottes willen! Wieso?«

Pedro erstattete Bericht.

»Und jetzt«, schloß er, »stößt er wilde Drohungen aus, mit denen er mich allerdings keineswegs erschrecken kann. Nur fürchte ich, daß er vielleicht auch noch Fräulein Klett in die Sache mit hineinzieht, wissen Sie.«

»Dazu gehören zwei: einer, der zieht, und eine, die sich ziehen läßt.«

»Und letzteres glauben Sie, wenn ich Sie recht verstehe, von Fräulein Klett nicht?«

»Nein.«

Pedro seufzte. »Da bin ich nicht so ganz sicher.«

Dr. Faber blickte ihn erstaunt an. »Warum nicht?«

Pedro seufzte ein zweites Mal und antwortete: »Ich muß zumindest auch die Möglichkeit in Betracht ziehen, daß Fräulein Klett auf der Seite meines Bruders steht . . .«

»Ach was!«

»Doktor, ich muß Sie da in etwas einweihen, das Sie bis jetzt noch nicht wissen. Fräulein Klett hat mich enttäuscht . . .«

»Wieso?«

»Sie empfängt meinen Bruder in ihrer Wohnung . . .«

»›Empfängt‹, sagen Sie? Das glaube ich nicht so ganz. Da müßte ich erst einmal mit ihr selbst reden.«

»Auf jeden Fall war sie mit ihm in der Ohio-Bar.«

»Das weiß ich.«

»Sie wissen das?« stieß Pedro überrascht hervor. »Von wem?«

»Von ihr selbst.«

»Von Marianne?«

»Ja, sie hat es mir gesagt, schon am nächsten Tag.«

»Alles wird sie Ihnen nicht gesagt haben, Doktor, z. B. wird sie Ihnen nicht gesagt haben, daß sie meinen Bruder auch . . .«

». . . geküßt hat, doch, auch das hat sie mir gesagt«, fiel Dr. Faber ein und amüsierte sich über Pedros perplexen Gesichtsausdruck.

Das Haustelefon läutete in diesem Augenblick. Fabers Wirtschafterin wollte wissen, wie es heute mit dem Abendessen stünde. Der vage Bescheid, den sie erhielt, ließ sie innerlich ihren schon mehrmals gefaßten Entschluß, ihre derzeitige Stellung zu kündigen, erneuern.

»Wo waren wir stehen geblieben?« fragte Dr. Faber den Baron, als er den Hörer auflegte. »Richtig, ja, bei den Küssen. Es war nicht nur einer, beichtete sie mir. Mir lief, gestehe ich, das Wasser im Mund zusammen.«

»Doktor, mir ist nicht nach Witzen zumute . . .«

»Und zuletzt wollte sie von mir noch wissen, was eine Nymphomanin ist.«

»Wie bitte?«

»Eine Nymphomanin.«

Pedro räusperte sich. »Doktor . . .«

»Hören Sie zu«, wurde er von Faber unterbrochen, der mit sich kämpfen mußte, um nicht über Pedros Mienenspiel der Entrüstung in schallendes Gelächter auszubrechen, »was geht Sie eigentlich, entschuldigen Sie die harte Frage, das Privatleben von Fräulein Klett an? Haben Sie irgendwelche Rechte auf sie?«

»Ich denke schon.«

»Seit wann?«

»Seit . . . seit heute . . . nein, seit gestern.«

»Eine enorme Zeit.« Nun platzte aber Dr. Faber doch heraus und rieb sich die Tränen aus den Augen, nachdem er herzlich gelacht hatte. Dann setzte er hinzu: »Auf alle Fälle liegt dieser Ohio-Besuch weiter in der Vergangenheit zurück, das steht zweifelsfrei fest, oder?«

»Zugegeben, Doktor, und ich weiß auch, daß Fräulein Klett angeheitert war, das erklärt vieles – aber trotzdem darf ich von meiner zukünftigen Frau erwarten, daß sie sich auch in animierter Stimmung reserviert verhält. Das hat sie nicht getan, und dieser Stachel sitzt in meinem Fleisch, wenn ich auch zu meinem Bruder etwas ganz anderes gesagt habe.«

Darauf hatte Dr. Faber nur eine Frage: »Baron Aarfeld, in welcher Zeit leben Sie eigentlich?«

Und als Pedro verbissen schwieg, entschloß sich Faber, ihm einmal richtig die Leviten zu lesen. Und wenn mich das die Freundschaft mit diesem Mann kostet, dachte er.

»Wissen Sie was?« legte er los. »Wenn ich die Klett wäre, würde ich gerne auf Sie verzichten. Sie sprechen von Ihrer ›zukünftigen Frau‹, Sie meinen es also ernst. Na, danke! Was hat denn eine an Ihrer Seite zu erwarten? Einengung, Diktatur, mittelalterliche Anschauungen, Freiheitsberaubung, womöglich noch alten Adelsstolz und den Keuschheitsgürtel wie bei den Kreuzfahrern . . . Moment, unterbrechen Sie mich nicht, ich bin noch nicht fertig. Was bedeutet denn heute noch ›alter Adel‹? Wer fragt heute noch danach, ob Ihre Vorfahren an einem Tisch mit Karl dem Großen saßen oder mit Pippin dem Kurzen auf die Jagd gingen? Auch die Freundschaft Ihres Ahnherrn Sebastian mit Otto dem Bärtigen interessiert heute nur noch die Familienforscher; die breite Masse pfeift darauf. Was Sie *heute* darstellen, *das* ist maßgeblich! Wenn Sie *heute* mit beiden Beinen im Leben stehen, wenn Sie anpacken, wenn Sie einem Erdarbeiter genauso gern die Hand geben, wie Sie die einer Komtesse küssen, *dann* sind Sie richtig! Mit mittelalterlichen Ansichten aber, mit Standesdünkel, mit den Allüren eines Perückenedelmannes, der alten

Gemälden entsprungen ist, sind Sie heute nur noch ein lebender Witz, der herumläuft. Als solcher heiraten Sie besser nie, zum Segen jeder Unglücklichen, die Ihnen in die Hände fallen könnte.«

Dr. Faber verstummte. Es blieb eine Weile still. Die beiden Männer sahen einander schweigend an.

»Danke«, krächzte Pedro von Aarfeld endlich.

»Bitte, keine Ursache«, antwortete Faber. »Sind wir jetzt geschiedene Leute?«

»Wieso?« fragte Pedro, nachdem er sich die Stimme freigeräuspert hatte.

»Weil ich mir vorstellen könnte, daß Sie nun zutiefst beleidigt sind; daß Sie die Nase voll haben von mir.«

In Pedros Gesicht arbeitete es, und plötzlich obsiegte ein Lächeln, das sich in seine Züge stahl.

»Im Gegenteil, lieber Doktor«, versicherte er. »Ich finde, daß mir das einmal gesagt werden mußte.«

Er erhob sich und streckte sich. Er wirkte wie befreit. Er setzte hinzu: »Und ich verspreche Ihnen, mich grundlegend zu bessern. Als erstes werde ich mit Marianne sprechen, das hatte ich ohnehin vor – aber nun wird es in ganz anderer Form geschehen: Ich werde nicht erwähnen, daß ich von ihrer Affäre weiß.«

Dr. Faber hob warnend den Zeigefinger. »Affäre! Schon wieder so ein dummes Wort aus dem Sprachschatz vergangener Zeiten! Marianne Klett hatte einen Schwips und ließ sich von einem Windhund aufs Glatteis führen – mehr nicht! Sie rutschte aus, aber eingebrochen ist sie nicht. Im übrigen hatte sie, wenn Sie das tröstet, enorme Gewissensbisse. Sie war ganz zerknirscht, als sie mir die Sache schilderte. Sie hätte es doch überhaupt nicht nötig gehabt, mir davon auch nur ein Wort zu erzählen. Daß sie es tat, ist doch schon bezeichnend genug, finden Sie nicht auch?«

»Doktor«, rief Pedro mit erhobenen Händen, wie um sich zu schützen, »fangen Sie nicht schon wieder an, mir den Kopf zu waschen! Ich will ja gar nichts mehr gesagt haben.«

»Nehmen Sie Ihre Marianne in die Arme und sagen Sie ihr: ›Mädchen, komm, pack deine Sachen, zieh zu mir nach Aarfeld, es wird geheiratet.‹ So macht man das heutzutage, *das* ist ein moderner Antrag!«

Pedro von Aarfeld, der stolze Baron, konnte nicht anders, er mußte herzlich lachen.

»Und wissen Sie«, fuhr Faber fort, »daß es, wenn ich Ihnen einen solchen Ratschlag gebe, das eigene Fleisch ist, in das ich mich schneide?«

»Warum?«

»Weil ich eine ausgezeichnete Sekretärin verliere, deren Qualitäten ich in ganz kurzer Zeit zu schätzen gelernt habe. Weiß der Teufel, was mir nach ihr wieder ins Haus steht.«

»Darf ich Ihnen zum Trost eine Flasche Wein spendieren, Doktor?«

»Gern. Haben Sie eine dabei?«

»Nein. Ich dachte an eine aus Ihrem Keller.«

»Ach so!«

Beide lachten, und es wurde noch ein vergnügter Herrenabend. Zuletzt bezog Pedro ein Bett in Fabers Gästezimmer, um den Führerschein keiner Gefahr auszusetzen.

Marianne Klett erschien am nächsten Morgen, wie immer, Punkt acht Uhr vor Dr. Fabers Geschäft. Sie schloß die Ladentür auf, stieß die schweren Eisengitter vor den Schaufenstern hoch, stellte die Tagessignalanlage an und setzte sich im Büro an ihre Schreibmaschine. Sie wunderte sich, daß Dr. Faber ausblieb. Das war sie von ihrem Chef nicht gewöhnt.

Auf ihrem Platz fand sie eine neue Liste für den Katalog, die sie abzuschreiben hatte. Das war rasch geschehen, und sie sah sich um, entdeckte aber nichts anderes, was Dr. Faber für sie noch zur

Erledigung bereitgelegt hätte. Sie ging deshalb in den Laden und setzte sich hinter die Glastheke, wo sie etwas zerstreut in einem Kunstbuch blätterte.

Wo bleibt er denn? dachte sie.

Das Büro hatte zwei Eingänge, einen vom Laden her und einen separaten. Plötzlich hörte sie die separate Tür gehen. Dr. Faber war erschienen.

Marianne vernahm seine Stimme, die rief: »Fräulein Klett – Stenogramm!«

Dann ging wieder die separate Tür, und Fabers Schritte verklangen auf der Treppe nach oben.

Nanu, dachte Marianne, Stenogramm in seinem Arbeitszimmer? Das ist ja etwas ganz Neues. Muß eine wichtige Sache sein.

Sie eilte ins Büro, nahm Block und Bleistift, warf in einem Spiegel an der Wand einen prüfenden Blick auf ihr Gesicht und lief dann die Treppe hinauf. Sie klopfte kurz und trat ein.

Ihr erster Blick fiel auf den Schreibtisch – er war leer. Erstaunt wandte sie sich um. Da stand beim Schrank ein großer, breiter Mann und streckte ihr beide Hände entgegen.

»Pedro . . .«, stammelte sie.

Sie wußte nicht, ob sie erschrocken sein oder sich freuen sollte. Hatte Siegurd schon mit ihm gesprochen? Wahrscheinlich ja.

»Marianne . . .«

Er hielt die Arme ausgebreitet und wartete darauf, daß sie sich hineinstürzte. Sie tat es nicht, sondern fragte: »Du kommst zu mir, Pedro?«

»Sollte ich nicht?«

»Hat . . . hat dein Bruder schon mit dir gesprochen?«

»Ja, gestern.«

»Und . . . und trotzdem kommst du?«

»Trotzdem.«

»Was hat . . . hat er dir denn erzählt?«

»Alles.«

»Alles? Und das macht dir nichts aus?«

In Mariannes Gesicht ging zögernd die Sonne auf.

»Was soll mir denn etwas ausmachen, mein Engel? Ich bin doch keiner aus dem Mittelalter.«

»Pedro!« Plötzlich löste sich ihre Lähmung, und sie sprang auf ihn zu. »Pedro, ich liebe dich!«

Er fing sie auf, und die gegenseitigen Küsse, mit denen die beiden sich bedachten, stellten alles in den Schatten, was ein Siegurd von Aarfeld je in seinem Leben auf diesem Gebiete erfahren hatte.

»Liebling«, sagte Pedro, als sie ihn endlich wieder zu Atem kommen ließ, »ich darf dir natürlich nicht vorenthalten, daß ich ihn aus dem Haus gejagt habe ...«

»Wen?«

»Deinen zukünftigen Schwager.«

»Zukünftigen Schwager? War das etwa ein Heiratsantrag, den du mir da soeben gemacht hast?«

»Ich kann's dir auch anders sagen: Mädchen, pack deine Sachen, zieh zu mir nach Aarfeld, es wird geheiratet.«

»Pedro!!«

Ein neues Küsse-Gewitter entlud sich, doch dann sagte Marianne: »Du hast ihn aus dem Haus gejagt?«

»Ja, er hat dich beleidigt, ich schlug ihn blutig, nun haßt er mich.«

»Mich wohl auch.«

»Dich, mich, das ganze Gut, alles.«

»Ich fürchte ihn, Pedro.«

»Dazu hast du keinen Grund, mein Engel«, sagte er leichthin. »Du stehst unter meinem Schutz. Mit dem werde ich allemal fertig.«

Schon Minuten später dachte Pedro von Aarfeld darüber

anders.

Ein Telefon läutete irgendwo im Haus. Die beiden hörten, wie Dr. Faber abhob und sich meldete; dann rief seine Stimme von unten herauf: »Aarfeld am Apparat! Sie werden dringend verlangt, Baron!«

Pedro und Marianne liefen die Treppe hinunter ins Büro, und er ließ sich von Faber den Hörer, den ihm dieser entgegenhielt, geben. Dann wurde er plötzlich blaß und stützte sich, um nicht zu wanken, mit seiner freien Hand schwer auf den Schreibtisch. Erschrocken bemerkten der Kunsthändler und Marianne die Veränderung an ihm.

»Nicht möglich!« schrie er in die Muschel.

Dann lauschte er noch einmal kurz, ließ den Hörer sinken, wandte sich um zu Marianne und Faber und stieß hervor: »Das Gut brennt!«

»Nein!« schrie Marianne auf und klammerte sich an ihn.

Er nickte zum Apparat. »Lulatsch war dran. Alle Feuerwehren der ganzen Umgebung sind schon alarmiert. In der Scheune hat es begonnen. Angeblich Selbstentzündung des Heus . . .«

Dieses ›angeblich‹ hing schwer im Raum.

»Siegurd?« sagte denn auch fragend Dr. Faber schon nach wenigen Sekunden.

Pedro schwieg. Man sah aber, wie es in seinem Gesicht arbeitete. Seine Backenknochen bewegten sich, die Zähne mahlten, die aufeinandergepreßten Lippen waren dünne Striche.

»Ich muß los!« stieß er plötzlich hervor und wandte sich zum Ausgang.

Auch in Fabers Gestalt kam Leben. »Wir begleiten Sie!« rief er, Mantel und Hut vom Haken reißend. »Marianne, schließen Sie rasch den Laden, der bleibt heute zu!«

Pedros Wagen brachte die drei nach Aarfeld. Es war eine Höllenfahrt. Faber saß hinten im Fond, Marianne vorne neben Pedro und starrte durch die Frontscheibe auf das heranschießende und unter dem Kühler verschwindende Band der Straße, die nicht enden wollte. Pedros Fuß drückte das Gaspedal ständig durch bis zum Anschlag.

Es ist meine Schuld, sagte sich Marianne. Ich habe alles ausgelöst. Nur aus Rache hat Siegurd das getan. So wahr ich aber jetzt neben Pedro sitze, werde ich ihn dafür zur Verantwortung ziehen mit dem ganzen Haß, dessen nur eine Frau fähig ist. Ich fürchte ihn nicht mehr, ich hasse, hasse, hasse ihn – nicht weil er mir, sondern weil er Pedro das angetan hat.

Mit quietschenden Reifen ging der Wagen in die Kurven, jagte über den Asphalt, hüpfte über die Schlaglöcher des schlechteren Teils der Strecke. Starr saß Pedro am Steuer, nur seine Arme und sein Gasfuß arbeiteten.

Gut Aarfeld brennt!

Das Erbe der Väter!

Das Majorat!

Um die gleiche Zeit saß Siegurd von Aarfeld im Salon der Freiin Mathilde von Bahrenhof und las die Morgenzeitung. Mathilde lehnte am Fenster und schaute hinaus auf den Gutshof, wo zwei Knechte die Pferde zur Koppel trieben.

Sie drehte sich um und blickte ins Zimmer.

»Ich habe dich heute nacht gar nicht wahrgenommen«, sagte sie. »Wann bist du denn eigentlich gekommen?«

»Spät.«

»Und du hast mich nicht geweckt?«

»Nein.«

»Warum nicht?«

Er zuckte die Schultern, ohne aus seiner Zeitung aufzublikken.

Ein solches Maß an Mißachtung und Einsilbigkeit ging ihr entschieden gegen den Strich. Rasch trat sie vor ihn hin, schlug von oben mitten durch die ausgebreitete Zeitung, zerteilte sie dadurch in zwei Hälften und fuhr ihn an: »Ich spreche mit dir! Was ist vorgefallen? Das will ich jetzt wissen! Ich kenne dich doch und weiß, daß etwas passiert sein muß!«

»Man hat mich rausgeschmissen, meine Liebe.«

»Rausgeschmissen? Aus der Ohio-Bar?«

»Aus Aarfeld.«

Mathilde glaubte nicht recht zu hören. »Aus dem Gut? Wer hat dich da rausgeschmissen?«

»Dumme Frage. Denkst du ein Knecht oder eine Dienstmagd?«

»Dein Bruder?« Sie wollte es immer noch nicht für wahr halten. »Das ist doch nicht möglich!«

»Doch, doch, meine Liebe. Vor dir sitzt ein Asyl-Suchender.«

Mathilde sank auf einen Lederhocker, der gerade hinter ihr stand. »Und du hast das mit dir machen lassen?«

Er schwieg.

Keine Antwort ist auch eine Antwort, sagte sie sich und explodierte: »Du Schlappschwanz!«

Er zuckte zusammen wie unter einem Peitschenhieb.

»Halt's Maul!« fuhr er ihr grob über den Mund, den sie sich aber nicht verbieten ließ.

»Was bist du denn sonst? Du verzichtest doch damit auf Aarfeld?«

»Haben wir uns nicht geeinigt auf gewisse Bemühungen, die du diesbezüglich walten läßt?«

»Doch, das haben wir«, besann sie sich. »Aber dazu müßte ich den Hampelmann öfter sehen, was seit Tagen nicht mehr der Fall war. Er weicht mir aus. Er gibt mir keine Gelegenheit, meine Netze nach ihm auszuwerfen.«

»Er ist hinter dieser Tippse her. Wenn du dich nicht tummelst, sticht sie dich aus.«

Die Freiin von Bahrenhof, ohne Zweifel eine sehr schöne Frau, lief dunkelrot an. War denn diese schnöde Welt dabei, gänzlich aus den Fugen zu geraten? Eine Schreibmaschinenklopferin? Eine Achtstundensklavin? Eine, die im Büro die Topfpflanzen goß? Die dem Chef in den Mantel half? Ein solches Wesen durfte doch überhaupt nicht zur Kenntnis genommen werden. Aber sie drohte sogar das Rennen zu machen! Gegen eine Edeldame! Ausgeschlossen! Das durfte Gott nicht wollen!

»Siegurd«, schwor Mathilde von Bahrenhof, »der grabe ich das Wasser ab, laß dir nur Zeit.«

»Zeit, meine Liebe, ist das, was du dazu am wenigsten hast.«

Draußen auf dem Hof wurde Hufgetrappel laut. Von einem schweißnassen Pferd sprang ein rußgeschwärzter Reiter, lief die Freitreppe hinauf und klopfte kurz darauf an die Tür des Salons. Erschrocken starrte ihn die Dame des Hauses an, während Siegurd aufsprang und ihm entgegeneilte.

»Paul!« rief er. »Was ist los? Wie siehst du aus? Wo kommst du her?«

»Unser Gut brennt, Herr Baron«, keuchte Paul, einer der Pferdeknechte auf Aarfeld.

»Das Gut brennt?« Siegurd blickte den Knecht ungläubig an, aber der Ruß in dessen Gesicht überzeugte ihn von der Wahrheit der Hiobsbotschaft. »Wo ist mein Bruder? Schickt er dich?«

»Nein. Er ist seit gestern in der Stadt. Lulatsch hat schon nach ihm telefoniert, aber Sie kennen ja die Strecke. Bis er kommt, wird's noch eine Weile dauern. Inzwischen bin ich aus eigenem Entschluß losgeritten, um Sie hier zu suchen.«

»Sehr gut, Paul! Reite sofort zurück, ich folge mit dem Wagen!«

Der Knecht stürzte aus dem Zimmer. Die Freiin blickte ihm nach. Ein merkwürdiger Ausdruck lag in ihren Augen, seit sie gehört hatte, was sich auf Aarfeld zutrug.

»Wo sind meine Schuhe, mein Jackett?« rief Siegurd, im Zimmer hin und her hastend.

Beides fand er ein Stockwerk höher auf bzw. unter dem Bett, in dem er geschlafen hatte.

»Was rennst du so?« fragte ihn mit spöttischer Stimme Mathilde. »Euer Knecht ist weg, nun kannst du dir das Theater schenken.«

Siegurd blieb wie angewurzelt stehen. »Welches Theater?«

Mathildes Ausdruck in den Augen fand die nötige Aufklärung. Sie antwortete: »Den Brand hast du doch gelegt, mein Schatz.«

»Ich?«

Sie grinste diabolisch und nickte.

Er stieß hervor: »Du bist verrückt. Ich war doch hier!«

»Seit wann? Du sagtest selbst, daß du sehr spät gekommen bist. Außerdem gibt's heutzutage, das habe ich erst kürzlich wieder gelesen, die wunderhübschesten Verzögerungszünder. Verstehst du mich, was ich meine?«

Er starrte sie wortlos an. Und da er nichts sagte, fuhr sie fort: »Ich muß mich entschuldigen bei dir. Du bist keineswegs ein Schlappschwanz. Wie hoch seid ihr versichert?«

»Versichert? Wieso?«

»Weil du dir vermutlich gedacht hast, daß bares Geld, an das wir herankommen könnten, angenehmer ist als wieder nur so ein Bauerngut wie das meine. Sehr richtig, ich stimme dir zu. Aber du hättest doch deine Karten mir gegenüber schon früher aufdekken können, mein Schatz.«

Sein Blick wurde absolut eisig. »Weißt du, was du bist?«

Sie nickte. »Ich glaube, schon.«

»Ein Satansweib bist du!«

»Vergiß das nicht!« rief sie ihm nach, als er aus dem Zimmer stürmte, um sich in seinen Wagen zu werfen.

Schon von weitem sahen Pedro, Marianne und Dr. Faber die Rauchfahne über der Landschaft stehen. Kurz darauf lenkte Pedro den Wagen in einen Pulk von roten Feuerwehrfahrzeugen und hin und her rennenden Männern hinein und hielt mit einem Ruck vor dem großen Tor an.

Der ganze Innenhof lag voller Schläuche, auf fahrbaren Leitern standen die Spritzenmänner und bekämpften mit dicken Wasserstrahlen den Großbrand in der Scheune und den Stallungen, auf die das Feuer auch schon übergegriffen hatte. Zwei Spritzen hielten ständig das Herrenhaus unter Wasser, um ein Überspringen der Flammen auch auf dieses zu verhindern. Die Knechte und Mägde schleppten aus den Stallungen noch immer Geräte heraus, unter hohen Gefahren für ihre Gesundheit, ja ihr Leben. Pedro stoppte als erstes mit lauter Kommandostimme diesen gefährlichen Betrieb.

»Laßt das Zeug, wo es ist!« brüllte er.

Aus der Scheune war ohnehin nichts mehr zu retten, sie stellte ein einziges riesiges Flammenmeer dar, von dem alles Brennbare verzehrt wurde.

Nun sprang Pedro, gefolgt von Dr. Faber und Marianne, die Treppe zum Herrenhaus hinauf. In der Halle stand Lulatsch mit einer Spritze in der Hand und beobachtete die Funken, die an die Parterrefenster flogen. Als er den Baron sah, ging ein sichtliches Aufatmen durch seine lange Gestalt.

Diener durch und durch, ein Mann, der aus seiner Haut nicht heraus konnte, verbeugte er sich automatisch und rief: »Guten Morgen, Herr Baron!«

»Lulatsch, guten Morgen«, antwortete Pedro gezwungenermaßen. »Wer führt hier eigentlich das Kommando?«

»Ihr Herr Bruder, Herr Baron.«

»Wer?«

»Ihr Herr Bruder. Er hat mich hier eingeteilt. In eigener Person befindet er sich seit einer Viertelstunde auf dem Dach und kämpft, weil es dort oben am gefährlichsten ist.«

Pedro blickte Marianne und Dr. Faber an. Versteht ihr das? schien seine stumme Frage zu lauten.

Dann wandte er sich der Treppe nach oben zu. Marianne wollte ihm wieder folgen.

»Du bleibst hier!« rief er ihr über die Schulter zu. »Sie auch, Doktor! Sie sind mir dafür verantwortlich, daß ihr nichts passiert!«

In langen Sätzen hetzte er die Stufen hinauf, lief über den Speicher, kletterte zum Oberboden und zwängte sich durch eine Luke hinaus aufs Dach. Grell und heiß schlug ihm von der Scheune her die flammende Lohe entgegen, es war, als käme er in einen Ofen. Die Luft schien zu kochen. Nach Atem ringend, zwang er sich, weiterzukriechen zum Rand des Daches. Ruß und Schmutz wirbelten ihm ins Gesicht, Funken versengten seinen Anzug. Vor ihm zeichneten sich die Umrisse eines Mannes ab, der aufrecht auf dem Dach stand, diesen lebensgefährlichen Balanceakt nicht scheute, eine Axt und einen großen Einreißhaken in den Händen haltend.

Siegurd.

Ein ganz neuer Siegurd.

Ein Mensch, der dreißig Jahre lang nichts getaugt hatte und sich nun, in der Stunde der Gefahr, zu einem echten von Aarfeld gewandelt hatte. Ganz spontan. Eigentlich ohne es zu wollen. Von einer Minute auf die andere. Der Anblick eines rußgeschwärzten Pferdeknechts hatte einen neuen Menschen, einen wahren Edelmann, zur Welt gebracht.

»Siegurd!« brüllte Pedro. »Zurück! Du stürzt ab!«

Siegurd schaute um, entdeckte den an ihn herankriechenden Bruder, der noch einmal schrie: »Zurück!«

Siegurd schüttelte den Kopf. »Das Dach hier muß eingerissen

werden, sonst geht auch das Haus flöten!«

Er mußte nicht weniger schreien als Pedro, um sich im Prasseln und Brausen der Flammen verständlich zu machen.

Schrecklich sah er aus. Brandblasen bedeckten sein Gesicht, seine Haare waren zum Teil schon versengt, sein Hemd war durchlöchert von Funken, die sich auf die Haut durchgefressen hatten.

Aber er hielt aus, und Pedro blieb bei ihm, weil er ihn nicht dazu bewegen konnte, seinen halsbrecherischen Posten zu verlassen. Zum Glück waren dies die Minuten, in denen die Feuerwehren den Brand in den Stallungen unter Kontrolle bekamen. Und die Flammen der Scheune begannen von selbst zu ermüden, da ihnen bereits alles, von dem sie sich nähren konnten, zum Opfer gefallen war. Das Letzte konnte dadurch verhindert werden. Unversehrt blieben Herrenhaus und Dach, von dessen vorbeugender Zerstörung Siegurd nicht abzuhalten gewesen wäre. Die Frage, ob er es geschafft oder sich den Hals dabei gebrochen hätte, blieb so unbeantwortet. Höchstwahrscheinlich letzteres.

Entscheidend war auf alle Fälle sein Entschluß, jede Gefahr auf sich zu nehmen. Pedro konnte dazu gar nichts mehr sagen. Er war ständig am stummen Abbitteleisten. Und Marianne wollte für ihren zukünftigen Schwager nur noch durchs Feuer gehen.

Für Siegurd wurde ein längerer Krankenhausaufenthalt zu seiner völligen Wiederherstellung notwendig.

4

Drei Wochen später saß Baron Pedro von Aarfeld in Boltenberge vor dem Notar Dr. Franz Sedelmaier. Er trug einen feierlichen Cut. Dr. Sedelmaier thronte hinter seinem Schreibtisch und rückte an seiner Brille.

»Tja, nun ist's soweit«, sagte Pedro, »ich bin gekommen, um Ihnen, dem zuständigen Notar, zu melden«, er lachte über das Wort ›melden‹, »daß ich doch noch rechtzeitig heiraten werde. Eine Andeutung machte ich Ihnen schon am Telefon.«

»Und wer ist die Glückliche? Darüber ließen Sie mich im ungewissen.«

»Sie kennen Herrn Dr. Faber, den Kunsthändler . . .«

»Ja.«

»Vielleicht auch seine Sekretärin . . .«

»Die neue?«

»Ja.«

»Etwa die?«

Glücklich lächelnd nickte Pedro, wurde jedoch rasch wieder ernst, als Dr. Sedelmaier antwortete: »Aber Baron, ist die nicht bürgerlich?«

»Und? In welcher Zeit leben Sie, Doktor?«

Der erwähnte Kunsthändler Faber hätte seine helle Freude daran gehabt, wenn er diesen Moment miterlebt hätte. Leider war es ihm versagt.

Plötzlich wurde Pedro mißtrauisch.

»Lautet etwa«, fragte er, »eine Bedingung meines Vaters auch, daß ich mich standesgemäß verheiraten müßte?«

»Das weiß ich nicht«, antwortete Dr. Sedelmaier und erhob sich. »Ich glaube es nicht.«

Er ging auf den großen Aktenschrank zu. »Aber das werden wir gleich sehen . . .«

Mit einem dicken Aktenstück, das mit einer gedrehten, dicken Kordel verschnürt war, kehrte er zu seinem Sessel zurück. Die Endknoten waren mit einem roten Siegel verschlossen.

Die Stimme des Notars nahm einen getragenen Tonfall an.

»Baron Pedro von Aarfeld, es war der Wille Ihres Herrn Vaters, daß bei der Haupttestamentseröffnung nur sein ältester Sohn allein zugegen sein soll. Diese Bestimmung ist heute erfüllt. Als Ihr Herr Vater vor zehn Jahren starb, legte er im Vortestament nieder, daß Sie das Gut so lange zu verwalten hätten, bis der Majoratserbe ermittelt wäre. Da Sie mich heute von Ihrem Aufgebot unterrichten, sehe ich mich in der angenehmen Lage, Ihnen den letzten Willen Ihres Herrn Vaters, der auch mein Freund war, zu eröffnen . . .«

Dr. Sedelmaier ergriff eine Schere und wollte die Kordel durchschneiden, doch Pedro hob die Hand.

»Bitte«, sagte er leise, »lassen Sie mich das Siegel erbrechen, das mein Vater auf sein Testament setzte.«

Dr. Sedelmaier nickte sein Einverständnis, und Pedro ergriff das Aktenstück, hob es mit beiden Händen an und betrachtete es ein Weilchen versunken. Dann legte er es auf den Schreibtisch zurück und schob seine Finger unter die Schnur. Leise knackte es, und der Lack zersprang. Das Wappen derer von Aarfeld hatte, zerfallen in eine Reihe unscheinbarer Stückchen, seinen Geist aufgegeben.

Dr. Sedelmaier hatte stumm zugesehen. Die Erinnerung an seinen alten Freund war wach geworden, an die Abende auf dem Gut, die Skatrunde im Hotel Stern, die Jagderlebnisse.

Pedro nahm die Schere, schnitt das Aktenstück auf und schob es dem Notar hin. Dann trat dieser wieder in Funktion.

»Mein letzter Wille«, las er, nachdem er seine Brille zurechtgerückt hatte, vor. »Im Vollbesitz meiner geistigen Kräfte lege ich, Baron von Aarfeld, Ritter von Stolzenburg und Ebertzhagen,

Edler Herr von Almelungen und Ritter des Schwarzen Adlerordens zweiter Klasse, meinen letzten Willen fest: Erstens: Mein Sohn Pedro erhält bei Heirat, die spätestens bis zur Vollendung seines vierunddreißigsten Lebensjahres erfolgt sein muß, das gesamte Majorat Aarfeld, mit allen Gütern, Liegenschaften, Inventar. Er hat seinem Bruder Siegurd das Wohnrecht einzuräumen. Zweitens: Mein Sohn Siegurd erhält eine jährliche Rente von DM 60000,– und einen Anteil von 25 Prozent meines Auslandsvermögens, dessen Aufstellung dem Testament beigegeben ist. Drittens: Mein Sohn Siegurd erhält ferner die Villa ›Bergfried‹ am Ammersee in Bayern. Viertens: Ich verpflichte meinen Sohn Pedro, aus dem an ihn fallenden Haupterbe jährlich DM 12000,– auf das Konto 34927 der Sparkasse in Boltenberge zu überweisen. Der Zweck dieses Kontos mag ihm unbekannt sein und bleiben ...«

Länger als eine halbe Stunde dauerte die Verlesung des umfangreichen Testaments, und dann wußte Pedro, daß er der Erbe eines riesigen Vermögens war. Zusammengezählt mochte alles in allem einen Wert von zehn bis zwölf Millionen darstellen.

Pedro begab sich, als er beim Notar alles hinter sich hatte, zu Dr. Faber, seinem Freund. Wichtiger war ihm natürlich noch, Marianne dort anzutreffen. In dieser Hoffnung sah er sich dann allerdings getäuscht.

Dr. Faber empfing ihn mit einer Miene, die nichts Gutes verhieß.

»Wo ist Marianne?« fragte Pedro, als er sie nirgends sah, im Laden nicht und im Büro auch nicht.

»Fort.«

»Wie fort? Können Sie sich nicht genauer ausdrücken, alter Freund?« fragte lächelnd Pedro, der den Ernst der Lage noch nicht wahrhaben wollte.

»Ich weiß nicht, wohin sie ist. Sie stürzte jedenfalls weinend aus dem Laden. Sie war zurückgekommen vom Essen zu Hause, wo sie einen Brief vorgefunden hatte. Den da . . . sie zeigte ihn mir . . . sie wollte ihn gar nicht mehr haben . . .«

Faber überreichte Pedro jenen Brief. Pedro nahm den Umschlag und drehte ihn um, um als erstes nach der Absenderangabe zu sehen.

M. v. Bahrenhof.

Eine kalte Hand schien ihm nach seinem Herzen zu greifen.

»Lesen Sie«, sagte Dr. Faber.

Pedro zog den mit Maschine geschriebenen Bogen aus dem Umschlag und faltete ihn auseinander. Rasch lief er rot an, sein Puls beschleunigte sich, die Stirnadern schwollen an.

Er las:

»Bestes Fräulein Klett!

Zu ihrer bevorstehenden Verlobung mit Pedro darf ich Ihnen als Eingeweihte wohl zuerst gratulieren. Sie erhalten wirklich einen treuen Mann, der, wenn er einmal ein Ziel sieht, es auch verfolgt, ohne Rücksicht auf Herzen und Gefühle. Selbst Küsse, die er im Auto mit jungen Witwen tauscht, hindern ihn nicht daran, für die Erhaltung seines Majorats sich selbst zu verleugnen.

Werden Sie glücklich mit ihm, bestes Kind, glücklicher als ich vor allem, die den großen Nachteil hat, ihn zu gut zu kennen, um Herrin auf Aarfeld zu werden.

Ihre Mathilde von Bahrenhof.«

Pedros sämtliche Empfindungen sammelten sich, als er den Brief sinken ließ, in einem einzigen Ausdruck, den er hervorstieß: »Dieses Mistvieh!«

Adelig war das nicht gerade.

»Sie hatten also nichts mit der?« schloß daraus Dr. Faber erleichtert.

»Natürlich nicht; nur . . .«

Pedro stockte.

»Was nur?« fragte Faber.

Pedro gab sich einen Ruck. »Es war so: Wir hatten beinahe einen Unfall. Ich mußte scharf abbremsen, der Wagen schleuderte, und sie flog mir an die Brust. Ich habe sie nicht gleich weggestoßen, das war mein Fehler. Als ich mich behutsam – um sie nicht zu verletzen, weder physisch noch anders – von ihr lösen wollte, fiel sie buchstäblich über mich her und verschlang mich mit ihren verdammten Küssen, in denen sie jetzt eine Waffe sehen will.«

Pedro schlug mit dem Rücken der freien Hand auf den Briefbogen, den er in der anderen hielt, und fragte den Kunsthändler, der ihn mit einer Spur von Zweifel im Gesicht ansah: »Was soll ich machen? Was raten Sie mir?«

»Sie müssen die Sache bereinigen.«

»Und wie?«

»Indem Sie mit beiden Frauen reden – mit der einen allerdings klar und deutlich, damit ihr für immer die Lust zu solchen Intrigen vergeht.«

Fünf Minuten später war Pedro von Aarfeld mit dem Wagen schon unterwegs nach Bahrenhof, wieder einmal mit Höchstgeschwindigkeit.

Die langen Gänge des Sanatoriums waren weiß getüncht und mit hellgrünem Linoleum ausgelegt. Überall drängte sich der Eindruck peinlichster Sauberkeit auf.

Auf Zimmer 9 der Privatstation lag Siegurd von Aarfeld. Seinen Kopf hüllte ein großer Verband ein, der nur das schmale Gesicht zwischen halber Stirn und halbem Kinn freiließ. Sein rechter Arm war dick mit Brandbinden umwickelt, sein linkes Bein lag in einer langen Schiene. Die eben verheilten Brandwunden am Rumpf verdeckte ein Pyjama. Siegurds Verletzungen hatten in den ersten Tagen zu größter Besorgnis Anlaß gegeben. Nun aber befand er sich auf dem Weg der Besserung.

Heute hatten, unter Anleitung des Chefarztes, Professor Krafft, die ersten Gehversuche stattgefunden. Das war nicht ohne Erschöpfung abgegangen, und deshalb lag Siegurd jetzt bleich und kaputt im Bett. Eine zusätzliche Belastung ging von Marianne aus, die auf einem Stuhl vor dem Bett saß und vor sich hinweinte.

Die Frage, mit der sie ins Zimmer gestürzt war, hatte gelautet: »Was haben Pedro und diese Bahrenhof-Hexe miteinander?«

Siegurd war natürlich überrascht und erschrocken gewesen und hatte deshalb im ersten Augenblick nur hervorgestoßen: »Nichts.«

»Aber sie behauptet das Gegenteil, Siegurd!«

»Welches Gegenteil?«

»Daß er sie geküßt hat!«

Und nun hatte Siegurd einen großen Fehler gemacht, indem er sagte: »Na und? Hast du mich nicht auch geküßt?«

Ein Aufschrei Mariannes ertönte: »Das ist doch etwas ganz anderes!«

Weibliche Logik. In solchen Fällen entdecken Frauen immer elementare Unterschiede.

Jedenfalls löste sich ein Strom von Tränen aus Mariannes Augen, der kein Ende mehr nehmen wollte.

Siegurd berichtete daraufhin, was sich zwischen Pedro und Mathilde von Bahrenhof wirklich zugetragen hatte. Zum Glück hatte ihm Mathilde ja die Geschichte ganz offen erzählt, und dies mußte er Marianne sogar noch unverblümt eingestehen, sonst hätte sie ihm keinen Glauben geschenkt. Sie fragte ihn nämlich mißtrauisch: »Woher weißt du das alles so genau? Bist du selbst dabei gewesen?«

»Nein.«

»Dann muß es dir ein Beteiligter mitgeteilt haben.«

»Ja.«

»Pedro?«

»Nein, Mathilde.«

Marianne verstummte. Da aber der Ausdruck des Mißtrauens nicht aus ihrem Gesicht verschwand, fühlte sich Siegurd gezwungen, eine Generalbeichte abzulegen.

»Glaub mir, das stimmt schon«, begann er. »Wir hatten keine Geheimnisse voreinander. Du ahnst nicht, wie weit das ging. Ich will es dir sagen, es bedrückt mich sowieso schon seit dem großen Brand . . .«

Und schonungslos gegen sich selbst berichtete er von dem Plan, den er und Mathilde geschmiedet hatten, um sich in den Besitz des Gutes zu setzen. Im Zuge dieses Planes seien, sagte er, jene Küsse Mathildes ein von ihr angestrebtes Mittel gewesen, sich Pedro gefügig zu machen. Das müsse ihr, Marianne, doch einleuchten. Oder nicht?

»Doch«, nickte Marianne, nun restlos überzeugt.

Und sie schämte sich. Sie kam sich klein und häßlich vor, nicht wert, einmal Marianne von Aarfeld zu heißen. Ich muß sofort zu Pedro, dachte sie, Dr. Faber muß mich nach Aarfeld fahren. Ich muß Pedro um Verzeihung bitten. Ich will nie wieder an ihm zweifeln, will nur ihm glauben, denn ich weiß nun, daß er mich liebt und alle Worte, die er spricht, Wahrheit sind, weil er gar nicht lügen kann.

Sie sprang auf.

»Wohin?« flüsterte Siegurd, den die lange Beichte unendlich ermüdet hatte.

»Zu ihm!«

Und ehe er ihr an ihn auch Grüße von ihm, seinem Bruder Siegurd, auftragen konnte, war sie schon an der Tür.

Er lächelte ihr nach. Erst draußen auf dem Flur fiel ihr ein, daß man sich von einem Patienten auch verabschieden mußte. Sie steckte den Kopf noch einmal ins Zimmer.

Aber Siegurd schlief schon.

Mit kreischenden Bremsen hielt der Wagen Pedros auf dem Innenhof von Gut Bahrenhof. Ein Stallbursche rettete sich durch einen Sprung zur Seite.

Pedro wand sich aus dem Wagen und wollte ins Haus stürmen.

»Die Frau Baronin ist nicht da«, sagte der Stallbursche rasch.

»Wo ist sie?«

»Drüben im Bruch. Sie wollte heute Hasen schießen.«

»Danke.«

Pedro sprang wieder in den Wagen, fuhr mit einem Ruck an, lenkte hinüber in den großen Wald, der sich bald an das Gut anschloß, scheute nicht die unebenen Forstwege und stoppte nach drei Kilometern vor einem engen Tannenstück. Dort stieg er aus, schlug die Wagentür hinter sich zu und ging quer durch das Tannenstück zu einer weiten, teils mit niedrigem, teils mit hohem Gras bewachsenen Fläche, die man in dieser Gegend den Bruch nannte, und die in der Hauptsache aus einem großen Sumpf bestand.

Am Waldrand blieb Pedro stehen und schaute sich um. Langsam wanderte sein Blick über die Haselbüsche und Krüppelbirken, über die Schilfinseln an den noch offenen Stellen des Moores und die breiigen Flächen des tückischen Bodens. Endlich sah er an einer halbhohen Weide eine schlanke Gestalt stehen und ging mit langen Schritten auf sie zu.

Ruhig, die Schrotflinte in der Hand, erwartete ihn Mathilde von Bahrenhof. Ihr blondes Haar wallte wundervoll über die grüne Lodenjacke.

»Wen sehe ich: Pedro von Aarfeld«, sagte sie mit ihrer melodischen Stimme, die so zärtlich, aber auch so kalt klingen konnte.

»Wollen Sie in meinem Revier ein wenig wildern? Wo haben Sie die Waffe?«

Mit steinernem Gesicht stand der Baron vor ihr.

»Sie haben an meine Braut geschrieben«, sagte er hart und laut.

»Ich habe ihr gratuliert. Man weiß doch, was sich gehört.«

»Sie haben gelogen!«

»Wieso?« Sie lachte. Es klang perlend und aufreizend. »Ich habe geschildert, wie ich dieses Verlöbnis mit meinen Augen sehe.«

Pedro drohte die Beherrschung zu verlieren.

»Der ganze Brief strotzt vor Gemeinheit!« schrie er.

»Was wollen Sie hier?« fragte ihn Mathilde von Bahrenhof schroff.

»Sie werden Ihre Lügen meiner Braut gegenüber richtigstellen! Dazu zwinge ich Sie!«

»Mich zwingen?« In den Augen der Freiin glomm ein gefährliches Feuer auf. Sie riß plötzlich das Gewehr hoch und zielte auf Pedro. »Ich könnte Sie jetzt abknallen, und keiner sieht es. Wilderer, würde es heißen, wie beim Vater. Am liebsten täte ich es wirklich. Ich hasse Sie. Sie haben mich um mein ganzes Leben gebracht, um meine Zukunft. Verschwinden Sie, sonst drücke ich ab!«

»Runter mit der Flinte!« sagte Pedro furchtlos. »Spielen Sie hier nicht die Verrückte!«

»Halt! Bleiben Sie stehen!« schrie sie schrill, als sie sah, daß er auf sie zutreten wollte. »Noch *einen* Schritt, und Sie sind ein toter Mann!«

Ihr Gewehr lag in Augenhöhe. Der Lauf zielte mitten ins Gesicht Pedros. Haß verzerrte ihre Züge.

Pedro rührte sich nicht mehr. Nur noch Zentimeter trennten ihn vom Jenseits, das war ihm von einer Sekunde auf die andere klar geworden.

So standen sie eine Ewigkeit, und auf einmal peitschte ein Schuß über das stille Moor; es war aber nicht der erwartete aus Mathildes Büchse, sondern er dröhnte vom Waldrand her. Die Freiin stand plötzlich mit leeren Händen da. Ihre Flinte hatte einen heftigen Schlag erhalten, war zur Seite geflogen und lag nun im Schlamm.

Vom Waldrand löste sich eine hohe, breite Gestalt. Leichenblaß blickte ihr Mathilde von Bahrenhof, die beim Schuß entsetzt herumgefahren war, entgegen.

Tief atmete Pedro auf.

»Gerade noch im rechten Augenblick, Recke«, sagte er, setzte jedoch, Zeugnis von seiner immerwährenden Korrektheit ablegend, sogleich hinzu: »Ich muß Sie aber fragen, wie Sie mit einer Waffe in ein fremdes Revier kommen . . .«

»Ich darf mir den Weg abkürzen«, antwortete gar nicht erstaunt der Förster Recke. »Dazu habe ich seit acht Jahren die Erlaubnis vom verstorbenen Freiherrn von Bahrenhof.«

Dies schien der Freiin von Bahrenhof den Rest zu geben. Sie wandte sich ab, fuhr herum und wollte tiefer ins Moor hineinlaufen. Pedro hielt sie jedoch am Ärmel fest.

»Bleiben Sie, dort hört der Weg auf!«

»Lassen Sie mich!« Kratzend fuhren ihre Finger in sein Gesicht, wodurch sich für einen Augenblick sein Griff lockerte. Sie benutzte die Gelegenheit, um sich loszureißen und über den schmalen Weg durch die Büsche hindurch dem Moor entgegenzulaufen.

»Halt!« brüllte Pedro, sah, daß sein Ruf nichts nützte, und setzte der Flüchtenden nach. Recke schlug einen kleinen Bogen. Er wollte versuchen, ihr den Weg abzuschneiden.

Weicher und weicher wurde der Boden. Der ausgetretene Pfad hörte auf. Hohes Gras bedeckte die nachgebende Erde, die hier noch nie von eines Menschen Fuß betreten worden war. Als könne sie fliegen, so schnell und leicht rannte die Freiin über den schwankenden Boden, schnellte sich um die Büsche und warf sich in das Schilf, eine Gasse vor sich niedertretend.

»Bleiben Sie doch stehen!« brüllte Pedro im Laufen. »Das Moor kommt!«

Mathilde von Bahrenhof achtete nicht darauf. Wie gehetzt lief sie weiter, sprang über die ersten offenen Stellen, in denen das dunkle, faulige Wasser gurgelte, sank mit dem Fuß bis zum Knöchel ein und riß sich wieder empor. Weiter, nur weiter! schrie es in ihr. Ich habe ihn ermorden wollen, und eine Freiin von Bahrenhof stellt man nicht als Verbrecherin vor Gericht. Sie blickte zur Seite, sah die Hünengestalt des Försters Recke auf sich zukommen – und wandte sich nach links. Leichtfüßig sprang sie über niedriges Gesträuch und schlug Haken um die Weidenstämme und die moorigen Stellen.

Plötzlich öffneten sich die Büsche, und ein weites, fast kahles Feld lag vor ihr. Kleine Schilfbüschel ragten aus der nassen Erde. Eine Schar Moorhühner flatterte empor, aufgeschreckt von den hier zum erstenmal sichtbar werdenden Zweibeinern, und zog schreiend davon.

Das Moor, durchzuckte es Mathilde. Sie blickte sich um. Hinter ihr keuchte Pedro von Aarfeld heran, von rechts kam der Förster durch die Büsche gebrochen. Es gab keinen anderen Weg mehr ... das Moor mußte sie tragen.

Ohne sich zu besinnen, stürzte Mathilde von Bahrenhof hinaus auf die weite, einsame, tote Fläche. Mit einem Ruck stoppte Pedro, als er dies sah, und starrte der Verrückten nach. Er brachte keinen Ton mehr hervor. Es hallte aber die Stentorstimme Reckes über das Moor: »Zurück! Das ist Selbstmord!«

Fünf ... zehn ... zwanzig Schritte lief die Freiin noch. Das Moor trug sie. Der Boden schwappte unter ihr, Wasser quoll auf, faulige Brühe lief ihr über die Schuhe – aber die leichte Gestalt sank nicht ein, sie wirbelte über den Tod hinweg. Ohnmächtig standen Pedro und Recke am Rand und starrten auf das Bild des Wahnsinns, das sich ihnen bot.

Da warf die Freiin plötzlich die Arme hoch, wollte einen Schritt zurück, doch urplötzlich war nun das Moor am Zuge. Es hielt sie fest. Mit einem lauten Schrei brach sie in den tückischen Boden ein und versank bis zu den Waden.

Verzweifelt begann sie zu kämpfen. Aber jede Bewegung verringerte ihre Chancen, öffnete das Moor unter ihr nur noch bereitwilliger. Es war, als sauge eine ungeheure Kraft an ihrem Körper, als stünde sie in einem Brei, der langsam höher stieg. Grundlos schien der Boden, gierig, endlich ein Opfer zu haben. Fauliges Wasser stieg an ihr empor und gluckste jetzt schon um ihre Schenkel.

Verzweifelt sah sie sich um.

»Hilfe!« schrie sie. »Hilfe! Ich versinke!«

Mit weit aufgerissenen Augen, in denen ein maßloses Grauen lag, sah sie, wie der Boden, der Tod, an ihr höher und höher kletterte. Und sie schrie nur noch immer wieder gellend nach Hilfe.

Pedro löste sich aus seiner Erstarrung, hetzte zum Waldrand zurück, sprang suchend hin und her und fand einen jungen, abgeholzten Birkenstamm. Er lud ihn sich auf die Schulter und brachte ihn möglichst rasch zur Unglücksstelle. Recke folgte seinem Beispiel. Auch er fand bald einen zweiten Stamm. Doch dann war Schluß. Es schwebte ihnen vor, in aller gebotenen Hast eine Art Knüppeldamm zu bauen, aber sie hätten dazu einige Dutzend Stämme gebraucht; kein einziger fand sich mehr in der Nähe, trotz fieberhafter Suche.

Was tun? Nichts mehr. Das Moor, der Tod war am Zuge.

Das Opfer schrie und schrie.

Schon reichte der Sumpf bis zum Hals.

In den Augen lag die Erkenntnis, daß es zu Ende war.

Aus dem Brei der Erde fuhren ein letztes Mal die Arme hoch, als wollten sie nach einem Halt in der Luft greifen.

»Hilfe!« gellte es. »Hilfe! Hi . . .«

Der Schrei brach ab, und tödliches Schweigen, Bewegungslosigkeit und die absolute Gleichgültigkeit der Elemente gegenüber jeder menschlichen Katastrophe senkte sich auf das Moor herab.

Totenbleich starrte Pedro von Aarfeld auf die Stelle der Tragödie. Friedlich lag sie da. Bald schon würden die Moorhühner zurückkehren, auf der Suche nach Schutz und Nahrung, die ihnen der Schlick bot.

Recke fand als erster die Sprache wieder. »Es ist vorbei, Herr Baron . . .«

»Gehen wir«, entschied Pedro, und sie schritten gemeinsam durch den Wald. Der Förster trug neben seiner Flinte auch die der Freiin.

»Dieses Ende hat sie nicht verdient«, sagte Pedro, als sie bei seinem Wagen angekommen waren. »Sie war haltlos, gemein, rachsüchtig, gierig nach Geld, sie war einfach schlecht – aber das sind viele. Dieses Ende hat sie nicht verdient, denn sonst müßten ganze Heerscharen auch auf solche Weise zugrundegehen.«

»Wer erstattet Meldung bei der Polizei, Sie oder ich?« fragte der Förster.

»Ich.«

Pedro ließ sich das beschädigte Gewehr geben, wobei er sagte: »Diese Geschichte bleibt unter uns, Recke – den Anschlag auf mich meine ich. Wir sagen einfach, daß sie unvorsichtig war. Klar?«

Und als der Förster erstaunt blickte und nur zögernd nickte, setzte Pedro hinzu: »Wir wollen das Andenken an sie in der Öffentlichkeit nicht noch unnötig schädigen. Schlecht genug wird es ohnehin sein.«

»Wie Sie meinen, Herr Baron.«

Pedro stieg in seinen Wagen, nachdem er Mathildes Flinte im Kofferraum verstaut hatte. Mit einem knappen Winken der Hand fuhr er davon. Recke sah dem Auto nach, bis es in einer Schneise verschwunden war. Dann stand er noch eine Weile, blickte leer vor sich hin und ließ den ganzen schrecklichen Film der letzten Viertelstunde noch einmal an sich vorüberziehen. Ein tiefer Seufzer hob zuletzt seine Brust.

»Mann«, sagte er laut zu sich selbst, »ich hätte schlechter zielen sollen, sie erschießen sollen, dann wäre ihr das erspart geblieben.«

Pedro fuhr langsam. Auch ihn hielten die Bilder des Grauens noch zu sehr in ihren Krallen, als daß er daneben schon wieder die nötige Konzentration auf ein Fahren mit höherer Geschwindigkeit hätte aufbringen können.

Er kam an Gut Bahrenhof vorbei und bog auf die Straße nach Aarfeld ein. Schon von weitem sah er im Hof seines Gutes den Wagen Fabers stehen. Als er durch das Tor fuhr und stoppte, kam ihm Marianne die Treppe herunter entgegengelaufen. Sie strahlte, erstarrte aber wenige Schritte vor ihm plötzlich und stieß hervor: »Wie siehst du aus? Was ist passiert?«

»Das erzähle ich dir später. Erst muß ich wissen, ob zwischen uns wieder alles in Ordnung ist.«

»Natürlich! Ich war doch ein Schaf, und ich schwöre dir, daß ich nie, nie, nie mehr davonlaufen werde. Kannst du mir meine Dummheit noch einmal verzeihen?«

Er nickte lächelnd, sie jauchzte auf und warf sich ihm in die Arme.

»Du«, flüsterte sie ihm heiß ins Ohr, »wolltest du mich nicht immer wieder etwas fragen, bis du die richtige Antwort von mir erhalten würdest?«

»Ja.«

»Dann tu's! Ich warte darauf!«

Mit glücklichen Augen, aus denen das Grauen gewichen war, um einem seligen Schimmer Platz zu machen, erklärte er: »Also gut, ich frage dich, ob du meine Frau werden willst. Oder sagst du wieder nein?«

Ihre Antwort erfolgte in einer Art und Weise, die dem Diener Lulatsch zu einem außerordentlich mißbilligenden Kopfschütteln Anlaß gab. Er stand im ersten Stock zufällig hinter einem Fenster und beobachtete die Szene im Hof.

»Nein«, brummte er tadelnd, »das geht zu weit! Die erstickt ihn mir ja! Und das in aller Öffentlichkeit! Wenn wenigstens er nicht auch noch mitmachen würde! Aber . . .«

Er brach ab, wandte den Blick vom Fenster. Mit einem »Barone sind das heutzutage . . .« ging er kopfschüttelnd aus dem Zimmer und stieg hinunter in den Keller, um sich ein Fläschchen zu holen. Er hatte Trost nötig.

Die Masken der Liebe

Die Personen,
die es nicht tun oder glauben, daß es nicht getan wird:

Brigitte Borgfeldt, eine Zeichenlehrerin
Herbert Sanke, Reisender in Lehrmitteln
Elisabeth Konradi, Brigittes Schwester, Lehrerin
Heinz Konradi, Privatgelehrter
Anny von Borcken, Freundin Elisabeths
Paul Sanke, Vater Herbert Sankes, Gutsverwalter
Josef Behrens, Landpolizist
Der Bürgermeister von Marktstett
Ein Polizist in Ebbenrath
Erich Kiel, Freund Heinz Konradis

Außerdem Bebsy, ein Foxterrier

Zeit: 1949, im August

Orte: Ebbenrath und Marktstett (vergeblich auf einer Karte zu suchen)

Die Geschichte ist wahr ... das ist das einzig Traurige an ihr ...

I

Kleines Vorspiel

Wenn ein junges, knuspriges Mädchen in den Sommerferien schwimmen geht, knüpfen sich daran Erwartungen, die nicht nur mit dem Wasser allein zu tun haben. Denn das ist nun einmal so, das läßt sich einfach nicht ändern: Wasser, Sonne, Jugend und Flirt gehören zusammen. Wenn eines fehlt, macht das ganze Baden keinen Spaß mehr.

Lang erstreckt sich der Stausee bei Ebbenrath zwischen den grünen Bergen. Sein Wasser glitzert in der Sonne, die weißen Segel der Boote blähen sich über den Wellen, und das dunkle Grün der Fichten rings auf den Bergen umrahmt den silbern schimmernden See. Die kiesigen oder sandigen Ufer verlocken zum Sonnenbaden, auf den Waldwiesen stehen Zelte, und der Schwarm der Paddelboote sammelt sich in den weiten Buchten, über denen am Abend der Gesang der an den Lagerfeuern sitzenden jungen Leute erschallt.

An all das dachte Brigitte Borgfeld, als sie in den Sommerferien 1947 nach Ebbenrath zu ihrem Schwager Heinz Konradi fuhr, um einmal – so nebenbei – im Auftrag der Familie festzustellen, ob die Ehe ihrer Schwester Elisabeth mit dem »Künstler« Konradi auch wirklich den Erfordernissen einer herkömmlichen Ehe entsprach.

Heinz Konradi, der als Privatgelehrter den Ehrgeiz besaß, unbedingt die dramatische Begabung und Betätigung der Südsee-Völker zu erforschen und ein Buch darüber zu schreiben, das einem Ladenhüterschicksal nicht würde entgehen können, sah dem

Besuch seiner Schwägerin mit gemischten Gefühlen entgegen. Sein »unsolides« Künstlertum war ein Stein des Anstoßes für die ehrsame Bürger-und-Lehrer-Familie Borgfeldt, ein Herd des Konfliktes mit seinen Schwiegereltern, der geheime, tiefe Kummer seiner überaus realistisch und praktisch denkenden Frau Elisabeth. Das dürfte nicht noch mehr geschürt werden, sondern sollte in diesen wenigen Tagen im Gegenteil nach Möglichkeit abgebaut werden, damit Brigitte keine Veranlassung sah, ihre »unglückliche« Schwester Elisabeth zu bedauern und den Eltern Entsprechendes zu vermelden. Heinz Konradis Kopf war deshalb angefüllt mit Programmen und Projekten, die seinen Sinn für die Wirklichkeit unter Beweis stellen sollten.

Aber an Baden im Stausee dachte er nicht.

Es ist meistens so, daß das, woran man nicht denkt, sich dann irgendwie von selbst ergibt.

Wasser im Sommer ist etwas Köstliches. Ein Stausee ist es wert, daß man neben ihm alles vergißt und sich nur mit dem wohligen Gefühl der Entspannung seine prickelnden Wellen über den Körper spülen läßt.

Als Brigitte Borgfeldt mit den Konradis am Stausee erschien und sich in einer der zahlreichen Buchten ins Gras sinken ließ, saß ihnen gegenüber am jenseitigen Ufer ein Mann und las in einer Zeitung.

Zeitungslesende Männer sind nichts Auffälliges. Und auch Heinz Konradi, der seiner Schwägerin Brigitte einen gelehrten Vortrag über ein längst vergessenes Urtheater hielt, achtete nicht besonders auf diesen Mann, bis er überrascht feststellte, daß der Betreffende bei ihnen herüben aus dem Wasser stieg und sich prustend, mit Wassertropfen um sich spritzend, an der Seite Brigitte Borgfeldts niederließ.

»Nanu?« meinte Heinz Konradi und blickte zum anderen Ufer des Sees hinüber. »Sind Sie nicht der Herr, der eben noch da drüben Zeitung las?«

»Allerdings.«

Die Stimme des Mannes war dunkel, dröhnend, von einer enormen Resonanz, die Heinz Konradi sofort in ihren Bann schlug. Konradi ging gern ins Theater, er verstand deshalb etwas von Stimmen. Das Organ des Fremden, aber auch seine mächtige Gestalt, der einem Möbelpacker gehören konnte, überhaupt die ganze Erscheinung paßte zu dem Bild, das sich von einem schweren Bühnenhelden zu machen Konradi gelernt hatte.

»Wie?« sagte er maßlos erstaunt. »Sie sind da so schnell herübergeschwommen?«

»Warum nicht? Alles nur Übungssache.«

»Ich danke! Sie sind ja rekordverdächtig!«

»Halb so wild. Ich bin gern am Wasser. Das ist die einzige Erholung, die einzige Abwechslung, die man hat. – Darf ich Ihnen ein bißchen Gesellschaft leisten?«

Die Frage war überflüssig, denn er saß ja, wie gesagt, schon neben Brigitte im Gras.

So kam man ins Gespräch, und Heinz Konradi erfuhr, daß der gute Schwimmer Herbert Sanke hieß und keinesfalls mit dem Theater zu tun hatte; sondern im Kreis Ebbenrath Milchkontrolleur war, dem es in einer Zeit, in der die Leute noch nicht so üppig lebten wie heute, an nichts mangelte. Verheiratet war er auch noch nicht. Im übrigen schien er es zu lieben, sich schrecklich gewählt und geschraubt auszudrücken.

Schnell fand er heraus, daß Brigitte zu Besuch hier war, und erbot sich, mit ihr quer durch die Bucht zu schwimmen. Dabei zeigte er dann seine Schwimm- und Tauchkünste, verweilte mit Brigitte eine Zeitlang am anderen Ufer, brachte sie aber unbescholten und in Ehren zurück. Das war damals noch nicht so ungewöhnlich wie heute.

Und auch Brigitte Borgfeldt selbst fand es nett und richtig so.

Man tauschte die Adressen aus mit dem festen (inneren) Entschluß, sich (nicht) zu schreiben, und fuhr dann mit der Eisenbahn am Abend wieder zurück nach Ebbenrath, lustig, frisch, jung, voller Sonne. Heinz Konradi war zufrieden mit sich, mit Elisabeth und besonders auch mit Brigitte.

Das ist eigentlich alles.

Recht mager, nicht wahr? Wo ist da die Pointe? Wenn weiter nichts geschieht, warum dann erst so große Einleitungen?

Und wirklich – es geschah drei Jahre lang nichts mehr.

Absolut nichts.

Herr Herbert Sanke war vergessen. Ein Sommerflirt – mehr nicht.

Und jetzt geht's los!

Die Währungsreform lag hinter Heinz Konradi und seiner Frau. Da Heinz weder Metzgermeister noch Zigarettenhändler noch Dachziegelhersteller oder etwas Ähnliches gewesen war, hatte er vor der Währungsreform nichts zu bieten gehabt. Darum änderte sich auch nach der Währungsreform nichts. Für den Lebensunterhalt mußte seine Frau sorgen. Elisabeth, traditionsgemäß als Lehrerin ausgebildet, nahm deshalb den Schuldienst wieder auf. Sie lehrte 84 Schüler die Grundbegriffe der deutschen Sprache, während Heinz sich mit den Konkursen seiner Verleger abzufinden hatte und seine nunmehrige Arbeit darin bestand, anstelle seiner Frau Kartoffeln zu schälen, zu kochen und auch am Abwasch des Geschirrs teilzunehmen.

So stand er auch heute in der Küche und trocknete das Geschirr ab, das ihm seine Frau herüberreichte, als es klopfte und ein großer Herr in einem grauen Sportanzug in die Wohnung trat. Seine Brust war breit, sein Kreuz mächtig wie das eines Möbelpackers, und seine Stimme war von einem dröhnenden Klang.

»Guten Tag«, sagte der Herr und lächelte freundlich, mit einer fast plumpen Vertraulichkeit. »Mich schickt der Schulleiter . . .«

»Dann wollen Sie zu meiner Frau«, nickte Heinz Konradi. Ihn hatte es durchzuckt. Diese Stimme, dachte er. Verdammt, woher kennst du diese Stimme? Auch der ganze Kerl kommt dir bekannt vor . . . Aber woher?

Vor demselben Rätsel stand Elisabeth, seine Frau.

Forschend betrachtete Heinz den Herrn und stellte den Suppenteller, den er gerade abgetrocknet hatte, auf den Tisch.

»Um was geht es?«

»Wie gesagt, der Schulleiter schickt mich zu Ihrer verehrten Frau Gemahlin. Ich bin Vertreter. Meine Firma stellt Lehrmittel her, wir . . .«

»Sagen Sie, kennen wir uns nicht?« unterbrach Konradi den Mann.

»Dasselbe wollte ich Sie auch schon fragen.«

»Wie heißen Sie denn?«

»Sanke.«

»Sanke?«

»Ja. Und Sie?«

»Konradi.«

»Konradi?«

»Heinz Konradi.«

Bei den beiden hätte es noch nicht gezündet, wenn nicht Elisabeth im Hintergrund plötzlich gerufen hätte: »Ich weiß! Am Stausee! Vor zwei oder drei Jahren!«

»Ach was!« korrigierte Heinz sie. »Der war doch damals Milchprüfer!«

Und er wandte sich an Herrn Sanke: »Oder haben Sie einen Bruder, der Milchprüfer ist?«

»Nein«, lachte Sanke, »Ihre Frau Gemahlin hat recht, ich bin ein und derselbe, ich habe meinen Beruf gewechselt.«

Des Rätsels Lösung war also gefunden.

Die drei begrüßten sich nun noch einmal weitaus herzlicher, sie schüttelten sich die Hände, dann sagte Sanke zögernd: »Und was macht Ihre ... ich glaube, es war Ihre Schwester, Herr Konradi bzw. Ihre Schwägerin, Frau Konradi ...?«

»Genau umgekehrt«, lachte Heinz Konradi, »meine Schwägerin und die Schwester meiner Frau.«

»Hieß sie nicht ...?« Sanke stockte.

»Brigitte«, fiel Konradi ein.

»Richtig – Brigitte. Oft habe ich an sie gedacht. Die Adresse hatte ich verloren, leider. Aber die kurzen, schönen Stunden konnte ich nie vergessen ... sie waren so sorglos, unbeschwert ... ich habe damals das erstemal richtig aus ganzer Seele gelacht, das erstemal wieder ... nachdem ich zurückgekommen war ... aus Rußland ... aus dem Ural ... mit Wasser in den Beinen bis zum Nabel ... Na, Schwamm drüber ... wir haben es überstanden. Dieser Sommertag am Stausee hat mir gezeigt, daß das Leben doch noch schön sein kann ... Ja, die Brigitte ...«

Und damit fing es an.

Knüppeldick stürmte es auf Heinz Konradi und seine Frau ein.

Nicht allein, daß der Lehrmittelvertreter Herbert Sanke einen schönen Auftrag an Land zog und auch noch die bei Konradis vom Mittag übriggebliebene Bohnensuppe aufaß, womit er Heinz die Hoffnung auf ein gutes Abendessen aus den Resten des Mittags zerstörte, nein, nicht nur das, er erklärte sich sogar auch noch dazu bereit, seine Geschäftstour zu unterbrechen und in Marktstett, einem Dorf bei Ebbenrath, seinen Vater zu besuchen, nachdem er erfahren hatte, daß Brigitte Borgfeldt bereits Schulferien habe und als Zeichenlehrerin einigen Motiven in Ebbenrath nachspüren wolle.

Heinz Konradi sah an die Decke und dachte scharf nach.

Wenn Herbert Sanke Brigitte erwartet, scheint er von Brigitte etwas zu erwarten . . .

Haha, du Armer, dachte er weiter, du kennst Brigitte nicht. Brigitte Borgfeldt ist aus anderem Holz als ihre Schwester Elisabeth. Ja, seine Frau, das war ein Aas, die flirtete, daß der Puls der Männer zu rasen begann und sogar eingefleischte Junggesellen ihre Prinzipien vergaßen und noch einmal dumm und aufgeregt wurden wie Primaner. Elisabeth – oho – das war eine Frau für Kenner, für Feinschmecker, für männliche Leckermäulchen! Kein Wunder, es war ja auch *seine* Frau! Stolz sagte er das zu sich selbst.

Doch mit Brigitte, der strengen, herben, in der Bürgerlichkeit des Elternhauses aufgewachsenen und dem von Lehrkräften durchsetzten Tantenkreis nie entflohenen Unschuld, war da nichts zu machen. Wie lautete doch eine stehende Redensart in der Familie? »Brigitte tut das nicht!«

Herr Herbert Sanke schien da anderer Ansicht zu sein. Er blieb lustig erzählend bis zum Abend bei den Konradis hocken, schwang sich dann auf sein Fahrrad und fuhr nach Marktstett, um seinen alten Vater zu besuchen.

Bevor er aber abfuhr, drückte er Heinz Konradi noch einmal die Hand und sagte mit einer entwaffnenden Direktheit: »Und wenn ich Ihre Schwägerin treffe, werde ich mit ihr ein Hühnchen rupfen. Mich so einfach zu vergessen! Ich komme jedenfalls in zwei, drei Tagen wieder vorbei.«

Heinz Konradi lachte. Aber im Inneren ärgerte er sich über die Art, in der dieser Mensch auf sein Ziel losging.

*

In der Nacht fand dann auch die längst fällige, längst erwartete eheliche Aussprache statt.

Warum dringend wichtige eheliche Aussprachen sehr oft im Bett stattfinden, ist eines der Welträtsel, die niemand zu lösen imstande ist. Vielleicht – eine Theorie – hängt es damit zusammen, daß im Bett, in gegenseitiger, warmer Nähe, das Mitteilungsbedürfnis größer ist. Jedenfalls ist es Tatsache, daß große dichterische, staatsmännische und soziale Ideen oft in engster Nachbarschaft einer ausgezogenen Frau entstanden sind. Sicherlich ist es nicht zuviel gesagt, wenn man erklärt, daß im Bett durch einmalig überzeugende Argumente die Meinung der Frau schließlich doch mehr gilt als die des Mannes.

Heinz und Elisabeth lagen im Bett und besprachen eingehend den Fall Sanke/Brigitte.

»Eli«, sagte Konradi und legte seinen Theaterroman beiseite. »Ich weiß nicht, was du von dem Sanke hältst – aber glaubst du, daß Gitti ernsthaft daran denken könnte . . .«

»Ausgeschlossen!« Elisabeth räkelte sich. Das tat sie immer, wenn sie ein wichtiges eheliches Gespräch begann. »Meine Schwester tut das nicht!«

»Erlaube mal! Schließlich ist Gitti vierundzwanzig Jahre alt, ein erwachsener Mensch, und hat ein Recht auf das Leben.«

»Das schon. Aber nicht auf das Leben, an das *du* wieder denkst.«

»Wieso?« Heinz Konradi richtete sich auf. »Du willst mir schon wieder etwas unterstellen. Ich mache aber im Moment keine Witze, mein liebes Kind. Ich halte mir vor Augen, daß Herbert Sanke ein stattlicher Mann ist . . .«

»Er ist ein Hüne. Er würde Gitti zerbrechen. Gitti ist seelisch so zart . . .«

»Angenommen, er taucht wirklich hier noch einmal auf . . .« Heinz Konradi entwickelte seine Theorie mit Lebhaftigkeit und

Engagement. Dabei sah er, daß das rechte Bein seiner Frau auf der Steppdecke lag und auf und ab wippte. Das irritierte ihn sehr, aber er zwang sich, gedanklich nicht abzuschweifen, und sprach weiter: »Also er ist da. Und Brigitte ist auch da. Und die beiden verlieben sich ineinander. Das könntest du nicht verhindern . . .«

»Ich kann Gitti warnen.«

»Warnen? Hast du schon einmal ein junges Mädchen gesehen, das auf eine solche Warnung hörte? Sieh doch uns an. Deine Eltern, deine Tanten, deine Freundinnen, deine Bekannten, alle überschlugen sich in Warnungen. Ein Künstler – huh – ein Hungerleider, ein Schwarmgeist, bei dem geht nichts in die Tiefe, sein Charakter ist unausgeglichen, der weiß nicht, was er will, der hat keine Linie, mal schreibt er für, mal gegen eine Sache, mal sagt er: Die Expressionisten sind Verrückte! Dann wieder: Expressionismus, das ist die Kunst der seelisch Schauenden! Finger weg, Elisabeth, das ist ein Freigeist, er liest Nietzsche, Schopenhauer, Spinoza, Sartre, Heidegger und – um Gottes willen – sogar Karl Marx! Du armes, unglückliches Wesen! So hieß es doch von allen Seiten. Hast du darauf gehört? Nein, du hast mich trotzdem geheiratet!«

»Weil ich dich liebe«, sagte Elisabeth leise. Sie wippte stärker mit dem nackten Bein, aber Heinz Konradi war so sehr in seine Theorie versponnen, daß er dieses Wippen übersah.

»Aha!« rief er. »Weil du mich liebtest! Das Gleiche kann Brigitte sagen!«

»Sie kennt ja diesen Sanke noch gar nicht.«

»Auch du brauchtest nur zwölf Stunden, um dich in mich rettungslos zu verlieben.«

»Affe!« Elisabeth Konradi lächelte. Sie erinnerte sich gerne an die Zeit ihrer jungen Liebe und mußte immer wieder feststellen, daß die Sprache des Herzens eigentlich doch besser war als die

Sprache der kühlen Vernunft. Sie hatte damals Heinz Konradi gegen den Willen ihrer Eltern geheiratet und alle Einschränkungen auf sich genommen, vor denen ihr Vater sie in seinem kühl rechnenden Kaufmannssinn gewarnt hatte. Doch Reue? Hatte sie die Heirat jemals bereut, auch wenn das Geld nicht reichen wollte, wenn manchmal sogar schon Schmalhans Küchenmeister gewesen war? Deshalb Reue? Nie ... nie! Was wissen denn Menschen, die das wahre Glück nicht kennen, was eine wirkliche Liebe zu tragen versteht! Wie winzig sind dagegen gewisse Einschränkungen, wie unscheinbar ist die Sorge, durch die Engpässe einer wirtschaftlich noch nicht ausreichend gesicherten Existenz steuern zu müssen.

Für Heinz Konradi war dies selbstverständlich. Der Konkurs von zwei Verlagen warf ihn an den Beginn seiner Laufbahn zurück, und verbissen ging er daran, den dornigen Weg in die Höhe wieder Schritt um Schritt zu ersteigen. Daß seine Frau ihm dabei half, hielt er für selbstverständlich.

Er saß noch immer im Bett und starrte vor sich hin.

Die langen Haare standen ihm gerauft um den schmalen Kopf.

»Eigentlich ist es dumm von uns, daß wir uns Gedanken um Brigitte machen. Wissen wir denn, ob deine Schwester nicht schon längst einen Freund hat?«

Elisabeth schüttelte energisch den Kopf.

»Meine Schwester? Nein, die nicht! Ich kenne Gitti. Sie lebt allein für ihre Schule und ihre Weiterbildung. Darin ist sie konsequenter und stärker als ich. Warum sollte sie heiraten, wenn sie Lehrerin ist?«

»Wer spricht denn vom Heiraten?«

»Na – du!«

»Nicht im geringsten. Ich spreche lediglich vom Verlieben.«

Elisabeth Konradi setzte sich mit einem Ruck im Bett auf. Dadurch rutschte die Steppdecke von ihren Schultern, und Heinz hatte Gelegenheit, erfreut zu sehen, daß er der schwülen Sommernacht zu danken hatte. Elisabeth lag ohne den gewohnten Pyjama im Bett. Sein Interesse, sich noch länger mit seiner fernen Schwägerin zu beschäftigen, sank.

»Verlieben?« sagte Elisabeth gedehnt. »Lieber Heinz, das kommt für Gitti auch nicht in Frage. Sie wirft sich nicht weg, sie ist sich zu schade für ein Abenteuer. Sie widersteht jeder Versuchung auf diesem Gebiet. Ich kenne meine Schwester.«

»Graue Theorie«, winkte Konradi ab. »Wenn ein Mann wirklich ein Mann ist, der es versteht, im richtigen Augenblick zuzugreifen, dann wird jede Elisabeth, jede Brigitte, jede Martha, jede Erna und wie sie alle heißen mögen, nichts anderes tun, als glücklich und selig das Herz öffnen.«

Damit knipste er schnell das Licht aus und ging der Frage nach, ob seiner Theorie auch in der Praxis der nötige Wahrheitsgehalt innewohnte.

Das war der Fall.

Herbert Sanke saß seinem Vater Paul Sanke in der großen Bauernstube gegenüber. Auf dem Herd summte ein Wasserkessel. Das Perpendikel einer uralten Uhr pendelte knackend hin und her. Auf dem langen, weiß gescheuerten Tisch standen eine Flasche Korn und zwei Gläser.

»Tja, Vater«, sagte Herbert Sanke nach langem Schweigen. »Das ist alles so merkwürdig. Ich weiß nicht mehr, wie das Mädchen aussieht, ich wußte keinen Namen mehr, keinen Wohnort, nichts – ich hatte es drei Stunden gesehen und gesprochen –, und doch war es seitdem immer in meinen Gedanken, war es ein fernes, ideales Bild einer liebenswerten Frau. Ich wußte: Sie ist blond, sie ist groß und stattlich, sie hat ein altes westfälisches kerniges Erbe in sich, ist gesund, rein, ein Produkt vieler Generationen. Und nun kann ich sie plötzlich wiedersehen. Vater, was meinst du, was rätst du mir: Soll ich hingehen?«

Paul Sanke, der Verwalter des großen Gutes, ein Mann, dessen Beine fest in der Erde verwurzelt waren, wiegte zweifelnd den grauhaarigen Kopf. Bevor er antwortete, kippte er ein Gläschen Korn. Seine blauen Augen blickten kritisch auf seinen Sohn.

»Zu raten ist da wenig, Herbert. Du bist alt genug. Ich weiß nur, daß ein Wiedersehen nach Jahren meistens eine Enttäuschung ist.«

»Brigitte Borgfeldt ist jung, Vater, 24 Jahre erst. Da kann ein Mensch keine Enttäuschung sein. Da ist er reifer, schöner ... vollendeter geworden.«

»Kann sein, muß aber nicht sein.« Paul Sanke stopfte sich eine Pfeife und zündete sie bedächtig an. Dann paffte er einige dicke Qualmwolken vor sich hin und blickte sinnend in den langsam zerfließenden, zähen Rauch. Er ist ein Philosoph, dachte in diesem Augenblick Herbert Sanke. Ein Philosoph des praktischen Lebens. Ein alter Bauer, der aus dem Schoß der Erde seine Kraft zieht.

»Zwei Jahre«, sagte Paul Sanke, »sind für ein junges Mädchen viel. Sie können eine neue Welt für sie mit sich gebracht haben. Auf alle Fälle wird sie in diesen beiden Jahren menschlich anders geworden sein. Ein Mann wächst langsam in sein Leben hinein wie eine Eiche, die ihre Zeit braucht. Ein Mädchen springt ins Leben, verstehst du? Ihre Seele ist ihr Leben, und oft genügt nur eine Stunde, Seele, Sinn und Leben zu verwandeln. Welch großer Zeitraum sind zwei, drei Jahre für ein Mädchen! Sie kann in einer Stunde fallen – oder aufwärts steigen ...«

Herbert Sanke sah sinnend vor sich hin. Er suchte in seinem Inneren eine Antwort und fand sie nicht. Er fühlte Zweifel in sich aufsteigen und kämpfte gegen dieses Gefühl an mit der Macht seines Glaubens an seine Ideale. Das leise Summen des Wasserkessels auf dem Herd beruhigte ihn wieder. Die Stille in der großen Bauernstube war wohltuend.

»Brigitte Borgfeldt ist Lehrerin«, sagte er nach einer Weile. »Ihr Lebenskreis ist fest umrissen. Ich kenne das Leben eines Lehrers, ich habe Hunderte von Schulen besucht, ich weiß, daß ein Lehrer seinen Schülern Beispiel sein muß. Ich habe auch ihre Schwester und ihren Schwager Heinz Konradi kennengelernt, einen Privatgelehrten und Schriftsteller. Scheint mir ein Menschenverächter und Genußmensch in einer Person zu sein. Auf der einen Seite Zyniker, auf der anderen unheilbarer Idealist. Und seine Frau, Brigitte Borgfeldts Schwester: realistisch, fraulich, pflichtbewußt, ausgestattet mit dem Verstand und der Energie fast eines Mannes und doch auch mit all den kleinen, niedlichen, verzeihlichen Schwächen einer typischen Frau. Nein, Vater, wenn Brigitte in diesen Kreis eingebunden ist, glaube ich an keine Enttäuschung.«

»Du liebst dieses Mädchen?« fragte der Alte lächelnd.

»Liebe?« Herbert Sanke zuckte mit den Schultern. Was ist Liebe überhaupt, dachte er plötzlich. Das Küssen eines Mädchens? Das Hinnehmen eines zitternden Körpers? Ist das Liebe? Oder ist es der stille Wunsch, ständig den einen Menschen um sich zu haben, immer, ein ganzes Leben lang – nur den einen Menschen?

»Ich weiß nicht, ob ich sie liebe, Vater«, sagte er langsam. »Ich weiß überhaupt nichts. Ich weiß nur, daß ich sie wiedersehen muß.«

Der alte Sanke nickte. Seine Pfeife qualmte fett. Der Wasserkessel sang.

»Ich schütte uns einen Tee auf«, meinte er behäbig. »Wir wollen uns darüber noch etwas unterhalten. Wenn du sagst, ich muß sie wiedersehen, dann sollte man schon meinen, daß das Schicksal ein Wort gesprochen hat.« Er schob seinem Sohn ein Glas Korn hin und nickte. »Da, trink erst einmal, Herbert.«

Laut tickte die alte Uhr in der Stille. In dem Kupferkessel brodelte das Wasser.

Und erst gegen Morgen verlöschte das Licht hinter den kleinen Fenstern der Bauernstube.

Am nächsten Morgen kam mit der Eisenbahn Brigitte Borgfeldt.

Frisch, jung und mit lachenden Augen sprang sie aus dem Waggon, fiel ihrer Schwester um den Hals und begrüßte ihren Schwager mit herzlichem Handschlag. Ihre Fröhlichkeit und unbeschwerte Lebenslust verjagten eine als Begrüßung erdachte, gesetzte kleine Rede Heinz Konradis, der sich statt dessen mit dem Koffer Brigittes belud und den beiden Damen folgte.

Arm in Arm verschlungen, traten die Schwestern aus dem Bahnhof, wandten sich dann nach links und gingen die breite Allee entlang, von der Ebbenrath umrundet wurde.

Sie sahen nicht, wie sich rechts aus dem Eingang des Bahnhofhotels die hohe und breite Gestalt eines Mannes schob und ihnen mit leuchtenden Augen nachblickte. Auch Heinz Konradi, den Brigittes Koffer mehr als ihm lieb war in Anspruch nahm, bemerkte ihn nicht. Für ihn bedeutete der Besuch Brigittes die Notwendigkeit einer erneuten Repräsentation seiner Ehe, denn Brigittes Augen – das glaubte Heinz Konradi stark zu fühlen, waren auch die Augen seiner Schwiegereltern.

Das Leben ist nicht einfach, wenn man Pessimist ist . . .

»Teufel!« stieß inzwischen im Selbstgespräch Herbert Sanke halblaut hervor und rieb sich das Kinn. »Das ist sie also, die Brigitte Borgfeldt. Anders als in der Erinnerung, ganz anders . . . reifer, lebendiger, schöner. Ob du da noch eine Chance hast . . . du langer, dummer Herbert Sanke?«

2

»Ein Charakteristikum unseres Lebens ist es, daß es zur Hälfte von Zufällen bestimmt wird«, sagte Heinz Konradi am Nachmittag dieses Tages, während er in einer Kirschtorte herumstocherte, deren Früchte Elisabeth aus Bequemlichkeit nicht entkernt hatte. Es fand deshalb ein ausgesprochenes Spuckessen statt, das schmerzhaft an Elisabeths Hausfrauenehre nagte. Ihr Göttergatte hielt es aus rein erzieherischen Gründen für notwendig, derart konvulsivisch die Kirschkerne auszuspucken, daß Elisabeth abwechselnd blaß und rot wurde und sich vornahm, am Abend im Bett eine Strafpredigt loszulassen, die wieder einmal in dem wirkungsvollen und als letzten Trumpf auszuspielendem Satz gipfeln sollte: »Wenn ich schon das Geld verdienen muß, habe ich nicht die Zeit, in der Küche zu stehen und Kuchen herzustellen, an denen du nichts auszusetzen hast.«

Diese Sentenz wurde Heinz Konradi des öfteren unter die Nase gerieben, trotz aller Liebe Elisabeths zu ihm. Er hatte sich das selbst zuzuschreiben. Provokationen wie die, demonstrativ Kirschkerne auszuspucken, standen ihm nun mal in seiner Situation nicht zu, sie schlugen auf ihn zurück. Er hätte sich das schon längst merken müssen.

Heinz Konradi sah seine Schwägerin an.

»Zufälle können schicksalhaft werden«, fuhr er fort. »Erinnerst du dich noch an einen Milchkontrolleur Herbert Sanke?«

»Milchkontrolleur Herbert Sanke?« Brigitte Borgfeldt schüttelte den Kopf. »Nein, wer soll das sein?«

»Wir lernten ihn vor einigen Jahren am Stausee kennen.«

»Ach – der!« Brigitte lachte. »Der Rekordschwimmer! Wie kommst du auf den?«

»Er war hier, hat den Beruf gewechselt, kontrolliert nicht mehr Milch, sondern vertritt Lehrmittel, verstehst du, er ist Vertreter für Lehrmittel.«

»So?«

»Du scheinst Eindruck auf ihn gemacht zu haben.«

»Ach was!« fiel Elisabeth ihrem Mann ins Wort, und zu Brigitte sagte sie: »Richtig ist, daß er hier war, alles andere ist Quatsch.« Damit wollte sie das Thema abgeschlossen sehen.

Doch Brigitte Borgfeldt war darin anderer Ansicht. Sie erkundigte sich interessiert nach dem Aussehen Herbert Sankes und war überrascht, als sie hörte, daß sein Vater in der Nähe, in Marktstett, wohnte und Herbert zur Stunde bei ihm weilte.

»Kommt er nicht herüber?« fragte sie ihren Schwager, da sie natürlich merkte, daß in dieser Angelegenheit eher ein Gespräch mit diesem als mit Elisabeth zu führen war.

Grinsend nickte Heinz. Unter dem Tisch trat ihm Elisabeth gegen das Schienbein. Sie blickte ihn böse an und sagte sich, daß sie die erste Runde wohl verloren habe.

Elisabeth Konradi witterte Gefahr. Ich muß wachsam sein, ermahnte sie sich. Sie stand auf, räumte den Kaffeetisch ab und verzog sich in die Küche. Dort klapperte sie mit Tellern und Tassen und suchte in Gedanken nach einer Möglichkeit, dem Walten der Zufälle, von dem ihr unverantwortlicher Mann gesprochen hatte, einen Riegel vorzuschieben.

Wenn Frauen etwas wollen, finden sie dazu auch Wege. Sie unterscheiden sich darin grundlegend von den Männern, die erst auf den Weg gebracht werden müssen.

Außerdem besitzt eine Frau stets eine gute Freundin. Sie bringt diese gewissermaßen als Aussteuer in die Ehe mit ein, und es gibt nichts zwischen Himmel und Erde, das nicht »im Vertrauen« mit dieser Freundin durchgesprochen werden könnte.

So besaß denn auch Elisabeth Konradi eine solche Freundin. Diese hieß Anny von Borcken, hatte von ihren Raubritter-Vorfahren die Burschikosität und Derbheit geerbt und fand sich im

Vokabularium nahezu ordinärer Ausdrücke besser zurecht, als in der geschliffenen, geschraubten Sprache – genannt Konversation – der Gesellschaft.

An diese Freundin dachte Elisabeth Konradi, legte Teller und Spültuch beiseite und verließ unter dem Vorwand eines dringenden Einkaufes die Wohnung, um schnell um die Ecke zu Anny von Borcken zu springen und sich Rat zu holen.

Sie konnte nicht ahnen, daß fünf Minuten später Herbert Sanke vom Rad sprang und klopfenden Herzens an Heinz Konradis Tür klingelte.

Anny von Borcken, groß, burschikos und Anbeterin einer guten Zigarette, war durchaus nicht erstaunt, als Elisabeth Konradi etwas außer Atem bei ihr eintrat. Sie bewohnte ein kleines Häuschen mit einem winzigen Garten und teilte sich die Zeit so vortrefflich ein, daß gewöhnlich erst um halb zwölf Uhr mittags ihr Tag begann.

»Na, meine Liebe«, begrüßte Anny von Borcken ihre Freundin. »Du guckst so sauer. Wo brennt's denn? Krach zu Hause, weil die Moneten wieder nicht reichen? Kind, reg dich bloß ab, Aufregung verursacht Falten, hat unsere Religionslehrerin immer gesagt.«

»Ach, du ahnst es ja nicht!« rief Elisabeth und setzte sich. »Brigitte ist da!«

»Das ist doch ein Grund, sich zu freuen.«

»Ja, schon. Aber ein Mann ist hinter ihr her.«

»Ein noch größerer Grund, sich zu freuen.«

»Ein Kerl wie ein Elefant. Ein Tarzan.«

»Schööön.«

»Schön?« Elisabeth blickte Anny entrüstet an. »Das nennst du schön? Unsere Gitti und ein solcher . . . solcher . . . mir fehlen die Worte. Du solltest ihn sehen. Der zermalmt sie glatt.«

Anny von Borcken schüttelte den Kopf.

»Weißt du nicht, daß gerade die Hünen zahm wie Lämmer sind? Je größer und wuchtiger ein Mann ist, desto vorsichtiger und zarter wird er mit einer Frau umgehen. Das ist eine alte Weisheit.«

Elisabeth Konradi vergaß zunächst, darauf eine Antwort zu geben. Überrascht sah sie ihre Freundin an und wunderte sich, welcher Weisheiten Anny von Borcken fähig war. Doch dann warf Elisabeth mit einem Ruck den Kopf in den Nacken und sagte laut: »Wie dem auch sei, ich bin dagegen!«

»Danach wirst du überhaupt nicht gefragt werden«, meinte Anny von Borcken trocken. »Brigitte ist alt genug, um sich deiner Bevormundung zu entziehen. Und überhaupt mußt du dir abgewöhnen, auch außerhalb deines Schulzimmers die unfehlbare, autoritäre Lehrerin zu spielen.«

»Mein Gott, niemand kennt doch diesen Herbert Sanke! Vor einigen Jahren haben wir kaum drei Stunden mit ihm gesprochen und gestern nachmittags . . .«

»Und trotzdem ist er in Gitti verliebt?«

Elisabeth machte große Augen. Diese direkte Frage brachte sie aus dem Konzept.

»Das . . . weiß ich eben nicht«, sagte sie stockend. »Ich will dem vorbeugen . . . verstehst du . . . es *könnte* sich ja so entwikkeln.«

»Verrückt!« lachte da Anny von Borcken. »Macht die dumme Trine sich Sorgen um etwas, das sich vielleicht so entwickeln *könnte*. K-ö-n-n-t-e. Eli, Mensch, du alte Steißtrommlerin, laß die Menschen, wie sie sind, und kümmere dich um dein Einmaleins und deinen Heinz. Du warst auch einmal vierundzwanzig Jahre und hattest andere Sorgen, als die Seelen sträflich Verliebter zu retten. Entschuldige, aber du stiehlst mir nur meine Zeit. Ich erwarte Besuch, mit dem ich ins Bett gehen möchte, verstehst du?«

Als Elisabeth Konradi wieder draußen auf der Straße stand, kam sie sich unglücklich und äußerst dumm vor.

Was hatte sie eigentlich gegen Herbert Sanke? Er war groß und stark und von einer außergewöhnlichen, wenn auch etwas tapsigen Vitalität. Dem Gespräch mit ihr war zu entnehmen gewesen, daß er Geschäftsgeist besaß, sparsam war und vor keiner Arbeit zurückschreckte. Er besaß zwei Hände, die in keiner Situation versagen, sondern eine Frau in jedem Falle ernähren würden. Er war ein Mann, bei dem eine Frau Schutz suchen und sich geborgen fühlen konnte, in der Sicherheit, die er unbewußt ausstrahlte.

Und doch, Elisabeth Konradi stemmte sich dagegen, Herbert Sanke an der Seite Brigittes zu sehen – ein inneres Gefühl, ein unerklärliches, ließ eine Gegnerschaft dem ahnungslosen Manne gegenüber entstehen.

Ob Heinz auch so denkt, fragte sie sich, als sie sich wieder ihrer Wohnung näherte.

Ach, Heinz – dem war das gleichgültig. Dem war überhaupt alles gleichgültig, was nicht in das Gebiet der Literatur und des Theaters einzugliedern war. Er war ein Idealist und Zyniker zugleich und zog sich in Zweifelsfällen mit dem dummen Satz zurück: »Die größte Strafe des Lebens ist das Leben . . .«

Ihn zu fragen, war sinnlos. Und um allein zu handeln, war sie sich nicht sicher genug, ob das, was sie tun wollte, auch richtig war.

Tief in Gedanken schritt sie ihrer Wohnung zu und schreckte erst auf, als sie vor der Haustür das Fahrrad Herbert Sankes stehen sah.

*

Auf der gleichen Straße wie Heinz Konradi, ein wenig weiter dem Ortsausgang zu, hauste in einem Dachzimmerchen Erich Kiel. Er war ein mittelgroßer, untersetzter, in der Mitte der Vierzig stehender Mann mit einer Halbglatze, der vom Offizier nach dem Krieg zum kleinen Vertreter herabgesunken war und sich mit Mühe durch das feindliche Leben schlug. Rhetorisch begabt und vollgesogen mit einem Wissen, aus dem er keinen unmittelbaren Nutzen mehr ziehen konnte, repräsentierte er mit Würde den Stand der aus der Bahn Geworfenen und versorgte die Familie Konradi wöchentlich mit neuen Plänen und erregten Auslassungen über die Unfähigkeit der Maßgeblichen, das Staatsschiff so zu steuern, daß es auch an seinem Hafen vorbeikam. Er verachtete deshalb auch jede produktive Arbeit als Form einer die besitzenden Klassen bereichernden Fron und verrannte sich in den Gedanken, die Welt müßte sich um ihn drehen, um überhaupt einen Sinn zu haben.

Im Augenblick trug er sich mit dem festen Gedanken, nach Südafrika auszuwandern, um dort die Stufenleiter des Lebens neu emporzuklettern, mit Hilfe der Hottentotten. Hier, in Deutschland, hatte er die Vertretung des Magenlikörs »Tropfenfänger« übernommen und mußte sich mit den Gastwirten herumschlagen.

Erich Kiel lag gerade auf dem Bett in seiner Mansarde und las in einem südafrikanischen Reiseführer, als Heinz Konradi die Treppen heraufstürmte und in sein Zimmer eindrang. Heinz klopfte dem Freund zur Begrüßung auf den Bauch und setzte sich auf die quietschende Bettkante.

»Du, Erich«, sagte er mit fliegendem Atem, »ich brauche sofort deinen Einsatz. Brigitte ist da, ein gewisser Herbert Sanke ebenfalls . . .«

»Wer ist Herbert Sanke?« Erich Kiel legte das Buch weg und griff nach seinem Zigarettenpäckchen.

»Ein Bekannter. Schwimmt phantastisch. Vertreter für Lehrmittel, früher Milchprüfer. Weiß nicht, weshalb er umgestiegen ist. Soll uns auch egal sein. Ein Bulle, sage ich dir. Hat auf Gitti seine zwei Augen und das Herz dazu geworfen. Aber Eli ist dagegen.«

»Wieso? Kann sie das nicht Brigitte überlassen?«

»Das sage ich auch. Und darum brauche ich dich dringend. Auf mich hört sie nicht. Sie traut mir nur Unsinn zu und gibt mir Kontra, also mußt du mit deiner Schnauze . . .«

»Erlaube mal!«

». . . mit deiner großen Schnauze unbedingt versuchen, Elisabeth von Brigitte und Herbert Sanke fernzuhalten. Ich werde einen Spaziergang inszenieren, bei dem du meine Frau irgendwie von uns trennen mußt. Ich lasse dann Gitti und Sanke ebenfalls allein, und die Sache kann ihren Lauf nehmen.«

Erich Kiel starrte seinen Freund an und richtete sich langsam auf.

»Junge, da stimmt doch etwas nicht. Was hast du vor? Das riecht nach Kuppelei.«

»Ausdrücke hast du!« Konradi zündete sich ebenfalls eine Zigarette an. »Was ich mache, dient dem Wohle aller . . . wenn's klappt, meine ich. Dabei sollst du mir ein wenig helfen. Ist das zuviel verlangt?«

Erich Kiel faßte Heinz Konradi an den Rockaufschlägen und zog ihn zu sich heran. »So, nun mal raus mit der Sprache! Jetzt will ich es genau wissen. Beichte, gestehe, bekenne Farbe! Was hast du vor? Worum geht's dir? Ich kenne dich doch. Keinem anderen wäre es gleichgültiger, ob dieser Milchprüfer . . .«

»Lehrmittelvertreter.«

». . . Lehrmittelvertreter bei Brigitte an sein Ziel kommt oder nicht. Also, wieso bist du so sehr daran interessiert?«

Heinz Konradi druckste ein wenig herum, doch dann begann

er zögernd, seine durchaus wirtschaftlichen Gedanken preiszugeben.

»Mein Verlag ist pleite«, sagte er. »Ich habe siebentausend Mark an Honoraren eingebüßt, das weißt du ...«

»Allerdings.«

»Eine Stellung als Redakteur ist schwer zu bekommen. Die Posten sind alle besetzt.«

»Weiß ich auch.«

»Herr Sanke ist Vertreter in Lehrmitteln. Das hat Zukunft, sage ich dir, denn Schulen und Schüler wird es immer geben, und sie brauchen ständig neue Lehrmittel: Kreide, Schwämme, Zeigestäbe, Tafeln, Tintenfässer, Karten, Modelle, Chemikalien, physikalische Geräte und weiß der Teufel, was noch alles. Stell dir einmal vor, dieser Sanke heiratet Gitti ...«

»Ich verstehe.« Erich Kiel nickte und grinste, aber Heinz Konradi winkte heftig ab.

»Nichts verstehst du! Ich trete in das Geschäft ein ...«

»Wie denn? Schwebt dir eine GmbH vor oder eine oHG?«

»Grins nicht so blöd. Eine GmbH, du wirst schon sehen. Gewinn unter Schwägern natürlich fünfzig zu fünfzig. Das ist Ehrensache. Wir bauen einen Vertreterstab auf und kassieren nach einem halben Jahr nur noch das Geld ein. Die Ware läuft über eigene Rechnung. Mensch, Erich, das ist meine helle und sonnige Zukunft.«

»Und dafür willst du deine Schwägerin Brigitte opfern?«

»Opfern?« Konradi streckte abwehrend beide Hände aus. Er liebte solche theatralischen Gesten. »Wer spricht von opfern? Vielleicht ›opfert‹ sich Gitti mit Begeisterung? Ich will der Sache einen kleinen Anstoß geben, verstehst du? Nachhelfen. Die Dinge in die richtige Bahn lenken. Alles andere macht schon das weise Schicksal ...«

So kam es, daß nach kurzer Zeit Heinz Konradi wieder zu

Hause anlangte und aufgekratzt erzählte, er habe im Zigarettenladen Erich Kiel getroffen. Es hätte doch wohl keiner etwas dagegen, wenn sich sein guter Freund dem fröhlichen Abend anschlösse.

Da sich aus Höflichkeit niemand entschloß zu widersprechen, stürzte sich Erich Kiel dann wie verabredet, mit allem rhetorischen Aufwand auf Elisabeth Konradi, die unter diesem Wortschwall klein, harmlos, bedrückt und willenlos wurde.

Der Triumph über seinen gelungenen Schachzug leuchtete Heinz noch aus den Augen, als er sah, daß die Spaziergänger sich in zwei Gruppen spalteten und Erich Kiel Elisabeth mit einem gelehrten Vortrag an einen Strauch fesselte, während Brigitte und Herbert Sanke weitergingen und hinter der nächsten Kurve verschwanden.

Und Elisabeth Konradi war höflich und beherrscht genug, diesen Untergang ihrer Vorsätze mit Würde zu ertragen.

Man soll die männliche Logik nie unterschätzen. Es ist einer der alten, bekannten und nicht auszumerzenden Fehler der weiblichen Selbstsicherheit, die Geisteskraft des Mannes nicht anzuerkennen und zu denken, daß frauliche Diplomatie stärker und nachhaltiger sei.

Die Unschlagbarkeit der Frau liegt im Fraulichen.

Aber sämtlicher Reiz des Fraulichen versagt gegenüber einer nüchternen männlichen Logik.

Das mußte Elisabeth einsehen, als sie langsam, ganz langsam die Intrige ihres Gatten zu durchschauen begann. Doch in diesem Augenblick war es für ein tatkräftiges Eingreifen schon zu spät, und Brigitte und Herbert Sanke wandelten ungestört durch die schöne Landschaft.

»Warum haben Sie mir nicht geschrieben?« fragte Sanke, als sie nebeneinander dahinschritten. »Ich hatte so fest damit gerechnet . . . und Sie hatten es mir so fest versprochen.«

Brigitte Borgfeldt sah zu Boden. Die tiefe Stimme des großen Mannes nahm sie gefangen. Sie wollte eine Antwort geben und fand doch nicht die Worte. Endlich, nach einer ganzen Zeit des Schweigens, sagte sie: »Wo käme man hin, wollte man jeder flüchtigen Bekanntschaft schreiben? Außerdem verlor ich Ihre Adresse, und das Leben stürmte so auf mich ein, daß ich jenen Sommertag schnell vergaß.«

»Ach – Sie vergaßen mich?« fragte Herbert Sanke leise.

Brigitte zögerte. »Ich . . . glaube . . . ja«, sagte sie dann stokkend. »Sie müssen das verstehen. Ich machte meine Lehramtsprüfung, ich hatte plötzlich Pflichten und Verantwortlichkeiten, ich stand in einem anderen Lebenskreis, der dem einer unbeschwerten Studentin der Pädagogischen Hochschule nicht mehr glich. Und dann . : . und dann . . . Herr Sanke . . . warum sollte ich Ihnen schreiben . . . nach drei kurzen Stunden, die wir uns gesehen hatten?«

»Ich dachte, Fräulein Brigitte, daß drei Stunden vielleicht doch nicht aus einem Leben zu streichen sind. Auch ich hatte in den vergangenen Jahren schwer zu kämpfen, bis ich einen festen Kundenkreis hatte und sagen konnte, mein Beruf ernähre mich. Auch ich mußte die Zähne zusammenbeißen, mußte um mich schlagen und treten, um nicht im Strudel der Zeit zu versinken. Und doch lebten irgendwo in meinem Inneren drei kleine, sonnige Stunden und das Bild eines Mädchens; Gitti, so rief man es. Es war ein Ideal, zugegeben – aber dieses Ideal gab mir Kraft und den Glauben an ein Wiederfinden.«

»Und nun enttäuscht Sie die Wirklichkeit?« Brigitte Borgfeldt blickte Herbert Sanke mit lachenden Augen an. »Ideale sind die schlechtesten Erinnerungen . . .«

»Nein, nein! Machen Sie sich bitte nicht über mich lustig.« Herbert Sanke hob abwehrend die Hand. »Die Wirklichkeit ist schöner, viel schöner, greifbarer, mitreißender. Jetzt weiß ich, daß ich keinem Ideal, sondern einem Wunsche nachgejagt bin und alle Träume meinen Sehnsüchten entsprangen.«

Brigitte Borgfeldt schwieg. Aber ihre Gedanken arbeiteten und sagten ihr, daß dieser große, ungeschlachte Mann ungemein gewann, wenn man ein wenig in ihn drang. Er schien ein gläubiges, naives Herz zu haben, das er ängstlich verbarg, um das Massige seiner Gestalt nicht zu einer Karikatur werden zu lassen. Er schien ein treuherziger, guter Kerl zu sein, den eine Frau um den Finger wickeln konnte, wenn sie es verstand, seine Gutmütigkeit in das tägliche Leben zu verpflanzen.

»Welche Antwort soll ich Ihnen darauf geben?« fragte Brigitte nach einer Weile, während Herbert Sanke einen Zweig am Weg durch die Hand gleiten ließ.

»Keine Antwort, Fräulein Brigitte«, erwiderte er schnell und ließ fast erschreckt den Zweig los. »Ich erwarte keine Antwort, ich wünsche mir nur, daß Sie einmal über meine Worte unbefangen und wohlwollend nachdenken. Vielleicht ist auch das falsch – wir modernen Menschen denken zuviel und vergessen darüber die Seele. Aber wenn Sie einmal in einer stillen Stunde Zeit und Lust haben, dann fragen Sie doch Ihr Herz, ob es so weit am Leben vorbeigehen will.«

»Obwohl wir uns so wenig kennen?«

»Ja! Obwohl wir uns so wenig kennen. Vielleicht kommt dann die Zeit, in der wir zwei uns beobachten und prüfen können.«

Damit versickerte das Gespräch in den Gedanken, die beiden durch den Kopf gingen. Stumm schritten sie über die knirschenden Wege, machten kehrt und näherten sich wieder dem Strauch, über den Erich Kiel immer noch Elisabeth etwas zu erzählen wußte. Heinz Konradi stand dabei und amüsierte sich innerlich.

»Aha!« rief er, als Brigitte Borgfeldt und Herbert Sanke zwischen den Büschen auftauchten. »Unsere Ausreißer! Sie, Herr

Sanke, verdrehen Sie meiner Schwägerin nicht den Kopf! Und du, Gitti, verfahre deinerseits nicht so mit Herrn Sanke!«

Er lachte laut, aber sein Lachen war gekünstelt und klang flach und gepreßt.

»Die Gegend hier ist schön«, versuchte Herbert Sanke abzulenken. »Ich liebe die Natur. Mein Geburtshaus stand in der Stadt. Heute liegt's in Trümmern . . .«

»Gehen wir nach Hause«, sagte Heinz Konradi rasch. Er fühlte, daß die Stimmung betreten und nachdenklich wurde.

Und das durfte nicht sein. Das lief seinem Plan zuwider.

Mit langen Schritten lief er den anderen weit voraus, sprang die Treppe zur Wohnung hinauf und stellte als erstes das große Radio an. Dann brachte er eine Flasche Schnaps aus dem Bücherschrank zum Vorschein (sie stand hinter Schillers Gesammelten Werken) und holte auch eine frische Packung Zigaretten herbei, setzte seinen Hund Muckelchen in Positur und sich selbst in den Kaminsessel.

Als Brigitte, Elisabeth und Herbert Sanke das Zimmer betraten, empfing sie ein lustiger Foxtrott und ein die Musik genießender Dackel.

Wahrhaftig, es lohnte sich doch, ein theatralisches Gemüt zu besitzen . . .

Der Abend verlief äußerst harmonisch.

Unter »harmonisch« verstand Heinz Konradi, daß Herbert Sanke im Laufe der Zeit seinen Arm um Brigittes Schulter legte, ohne auf Widerstand zu stoßen; daß Erich Kiel eine neue Flasche Branntwein aus seinem Zimmer holte; daß Elisabeth eine kalte Platte richtete. Nicht zur Harmonie gehörte es, daß Elisabeth sich weidlich ärgerte, weil Gitti den Arm des Herrn Sanke nicht von ihrer Schulter fegte.

Konradi selbst hielt sich zurück. Er warf nur hie und da einmal ein Wort in die Unterhaltung, die zum größten Teil von Erich Kiel mit langen Auslassungen über das Wesen des Lehrers und seine Stellung in der Gesellschaft bestritten wurde. Heinz lachte dumm, wenn Herbert Sanke Brigitte an sich drückte und diese ihn dabei zwischen Abwehr und Zweifel schwebend ansah. Überhaupt war der Abend so richtig geschaffen, eine Plattform zu bilden, auf der man später klug und diplomatisch sein Gebäude der GmbH errichten konnte.

Elisabeth Konradi war ratlos. Die Ereignisse schlugen über ihr zusammen. Statt den durch Alkohol und Brigittes Nähe immer kühner werdenden Herrn Sanke in seine Schranken zu weisen, lächelte ihr Mann, dieser Blödian, dazu und tat so, als habe dies alles seine völlige Richtigkeit.

Mit einem solchen Menschen ist man nun verheiratet, dachte Elisabeth plötzlich und wußte im selben Augenblick nicht, ob diese Feststellung Ablehnung oder Anerkennung beinhaltete. Um einen Ausweg aus der Situation zu finden, spielte sie die plötzlich Erschrockene und sprang mit einem Satz auf.

»Himmel, das hätte ich beinahe ganz vergessen! Wir sind doch heute Abend bei Anny eingeladen!«

Der guten Anny von Borcken wäre, wenn sie das gehört hätte, die Zigarette aus dem Mund gefallen, denn sie wußte weder etwas von einer Einladung, noch war sie überhaupt auf einen Besuch vorbereitet. Sie hatte mit dem Mann, den sie erwartet hatte, lecker geschlafen – so pflegte sie sich auszudrücken –, hatte ihn wieder verabschiedet, lag nun zufrieden auf der Couch und las einen Kriminalroman, der damit begann, daß eine unbefriedigte Ehefrau ihrem Mann Gift in den Kaffee schüttete. Anny konnte das verstehen.

Elisabeth Konradi kalkulierte damit, daß Herr Sanke sofort aufspringen und sich mit einer Entschuldigung verabschieden würde. Das hätte Elisabeths Rechnung aufgehen lassen. Einer zweiten Begegnung mußte eben dann mit allen Mitteln vorgebeugt werden.

Herr Sanke stand auch brav auf, aber ...

Aber Heinz Konradi, der ruhig sitzen blieb, sagte niederträchtig grinsend: »Zu Anny? Och, das kann man verschieben. Wir sitzen jetzt so gemütlich beisammen, daß es geradezu sträflich wäre, dem ein Ende zu machen. Behalten Sie nur Platz, Herr Sanke, meine Frau kann das abwenden.«

Erfreut ließ sich Herbert Sanke wieder auf die Couch fallen und legte abermals zärtlich den Arm um Brigitte.

»Aber Anny wartet!« rief Elisabeth schier verzweifelt. Ihr erhoffter Sieg rückte in weite Ferne. »Es wäre unhöflich ...«

»... Herrn Sanke jetzt nach Hause zu schicken«, fiel Heinz ein. »Weißt du was? Du springst rasch zu Anny hinüber und sagst ab.«

»Sie hat extra Kuchen gebacken.«

»Wie ich Anny kenne, verzehrt sie den auch ganz gern allein. Der Kuchen schmeckt übrigens morgen noch besser als heute, wenn er noch halb warm ist.« Heinz Konradi strahlte. »Elichen, tu, was ich dir sage. Anny wird nichts dagegen haben, ich wette mit dir.«

Elisabeth biß die Zähne aufeinander. So ein Schuft, dachte sie. Eine solche Gemeinheit! Verzerrt lächelte sie Herrn Sanke an und sagte: »Na schön, dann springe ich mal rüber. In einer Viertelstunde bin ich wieder da. Entschuldigt mich bitte ...«

Und dann stand sie auf der Straße, hätte heulen können vor Wut und Ohnmacht, rannte wirklich zu Anny von Borcken und stürmte wutschnaubend in ihr Zimmer.

Was in der folgenden halben Stunde besprochen wurde, ist nie herausgekommen. Es blieb das Geheimnis zweier Frauenherzen, und es wird es ewig bleiben, denn das ist das Schreckliche an dieser ganzen Aussprache: Sie war sinnlos; man kam zu keinem

Entschluß.

Das Entsetzliche war eingetreten:

Die weibliche Diplomatie und Strategie versagte!

Um die gleiche Zeit schickte sich der Polizeiposten des Dorfes Marktstett an, zu Bett zu gehen. Er legte Koppel und Schirmmütze auf den Stuhl neben das Stilleben von Unterhose und Socken und zog das Telefon in Griffnähe.

Josef Behrens war ein gewissenhafter Beamter, der nicht mit der Uniform seine Würde ablegte, sondern auch im Nachthemd noch Wachtmeister und Polizeigewaltiger von Marktstett blieb. Sein Leben verlief im großen und ganzen ruhig. Abgesehen von einigen Holz- und Felddiebstählen, einer Brandstiftung und einer versuchten Vergewaltigung, hatte es in seinem Bezirk schon wieder längere Zeit keine Gesetzesbrüche mehr gegeben, und so schwor er sich, auf diesem Posten alt und grau zu werden.

Hätte er gewußt, was noch in dieser Nacht in Marktstett geschehen sollte, wäre er nicht so friedlich ins Bett gestiegen, sondern hätte sich beeilt, den Ereignissen mit aller staatlichen und kommunalen Gewalt entgegenzutreten.

Auch der Bürgermeister von Marktstett, dessen Frau und der biedere Paul Sanke hätten ihre ausgedehnte Skatrunde abgebrochen und wären umgehend mit Heinz und Elisabeth Konradi telefonisch in Verbindung getreten.

So aber nahmen die Dinge ihren unheilvollen Verlauf, an dessen Ende nicht nur das große Lachen, sondern . . . aber davon soll noch nicht die Rede sein.

Wichtig ist, daß die Nacht sternenlos war. Dicke Wolken hingen am Himmel. Dadurch erlebte Ebbenrath die schwärzeste Finsternis seit langer Zeit.

Eine solche Nacht ist bei jungen Menschen äußerst beliebt und von Müttern mit heiratsfähigen Töchtern gehaßt. Von älteren

Ehemännern wird sie zuweilen als Bundesgenossin glühend gesucht.

Wichtig ist auch, daß der Verkehrsverein von Ebbenrath 14 Tage vorher rund um die Stadt Bänke hatte aufstellen lassen, allein zur Erholung der Sommergäste, die man anscheinend für äußerst müde hielt. Doch man war in Ebbenrath sehr weitblickend, und so schaffte sich der Standesbeamte in den gleichen Tagen ein neues, doppelt so dickes Geburtsregister an. Das Statistische Amt richtete sich ebenfalls auf Mehrarbeit ein.

Und wichtig ist vor allem, daß Elisabeth Konradi mit ihrem Besuch bei Anny von Borcken das Dümmste tat, was sie machen konnte: Sie dehnte den Besuch aus und blieb fast eine Stunde fort.

Eine Stunde Schicksal . . .

Die Stimmung im Hause Heinz Konradis hatte den Kulminationspunkt überschritten. Zur Erklärung: Kulminationspunkt ist jene Grenze im Imaginären, hinter der entweder das sonst nie Erlaubte beginnt oder bei Männern das Stadium des Lallens und des Herumkriechens auf allen vieren einsetzt.

Dieser Punkt war erreicht, als Erich Kiel den »Zarewitsch« sang, Heinz Konradi die Beine auf den Tisch legte und Herbert Sanke versuchte, Brigitte Borgfeldt zu küssen.

Aha, durchzuckte es Konradi, jetzt springt der Funken über. Jetzt beginnt die Gründung der Lehrmittel-Vertriebsgesellschaft Konradi & Sanke.

Siegessicher leerte er wieder einmal sein Glas und schnalzte zufrieden mit der Zunge.

Aber Brigitte Borgfeldt wich den Zärtlichkeiten Herbert Sankes mit einer fast kindlichen Gebärde aus und rückte ein wenig von ihm ab.

»Es ist schon spät«, sagte sie und blickte auf ihre Armbanduhr.

»Wenn Sie noch mit dem Rad nach Marktstett wollen, wird's Zeit.«

»Sie haben recht, Brigitte.« Herbert Sanke erhob sich, tat das allerdings nicht gerne. »Ich will meinen Vater auch nicht aus dem Schlaf trommeln.«

»Wo nur Eli bleibt?« Brigitte stand gleichfalls auf, zupfte die Kissen der Couch zurecht und gähnte verstohlen. Am längsten zögerte Erich Kiel, sich zu erheben. »Elisabeth wollte doch gleich wiederkommen«, sagte er.

»Vielleicht hat Anny sie aufgehalten und quetscht sie nach Herrn Sanke aus«, lachte Heinz Konradi, schenkte jedem – auch sich – noch einmal ein und setzte hinzu: »Ex!«

»Mir hat's gefallen«, sagte er dann. »Ich hoffe euch auch.«

»Mir ganz bestimmt!« rief Herbert Sanke. »Es war wahnsinnig gemütlich bei Ihnen. Hoffentlich bin ich Ihnen nicht zur Last gefallen.«

Er reichte Konradi die Hand, und dieser antwortete: »Zur Last? Aber ich bitte Sie, wir haben uns gefreut, Sie zu Gast zu haben.« Dabei dachte er an Elisabeth und mußte sauer lächeln. Er ahnte, was nachher kommen würde. Zwei Jahre Ehe mit Elisabeth waren zwei Jahren Ringkampf gleichzusetzen. Er fuhr fort: »Es wäre uns ein Vergnügen, wenn Sie in Kürze wieder kämen. Auf jeden Fall bleibe ich in schriftlicher Verbindung mit Ihnen. Ihr Beruf interessiert auch mich. Aber davon wollen wir heute nicht mehr sprechen. Nichts Geschäftliches. Der Abend gehörte, wie gesagt, dem Vergnügen.«

Man glaube nicht, Heinz Konradi wäre nur ein weltfremder Gelehrter gewesen. Im Gegenteil: Wie er diesen Abend mit Diplomatie und Geschick ausklingen ließ, war ein Meisterstück. Aber auch er ahnte ja nicht, was aus diesem Meisterstück noch werden sollte, welche Tragikomödie sich in diesem Augenblick zu entwickeln begann.

Sie traten hinaus in die stockfinstere Nacht. In der Ferne, über den Bergen, wetterleuchtete es. Es roch nach Regen. Schwer legte sich einem die Finsternis auf die Brust.

»Begleiten Sie mich ein Stück?« fragte Herbert Sanke Brigitte Borgfeldt.

Diese schaute unsicher ihren Schwager an.

Konradi zog die Stirn in Falten. »Bei dieser Dunkelheit? Und dann auf der Chaussee? Es wird in kurzer Zeit ein Gewitter geben. Und überhaupt ist Brigitte nicht besonders ortskundig und könnte sich in der Finsternis verlaufen.«

»Ich dachte, nur bis zur Brücke«, meinte Herbert Sanke. »Von dort ist der Weg zurück nicht weit. Ich würde es mir niemals erlauben, Ihre Schwägerin weiter mitzunehmen und sie dann allein den Weg zurückgehen zu lassen.«

Heinz Konradi war beruhigt. Er gab seine Zustimmung – im stillen wunderte er sich, daß man ihn überhaupt fragte. Er hatte das früher in solchen Fällen nie getan, sondern nur vollendete Tatsachen geschaffen. Vielleicht gab Erich Kiel, der leicht in der Dunkelheit herumschwankte, den Ausschlag, indem er erklärte, daß auf dieser Strecke keinerlei Gefahr bestünde.

Der Abschied zwischen Heinz Konradi und Herbert Sanke war herzlich. Man drückte einander fest die Hand und versprach sich gegenseitig ein baldiges Wiedersehen. Dann tauchten Brigitte und Herr Sanke mit seinem Rad in der Dunkelheit unter.

»Komm aber bald zurück, Gitti!« rief Konradi in einer Aufwallung letzten Pflichtgefühls seiner Schwägerin noch nach. »Laß dich vom Gewitter nicht überraschen!«

»Nein, nein«, versprach Brigitte lachend aus der Dunkelheit. »Dazu hätte ich viel zuviel Angst vor dem kleinsten Blitz, das weißt du doch.«

Knirschend verklangen die Schritte in der Nacht. Nichts regte sich mehr. Nur ein Husten Erich Kiels in der entgegengesetzten

Richtung wurde noch einmal laut.

Noch immer stand Heinz Konradi in der Tür und starrte hinein in die Dunkelheit. Die Stille umfing den ins Grübeln geratenen Mann, der dicke Bücher über todernste Themen schrieb und selbst aller Gelehrtenabgeklärtheit so fern war.

Und so stand er noch immer sinnend in der Tür, verspürte plötzlich leise Gewissensbisse und fragte sich, ob er sich Vorwürfe zu machen habe. Ein Geräusch schreckte ihn auf. Elisabeth kam eiligen Schrittes von Anny von Borcken zurück.

»Wo ist Brigitte?« rief sie, als sie Heinz in der Tür stehen sah.

»Zur Brücke. Sie begleitet den Sanke ein Stück und kommt gleich wieder.« Er drehte sich um und ging langsam in die Wohnung. »Laß dem Mädchen das bißchen Lebensfreude. Sie hat ihr Herz fest in der Hand, das weiß ich seit heute abend . . .«

3

Schwach schimmerten die Stahlteile der breiten Brücke im Schein einer der trüben Hängelampen, mit denen in Ebbenrath die wichtigsten Straßenkreuzungen und Übergänge beleuchtet wurden. Der kleine Fluß rauschte in der stillen Nacht, in der Ferne donnerte es, und das Wetterleuchten schob sich über die schwarzen Berge näher und umzuckte die hohen Wipfel der starren Fichten auf den Höhen.

»Es wird bald regnen«, meinte Herbert Sanke und lehnte sein Rad an das Brückengeländer. »Wenn ich noch trocken nach Marktstett kommen will, muß ich mich beeilen.«

Aber das schien nur so hingesagt zu sein, denn er traf keinerlei Anstalten, von Brigitte Borgfeldt Abschied zu nehmen.

»Eigentlich ist der Tag zu kurz«, fuhr er nachdenklich fort. »Für das, was man sich in bestimmten Situationen zu sagen hat, sind Stunden nur Sekunden, die einem unter den Händen wegrinnen. Oder ist es Ihnen noch nie so ergangen, daß Sie die Zeit mit beiden Händen festhalten wollten und doch am Ende einsehen mußten, daß unser Leben eben nichts ist als ein Wettlauf mit der Uhr? Mir jedenfalls kommt es so vor, als wären wir alle nur Eilende und Hetzende, um ein kleines, ein winziges Stückchen Glück zu erhaschen.«

Brigitte Borgfeldt schwieg. Sie lauschte auf den tiefen Klang der Stimme und wußte nicht, ob sie dem inneren Gefühl nachgeben und einen brüsken Abschied einer langen, vielleicht unnützen Aussprache vorziehen sollte. Irgend etwas an dieser tiefen Stimme und der großen Gestalt des Mannes übte aber eine Macht über ihren Willen aus, die sie davon abhielt, den jetzt an ihrer Seite vom Sinn des Lebens philosophierenden Menschen aus seiner Träumerei zu reißen.

»Unser Dasein entwickelt sich nach bestimmten Rhythmen«, antwortete sie langsam. Es kam ihr vor, als spräche eine andere Stimme aus ihr, der sie selbst wie einer fremden lauschte.

»Rhythmus? Haben wir modernen Menschen überhaupt einen Rhythmus?« fragte Herbert Sanke. »Natürlich ... alles ist Rhythmus an sich ... Foxtrott, Jazz, die Maschinen, die Technik, die neue Sprache in der Literatur, sogar in der Malerei gibt es eine rhythmische Farbengebung ... aber ist das der Rhythmus, der von der Seele ausgeht? Ich mache mir oft Gedanken, unnütze Gedanken, das weiß ich, denn ändern kann ich es doch nicht. Aber manchmal, da denke ich mir, unser Leben müßte wieder das Ideal entdecken, das Ideal der ›schönen Seele‹, von dem Friedrich Schiller träumte und dem Hölderlin ein Denkmal setzte, das von den modernen Menschen nicht mehr verstanden wird. Dieses Ideal möchte ich in mein Leben setzen, und ich suche einen Menschen, der mir auf meinem Weg ... einem Weg vielleicht ins Nichts folgen kann.«

Brigitte Borgfeldt sah zu Boden. Was dieser massige Mann da sagte, war eine Philosophie, die ihr einleuchtete, nur verneinte sie nicht das Leben, sondern fand einen Trost in der tiefen Religiosität des »guten« Lebens.

»Man sollte weniger denken«, meinte sie, als sie nach einer kleinen Weile wieder aufblickte. »Die schönsten Stunden verdirbt man sich mit dem Verstand. Lassen Sie uns von den Freuden des Lebens sprechen . . . von der Kunst, vom Reisen in schöne Länder, von mir aus auch von Dingen, die banal sind und flach, denn alles ist besser als diese Traurigkeit nach einem so schönen Abend und einer so schönen Nacht.«

»Ich liebe Sie«, sagte Herbert Sanke leise. »Wollen Sie das wissen?«

Brigitte war bei dem Satz zurückgeschreckt und sah den Mann mit einer Mischung aus Angst und Trauer an. Er liebt mich, rief es in ihr, und ich kann ihn doch nicht wiederlieben! Wie soll das denn werden . . . einen fremden Mann lieben, den ich kaum kenne?

»Sie sollten nicht so leicht darüber sprechen«, antwortete sie etwas tadelnd. »Liebe ist ein großes Wort. Wie können Sie mich lieben, da Sie doch noch gar nichts von mir wissen?«

»Ich weiß nichts von Ihnen? Das ist ein Irrtum. Ich sehe Ihre Augen, Ihre Lippen, ich höre Ihre Sprache, ich fühle Ihre Seele. Und ich sollte da noch fragen? Sie waren seit jenem Sommertag am See eine keinen Augenblick aussetzende Sehnsucht für mich. Ich vergaß Ihr Bild nie. Und nun stehen Sie vor mir – ich glaube, ich sagte es Ihnen schon einmal beim Spaziergang heute – nicht wie eine erfüllte Sehnsucht, sondern wie ein greifbarer Wunsch.«

Das Donnern kam näher. Die Blitze zuckten über die Berge hinweg ins Tal, es roch nach Regen. Vom Wasser herauf zogen Dunstschleier durch die Nacht.

»Es wird gleich regnen«, sagte Brigitte. »Sie kommen nun nicht mehr nach Marktstett. Gehen wir zur Stadt zurück, hier werden wir naß.«

Sie schritten nahe nebeneinander der Stadt zu. Herbert Sanke hielt den Kopf gesenkt und blickte beim Gehen auf den schwach blinkenden Asphalt.

»Ich würde mir das Leben an Ihrer Seite schön vorstellen«, sagte er leise. »Ich würde glücklich sein.«

»Aber ich . . .«

»Könnten Sie mich denn nicht lieben?«

»Ich – weiß nicht. Sie sind ein Mann, der so fernab von meiner Einstellung Männern gegenüber ist. Sie sind mir unheimlich.«

Herbert Sanke blieb mit einem Ruck stehen. Seine Augen blickten maßlos erstaunt und betroffen zugleich.

»Ich bin Ihnen unheimlich?« fragte er mit tonloser Stimme.

»Ja.«

»Und deshalb entfernen Sie sich von mir?«

»Ich bin Ihnen noch nicht nahe gekommen.«

»Unheimlich ist das Leben. Es hat mich zu dem gemacht, der Sie erschreckt. Sie haben eine große Aufgabe, mich auf den Pfad Ihres sonnigen Lebens zurückzuholen.«

Brigitte Borgfeldt schüttelte den Kopf. Sie schlug dabei den Kragen ihres Mantels hoch und zog den Stoff enger um ihren Körper, als friere sie.

»Es regnet«, sagte sie. »Wir müssen uns beeilen.«

»Und das ist Ihre ganze Antwort?«

»Ich wüßte im Augenblick keine andere.«

Herbert Sanke sah empor zum schwarzen Himmel.

»Welch ein Glück, daß es noch viele Augenblicke gibt, die vor uns liegen!«

Die ersten Tropfen fielen dick und schwer auf das Pflaster. Der Donner rollte über die Berge und brach sich in den Waldschluchten. Das Zucken der Blitze erhellte sekundenschnell die winkeligen Seitenstraßen.

Ein Geruch wie von ausdünstendem feuchten Eisen hing in der Luft.

Herbert Sanke und Brigitte beeilten sich, in eine tiefe Haustür zu huschen, um vor dem Gewitter Schutz zu finden.

Heinz Konradi wachte mit einem erschreckten Ruck auf.

Seine Frau saß im Bett, hatte das Licht angeknipst, zog ihn an der Pyjamajacke und weinte dabei.

Draußen donnerte und blitzte es. Rauschend, als seien Schleusen geöffnet worden, fiel der Regen vom nachtdunklen Himmel. Eintönig trommelte er an die hölzernen Fensterläden.

Mit einem Satz fuhr Heinz Konradi aus den Kissen hoch. Er brauchte keine Erklärungen seiner Frau, um zu wissen, warum sie weinte.

»Wo ist Gitti?« stieß er hervor und schämte sich gleichzeitig seiner dummen Frage.

»Gitti? Fort! Verschwunden!« Elisabeth schluchzte laut auf. »Und du bist schuld daran!«

»Erlaube mal, wieso? Schließlich ist deine Schwester alt genug, um zu wissen, was sie tut.« Er blickte sich um. »Wie spät ist es eigentlich?«

»Halb eins. Und dann dieses Gewitter. Wo mag das Mädchen nur sein? Der Kerl bringt es fertig und schleppt sie mit sich nach Marktstett. Wie soll sie zurückkommen? Wahnsinn! Das arme Mädchen!«

Heinz Konradi fuhr sich mit der Hand durch die Haare.

»Ja, glaubst du denn wirklich, Brigitte ist bei diesem Wetter noch unterwegs? Ich nicht. Die beiden sitzen gemütlich in einem Lokal, davon bin ich überzeugt.«

»Um halb eins ist in Ebbenrath kein Lokal mehr auf.«

»Dann stehen sie unter einem Baum und warten.«

»Oder sie liegt verletzt, mit gebrochenen Knochen, irgendwo im Graben der Chaussee. In dieser Dunkelheit kann einem doch alles zustoßen.« Elisabeth Konradi sprang mit einem Satz aus dem Bett. »Heinz, du mußt sofort aufstehen!«

»Aufstehen? Wieso?«

»Wir müssen Gitti suchen.«

»Ich glaube, Eli, dir ist nicht wohl. Gitti suchen ... Wo? frage ich dich.«

»Wo? Auf der Strecke nach Marktstett. Sie können nur die Chaussee gegangen sein.«

»Es gibt auch einen kürzeren Weg über die Berge durch den Wald«, wandte Konradi ein, kletterte aber trotzdem aus dem Bett und schlüpfte unlustig und brummend in seine Kleidung.

Elisabeth sagte: »Sanke hat ein Rad bei sich. Damit ist er an die Chaussee gebunden. Überhaupt, wer ist dieser Herbert Sanke? Du kennst ihn nicht, ich kenne ihn nicht, Gitti kennt ihn nicht, Kiel kennt ihn nicht, niemand kennt ihn in Ebbenrath. Weißt du, was er sein kann? Ein Verbrecher! Vielleicht dient ihm seine Lehrmittelvertretung nur als Tarnung. Er sieht so brutal aus. Wenn er nun ein Mädchenhändler ist oder ein Sittenstrolch, der unsere arme Gitti ...« Sie schluchzte laut auf und konnte nicht weitersprechen. Der Gedanke, ihre Schwester in den Händen eines Verbrechers zu wissen, machte sie unfähig, sich überhaupt noch normal zu benehmen. Händeringend rannte sie halbnackt im Zimmer hin und her und stolperte über die Beine ihres Mannes, der sich anzog.

»Ich bin verantwortlich für sie!« rief sie. »Ich bin ihre Schwester! Was soll ich Vater und Mutter sagen, wenn ihr etwas zugestoßen ist? Der Kerl kann sie ja schon umgebracht und im Wald verscharrt haben. Bei dieser Dunkelheit und diesem Regen sieht ihn keiner, und morgen ist er längst über alle Berge.«

»Verscharren kann er sie nicht«, sagte Heinz mit dem Gemüt eines elefantenhäutigen Mannes. »Er hat keinen Spaten bei sich.«

»Aber er kann sie tief in den Wald irgendwo ins Dickicht schleppen, wo sie nicht gesucht und dadurch auch nicht gefunden wird.«

»Das sage nicht«, meinte Heinz und band seine Schnürsenkel zu. »Die Wälder sind hier nicht groß. Waldarbeiter und Holzfäller kommen in ihnen an jede Stelle.«

»Deine Nerven möchte ich haben!« schrie Elisabeth außer sich. Den ruhigen Ton ihres Gatten empfand sie wie eine körperliche Pein. »Du mußt Brigitte suchen!«

»Ich bin ja schon angezogen. Aber wo? frage ich dich noch einmal.«

»Überall! Guck nicht so dumm! Ich weiß, was dir vorschwebt. Bedeutet dir deine Schwägerin so wenig? Erst verkuppelst du sie, und dann willst du vor den Gartenzaun gehen, wieder kehrtmachen und mir sagen, es hat keinen Zweck. Das schlag dir aus dem Kopf. Du kriegst keine Ruhe mehr von mir. Wie weit ist es nach Marktstett?«

»Zu Fuß gute zweieinhalb Stunden. Und das bei Nacht, bei diesem Wetter! Eli, das ist doch Wahnsinn! Wenn ihr wirklich etwas zugestoßen ist und sie irgendwo liegt, kann ich sie nicht sehen. Oder zweifelst du daran? Im übrigen glaube ich das nicht. Am besten warten wir bis morgen früh.«

»Nein, du suchst sie jetzt!« schrie Elisabeth, »wer weiß, was bis morgen früh geschieht!«

Heinz schüttelte den Kopf, ihm kam die ganze Aufregung sinnlos und äußerst dumm vor. »Wer sagt dir denn, daß überhaupt etwas geschehen ist? Vielleicht sitzen die beiden irgendwo im Trockenen und freuen sich, daß sie so jung und unbekümmert sind.«

»Nein, nein, nein!« Elisabeth Konradi rang die Hände. »Es ist etwas passiert, etwas Schlimmes, ich spüre es.«

Wenn eine Frau etwas spürt oder fühlt, kann die Logik des Mannes in Urlaub gehen. Die Logik wird nie imstande sein, gegen das Gefühl einer Frau anzukommen, denn wenn eine Frau erst einmal ihr Gefühl ins Feld führt, beginnt die Unlogik Purzelbäume zu schlagen. Eine fühlende Frau ist taub gegenüber allen logischen Einwänden.

Das sah auch Heinz Konradi ein. Er war lange genug verheiratet, um zu wissen, wann er zu kapitulieren hatte. Er widersetzte sich deshalb nun nicht mehr länger, sondern nickte ergeben, seufzte dabei und fügte sich in sein Schicksal, Brigitte Borgfeldt in stockfinsterer Nacht zu suchen.

Die Götter sind bei den Leidenden, sagt ein griechisches Sprichwort. Und dieses Sprichwort bewahrheitete sich auch heute wieder, denn als Heinz Konradi einen alten Schlapphut aufsetzte und sich nur noch eine Zigarette anzündete, um ein paar Züge aus ihr zu nehmen, ließ das Gewitter nach und lief aus in einem harmlosen Tröpfelregen.

Elisabeth saß nun weinend auf der Bettkante und kam vor lauter Schluchzen nicht dazu, ihre Garderobe entweder zu ergänzen oder sich wieder ganz auszuziehen. Ihr halb bekleideter, üppiger fraulicher Körper stand in krassem Gegensatz zu ihrer weinerlichen Hilflosigkeit, und dieses Bild verleitete Heinz dazu, seinen Ärger einem liebevollen Mitgefühl weichen zu lassen.

»Vielleicht ist deine Schwester längst in guten Händen und deine ganze Sorge unbegründet«, meinte er optimistisch und legte zärtlich seinen Arm um Elisabeths mollige Schultern. »Vielleicht ist sie sogar gerade dabei, ihre Unschuld zu verlieren, wer weiß . . .«

»Gitti? Mit diesem Kerl?« Elisabeth lehnte ihr tränennasses Gesicht an seine Brust. »Nie . . . nie . . . meine Schwester tut das nicht!«

»Man kann einem Menschen nicht ins Herz sehen, Eli. Auch du kennst deine Schwester nicht.«

»Brigitte weiß, daß wir auf sie warten. Sie weiß, daß ich mir Sorgen um sie mache. Ich kenne Gitti nicht anders als einen gewissenhaften, pünktlichen und ehrlichen Menschen. Sie würde nie so lange wegbleiben, ohne es vorher anzukündigen. Das sind wir von unserer Gitti nicht gewöhnt . . . nein, nein, da ist etwas passiert . . . ihr ist etwas zugestoßen . . . eine andere Möglichkeit kann ich leider nicht mehr sehen.«

»Im allgemeinen sagt man vorher nicht Bescheid, wenn man sich verliebt«, meinte Heinz Konradi. »Nicht umsonst singt man: Wie ein Wunder kam die Liebe über Nacht . . .«

Elisabeth fuhr hoch. Ihre Augen funkelten, der schöne Mund verzerrte sich.

»Daß du in dieser Situation so daherreden kannst, ist scheußlich . . . roh . . . herzlos von dir!« rief sie. »Du hast kein Gefühl, du bist ein Barbar! Aber natürlich, es ist ja auch nur meine Schwester, um die es geht. Vielleicht willst du damit sogar nur meine Eltern treffen.« Und plötzlich schrie sie auf: »Du, du, wenn du mir nicht Gitti wiederfindest, tue ich mir etwas an!«

Heinz Konradi zuckte zusammen. Plötzlich war ihm klar, daß er zu weit gegangen war, daß hier nicht ein Stück auf der Bühne gespielt wurde, sondern rauhe Wirklichkeit ablief, bei der seine ganze Ehe in Gefahr war. Erst jetzt wollte er nicht mehr länger leugnen, daß seine Frau tatsächlich dem seelischen Zusammenbruch nahe war und nur noch als flatterndes Nervenbündel schluchzend hin und her rannte.

»Gut«, sagte er fest, und der Ton seiner Stimme ließ Elisabeth erstaunt aufblicken. »Ich gehe und suche sie und hoffe sie zu finden.«

»Du *mußt* sie finden!«

»Aber wenn ich Pech habe? Was dann? Damit müssen wir rechnen.«

»Dann weiß ich keinen Rat mehr. Dann werde ich verrückt.«

»Es bleibt noch die Polizei. Aber Vermißtenanzeigen können frühestens in zwölf Stunden nach dem Verschwinden einer Person aufgegeben werden.«

»In zwölf Stunden bin ich wahnsinnig. Und was dann geschieht, habe ich dir gesagt, Heinz. Du *mußt* sie finden!«

Konradi nickte. Er nahm seinen Spazierstock aus dem Ständer und schloß die Tür auf.

»Bis nach Marktstett hoffe ich nicht gehen zu müssen«, erklärte er. »Sanke sagte etwas von der Brücke. Vielleicht haben sie sich untergestellt und verabschieden sich jetzt stundenlang voneinander. Das ist eine Spezialität verliebter junger Leute.«

Damit trat er hinaus in die Nacht.

Ein wenig skeptisch, von Natur aus unlustig, mit zweifelnden Gedanken . . .

Er kam sich reichlich dumm und nachgiebig vor.

Die Luft war durch den Regen wundervoll abgekühlt. Erde, Laub und Blumen strömten ihren Duft aus. Von den Zweigen tropfte es mit leisem Klicken. Fern über den Bergen wetterleuchtete es noch. Das Gewitter war schon weit weg.

Es war nicht mehr ganz so dunkel. Vereinzelt lugten die Sterne durch die Wolkenschleier und leuchteten trübe wie kleingedrehte Petroleumlampen. Der Mond war freilich noch hinter einer dichten Wolkendecke verborgen. Die Ausläufer seines bleichen Lichtes färbten die Ränder wundersam geformter Wolkenballen.

Heinz Konradi stand auf der Straße, stützte sich auf seinen Stock und überlegte.

Die Suche nach einem jungen Mädchen und einem jungen Mann ist eigentlich ein Blödsinn, dachte er. Aber was tut man nicht alles, um seine Frau zu beruhigen. Es ist zwar richtig, daß es Wüstlinge, Heiratsschwindler, Mädchenhändler, Sittlichkeitsverbrecher und dergleichen Gesindel in Massen gibt, aber dazu gehört dieser Herbert Sanke nicht. Nein, bestimmt nicht. Einen solchen Eindruck machte er nicht, auch seine Unterhaltung, sein Benehmen und seine Schrift, die ich auf den Werbeprospekten gesehen habe, waren ungekünstelt und von einer freien Natürlichkeit. Schließlich habe ich nicht Psychologie als Nebenfach studiert, um mich so zu täuschen, dachte Heinz Konradi weiter.

Dieser Herbert Sanke war harmlos und von einer eindeutigen Ehrlichkeit, die Heinz Konradi mit Anerkennung betrachtete.

Doch das fiel im Moment nicht ins Gewicht. Das spielte alles keine Rolle, es hatte nichts zu sagen. Brigitte Borgfeldt war seit zweieinhalb Stunden verschwunden, das war entscheidend.

Verschwunden auf dem Weg zur Brücke.

Verschwunden trotz der eindeutigen Beteuerung, nur kurze Zeit wegzubleiben.

Laß mich zunächst einmal den Weg bis zur Brücke abgehen, dachte Heinz. In der Nähe der Brücke gibt es zwei Restaurants und zwei Hotels, da kann ich – falls sie noch nicht geschlossen haben – einmal diskret nachfragen, denn in solchen Situationen muß man mit allem rechnen, wenn es mir auch denkbar unangenehm ist, in die möglichen Geheimnisse eines jungen Herzens einzudringen.

Langsam schlenderte Heinz Konradi durch die Straßen, trottete ein Stück die Promenade Ebbenraths entlang und fand trotz der Nässe die neuen Bänke des Verkehrsvereins prompt besetzt vor, aber leider nicht besetzt von Gitti und Herbert Sanke. Der Anblick dieser ganz in ihre Liebe verstrickten Pärchen, die auch das Gewitter und den Regen irgendwo überstanden haben mußten, gab ihm jedoch den Mut, auch an das gleiche günstige Schicksal Brigittes zu glauben.

Denn wozu die anderen imstande gewesen waren, das dürfte doch auch Herr Sanke fertiggebracht haben.

Womit Heinz Konradi begann, seine Suche nach Brigitte Borgfeldt doch auf der Logik des Mannes und nicht auf dem Gefühl der Frau aufzubauen.

Aber es war das erstemal, daß Konradi von seiner Logik enttäuscht wurde, denn nach kurzer Zeit stand er vor der Brücke und mußte sich eingestehen, auf den Bänken und in den so beliebten Haustüren oder Toreinfahrten seine Schwägerin nicht entdeckt zu haben.

Verstimmt lehnte er sich an das Geländer und blickte mißmutig um sich.

Was nun, dachte er. In die Hotels gehen und fragen? Es fiel ihm ein, daß das einer ziemlichen Kompromittierung Brigitte Borgfeldts gleichgekommen wäre.

Und wenn er ihren Namen nicht nannte?

Blödsinn! Er selbst war ja hier jedem bekannt. Damit wäre also auch nichts zu gewinnen gewesen.

Der Gedanke, in den Hotels nachzufragen, wurde also verworfen.

Nach Marktstett zu gehen kam nach wie vor auch nicht in Frage.

Aber vielleicht standen die beiden jenseits der Brücke und kamen nicht voneinander los. Das war immerhin möglich, und der Weg über die Brücke war nicht weit.

Letzteres gab den Ausschlag.

Heinz Konradi schlenderte über die Brücke, blickte hinunter auf das rauschende Flüßchen und ging dann weiter. Er pfiff leise vor sich und schlug mit dem Stock ab und zu gegen das Geländer.

Schließlich war man selbst auch einmal jung und war dankbar gewesen, wenn das Kommen eines Dritten schon von weitem angekündigt wurde. Ein Mann mit Praxis hat in solchen Dingen ein weites Herz.

Aber Konradis Zartgefühl war Verschwendung. Auch jenseits der Brücke standen keine Brigitte Borgfeldt und kein Herbert Sanke. Lediglich die Chaussee nach Marktstett schwang sich in weitem Bogen den Berg hinauf.

Umkehren war unmöglich. Elisabeth würde niemals verstehen, daß er die Suche nach seiner verschwundenen Schwägerin so schnell beendet haben würde. Hinzu kam, daß sich in Heinz jetzt selbst Bedenken regten und ihn das Verschwinden Brigittes mit Sorge erfüllte. Immerhin war es nicht zu leugnen, daß der einzige in Betracht kommende Weg leer war und es – hier gab Heinz seiner Frau recht – nicht Brigittes Art war, von einem festen Vorsatz abzuweichen.

Man muß die Liebe mit einkalkulieren, sagte sich Konradi. Große Ereignisse werden von ungewöhnlichen Umstellungen begleitet. Und doch, ein wenig merkwürdig war die ganze Situation schon. Sie gab ohne weiteres Anlaß, daß man in Sorge geriet.

Wo konnte Brigitte Borgfeldt sein?

In einem Hotel? Vielleicht. Aber Elisabeth behauptete ja: »Meine Schwester tut das nicht!« Wenn man das zu glauben bereit war, dann kam aber ein Absuchen der Hotels erst als allerletztes in Frage.

Vielleicht ist sie ein Stück der Chaussee nach Marktstett mitgegangen. Ganz bis Marktstett war ausgeschlossen. Aber ein Stück, das konnte sein.

Konradi rechnete sich aus, daß Brigitte dann spätestens um halb zwei wieder in Ebbenrath eintreffen mußte, vorausgesetzt, der Abschied nahm einen normalen Verlauf. Welcher Abschied verliebter Leute aber verläuft normal? Wenn es auch dunkel war, so schimmerte doch schwach das Band der Straße. Verirren konnte sich Gitti also nicht, auch nicht dort, wo der Wald bis an die Chaussee heranreichte. Und wenn sie von einem Auto angefahren und verletzt an der Straße liegen gelassen worden war? Von Fahrerflucht konnte man doch jeden Tag in der Zeitung lesen. Dachte man ganz kriminell, so war es auch möglich, daß ein Pkw-Fahrer Brigitte mitgenommen und in wollüstiger Absicht verschleppt hatte. Auch so was kam leider oft genug vor.

War dies der Fall, so gab es nur eines: Polizei.

Die dritte Möglichkeit war die verrückteste: Brigitte Borgfeldt konnte den Weg von der Brücke zurück durch die Stadt gewählt haben und lag jetzt längst vergnügt im Bett, während er, Heinz, hier an der Brücke versauerte. Das wäre dann der Gipfel der Komik und er, der Schriftsteller und Privatgelehrte Heinz Konradi, wäre der Gelackmeierte.

Die ganze Lächerlichkeit dieser Möglichkeit wurde ihm bewußt. Es fehlte aber die Gewißheit. Unschlüssig blickte er ins Wasser. Um nicht zu frieren, knöpfte er seinen Rock zu.

»Verrückt«, sagte er leise vor sich hin. »Wenn ich wüßte, daß Brigitte schon im Bett liegt, würde ich zu Erich gehen, ihn wecken und noch einmal ein paar mit ihm zwitschern. Der wäre bestimmt damit einverstanden.«

Anstandshalber blieb er aber noch ein wenig jenseits der Brücke stehen und rauchte eine Zigarette.

Elisabeth sollte zufrieden sein. Um einen Menschen zu suchen, braucht man Zeit . . .

Unterdessen lag Erich Kiel in seinem breiten Bett und träumte sinnigerweise von Anny von Borcken.

Was er träumte, war durchaus dazu angetan, ihn im Schlaf lächeln und schnalzen zu lassen, denn Anny von Borcken saß auf seinem Schoß und gab ihm tausend liebe Küßchen. Er zählte diese sogar und sagte im Augenblick: »Sechshundertfünfundvierzig

Stück. Schneller, damit die ersten Tausend voll werden!«

Was Erich Kiel zu dieser kühnen Phantasie anregte und ihm den frevlerischen Traum vorgaukelte, war rätselhaft. Der Traum war durch nichts begründet, denn Anny von Borcken hatte bisher mit Fleiß vermieden, mit Erich Kiel in näheren Kontakt zu kommen. Seine wasserfallartigen Lobreden auf seine eigenen überragenden Fähigkeiten auf allen Gebieten ärgerten sie nur und machten Erich Kiel in ihren Augen zu einem gefallsüchtigen Schwätzer.

Es mochte sein, daß der Schnapsreisende zu jenen Männern gehörte, die von der Abweisung einer Frau maßlos aufgeregt und zugleich angeregt werden, so daß sie um so aktiver werden, je mehr sie den Widerstand der Angebeteten spüren. Es sind dies die verhinderten Despoten oder die Märtyrer am falschen Platz; auf jeden Fall sind sie Leidende ihrer Gefühle und kommen sich vor wie Odysseus, der mit wachsverklebten Ohren an den süßen, nackten, singenden Sirenen vorübersegeln mußte.

Erich Kiel träumte. Er lächelte im Traum und fühlte sich so wohl, wie es ihm im Wachzustand wohl nie geglückt wäre.

Er ahnte nicht, daß eine Stunde später eine Welle von Ereignissen auch ihn aus seinem Bett spülen und ihn vor Fragen stellen sollte, zu deren Beantwortung selbst seine kühnsten Träume nicht ausreichten.

Im Augenblick aber schlief er und küßte Anny von Borcken.

Im Traum natürlich.

Es war der 786. Kuß.

Er schmeckte so lecker . . . im Traum.

Elisabeth Konradi hatte sich nach dem Weggang ihres Mannes bald angekleidet. Nun stand sie im Zimmer, rauchte eine Zigarette und ärgerte sich, daß sie im entscheidenden Augenblick so hilflos gewesen war und so kläglich versagt hatte.

Aber was soll man auch machen, wenn ein Mensch verschwindet?

Wer weiß denn in solchen Situationen den richtigen Rat?

Anny von Borcken fiel ihr ein. Vielleicht fand die sich mit ihrem überaus realen Geist in einer so verzwickten Situation besser zurecht.

Schnell zog Elisabeth noch eine leichte Kostümjacke über ihr Kleid an, rannte auf die Straße und stieß das kleine Vorgartentor des Häuschens ihrer Freundin auf. Es war gar nicht nötig, Anny von Borcken erst aus dem tiefsten Schlaf zu trommeln, denn das sonst so resolute Mädchen saß am Fenster des Schlafzimmers, hatte ihren Foxterrier Bebsy im Arm und starrte furchtsam hinauf in den dunklen Himmel.

»Nanu?« sagte sie ein wenig kläglich. »Was willst du denn noch bei mir, Eli?«

»Anny?« Elisabeth war baff. »Was machst du denn um halb zwei Uhr am offenen Fenster?«

»Ich habe Angst.« Anny von Borcken lehnte sich aus dem Fenster. Sie war glücklich, ihre Freundin zu sehen. Bebsy knurrte, war müde und wollte in ihre Schlafkiste.

»Angst?« Elisabeth Konradi glaubte, falsch gehört zu haben. »Du und Angst? Vor wem denn?«

Anny zeigte hinauf zu den Wolken.

»Davor. Vor dem Gewitter. Seit zwei Stunden bin ich hellwach. Als es anfing zu donnern, wollte ich erst zu euch kommen. Aber ihr habt ja Gitti bei euch.«

»Gitti ist verschwunden!« rief Elisabeth und begann prompt zu weinen.

Anny von Borcken entledigte sich Bebsys und beugte sich weit aus dem Fenster.

»Was sagst du? Gitti ist verschwunden? Wie denn das?«

»Sie ist um halb elf mit Herrn Sanke weggegangen, um ihn bis zur Brücke zu begleiten. In spätestens einer halben Stunde wollte sie wieder zurück sein. Und jetzt ist es halb zwei.«

»Na und? Ist das alles?«

»Ihr muß etwas zugestoßen sein.«

»Sicher. Aber das, was ihr zugestoßen ist, hat jedes junge Mädchen gern.«

»Anny!« Elisabeth war voller Entrüstung. »Du kennst Brigitte nicht! Meine Schwester tut das nicht!«

»Du siehst, daß sie dabei ist, dich vom Gegenteil zu überzeugen. Oder glaubst du wirklich, daß deine alten Weisheiten, über die heute schon Klosterschwestern lachen, noch gelten?«

»Allerdings! Das, woran du denkst, kommt bei Gitti gar nicht in Frage. Sie wirft sich nicht an einen Mann weg, den sie kaum einen Tag kennt.«

»Die Liebe fragt nicht nach Stunden oder Tagen, meine Beste.«

»Und überdies ist Gitti fast noch ein Kind. Ein unschuldiges Kind.«

»Mit vierundzwanzig Jahren?« Anny von Borcken blickte ihre Freundin fast mitleidig an.

»Ja. Dafür lege ich meine Hand ins Feuer.«

»Dann kauf dir jetzt schon eine Prothese.«

»Du bist schrecklich.« Elisabeth war sichtlich beleidigt. »Brigitte ist anders, ganz anders als wir. Sie lebt ihr Leben noch nach Idealen und Gesetzen der Reinheit und wird nur dann einem Mann gehören, wenn sie weiß, daß diese Hingabe ein ganzes Leben lang andauert. Deshalb meine Sorge. Um halb zwei noch nicht zurück. Da ist etwas geschehen. Dieser Kerl hat sie überfallen, und jetzt irrt sie umher und springt ins Wasser. Oder sonst was. Eine Entehrung überlebt Brigitte nicht.«

Elisabeth schluchzte wieder laut auf und lehnte sich, Halt suchend, an die Wand des Häuschens. Auch Anny konnte ihr nicht helfen, das fühlte sie. Für Anny war das Verschwinden nichts anderes als ein galantes Abenteuer . . . oh, sie kannte ja Brigitte nicht.

»Mein Gott, leg dich ins Bett, Spinnerin, und penn bis morgen«, sagte Anny. »Wenn sie dann noch nicht da ist, fängt es allerdings an, kritisch und bedenklich zu werden. Ich sage dir aber, die beiden sitzen irgendwo und haben gar keine Zeit, an die Uhr oder an dich zu denken.«

»Wenn sie auf einer Bank sitzt, muß Heinz sie ja finden. Er ist sie suchen gegangen.«

»Du liebe Zeit!«

»Was mache ich, wenn er sie nicht findet?«

»Dann stürzt die Welt auch noch lange nicht ein. Es gibt in Ebbenrath Winkel und Ecken, wo kein Schnüffler ein Liebespaar aufstöbert. Warte bis morgen, leg dich ins Bett, wiederhole ich, und mach uns nicht mit deiner sinnlosen Angst verrückt. Es wird sich alles in Wohlgefallen auflösen.«

Elisabeth Konradi wäre glücklich gewesen, wenn sie dies hätte glauben können. Und vielleicht hätte sie sich auch etwas beruhigt, wenn nicht gerade in diesem Augenblick Heinz Konradi die Straße herabgekommen wäre, langsam, bummelnd, gemächlich und – das war das Schlimmste – allein.

Elisabeth Konradi schrie leise auf: »Heinz! Heinz, was ist? Hast du sie gefunden?«

Konradi wirbelte auf dem Absatz herum und kam auf Elisabeth zugelaufen. Sein Gesicht zeigte einen Ausdruck der Angst, gemischt mit hilfloser Ungläubigkeit.

»Wie? Ist denn Gitti nicht bei dir? Ich hätte vermutet, sie liegt längst im Bett.«

»Du hast sie nicht gefunden?« antwortete Elisabeth entsetzt. Es war ihr, als müsse sie gleich die Besinnung verlieren und zu Boden sinken. Krampfhaft hielt sie sich an der Hauswand fest.

Heinz Konradi trat rasch näher. Tiefe Sorge umwölkte seine Stirn. Er sah, daß aus der anfänglichen Komödie eine Tragödie geworden war.

»Nein«, sagte er mit belegter Stimme. »Ich habe alles abgesucht. Die Bänke auf dem Weg zur Brücke, die Straße; ich war an der Brücke selbst, jenseits der Brücke, ich bin sogar ein Stück die Chaussee hinaufgegangen bis fast zur Jugendherberge; ich habe dort noch gewartet. Da sagte ich mir, Brigitte wird durch die Stadt zurückgegangen und schon zu Hause sein. Und ich kehrte um.«

Leise weinte Elisabeth vor sich hin. Konradi nahm sie in die Arme und drückte sie tröstend an sich. Auch ihn ergriff die plötzliche Erkenntnis, daß hier ein Unglück geschehen sein mußte.

»Gebt ihr nun zu, daß ich recht hatte?« schluchzte Elisabeth. »Der Kerl hat sie umgebracht oder mitgeschleift und den unbekannten, dunklen Weg allein zurückgehen lassen. In der Finsternis ist Gitti dann in eine Schlucht gestürzt, hat sich vielleicht ein Bein gebrochen, oder sie liegt da und verblutet langsam, seit Stunden schon. Das arme Kind kann sich nicht helfen und windet sich in Schmerzen. Heinz, wir müssen sie suchen!«

»Noch einmal? Wo denn, um Gottes willen?«

»Auf oder neben der Chaussee nach Marktstett. Sie kann nur diesen Weg gegangen sein.«

»Willst du denn bis Marktstett laufen? Zweieinhalb Stunden durch die Nacht?«

»Wenn ich Brigitte finden kann, laufe ich bis ans Ende der Welt. Ich gehe nicht eher ins Bett, als bis ich weiß, was mit ihr los ist.«

Auch Anny von Borcken sah den Fall nun anders. Daß ein Mädchen Sommernächte auf Bänken überlebt, war ihr nichts Neues. Daß aber ein Mädchen von der Korrektheit Brigittes einfach mitten in der Nacht verschwand, kam ihr nun doch bedenklich vor. Hier gab es keine Erklärung mehr, und wenn eine Frau für eine Sache keine Erklärung mehr findet, beginnt es kritisch zu werden.

Heinz Konradi trocknete seiner Frau mit einem Taschentuch die Tränen. Er wußte, daß es jetzt darauf ankam, zu zeigen, daß ein Mann vor solchen Situationen nicht kapitulierte.

»Mein Plan ist folgender«, sagte er aufmunternd, »wir gehen erst hier zur Polizei. Ich lasse aber auch beim Polizeiposten in Marktstett anrufen. Befindet sich Herbert Sanke ohne Brigitte im Hause seines Vaters, ist zu befürchten, daß ihr auf dem Rückweg etwas zugestoßen ist.«

Elisabeth Konradi schluchzte wieder laut auf.

»Befindet sich Herbert Sanke nicht bei seinem Vater in Marktstett«, fuhr Heinz fort, »ist klar, daß die beiden noch als ein komplettes Liebespaar in der Gegend herumschwirren. In diesem Falle muß Elisabeth morgen einen Kuchen backen. Es gibt also nur die beiden Möglichkeiten. Hat sich Herbert Sanke pünktlich von Gitti verabschiedet, muß er per Rad schon längst in Marktstett eingetroffen sein. Ist er das nicht, sind unsere Sorgen überflüssig. Nur eines verlange ich dann: daß Elisabeth vor uns allen schwört, nie mehr zu sagen, meine Schwester tut das nicht!«

»Alles, alles mache ich«, beteuerte Elisabeth Konradi und knöpfte ihre Jacke zu. »Alles – wenn nur erst Brigitte wieder da ist.«

Voller Hoffnung und banger Ahnungen gingen sie zur Polizei.

Die kleine, blaue Lampe über der Tür des Polizeireviers leuchtete matt in der dunstig werdenden Nacht. Das Revier befand sich in einem schmalen, hohen Haus mit einer Laube vor dem Eingang.

Vom Turm der nahen Pfarrkirche schlug es zwei Uhr.

Heinz und Elisabeth Konradi blickten sich an. Sie zögerten noch einmal ein wenig, den Stein nun bei einer Behörde ins Rollen zu bringen, denn war erst einmal die Polizei eingeschaltet, gab es kein Zurück mehr.

»Wir müssen es tun, Heinz«, sagte aber nach kurzem Elisabeth Konradi fest. »Wenn Brigitte etwas zugestoßen ist, müßte ich mir lebenslänglich Vorwürfe machen, nicht alles versucht zu haben, um ihr zu helfen.«

Heinz nickte. Er sah ein, daß diese kritische Situation schnelles Handeln erforderte.

Gemeinsam betraten sie das Polizeirevier. Sie kamen in einen kleinen Flur, von dem drei dunkle Türen abgingen. An einer derselben hing ein Schild mit der Aufschrift WACHE.

Heinz klopfte an, lauschte und drückte, als er nichts hörte, die Klinke herunter.

Die Tür war verschlossen. Nichts rührte sich.

»Nanu?« Konradi blickte sich nach Elisabeth um. »Schlafen die?«

Er lachte etwas unsicher über seinen Witz und klopfte noch einmal an. Stärker, lauter.

Nichts.

»Mann!« stieß Heinz hervor. »Das gibt's doch nicht! Die pennen wirklich! Wo sind wir denn?«

»In Ebbenrath«, sagte Elisabeth sarkastisch. »Weißt du das nicht?«

»Aber im Stadtrat erzählen, daß alles in Ordnung ist bei uns, das können sie«, schimpfte Heinz unter nachdrücklichem, mehrmaligem Kopfnicken.

»Versuch's noch einmal, Heinz«, forderte ihn Elisabeth auf.

Doch auch der dritte Versuch, mit normalem, zivilisiertem Anklopfen irgendeinen Erfolg zu erzielen, scheiterte.

»Das gibt's doch nicht!« wunderte sich Heinz Konradi kopfschüttelnd noch einmal.

Plötzlich packte ihn die Wut. Krachend trat er gegen die Tür und rappelte an der Klinke. »Verdammt noch mal!« brüllte er dabei. »Was ist denn hier los?«

Endlich rührte sich etwas hinter der Tür. Man hörte ein Feldbett ächzen, den tiefen Seufzer eines aus seligem Traum Erwachenden und darauf das unwillige, unheilverkündende Knurren und Schnaufen eines Menschen, der mit Mühe zu der Erkenntnis kam, daß ihm sein Schlaf geraubt wurde und er aufzustehen hatte. Schleifende Schritte näherten sich der Tür. Er geht auf Socken, dachte Heinz Konradi erbittert, auf grauen Socken mit zwei weißen Streifen, wöchentlich auf der Kammer zu wechseln.

Ein tiefes, erschöpftes Gähnen wurde laut, dann drehte sich ein Schlüssel im Schloß. Hat die Polizei Angst? fragte sich Heinz.

Einen schmalen Spalt nur öffnete sich die Tür, und zwei verschlafene Augen blinzelten die Ruhestörer an.

»Was gibt's?« brummte eine belegte Stimme.

»Guten Morgen«, sagte Heinz Konradi erst einmal sarkastisch.

Und auch Elisabeth Konradi schloß sich diesem Höflichkeitsakt an, indem sie sagte: »Das wünsche ich auch.«

»Was gibt's?« wiederholte der hochaktive Gesetzeshüter unbeeindruckt. Was Heinz und Elisabeth nicht wußten, war, daß er tags zuvor drei Radfahrer ohne Rücklicht und einen ohne Klingel aufgeschrieben hatte. Nachlässige Dienstauffassung hätte man ihm also zu Unrecht vorgeworfen.

Heinz Konradi räusperte sich und begann: »Es ist so, daß wir uns an Sie wenden müssen, weil –«

»Einen Moment«, unterbrach ihn der Polizist, dem eingefallen war, daß er praktisch barfuß war. »Ich muß mir noch meine Schuhe anziehen, der Boden ist kalt, nachts jedenfalls.«

Er verschwand von der Tür, man hörte ihn im Inneren der Wache herumrumoren, und als er wieder zum Vorschein kam, sagte er: »Also, was gibt's?«

Elisabeth hielt das nicht mehr länger aus. Sie rief: »Meine Schwester ist verschwunden!«

»Wer?«

»Meine Schwester.«

»Ihre Schwester?«

»Ja.«

»Seit wann?«

»Seit drei Stunden.«

Es wurde still. Irgendwo tickte eine Uhr an der Wand. In düsterem Schweigen starrte der Polizist das Ehepaar Konradi an. Endlich sagte er: »Seit drei Stunden?«

»Ja«, erwiderten Elisabeth und Heinz wie aus einem Munde.

Der Polizist nickte: »Kommen Sie morgen wieder.«

Nun entwickelte sich natürlich ein Wortwechsel, der rasch ungemütlich wurde, da besonders Elisabeth keineswegs bereit war, sich dem Ansinnen der Staatsgewalt zu beugen. Und sie obsiegte schließlich, nachdem sie dem Polizisten entgegengeschleudert hatte: »Wachen Sie auf! Es ist Gefahr im Verzuge!«

Daß mit dieser Floskel die Polizei am ehesten auf die Beine zu bringen sei, hatte sie irgendwo einmal gelesen.

»Kommen Sie rein«, sagte der Beamte und ging voraus in den Wachraum.

Und endlich setzte dort das ein, was schon längst hätte stattfinden sollen: ein konkretes Gespräch über das Vorgefallene.

Heinz Konradi schilderte in allen Einzelheiten, was sich zugetragen hatte. Am Ende richtete der Beamte die erste Frage, die in der Dienstvorschrift stand, an ihn: »Lebensmüde war sie nicht?«

»Keine Spur!« rief Elisabeth, die gar nicht gefragt worden war. »Ganz im Gegenteil!«

»Sie hat auch nichts Verdächtiges in der Richtung geäußert?«

»Nie!«

»Kennen Sie diesen Herrn Sanke näher?«

»Näher nicht«, meldete sich Heinz wieder zu Wort.

»Welchen Eindruck machte er auf Sie?«

»An sich keinen schlechten.«

»Auf mich schon!« mischte sich Elisabeth abermals ein.

»Wieso?«

»Er sieht aus wie ein Elefant.«

»Was haben Sie gegen Elefanten?« fragte der Polizist, und Heinz sagte zu seiner Frau: »Elisabeth, du –«

Sie schnitt ihm das Wort ab: »Sei still! Deine Menschenkenntnis hat uns das alles eingebrockt!«

Daran entzündete sich selbstverständlich wieder ein mittlerer Wortwechsel, aus dem sich diesmal der Polizeibeamte freilich heraushielt. Das konnte er aber nur tun bis zu dem Moment, in dem Heinz ihn zum Schiedsrichter aufrief, indem er meinte: »Man kann doch einen Menschen nicht von vornherein zum Verbrecher erklären, nur weil er zwei oder drei Zentner wiegt. Was sagen *Sie* dazu, Herr Wachtmeister?«

»Nein«, antwortete der Gesetzeshüter und fuhr, als er Elisabeths Gesichtsausdruck sah, rasch fort: »Hat Ihnen der Mann seinen Beruf genannt, Herr Konradi?«

»Früher war er Milchprüfer, jetzt ist er Vertreter für Lehrmittel.«

Der Wachtmeister schrieb das alles auf und erklärte zum Schluß: »Vorläufig weiß ich nun Bescheid. Im Moment ist noch nichts zu machen, aber morgen werden wir sehen. Die Vermißte ist 24 Jahre alt, für ihr Verschwinden – soweit man nach drei Stunden überhaupt schon von einem Verschwinden reden darf – kann sich eine ganz normale Erklärung finden –«

»Rufen Sie doch wenigstens Ihren Kollegen in Marktstett an!« unterbrach ihn Elisabeth Konradi verzweifelt.

»Wieso?«

»Ob dieser Sanke schon bei seinem Vater eingetroffen ist!«

»Woher soll mein Kollege das wissen?«

»Großer Gott, er muß halt nachsehen! Dazu ist die Polizei doch da!«

Der Beamte zuckte die Achseln. »Meinetwegen.«

Er rief an. Doch dann wurde dem Ganzen die Krone aufgesetzt. Der Anruf ging ins Leere. Es meldete sich niemand. Entweder war der Posten in Marktstett unbesetzt, oder es hatte dort einer einen Schlaf, der den seines Kollegen in Ebbenrath noch in den Schatten stellte.

Das Ganze spielte sich vor vielen Jahren ab, relativ kurze Zeit nach der Währungsreform. Man muß sich daran erinnern, um solche Dinge für möglich zu halten. Heutzutage könnte sich das nicht mehr wiederholen.

Elisabeth und Heinz Konradi sahen sich also auf sich selbst angewiesen.

Als sie das Revier in Ebbenrath verließen, schickte Heinz einen anklagenden Blick zum Himmel empor und stieß hervor: »Schöne Zustände sind das!«

»Was nun?« fragte Elisabeth bang.

Heinz blickte zurück zur Tür der Polizeiwache und schüttelte nur noch den Kopf.

4

Das Ergebnis auf der Polizei hätte also magerer nicht sein können. Plötzlich fiel den beiden etwas ein. Sie liefen noch einmal zurück und erreichten bei dem Beamten, daß er im Krankenhaus von Ebbenrath anrief und anfragte, ob in der Zeit zwischen halb elf und zwei Uhr ein Unfallopfer, ein Mädchen, eingeliefert worden sei. Doch auch diese Anfrage verlief ergebnislos.

Nein, man hatte keine Unfall-Einlieferung zu verzeichnen gehabt. Lediglich eine Fehlgeburt.

Klick – das Telefon schwieg.

Dunkelheit und Rätsel auf der ganzen Linie. Ein Mensch verschwindet spurlos, ein gesunder, erwachsener, mit sämtlichen Ausweismitteln versehener Mensch.

Elisabeth Konradi war dem Zusammenbruch nahe. Der Weg vom Polizeirevier zu ihrem Haus war mehr ein Sichschleppen als ein Gehen. Ihre Gedanken waren leer, ratlos; verzweifelt machte sie sich die bittersten Selbstvorwürfe.

Heinz Konradi legte sich unterdessen einen Plan zurecht. Einen Plan, der – wenn er präzise abrollte – eine mustergültige Fahndungsaktion in eigener Regie werden konnte.

Zunächst würde man nach Marktstett gehen, und zwar auf zwei verschiedenen Strecken.

Über die Chaussee Elisabeth und er. Über den Berg und durch den Wald Anny von Borcken und Erich Kiel in Begleitung von Bebsy als Spürhund.

Vor der Post in Marktstett sollte man sich dann treffen, falls Brigitte nicht gefunden wurde.

Dann: Besuch beim Vater Paul Sanke in Marktstett. Dort gab es zwei Möglichkeiten: Befand sich Herbert zu Hause, so war Brigitte etwas zugestoßen; befand er sich nicht zu Hause, wollte man warten bis morgen früh.

Und dann würde Punkt 3 zur Ausführung kommen: Alarmierung der Feuerwehr; Anzeige bei der Kriminalpolizei in der Kreisstadt; Einsatz von Suchtrupps und Aufrufe an die Bevölkerung zur Mithilfe. Außerdem Benachrichtigung der Medien, während die ganzen Wälder um Ebbenrath systematisch würden durchgekämmt werden.

Heinz Konradi runzelte die Stirn. Sein Phlegma war berühmt, es konnte sogar Melancholiker in Raserei versetzen, aber wenn er einmal die Zügel in die Hand nahm, dann geschah die Fahrt so verwegen, so genau, logisch und rücksichtslos, daß seine Umgebung lange aus dem Staunen nicht mehr herauskam. Und was er in dieser Nacht mit scharfem Verstand entwickelte, war der Entwurf einer Musterorganisation.

Anny von Borcken saß noch immer an ihrem Schlafzimmerfenster und wartete auf Nachrichten. Als sie Elisabeth und Heinz stumm und bedrückt ankommen sah, wußte sie alles und hätte gar nicht mehr zu fragen brauchen. Trotzdem tat sie es: »Habt ihr sie?«

Beide schüttelten verneinend die Köpfe, und Heinz sagte: »Wir müssen nach Marktstett.«

»Ich komme mit«, entschied sich Anny spontan.

»Darauf habe ich gehofft«, antwortete Heinz und entwickelte ihr seinen Plan. Abschließend sagte er, um die allgemeine Stimmung zu heben, optimistisch: »Vielleicht haben wir Glück, und Brigitte sitzt quietschvergnügt in Marktstett bei dem alten Paul Sanke, und alle drei heben einen Korn.«

»Wenn das der Fall ist, haue ich ihr rechts und links eine hinter die Ohren, daß es nur so knallt«, versprach Elisabeth. »Das wäre ja der Gipfel von ihr. Aber ich glaube es nicht, so kenne ich Brigitte nicht. Das könnte sie mir nicht antun. Nein, unsere Gitti tut das nicht.«

Es ist ein Charakterzug der Frauen, an ihren Lieblingsbehauptungen festzuhalten. Die einen jagen mit dem Ruf: »Die moderne Frau ist gleichberechtigt!« ihrem alten, nie in Erfüllung gehenden Traum nach, auch einmal die berühmten »männlichen Freiheiten« zu besitzen. Die anderen verstecken hinter der Betonung der »zum Manne aufschauenden Fraulichkeit« ihre Unfähigkeit, mehr zu sein als nur ein Weib. Wirft man beides in einen Topf und rührt es gut durcheinander, erhält man eine Mischung, die der Optimist die »ideale Frau« nennt, die ideale Frau, die nur den einen großen, unverzeihlichen Fehler hat, daß es sie nicht gibt. Sie ist ein Wunschgebilde und damit verurteilt, immer ein Traum, ein seliger Traum der Männer zu bleiben.

Heinz Konradi übernahm zunächst die schwere Aufgabe, Erich Kiel aus dem Bett zu werfen. Den Weg zu ihm kannte er ja.

Die Tür des Hauses, in dem das verkannte Genie wohnte, war unverschlossen. Die steile, enge Treppe knarrte, und als Konradi oben unter dem Dach vor dem Mansardenzimmer stand, hörte er drinnen seinen Freund schon schnarchen. Auch diese Tür fand er noch einmal offen vor.

Auf dem Boden lagen Erichs Sachen. Jedes Stück befand sich dort, wo er es gerade ausgezogen hatte. Das ging sogar so weit, daß ein Socken unterm Fenster lag, der andere in der entgegengesetzten Ecke beim Ofen. Und da sagen die Leute immer, beim Militär lerne man Ordnung, dachte Heinz. Nee, Erich hat keine gelernt, obwohl gerade er nicht müde wird, das zu behaupten, wenn er daran ist, uns von seiner Glanzzeit als Offizier zu erzählen.

Auf dem Ofen, der kalt war, lagen neben der Zeitung von gestern auch die Südafrika-Prospekte.

Es roch nach Alkohol.

Heinz trat ans Bett des Schlafenden und rief leise: »Erich!«

Genauso gut hätte er versuchen können, mit einem solchen Ruf den unbekannten Soldaten unter dem Pariser Triumphbogen zu wecken.

»Erich!« probierte es Heinz lauter.

Immer noch nichts.

»Erich, wach auf!«

Das Schnarchen verstummte zwei Sekunden lang und setzte dann um so stärker wieder ein.

»Verdammt noch mal, du Penner, du sollst aufwachen, ich

brauche dich!«

Als ihm auch jetzt noch der Erfolg versagt blieb, griff Heinz endlich zu jenem einfachen Mittel, das immer wirkt – er hielt dem Schlafenden die Nase zu.

»Was willst du?« fragte Erich, als er den Kerl, der ihm den Schlaf raubte, erkannte.

»Wir müssen Brigitte suchen, Erich.«

»Welche Brigitte?«

»Frag nicht so dumm! Oder bist du noch besoffen?«

Ja, er war beides noch: alkohol- und schlaftrunken. Der Nebel in seinem Gehirn verflüchtigte sich nur langsam. Er sagte: »Mann, hab' ich Durst! Hast du was zu trinken?«

Heinz riß ihm mit einem Ruck die Decke weg, und in Erich flammte heißer Protest dagegen auf.

»Was soll das? Was willst du eigentlich?«

Heinz Konradi erklärte es ihm.

Das dauerte natürlich seine Zeit, denn Erichs Auffassungsvermögen regenerierte sich, wie gesagt, nur langsam. Immerhin war das, was er begriff, nicht dazu angetan, ihn zu begeistern. »Nee«, sagte er unfreundlich, »sucht euch die alleine. Ich bin zu müde dazu.«

»Erich, du weißt nicht, was du sagst. Komm zu dir!«

»Ihr wollt nach Marktstett?«

»Ja doch!«

»Jetzt gleich?«

»Sicher.«

»Mitten in der Nacht?«

»Ja.«

»Ohne mich.«

Erich Kiel angelte nach der Decke, die ihm entrissen worden war, und unterstrich damit den Ernst seiner Worte.

»Ihr seid ja verrückt«, erklärte er dabei. »Soll ich euch sagen, wo die ist? Soll ich euch das sagen?«

»Wo?«

»Im Bett.«

»Ist sie nicht! Laß dir das von Elisabeth bestätigen!«

»Bei Elisabeth ist sie natürlich nicht im Bett, das ist klar, sondern in einem ganz anderen. Sag mal, bist du bescheuert?«

»Nein.«

»Ich denke, doch. Und gib mir jetzt endlich meine Decke wieder! Laß los, mir ist kalt!«

Die beiden zerrten zwischen ihnen die arme, unschuldige Decke hin und her, bis diese echt zu zerreißen drohte. Heinz Konradi gab endlich nach, weil er der Klügere zu sein glaubte. Erich Kiel schlüpfte bis zum Hals unter das gute Stück, dessen Rückeroberung ihm Genugtuung bereitete.

»Und jetzt gute Nacht«, sagte er, drehte sich zur Wand und verstummte.

Heinz Konradi ließ seinen verächtlichen Blick über das ganze Bett samt Inhalt gleiten und sagte dann: »Ein schöner Freund bist du . . .«

Erich reagierte nicht.

»Unter einem ehemaligen Offizier habe ich mir etwas anderes vorgestellt«, setzte Heinz hinzu.

Als auch das noch nichts nützte, fuhr er noch schwereres Geschütz auf: »Nun ist mir klar, warum wir den Krieg verloren haben.«

Die Wand warf einen Knurrlaut zurück.

»Das sagt auch Anny«, faßte Heinz nach.

»Anny?« Wie eine Kerze, so gerade saß Erich Kiel im Bett. »Wann hat die das schon einmal gesagt?«

»Kürzlich.«

»War das auf mich gemünzt?«

»Nicht direkt. Aber wenn du so weitermachst, wird sie dir solche Dinge bald ins Gesicht sagen. Du mußt uns nur heute im Stich lassen . . .«

»Was hat das mit Anny zu tun?«

»Sie hilft uns suchen. Sie kommt mit nach Marktstett.«

»Anny?«

»Ja.«

»Anny von Borcken?«

»Sie wollte sogar mit dir den Weg durch den Wald nehmen.«

Erich Kiel sprang aus dem Bett.

»Warum sagst du das nicht gleich, du Idiot?«

Nach zwei Minuten war er fix und fertig angezogen.

Eine Viertelstunde später zog die Kolonne los, hinein in die Nacht und in die nebelverhangenen Berge.

Bebsy, der Foxterrier, rannte ihnen voraus.

Die Suche begann streng nach dem Plan Heinz Konradis. Erich Kiel und Anny von Borcken bogen an der Brücke ab und betraten den Waldweg, der sich steil den Berg hinaufwand und auf der anderen Seite in hübschen Spiralen ins Tal von Marktstett hinablief. Davon sah man natürlich jetzt in der Dunkelheit nichts. Bebsy wurde vorausgeschickt, sie schnüffelte gewohnheitsmäßig an allen Büschen und freute sich maßlos über diesen schönen Nachtspaziergang.

Weniger erfreut gab sich Erich Kiel. Er wollte ja sein Gesicht nicht ganz verlieren. Außerdem hatte er einen gewaltigen Kater, der es ihm in der Tat nicht leicht machte, Bebsys Stimmung zu teilen. So nannte er denn die ganze Suche eine »Jagd nach versteckter Erotik« und Elisabeth eine verrückte und hysterische Nudel. Das Vergnügen, nachts mit Anny von Borcken allein durch den Wald zu streifen, kam also bei ihm nur langsam zum Vorschein – etwa wenn er sagte: »Sollten Sie Angst haben, dürfen

Sie sich ruhig bei mir einhängen.«

Bebsy schnüffelte und leckte die Regentropfen von den Gräsern.

Elisabeth und Heinz Konradi wanderten unterdessen die Chaussee nach Marktstett entlang, einsam, stumm, von selbstanklägerischen Gedanken gequält. Sie blieben in Abständen von 300 Metern stehen und schrien immer wieder »Gittiii!« in alle Windrichtungen, lauschten eine Weile auf eine Antwort und trotteten dann weiter . . . stumm, ernst, niedergedrückt.

Opfer einer fixen weiblichen Idee . . .

Die Nacht hatte sich aufgeklärt. Die Sterne brachen durch, die Wolkenschleier zerrissen und zogen flatternd unter den Gestirnen. Ein leichter, kühler Wind rauschte in den hohen Fichtenbäumen. Es roch nach Erde, verfaulenden Fichtennadeln und Harz. Aus den Schluchten stieg langsam, wie ziehender Rauch, ein dünner, auseinandergezogener Nebel.

Seit einer Stunde trotteten Elisabeth und Heinz Konradi über die Chaussee. Nur ab und zu fiel ein Wort zwischen den beiden – sie schienen zu fühlen, daß auch dieser Weg zu keinem Ziel führte und Brigitte Borgfeldt verschollen blieb. Der Gedanke eines Unfalles auf der Straße verblaßte; um so mehr aber nahm ein anderer Gedanke eine schreckliche Form an: Brigitte lebt nicht mehr; sie war im Wald ermordet worden.

Elisabeth Konradi schmerzten die Füße. Sie hatte ihre leichten Sommersandalen an, trug keine Strümpfe, fühlte ihre Fußsohlen brennen und merkte, wie der Riemen der Schnalle in die Fersen große Blasen rieb. Aber sie biß die Zähne zusammen, wickelte, als der Schmerz zu groß wurde, ihr und Konradis Taschentuch als Fußlappen um die Füße und humpelte dann, gestützt auf Heinz, weiter, verbissen, tapfer, angetrieben von der Kraft der Verzweiflung.

Als sie die höchste Stelle der Chaussee erreicht hatten und die Straße sich in weiten Bögen wieder nach unten senkte, blieb Heinz Konradi stehen und zeigte in das ferne Tal, wo schwach zwischen Fichten und hohen Buchen einige kleine Lichter blitzten.

»Marktstett«, sagte er leise. »Jetzt geht es abwärts, da kannst du besser laufen.«

»Wie weit ist es denn noch?« fragte Elisabeth mit kläglicher Stimme. Sie hing an seinem Arm und hob den rechten Fuß, der sie am ärgsten schmerzte.

»Noch eine Stunde. Wir haben jetzt etwas über die Hälfte geschafft. Nur die Zähne zusammenbeißen, Eli, es geht schon noch. Wir können jetzt nicht mehr zurück; das wäre der gleiche Weg, und wir hätten gar nichts erreicht.«

»Und wie kommen wir nach Ebbenrath? Ich . . . ich schaffe den Weg nicht noch einmal.«

»Um sechs Uhr morgens fährt ein Omnibus.«

Elisabeth atmete auf. Neuer Mut schien sie zu beleben.

»Um sechs Uhr? Bis dahin müssen wir Gitti gefunden haben . . .«

Stumm schritten sie weiter, mußten aber immer wieder stehen bleiben, da es Elisabeth unerläßlich schien, ihren schmerzenden Füßen Pausen zu gönnen. Diese Unterbrechungen des Marsches mehrten sich, je näher die beiden Marktstett kamen.

Der Weg über die Berge, den Erich Kiel und Anny von Borcken nahmen, war übersät mit aus der Erde herauskommenden, über den Weg laufenden Baumwurzeln. Dadurch gestaltete sich der Marsch für Anny und Erich mehr zu einem Balancieren als einem Gehen.

Das war der Anlaß zahlreicher Wutausbrüche Erich Kiels. Seine Auslassungen über den Unsinn von Suchexpeditionen nach

Liebespaaren erreichten fast schon einen universitätsreifen Vortragsgrad, der Anny von Borcken trotz der Sinnlosigkeit dieser Worte in solchen Situationen ungemein gefangennahm und interessierte. Mit aufrichtiger Anteilnahme hörte sie zu, klammerte sich an den hilfsbereit herbeispringenden Kiel, wenn sie über eine Wurzel stolperte, und gestand sich im Innern, daß dieser unfreiwillige nächtliche Ausflug auch etwas Gutes mit sich brachte: Sie lernte in Erich Kiel einen zwar entgleisten, aber allseits beweglichen und großen Geist kennen, dessen einziger Fehler es war, daß er leeres Stroh drosch und seine Weltverbesserungspläne an die falsche Stelle trug – nämlich in den Wind.

Auf der Kuppe des Berges, hinter dem Marktstett lag, stand ein großes Kreuz mit einer Bank daneben. Warum es gerade an dieser einsamen Stelle stand, war unbekannt, denn weder seinen Sinn noch seinen Zweck konnte das Kreuz dort erfüllen, neben jener Bank schon gar nicht.

Die Bank allerdings – hierüber war man sich längst einig – war eine menschenfreundliche Einrichtung und wirkte in wichtiger und stets konstanter Weise in die Statistik des Standesamts von Ebbenrath hinein. Sichtbare Anhaltspunkte dafür lieferten die vielen in die Lehne und das Sitzbrett eingeschnitzten Herzen, Namen und Jahreszahlen, wenn es auch nicht zu übersehen war, daß das, was solchen Zeugnissen jeweils vorausging oder auch hinterherfolgte, besser nicht im Schatten des Kreuzes hätte geschehen sollen.

Diese Bank nun war für Anny von Borcken wie ein Hafen für ein leckes Schiff. Denn auch Annys Füße brannten, weil sie an den Hacken große Blasen hatten, und überhaupt war der Weg in der Nacht doppelt anstrengend – in Begleitung Erich Kiels. Zudem soll man eine Bank am Wege nicht unbenützt lassen, wenn man zu zweit ist, es sei denn, man ist über die Jahre hinaus oder schon verheiratet.

Und so saßen Anny von Borcken und Erich Kiel in der Nacht auf den Bergen mitten im Hochwald auf einer Bank und schauten durch die Äste der Fichten hinauf zu den Sternen.

Es war wunderbar still um sie.

So still, daß man die Herzen klopfen hörte.

Und junge Herzen klopfen so laut . . .

Elisabeth und Heinz Konradi näherten sich der letzten Kurve der Chaussee, ehe diese sich in weitem Bogen ins Tal nach Marktstett schwang.

Sie gingen langsam, Schritt für Schritt. Elisabeth wankte. Fast hätte Heinz Konradi seine Frau noch ein Stück tragen müssen.

Perlender Schweiß bedeckte trotz der Kühle der Nacht sein Gesicht und lief ihm in den offenen Kragen. Sein Hemd lag ihm naß auf der Haut. Das kann eine nette Verkühlung werden, dachte er fortwährend. Verflucht, wenn ich den Sanke erwische, zermalme ich ihn!

Elisabeth war in der letzten halben Stunde stumm geworden. Sie trug ihr Schicksal mit der ergebenen Miene einer Märtyrerin.

Wortlos stolperten sie an den ersten Häusern Marktstetts vorbei, lasen von der Turmuhr der alten, romanischen Dorfkirche die Zeit ab – halb vier – und erreichten den vereinbarten Treffpunkt mit Anny von Borcken und Erich Kiel.

Aber bereits hier erlebten sie ihre erste große Enttäuschung. Trotz des bedeutend kürzeren Weges über die Berge waren Anny und Erich noch nicht in Marktstett angelangt.

Ratlos sahen sich Heinz und Elisabeth Konradi an.

»Ob sie Brigitte gefunden haben?« fragte Elisabeth bang. »Hatten wir nicht ausgemacht, daß die Gruppe, die auf Gitti stößt, umkehrt?«

Heinz Konradi schüttelte den Kopf. Ein anderer Gedanke war ihm plötzlich gekommen.

»Ich habe einen großen Organisationsfehler begangen«, sagte er. »Einen ausgesprochenen Bock habe ich geschossen. Ich hätte Erich nie und nimmer mit Anny allein in den Wald schicken dürfen.«

»Du meinst . . .?«

»Ich weiß doch, worauf Erich seit langem scharf ist.«

»Aber doch nicht heute nacht, Heinz, wenn er Brigitte suchen soll. Das wäre der Gipfel der Geschmacklosigkeit.«

»Es ist immer noch nicht raus, ob diesen Gipfel, von dem du sprichst, nicht schon vorher Brigitte erklommen hat.«

»Heinz!!«

»Ja?«

»Wie oft soll ich dir noch sagen: Meine Schwester tut das nicht!«

»Komm!« antwortete Heinz, um der Debatte ein Ende zu machen, und ergriff seine Frau am Arm.

»Wohin?«

»Wir müssen den Dorfpolizisten ausfindig machen.«

»Und wo? frage ich dich. Hast du eine Ahnung, wo wir ihn finden?«

»Nein. Aber das werden uns die sagen.«

Dabei zeigte Heinz auf den vor ihnen liegenden Gasthof »Zur Post«. Daß sich in demselben um diese Zeit keine Seele regte, war klar. Alles schlief. Die Fensterläden waren geschlossen. Elisabeth schaute zweifelnd drein.

»Willst du die wecken?«

»Was bleibt mir denn anderes übrig, mein Schatz?«

»Die werden nicht begeistert sein, Heinz.«

»Vielleicht schütten sie mir einen Nachttopf über den Kopf, aber wir haben keine andere Wahl.«

»O Gott«, seufzte Elisabeth, »und die Reinigung hat wegen Renovierung acht Tage zu. Was mache ich mit deinen Sachen?«

»Die wäschst du mir schön brav!« sagte Heinz Konradi grimmig, trat an die dicke Eichentür des Gasthofs und hieb mit der Faust kräftig gegen die Füllung. Dumpf, widerhallend dröhnten die Schläge durch das stille Gebäude. Der Krach mußte Taube erwachen lassen.

Immer und immer wieder schlug Heinz Konradi gegen die Tür. Endlich, nach langem, klappte im ersten Stockwerk ein Fensterladen auf und eine junge Frau im Nachthemd steckte den zerzausten Kopf durch das Fenster.

»Ja?« fragte sie unwillig. »Was ist denn? Was wollen Sie denn?«

»Verzeihen Sie, wir suchen jemanden!« rief Konradi hinauf. »Es ist ein Notfall. Wo finden wir hier die Polizei?«

»Welcher Notfall?« fragte die Frau, deren Neugierde sofort erwacht war.

»Es ist jemand verschwunden. Deshalb brauchen wir die Polizei.«

»Hier gibt's nur einen Polizisten.«

»Das haben wir uns schon gedacht. Wo finden wir ihn?«

»Gehen Sie die Hauptstraße ganz hinunter, übers Spritzenhaus hinaus. Dann kommen auf der linken Seite drei einzelne Häuser. Im mittleren wohnt der Wachtmeister Behrens.«

»Danke.«

»Bitte, gern geschehen. Wer ist denn verschwunden? Ein Kind?«

»Nein.«

»Ein Erwachsener?«

»Ja.«

»Ein Mann oder eine Frau?«

»Eine Frau.«

»Das habe ich mir gedacht, eine Frau. Ist ja wohl klar, nicht? Zustände sind das heutzutage, das geht auf keine Kuhhaut mehr!

Wenn Sie ein bißchen warten, komme ich runter . . .«

»Wozu?«

»Ich bringe Sie zum Behrens. Er war gestern abend wieder lange hier bei uns und wird nicht leicht zu wecken sein. Aber ich kenne mich aus mit ihm und –«

»Danke, nicht nötig, wir werden das schon schaffen«, unterbrach Heinz die hilfsbereite, neugierige Seele und zog Elisabeth mit sich fort.

Die Sterne verblaßten am Himmel. Im Osten zeigte sich ein fahler Streifen, der von den Wolkenrändern langsam über die Kuppen der Berge zog und die Nebelschleier aus den Schluchten empor zu den dunklen Wäldern lockte. Es war kühl und feucht und roch nach frisch besprengter Erde. Ein Duft nach Pilzen hing auch in der Luft.

Erich Kiel und Anny von Borcken saßen noch immer auf der Bank neben dem Kreuz. Sie hatten in den vergangenen Stunden wenig miteinander geredet, aber um so mehr, jeder für sich, gedacht, und die wenigen Worte, die man sprach, waren einfach und ohne Romantik.

»Es ist dumm, nachts unter einem Baum auf einer Bank zu sitzen und hinauf zu den Sternen zu starren. Und dazu auch noch eine Stunde durch den Wald zu laufen und Berge zu erklettern«, meinte Anny von Borcken und legte den Kopf weit in den Nakken.

»Wir sollten eigentlich diese Brigitte Borgfeldt suchen«, wagte Erich Kiel zu antworten. Er war in der letzten Viertelstunde noch stiller geworden als Anny und gab sich reichlich lyrisch.

»Brigitte?« Anny winkte ab und lächelte. »Wenn ich mir vorstelle, daß sie jetzt womöglich auch auf irgendeiner Bank sitzt und in die Sterne sieht und wir deshalb die Polizei alarmiert haben und zu viert loszogen, muß ich schallend lachen. Was meinen

Sie? Waren wir nicht Riesenidioten, uns von Elisabeth anstecken zu lassen?«

»Immerhin hat ihr Wirbel uns beide hierher auf diese Bank geführt«, meinte Erich Kiel mit überraschend leiser Stimme. »Und dafür bin ich dankbar. Ich hätte sonst nie die Möglichkeit gehabt, zu sagen, was ich empfinde.«

»Feigling!«

»Mag sein. Darin ist wohl jeder Mann einmal ein Feigling. Nichts ist schwerer als der erste wirkliche Schritt in ein anderes Leben.«

»Das soll ein Wort sein!« Anny von Borcken senkte den Kopf und blickte Erich Kiel voll und unbefangen an. »Soviel ich aus allem heraushöre, wollen Sie mir sagen, daß Sie mich lieben.«

»Ja.«

»Schön. Ich meine: theoretisch schön. Aber wie denken Sie sich das praktisch?«

»Wie bitte?« Erich Kiel staunte. Praktisch, dachte er blitzschnell. Was meint sie mit praktisch?

»Ich möchte wissen, was Sie als einen neuen Lebensanfang bezeichnen. Oder wollen Sie eine Ehe gründen auf der unsicheren Basis eines Vertreters ohne Kunden? Wie denken Sie sich das eigentlich?«

»Ich habe Pläne.«

Anny von Borcken winkte ab. »Pläne? Was sind Pläne? Realitäten, die sind für mich wichtig! Als unser Freund Heinz Konradi bei seinem Schwiegervater um die Hand Elisabeths anhielt und sagte, es seien drei Bücher von ihm im Druck, die im Laufe des Jahres erscheinen werden, lautete die Antwort des alten Herrn: ›Schön und gut – und wieviel kriegen Sie dafür?‹ Heinz war damals innerlich entrüstet über diese prosaische Art, aber der alte Herr hatte recht. Was kriegen Sie dafür, das ist im Leben entscheidend, nicht, was man sich erhofft. Von Hoffnungen allein konnten schon viele Genies nicht leben; sie sind verhungert, während der Mann, der am Tag zehntausend Nägel einschlug, sich nach zehn Jahren ein Haus bauen konnte.«

Erich Kiel sann vor sich hin, dann seufzte er.

»Was seufzen Sie?« fragte ihn Anny prompt.

»Sie wissen, ich war aktiver Offizier . . .«

»Das nützt Ihnen heute gar nichts mehr.«

»Eben.«

»Waren Sie in Gefangenschaft?«

»Ein halbes Jahr.«

»Und dann? Was haben Sie dann gemacht?«

Erich Kiel grinste plötzlich und sagte: »Dann ging's mir blendend. Ich verdiente im Monat zehntausend Mark und mehr. Ich –«

»Hören Sie auf!« unterbrach ihn Anny. »Sie waren also Schwarzhändler?«

»Ja«, nickte er. »Wie alle in der schlechten Zeit.«

»Nicht alle.«

»Aber die meisten. Ich jedenfalls hatte alles: Kisten mit Speck und Schinken aus Bayern, eingetauscht gegen Töpfe und Kuhketten; zweitausend Paar Seidenstrümpfe aus der Ostzone. Ich bin siebenundzwanzigmal schwarz über die Zonengrenze. Es gibt keinen Grenzübergang zwischen der Ostzone und Hessen, den ich nicht kenne. Dann kam das Geschäft mit Fotoapparaten, das Bombengeschäft mit Pelzmänteln und Medikamenten. Glauben Sie, mir ist es vorher und nachher nicht mehr so gut gegangen wie damals. Es war herrlich.«

»Das nennen Sie herrlich?«

»Hätte mir damals jemand eine legale Arbeit gegeben? Hätte man mich, den Hauptmann mit dem Deutschen Kreuz in Gold, aus dem Dreck gezogen, wenn ich an die maßgeblichen Türen geklopft hätte? Glauben Sie, ein Mensch hätte mich aufgelesen, wenn ich hungernd im Straßengraben gelegen wäre? Nein. Ich habe damals auf alle Korrektheit und allen Anstand gepfiffen. Wenn ich die dicken Wänste der Geschäftsleute sah und ihre Gaunereien unter der Theke, dann hatte ich einfach keine Skrupel, es ihnen nachzumachen. Ich müßte ja blöd gewesen sein. Nee, liebe, beste Anny, kommen Sie mir da nicht mit Vorwürfen – oder Sie verurteilen das ganze deutsche Volk.«

Anny von Borcken schwieg eine Weile. Sie sah die Hungergesichter der Kinder wieder vor ihren Augen auftauchen, die Skelette in den Krankenhäusern, die Schüler, die vor Hunger und Übermüdung in ihren Bänken einschliefen. Sie sah die riesigen Schlangen vor den Geschäften stehen, flankiert von Polizei mit weißen Holzknüppeln, sie sah aus dem Geschäft einen dicken Menschen mit blühenden roten Backen und fettem Atem treten und hörte ihn jovial sagen: ›Leute, heute gibt's noch nichts ... aber morgen ... vielleicht morgen.‹ Und aus der Hintertür gingen bei Nacht die Kisten in alle Richtungen.

Anny von Borcken schwieg. Sie mußte schweigen, denn wer dürfte noch zu Gericht sitzen über eine Zeit, die so viele Menschen zu Hyänen gemacht hatte.

»Und heute?« fragte sie nach einer ganzen Weile. »Was haben Sie heute vor?«

»Ich will arbeiten«, sagte Erich Kiel einfach. »Man muß mir nur eine Chance geben. Ich ergreife sie, wo ich sie finde.«

»In Südafrika?«

»Würden Sie mitkommen?«

»Nein.«

»Und wenn ich hierbliebe?«

»Dann würde ich dir die Chance suchen helfen – für uns beide.«

»Anny!!«

Und Erich Kiel wäre ein Trottel gewesen, wenn er in diesem

Augenblick Anny nicht herzhaft geküßt hätte.

Aus dem Tal stieg der Frühnebel in die Berge. Die Sterne wurden weiß, milchig. Der helle Streifen im Osten überzog weit den gezackten, waldreichen Horizont.

Irgendwo in den Zweigen erwachte müde flatternd der erste Vogel.

Es wurde Tag ... auf den Bergen ... im Tal ... und in den Herzen.

Einsam steht neben einem Kreuz eine alte Bank ...

Wachtmeister Josef Behrens lag in seinem breiten Bauernbett und schnarchte.

Er schnarchte melodisch, denn er war Mitglied des Gesangvereins und erster Baß. Er hatte gerade einen schönen Traum von einer Beförderung (ein Traum, der sich seit fünf Jahren ständig wiederholte) und grunzte ab und zu vor Wohlbefinden. Es mußten herrliche Bilder sein, die er im Traume sah.

In diesen Traum hinein schrillte grell die Hausklingel. Josef Behrens unterbrach das Schnarchen und drehte sich zunächst auf die andere Seite. Doch da das Schellen nicht aufhörte, fuhr er blinzelnd aus den Kissen und blickte zunächst dumm und verständnislos um sich. Eben noch habe ich Sekt getrunken, und jetzt liege ich im Bett, dachte er. Komisch. Und klingeln tut es auch. Das Telefon? Er nahm den Hörer ab, aber der Apparat blieb still. Also draußen an der Tür. Da will einer etwas von mir. Himmel auch, ich bin ja Wachtmeister und im Dienst auf Abruf!

Mit einem Satz sprang er aus dem Bett, schlüpfte in seine Hose und seinen Uniformrock, schnallte das Koppel um (ohne Koppel ist ein Polizeibeamter kein Polizeibeamter) und schritt dann zur Tür, gleichzeitig die Flurbeleuchtung anknipsend.

»Was wollen Sie?« fragte er Heinz Konradi etwas ungnädig, als er geöffnet hatte. Doch als er Elisabeth im Hintergrund sah, wurde er etwas zugänglicher. Irgendwie ahnte er, daß ein wichtiger, nicht alltäglicher Fall an ihn herangetragen wurde.

Es war ein einmaliger Fall!

Als Heinz in kurzen Worten den Sachverhalt geschildert hatte, wobei Elisabeth seine Darlegungen wirksam mit Schluchzen untermalte, sah Josef Behrens zunächst eine Weile stumm vor sich hin. Er rekapitulierte den Fall und wurde sich nicht schlüssig, welche Sparte der Dienstvorschrift hier heranzuziehen war. Schließlich blickte er auf.

»Sie wollen also feststellen, ob ein Herr Sanke hier in Marktstett angekommen ist?«

»Ja. Wir vermuten, daß er bei seinem Vater ist. Paul Sanke heißt der Vater.«

»Kenne ich nicht.« Josef Behrens zuckte die Achseln. »Ist mir völlig unbekannt.«

»Er soll Verwalter eines Gutes sein.«

»Hier in Marktstett?« Der Wachtmeister schüttelte zweifelnd den Kopf.

»Ja. Vor einem Vierteljahr ist er zugezogen.«

Josef Behrens atmete auf.

»Vor einem Vierteljahr war ich auf einem Lehrgang. Und in der Zwischenzeit gaben eventuelle Neuzugänge keinen Anlaß zu Beanstandungen. Kein Wunder, daß mir also ein Paul Sanke bisher entgangen ist. In der ›Post‹ verkehrt er auch nicht.«

»Dann muß ihn auf jeden Fall der Gemeindeschreiber kennen. Er wird sich ja beim Zuzug angemeldet haben.«

»Gemeindeschreiber haben wir keinen. Das macht alles der Bürgermeister in eigener Person.«

»Dann auf zum Bürgermeister!«

»Was heißt das?« Wachtmeister Behrens riß erstaunt die Augen auf. »Wollen Sie den wecken? Um diese Zeit?«

»Was denn sonst? Es ist unumgänglich. Außerdem sind Bürgermeister für das Volk da. Wir müssen diesen Sanke ausfindig machen.«

Josef Behrens runzelte die Stirn. Den Bürgermeister zu wekken, war eine unangenehme Angelegenheit. Männer in höheren Positionen empfinden die Störung ihres Schlafes als eine persönliche Beleidigung. Und es ist nie empfehlenswert, maßgebliche Persönlichkeiten zu verärgern.

»Auf Ihre Verantwortung, Herr Konradi«, sagte Wachtmeister Behrens schließlich und wiederholte: »Auf Ihre Verantwortung . . .«

»Auf meine Verantwortung«, nickte Heinz Konradi zuversichtlich. »Er wird uns schon nicht fressen.«

Das Fachwerkhaus des Bürgermeisters lag nicht weit von der alten romanischen Kirche und war eines der schönsten und größten des Dorfes Marktstett. Eine breite Steintreppe führte hinauf zur Eingangstür. Ein großer, mit Schnitzereien verzierter Balkon lief an der Vorderseite des stattlichen Gebäudes entlang.

Hinter diesem Balkon lag das Schlafzimmer des Bürgermeisters.

Bürgermeister und ähnliche Würdenträger haben einen leisen Schlaf. Das mag vielleicht daher kommen, daß die Sorge um das Amt sie wach hält, es kann aber auch sein, daß sie zeit ihres Lebens ein gewisses Schuldgefühl nicht loswerden. Wer im Brennpunkt der Öffentlichkeit steht, ist in den Augen der angeblich Übergangenen stets schuldig.

So wachte auch der Bürgermeister von Marktstett mit einer lobenswerten Schnelligkeit auf, als Josef Behrens mit seiner Diensttaschenlampe zum Schlafzimmerfenster des Dorfvorstehers hinaufleuchtete und dessen Namen rief. Das Fenster ging auf, ein verschlafener Mann beugte sich weit heraus und vernahm mit Erstaunen, daß ein Mädchen von 24 Jahren abgängig war und gewisse Spuren nach Marktstett führten. Daß die Abgängige zudem noch eine Lehrerin war, also eine Beamtin, verschärfte den Tatbestand ungemein und weitete ihn aus zu einem alarmierenden Fall.

»Herbert Sanke?« grübelte der Bürgermeister am Fenster. »Herbert Sanke kenne ich keinen. Ich kenne nur einen Paul Sanke . . .«

»Den suchen wir!« rief Heinz Konradi.

»Den?« Die Stimme des Bürgermeisters wurde abwehrend. »Machen Sie sich nicht lächerlich! Dieser Mann entführt keine Mädchen! Mit dem spiele ich Skat!«

»Es dreht sich ja um seinen Sohn. Den hoffen wir über ihn zu finden.«

»Soll das dieser Herbert Sanke sein?«

»Ja.«

Der Bürgermeister verstummte. Zweifel nagten an ihm, denen er schließlich Ausdruck verlieh, indem er sagte: »Das glaube ich nicht.«

»Was glauben Sie nicht?«

»Daß Paul Sanke einen Verbrecher in die Welt gesetzt hat.«

»Das wird sich ja herausstellen, ob ja oder nein. Sagen Sie uns nur, wo wir ihn finden.«

Es blieb wieder ein Weilchen still, bis sich der Bürgermeister entschied und sagte: »Also gut, fragen Sie ihn. Er ist Verwalter auf dem Mierbach-Gut. Wachtmeister Behrens wird Sie hinführen. Es ist nicht weit.«

Elisabeth und Heinz Konradi atmeten auf. Es freute sich aber auch Josef Behrens. Er sah, daß er für Marktstett unentbehrlich war.

»Auf denn zur lezten Station unseres Leidensweges«, sagte Heinz Konradi und faßte seine Frau unter. »Nun werden wir ja sehen . . .«

Und Elisabeth Konradi klammerte sich anlehnungsbedürftig an ihren Mann.

Das Mierbach-Gut gehörte zu den großen Anwesen Marktstetts. Vorn, zur Straße hin, lag in einem breiten Vorgarten das Herrenhaus; ihm schlossen sich rückwärts das Gesindehaus, die Ställe und die Scheunen mit den Geräteschuppen an. Das Gut machte einen gepflegten, sauberen Eindruck. Eine energische, zielbewußte und arbeitsame Hand führte hier das Kommando, das sah man.

Josef Behrens war sich nicht ganz im klaren, wie er aus dem schlafenden Haus den Verwalter Paul Sanke herausholen sollte. Schließlich ist es das Recht eines unbescholtenen und steuerzahlenden Bürgers, seine Nachtruhe ungestört zu genießen. Ein Mann, der mit dem Bürgermeister Skat spielt, ist mit Vorsicht zu genießen, dachte der Wachtmeister.

Doch ihm wurde rasch die Entscheidung abgenommen. Heinz Konradi hatte kühn die erstbeste Klingel gedrückt und hielt den Daumen eine Zeitlang darauf. Schrill gellte es durch das ganze schlafende Haus.

Auch hier wurde nach einiger Zeit ein Fenster geöffnet und eine junge Frau, das Nachthemd über dem üppigen Busen zusammenraffend, fragte verschlafen, was man wolle.

»Wir möchten Herrn Sanke sprechen!« rief Behrens in dienstlichem Ton hinauf. »Polizei!«

»Polizei? O Gott!«

Das Fenster klappte zu. Rasche Schritte entfernten sich ins Innere des Hauses.

Die Spannung war aufs äußerste gestiegen. Elisabeth hing am Arm ihres Mannes, ihr Puls klopfte ihr im Hals. Vergessen waren die brennenden Fußsohlen und die stechenden Blasen an den Hacken. Jetzt . . . jetzt mußte es sich herausstellen, jetzt fiel die

Entscheidung.

Elisabeth schloß die Augen.

Wie lange braucht der Kerl denn, dachte sie, wie lange sollen wir denn hier noch stehen?

Durch den Flur des Hauses tappten schwere Schritte. Ein Schlüssel drehte sich im Schloß, die Tür wurde aufgezogen, und im Licht der Flurlampe stand – Herbert Sanke.

Doch nein! Dieser Mann war kleiner, zierlicher, älter . . . aber sonst wie ein Spiegelbild. Heinz Konradi trat einen Schritt vor und nannte seinen Namen.

»Sie entschuldigen bitte die Störung, Herr Sanke«, setzte er hinzu. »Aber ich möchte nur eine Frage stellen: Ist Ihr Sohn bei Ihnen?«

»Mein Sohn?« Die tiefe Stimme klang gedehnt, erstaunt, fragend. »Nein.«

»Nicht?«

»Nein. Was ist mit meinem Sohn?« Ehrliche Sorge zeichnete sich in Paul Sankes Gesicht ab. »Was ist passiert? Warum bringen Sie die Polizei mit?«

»Seit drei Stunden suchen wir Sie. Zu Fuß sind wir von Ebbenrath durch die Nacht nach Marktstett gelaufen. Wir haben die Polizei alarmiert und den Bürgermeister aus dem Bett gescheucht. Meine Schwägerin Brigitte ist seit halb elf gestern abend spurlos verschwunden . . . mit Ihrem Sohn.«

»Mit meinem Sohn?« Paul Sanke trat etwas zurück und schien plötzlich nicht mehr besorgt, sondern vergnügt. Er blickte Konradi an, als ob er ihn fragen wolle, ob er verrückt sei. Dabei sagte er: »Und Sie suchen die beiden, laufen nach Marktstett, alarmieren die Polizei, den Bürgermeister – und alles nur, weil mein Sohn mit Ihrer Brigitte . . .« Paul Sanke brach ab, lachte auf, laut, schallend, es dröhnte durch das stille Haus. »Verzeihen Sie, das nenne ich einen Witz, ich kann nicht anders. Wie alt ist denn Ihre

Schwägerin?«

»Vierundzwanzig.«

»Und warum suchen Sie sie dann wie eine Vierzehnjährige?«

Statt einer Antwort blickte Heinz Konradi stumm seine Frau an. Allerhand lag in diesem Blick.

Dann wandte sich Heinz wieder dem Verwalter zu. Er fühlte, daß er die unglückliche Rolle, die seine Frau ihm aufgezwungen hatte, zu Ende spielen mußte.

Mit Würde zu Ende spielen mußte.

»Sie nehmen also an, daß Ihr Sohn jetzt noch mit meiner Schwägerin zusammen ist?«

»Was denn sonst? Nachdem beide noch verschwunden sind, werden Sie sicher auch noch zusammen sein.«

»Und wo?«

Paul Sanke grinste schon wieder. Er zuckte mit den Schultern. »Das weiß ich leider nicht. Aber gewisse Vorstellungen hätte ich schon . . .«

»Welche?« fiel Elisabeth Konradi ein. Sie fühlte sich auf den Plan gerufen. Ihr Ton klang spitz.

Paul Sanke räusperte sich, blieb aber stumm. Was sollte er auch sagen? Diese Dame hier schien ihm kein einfacher Fall zu sein.

»Welche?« wiederholte Elisabeth. Sie ließ nicht locker.

»Gnädige Frau«, sagte nun Paul Sanke in der Art eines Kavaliers der alten Schule, »es gibt Dinge, die lassen sich schwer ausdrücken . . . vielleicht würde sich darin Ihr Herr Gemahl leichter tun . . .«

Schau dir dieses Schlitzohr an, dachte Heinz amüsiert, wie der den Ball an mich abgibt; aber er hat ja recht, hier muß nun endlich ein deutliches Wort gesprochen werden. Und er tat dies, indem er sagte: »Woran nicht mehr länger gezweifelt werden kann, ist, daß Fräulein Brigitte Borgfeldt mit Herrn Herbert Sanke im Bett liegt. Das meint Herr Paul Sanke, meine liebe Elisabeth.«

Ein unheilbarer Fall war zu konstatieren. »Du weißt genau«, antwortete Elisabeth Konradi ihrem Gatten eisig, »daß meine Schwester das nicht tut.«

Grußlos verließ sie mit raschen Schritten das Terrain des Mierbach-Gutes. Paul Sanke blickte ihr verdutzt nach, Heinz Konradi und Wachtmeister Behrens hatten Mühe, ihr zu folgen.

Der Arbeiteromnibus um sechs Uhr brachte Heinz und Elisabeth wieder zurück nach Ebbenrath.

Josef Behrens erhielt als Entschuldigung für die verlorene Nachtruhe eine Flasche Branntwein versprochen (die er am nächsten Tag auch prompt in Ebbenrath abholte); die Vermißtenanzeige in Ebbenrath bei der Polizei wurde zurückgezogen.

Erschöpft, wortlos, bleich und sanft ging Elisabeth ins Bett, nachdem sie ihre Füße gebadet und die Fersen verpflastert hatte. Heinz Konradi blieb auf, um Brigitte und Herbert Sanke zu erwarten.

Er machte dabei einen kurzen Überschlag:

Siebeneinhalb Stunden fehlender Schlaf.

Zweieinhalb Stunden nächtlicher Marsch nach Marktstett.

Grundlose Belästigung eines todmüden Polizeibeamten in Ebbenrath.

Grundlose Belästigung der Besitzerin des Gasthofs »Zur Post« in Marktstett.

Grundlose Belästigung und Inanspruchnahme des Wachtmeisters Josef Behrens.

Grundlose Belästigung des Bürgermeisters von Marktstett.

Grundlose Belästigung des Verwalters Paul Sanke und unhaltbare Verdächtigungen gegenüber seinem Sohn.

Strapaziöse Inanspruchnahme Anny von Borckens und Erich Kiels.

Überhaupt, wo befanden sich Erich und Anny? Bis halb sieben

waren sie in Ebbenrath noch nicht wieder eingetroffen. Heinz Konradi lief es kalt den Rücken hinunter. Die würden ihm auch noch etwas erzählen.

Was ging denn noch alles auf sein Konto?

Großer Gott, er war ein blamierter, lächerlich gewordener, verrückter Mann!

Alle Ebbenrather und Marktstettener würden sich über ihn lustig machen.

Heinz Konradi saß in seinem Sessel und brütete vor sich hin. Er brachte es noch nicht fertig, auch ins Bett zu gehen, wie seine Frau. Die macht sich's leicht, dachte er erbittert.

Er saß noch immer da, als um sieben Uhr Brigitte Borgfeldt und Herbert Sanke eintraten. Mit Entsetzen hörten sie, was in der Nacht geschehen war.

»Mein Gott!« stammelte Sanke. »Polizei, Bürgermeister, mein Vater, Anruf im Krankenhaus, nachts zu Fuß nach Marktstett, das ist ja Wahnsinn. Und ich bin schuld an allem, mit meiner Bitte, daß mich Brigitte noch ein paar Schritte begleiten soll. Was soll ich dazu sagen? Ich weiß es nicht.«

»Mensch«, stieß Heinz Konradi hervor, »sagen Sie mir nur eines: Wo habt ihr die ganze Zeit gesteckt?«

Herbert blickte Brigitte an, sie blickte ihn an. Daraus ging wohl hervor, daß die Antwort nicht so einfach war.

»Zuerst«, begann dann Herbert, »standen wir an der Brücke. Als es anfing zu regnen, suchten wir in einem Lokal unterzukommen. Aber alle hatten schon zu. Da haben wir uns in den Bahnhofswartesaal gesetzt.«

»Die ganze Nacht?«

»Nein. Nach dem Regen sind wir über die Promenade gewandert.«

»Sehr schön. In der Zwischenzeit stand ich an der Brücke und wartete auf euch.«

»Wir hatten uns so viel zu erzählen, Herr Konradi, ich kann Sie nur bitten, uns zu verzeihen.«

Heinz wandte sich an Brigitte: »Deine Schwester hat durchgedreht, buchstäblich.«

Brigitte sah zerknirscht zu Boden. »Das tut mir leid.«

»Aber«, fuhr Heinz fort, »sie wird nicht zögern, zu glauben, daß ihr euch wirklich die ganze Nacht nur erzählt habt ...«

Mit der Zerknirschung Brigittes war es vorbei. Sie blickte auf und antwortete: »Damit willst du wohl sagen, daß du durchaus zögerst, das zu glauben?«

»Ich?«

»Ja, du!«

»Also gut, damit du zufrieden bist, auch ich zögere nicht, das zu glauben.«

»Das ist dein Glück. Ich hätte nicht mehr mit dir gesprochen.«

Herbert Sanke machte sich bemerkbar. Er räusperte sich und sagte: »Ja, dann werde ich mich wohl verabschieden. Es wird ja auch Zeit, daß wir alle ins Bett kommen.«

»Wohin wollen Sie denn?« fragte ihn Heinz.

»Nach Marktstett zu meinem Vater.«

»Grüßen Sie ihn von mir. Es hat mich gefreut, ihn kennenzulernen.«

Um acht Uhr trafen auch Anny von Borcken und Erich Kiel mit Bebsy ein. Sie sahen übernächtigt und sehr verfroren aus und hielten sich untergefaßt.

»Wo habt ihr gesteckt, was habt ihr gemacht?« rief ihnen Heinz entgegen.

Erich blickte Anny an, sie blickte ihn an.

»Wir haben uns erzählt«, sagte Erich.

Heinz blickte empor zur Zimmerdecke. Anny fragte ihn: »Was guckst du?«

»Ich suche die Balken, meine Liebe.«

»Welche Balken?«

»Die sich hier nun bald biegen müssen.«

Vier Wochen später feierte man im Hause Konradi eine Doppelverlobung. Hoch ging es her, die Paare turtelten auf Teufel komm raus, und die Rede Heinz Konradis wäre es wert gewesen, in ein entsprechendes Bühnenstück aufgenommen zu werden.

Lediglich eines war ungewöhnlich: Die Paare wurden nicht beschenkt.

Dafür aber hatten die Verlobten sich zu einem Geschenk zusammengetan, das sie um Mitternacht in feierlicher Form der Hausfrau überreichten. Elisabeth Konradi war teils gerührt, teils etwas verlegen.

Das Präsent war eine bemalte Kachel, kunstvoll beschrieben und mit Szenen illustriert. In der Mitte stand in großen goldenen Lettern zwischen zwei Dörfern jener Satz, den man mit Fug und Recht geradezu als »Glaubens«-Satz bezeichnen konnte:

Meine Schwester tut das nicht!

Es wird gemunkelt, daß das erste Kind der Konradis mit dieser Nacht zu tun hat.

Vier Wochen voraus war diesem Kind aber sogar noch der Nachwuchs, den das junge Paar Herbert und Brigitte Sanke, nachdem bald geheiratet worden war, zu verzeichnen hatte.

»Da muß ich doch mal nachrechnen«, sagte Heinz Konradi, der Zyniker, zu seiner Frau.

Diese aber wollte davon nichts wissen.

Verliebte Abenteuer

Das erste Kapitel, das eigentlich gar nichts bringt, was interessant erscheint

Ob Sie es glauben oder nicht – ich bin wirklich nicht daran schuld. Ich will von Ihnen gevierteilt werden, wenn das, was ich sage, nicht wahr ist. Die Geschichte spielt in Schottland. Schon faul, werden Sie sagen, die Schotten kennen wir aus den Witzblättern zur Genüge – diese Mr. Smith und McFladden. Das zu lesen lohnt sich nicht.

Sie haben vollkommen recht. Wenn Sie bis hierhin gelesen haben, hören Sie bitte auf – Sie werden sich doch nur ärgern, denn wenn ich Ihnen sage, daß in der Geschichte tatsächlich ein McFladden auftritt – also, sehen Sie, ich habe es gleich gesagt – Sie wollen nicht weiterlesen. Und weil Sie das nicht wollen, werden Sie nicht eher aufhören, als bis Sie die letzte Zeile erreicht haben.

Das nennt man Psychologie – aber die hat hier gar nichts zu suchen. Vielmehr wundern wir uns, daß der reiche Jüngling mit Künstlertolle, dieser Windhund William Ashborne, heute an dem sattsam bekannten Loch Ness steht – Sie wissen doch, der See, in dem man die berühmte Seeschlange gesehen haben will – und vor sich hin grübelt. Das tut er im allgemeinen nicht, denn William hatte einen guten, netten Papa, der bei seinem Tod so freundlich war, seinem Sprößling nicht nur einen alten Namen, sondern auch ein noch älteres Schloß nebst einem dicken Bankkonto zu hinterlassen. William setzte dieses Erbe richtig ein und wurde Dichter. Das hat einige

Vorteile. Erstens wird das Geld nicht durch Geschäfte reduziert (aber auch nicht vermehrt), zweitens kann man es in aller Ruhe verzehren, und drittens kann man einen Verleger finden, der das, was man gedichtet hat, veröffentlicht, wenn man selbst die Druckkosten bezahlt. Auf diese Weise sind schon ganz andere Meister als William Ashborne bekannt und berühmt geworden, und sie schrieben nachher in ihren Memoiren: »Mit großem Fleiß arbeitete ich mich aus der tiefsten Not empor . . .«

Warum er nun so gedankenverloren am Loch Ness stand und in die dunklen Wasser blickte, war nicht ganz klar. Im trüben fischen wollte er bestimmt nicht – aber daß etwas in seinem Gemüt trübe war, konnte man leicht erraten, wenn man hörte, was er sagte. Er hatte nämlich so eine dumme, vollkommen verrückte Art, in bestimmten Situationen mit sich selbst zu sprechen, und was er jetzt sagte, bewies, daß er dem Wahnsinn sehr nahe war.

»Ich liebe sie«, sagte der junge Mann und warf ein Zweiglein romantisch ins Wasser. »Ich kann mir nicht helfen, ich liebe sie.«

William Ashborne war ein langer Kerl, schlank, mit einem Gesicht wie dem eines Filmlieblings und mit dem Bizeps eines verhinderten Europameisters im Ringen. Nur seine Augen waren kindlich – aber vielleicht muß das so sein, wenn man ein Dichter ist. Und wie er jetzt ins Wasser blickte, das konnte einen Wasserfloh zum Heulen bringen. Denn das ist immer so: Wenn Frauen Liebeskummer haben, sagen die Männer, sie seien hysterisch; werden aber Männer von Liebeskummer geplagt, dann wollen sie als schwer erkrankt gelten. Man nennt das die Logik der Geschlechter – aber das gehört auch nicht hierher.

Das Loch Ness ist ein berühmt-berüchtigtes Gewässer. Es liegt oben im düstersten Schottland und endet bei der Stadt Inverness, wo William Ashborne bei einem Liederabend sein

Herz verloren hatte, und zwar an die Sängerin Loretta Gower, von deren Ruhm ganz Schottland widerhallte. Seit diesem verhängnisvollen Abend waren die Verse Ashbornes immer verworrener geworden – das sicherste Anzeichen dafür, daß er verliebt war. Diese Loretta – eine wunderschöne Frau mit schwarzen Locken und Augen, die Löcher in Wände brennen konnten – kümmerte sich nicht im geringsten um ihn und reiste wieder ab nach Aberdeen zum dortigen Opernhaus.

»Es ist eigentlich mehr als dumm, eine Frau wie Loretta zu lieben«, hatte Ashborne schon mehrmals zu seinem Diener Percy Bishop gesagt, und dessen Antwort war ebenso oft dieselbe gewesen: »Ganz deiner Meinung, bester William.«

Oho, werden Sie denken, das sind ja schöne Zustände! Ein Diener duzt seinen Herrn. Da stimmt doch was nicht.

Nur Ruhe – Percy Bishop war ein aufgeweckter Junge aus Invergarry und hatte das Glück gehabt, zusammen mit Lord William Ashborne die gleiche Schule zu besuchen. Nachdem die beiden auch noch in derselben Fußballmannschaft gespielt hatten, wurden und blieben sie Freunde, auch noch, als Ashborne zurück auf sein Schloß ging und Percy vergeblich als Büroangestellter eine Stellung suchte. So hatte Bishop kurzentschlossen als Diener bei Ashborn angeheuert und betreute seitdem seinen durch Dichtung und unerfüllte Liebe langsam wunderlich werdenden Freund, der manchmal sogar schon mit dem Gedanken spielte, ins Kloster zu gehen.

Die unglückliche Liebe seines Schützlings und Herrn griff dem guten Percy ans Herz, aber auch er sah keinen Ausweg und mußte sich mit der Miene eines Gefolterten die Gedichte anhören, die ihm Ashborne abends am Kamin vorzulesen pflegte.

Wie gesagt – William stand nun am Loch Ness und dachte nach:

Ich müßte nach Aberdeen fahren und mir dort im Opernhaus eine Loge mieten. Und jeden Abend müßte ich dann auf die Bühne einen Blumenstrauß werfen, so lange, bis sie weich werden und mich empfangen würde. Ich müßte mich an ihre Fersen heften und ihr folgen, notfalls bis ans Ende der Welt. Einmal würde ich sie allein treffen, und sie müßte mich anhören.

Aber William Ashborne war ein Schotte. Es brauchte niemand ein Mathematikprofessor zu sein, um auszurechnen, daß die Verwirklichung solcher Pläne sündhaftes Geld in Anspruch nehmen würde. Allein die Blumen und die Loge ... William schüttelte den Kopf. Es mußte da einen billigeren Weg geben. Nur wußte er leider nicht, welchen.

Er schreckte auf, als er Schritte hinter sich hörte. Percy Bishop kam über die weite Wiese gelaufen und schwenkte in der rechten Hand eine Zeitung. Sein Gesicht strahlte wie das eines Honigkuchenpferdes, und seine kurzen, dicken Beine wirbelten über den Rasen.

»William!« schrie er. »William! Ein Wink des Schicksals!« Atemlos blieb er vor Ashborne stehen und reichte ihm die Zeitung. Es war ein Exemplar der ›Aberdeen Times‹. Aufgeschlagen hatte er den Anzeigenteil. Eine Annonce war von ihm rot angestrichen worden.

»Fahrer für Auto und Pferdekutsche sowie zweiter Gärtner ab sofort gesucht. Wohnung im Hause. Gehalt nach Vereinbarung. Es wollen sich nur beste Kräfte bewerben. Zu melden bei Adresse Loretta Gower, Aberdeen, Kingston Street 34, bei Butler J. Stoke.«

»Das ist es, William«, kommentierte Percy Bishop. »Du sattelst um auf Fahrer und Kutscher, ich auf Gärtner. Dann haben wir deine Loretta täglich in unserer nächsten Nähe.«

William Ashborne sah seinen Freund groß an. »Verstehst du denn was vom Gärtnern?«

»Kein Gramm. Soviel wie du vom Kutschbockfahren.«

»Na also, was willst du dann mit dem Quatsch?«

»Ist doch egal, Hauptsache, wir bekommen die Jobs, dann werden wir weitersehen.«

»Du bist verrückt!«

Percy war nicht mehr zu bremsen.

»Helfen«, sagte er, »muß uns natürlich eine kleine Maskerade, die unumgänglich ist.«

»Welche Maskerade?«

»Nun, du läßt dir umgehend einen Bart wachsen, setzt dir eine Brille auf und färbst dir die Haare. Ich mache was Ähnliches.«

»Blödsinn! Wann sollten die Bärte wachsen? Das würde Zeit in Anspruch nehmen. In der Anzeige steht aber: ab sofort.«

»Überlaß das mir, William. Bart brauchst nur du einen. Ich werde mit deinem Einverständnis in Aberdeen sein und uns für den nächsten Ersten anmelden. Bis zu diesem Termin wird sich dein Flaum zu einem Bart verdichtet haben. Mit dem Butler komme ich schon zurecht. Der wird in mir einen Gärtner erleben, den er noch nicht gesehen hat. Ich werde alle meine Vorgänger in jenem Hause ausstechen. Du kennst mich doch. Und weißt du, was das Beste an meinem Plan ist?«

»Was?«

»Daß er dich nichts kostet, im Gegenteil, man bezahlt uns sogar noch für unsere Tätigkeit.«

Das gab den Ausschlag. William Ashborne war nicht umsonst Schotte. Von ihm bekam also Percys total verrückter Plan grünes Licht.

Der Lord lachte laut und wollte Percy auf die Schulter klopfen. Wenn William aber klopfte, gingen normale Menschen in die Knie und legten sich platt hin. Percy kannte das aber schon und brachte sich rasch in Sicherheit. Mit breitem Grinsen wich er ein paar Schritte zurück.

»Einverstanden?« fragte er völlig überflüssig.

»Na schön. Hau ab, mein Junge, und schau, was du in

Aberdeen erreichen kannst. Am nächsten Ersten folge ich dir und kenne dich nicht mehr. Und noch eins: Vergiß nicht, dich in Aberdeen für ein billiges Hotel zu entscheiden. Du weißt ja, wir sind in untergeordneten Stellungen tätig und haben daher den Anschein zu meiden, in Geld zu schwimmen.«

Percy Bishop nickte, und sein Grinsen war schon ziemlich hinterhältig. Immer die Laus um den Balg schinden, dachte er. Mir machst du nichts vor. Ein Schotte kennt den anderen. Aber deine Loretta, auf die du so versessen bist, wird dir die Moneten schon noch aus der Tasche ziehen, warte nur ...

Einträchtig bummelten sie zurück nach Invergarry, wo William den Sommer über wohnte. Um sie herum zirpten die Grillen. Es schimmerten die Wellen des Loch Ness, und wie helle Punkte auf einem grünen Tuch weideten unzählige Schafe auf den weiten Wiesenflächen.

Es ist wirklich schön in Schottland – schön und einsam. In diesem Land könnte man zum Dichter werden, auch ohne das Vermögen William Ashbornes.

Die Stille in dieser Landschaft ist vollkommen. Sie birgt Frieden und Freiheit in einem. Schottland ist ein Land der Erfüllung.

Zwischen Schottlands grünen Hügeln läßt es sich herrlich träumen.

Das zweite Kapitel, in dem Percy sich in Aberdeen ganz verteufelt gut benimmt

Die Villa Loretta Gowers lag etwas außerhalb der Stadt Aberdeen zwischen hohen Bäumen und dichten Blütenbüschen, wie das Schloß des schönen Dornröschens. Wenn man durch das hohe Gittertor trat, sah man zunächst nichts als einen langen Weg, der schließlich eine Kurve machte und in eine kleine Pappelallee einmündete. Am Ende dieser Allee ragte ein großes, weißes Gebäude im Tudorstil empor, mit einer breiten Auffahrt. In diesem wohnte Loretta Gower, der Stern von Aberdeen; dort konnte man an schönen Tagen aus einem geöffneten Fenster der ersten Etage ihren herrlichen Gesang hören, wenn der Maestro Componelli sie am Flügel begleitete und sie ihre Stimme geschmeidig hielt.

Als Percy Bishop vor der breiten Auffahrt stand, ein Pappeköfferchen in der Hand, wurde ihm doch etwas schwummerig, was erwartete ihn? Alles sah hier so vornehm aus, so gepflegt, so einschüchternd, daß es Percy zu dämmern begann: Wer hier in einer vorgetäuschten Mission eindringt, wer hier jemanden hinters Licht führen will, der muß über die mimischen Talente eines Staatsschauspielers verfügen, wenn er nicht scheitern will.

Falls ich also nicht innerhalb von zehn Minuten mit siebenundzwanzig Knochen in den Händen wieder auf der Treppe liege, habe ich gewonnen. Verliere ich aber, nun gut, dann wird mir William einen rührenden Spruch auf den Grabstein meißeln lassen, vorausgesetzt, er ist nicht zu geizig und bewilligt mir nicht nur ein Holzkreuz.

Sein Pappeköfferchen fester packend, ging Percy um das Haus herum und schellte beim Butler Stoke, dem eine Wohnung in einem Seitenflügel zur Verfügung stand.

Ein Mädchen öffnete Percy. Spitzenhäubchen, Spitzenschürzchen, Stöckelschühchen, Löckchen überall. Percys leicht entflammbares Herz machte einen Sprung. Wird wohl das Stubenmädchen sein, dachte er. Und sein nächster Gedanke war der an eine gewisse Zweckentfremdung, die dem Mädchen nicht schaden könnte.

»Guten Tag, mein Zuckermäulchen«, sagte er. »Ich möchte – wenn du nichts dagegen hast, ich also deines gütigen Einverständnisses sicher sein darf – den Butler Stoke sprechen. Aber nachdem ich dich gesehen habe, würde ich es vorziehen, zuerst mit dir einen Spaziergang zu unternehmen, um dich mit den Vorzügen meiner Person vertraut zu machen.«

Das Mädchen schnitt eine teils überraschte, teils deutlich angewiderte Grimasse. Vertraulichkeiten solcher Art schätzte sie gar nicht, und sie zögerte nicht, das von Anfang an zu erkennen zu geben.

»Der Butler ist mein Vater. Was wollen Sie von ihm?« Dabei musterte sie ihn von oben bis unten wie einen Penner.

Percy lachte und stellte den Pappekoffer auf die Schwelle.

»Dein Vater? Meine Hochachtung! Nicht allen Vätern gelingt es, solche Töchter in die Welt zu setzen. Oder bist du die einzige, hast du keine Schwestern mehr? Mir wäre das am liebsten, damit sich meine Konzentration nicht zerteilen müßte. Verstehst du, was ich meine?«

Percy hörte nicht auf, das Mädchen freiweg zu duzen; umgekehrt siezte die Kleine ihn hartnäckig, um zu zeigen, daß sie auf Distanz Wert legte.

»Was wollen Sie?« wiederholte sie barsch. »Wir haben keine Zeit für solchen Quatsch!«

»Quatsch nennst du das, wenn ich dir in wohlgesetzten Worten mein Herz zu Füßen lege? Du deprimierst mich. Ich hätte erwartet, bei dir mehr Anklang zu finden. Nun, was nicht ist, kann noch werden. Melde vorerst mal deinem Herrn Papa: Der neue zweite Gärtner ist da. Du weißt ja, die Annonce in der ›Aberdeen Times‹. Leg' ein gutes Wort für mich ein – vielleicht geht's um unser beider Lebensglück.«

Krachend flog die Tür vor Percys Nase zu. Er grinste, setzte sich auf seinen Pappekoffer und wartete. Lange dauerte es nicht, und die Tür tat sich wieder auf. Das Mädchen winkte mit dem süßen Kopf.

»Vater will Sie sprechen. Ich habe ihm zwar davon abgeraten, sich mit Ihnen zu befassen, aber er hörte nicht auf mich. Er meinte, das sei Männersache.«

Percy nickte und erhob sich. »Wenn du ›Männer‹ sagst, überläuft es mich ganz wohlig. Du hast da einen so warmen Ton in der Stimme.«

Er folgte ihr durch einen langen Flur und blickte ihr auf die Beine. Auch diese Prüfung fiel zu seiner Zufriedenheit aus. Hier bleibe ich, dachte er. Auch mit siebenundzwanzig kaputten Knochen. Die Kleine ist zu süß, um nicht an die Brust genommen zu werden.

Am Ende des Flurs stand eine Tür offen. Percy trat ein und stand dann vor dem Butler, einem kleinen Mann, der ihn durch eine Goldbrille scharf musterte.

»Sie also wollen die Stelle?« begann der Butler mit einer würdevollen Stimme. »Obwohl Bebsy Sie nicht mag, wollte ich Sie mir doch einmal ansehen.«

»Zu gütig«, antwortete Percy und verbeugte sich. Bebsy heißt die freche Kröte also, dachte er. »Ich kann alle Gartenarbeiten«, fuhr er laut fort. »Ich habe beste Zeugnisse, u. a. von Lord Ashborne, Lord Swesburry, Lord Londonderry, Lord Dorset –«

»Das genügt, das genügt«, winkte der Butler ab. »Und Sie könnten sofort antreten?«

»Ja – das heißt – nein.«

»Wieso nein?«

»Ich kann die Stelle nur annehmen, wenn auch mein Freund Flip als Fahrer hier unterkommt.«

»Und wo wäre Ihr Freund?«

»Noch bei Lord Ashborne. Er kann erst zum Monatsende kündigen. Wir haben immer gemeinsam bei den gleichen Herrschaften gedient. Wir sind wie siamesische Zwillinge – unzertrennlich. Er ist ein fabelhafter Fahrer, der Flip. Kann auch Pferde zureiten – hervorragend! Erst kürzlich, bei Lord Londonderry, hat er einen Hengst, den keiner zu reiten wagte, mit seinem eisernen Schenkeldruck zur Räson gebracht. So – ganz fest – immer gepreßt, bis dem Hengst die

Luft ausging und er wie ein leerer Blasebalg zusammenklappte. Und fahren kann er wie auch kein anderer.«

Jimmy Stoke kratzte sich den Kopf. Der Bursche sieht gut aus, sagte er sich. Spricht zwar etwas viel, wie meine verstorbene Frau, aber auf die war ja letzten Endes auch immer Verlaß. Hätte ich sie nur noch! Daß er Bebsy nicht gefällt, wundert mich nicht. In ihm hat sie ihren Meister gefunden – da kommt sie nicht mehr so leicht zu Wort. Und können muß er auch etwas. Seine Herren sind durchweg Träger großer englischer Namen. Und sein Freund, dieser Wunderknabe Flip? Man müßte einmal an Lord Ashborne schreiben, ob das alles stimmt.

»Es ist gut«, sagte er bedächtig. »Sie können anfangen, allerdings vorerst nur auf Probe, das ist klar. Über Ihren Freund Flip unterhalten wir uns noch. Sie wohnen nebenan im Personalgebäude, zweiter Stock, Zimmer 23. Wenn Sie eigene Möbel haben, können Sie sie aufstellen. Ich mache Sie aber darauf aufmerksam, daß alle Unkosten, die dadurch entstehen – wie etwa durch den An- oder Abtransport –, auf eigene Rechnung gehen.«

Percy Bishop nickte und hob seinen Pappekoffer auf.

»Alles klar, Mr. Stoke«, sagte er. »Sie werden Ihre Entscheidung nicht bereuen. Und ich bin auch sicher, daß Ihre Tochter ihre Meinung über mich noch ändern wird.«

Er wandte sich ab, verließ das Zimmer, ging den Flur zurück und entdeckte hinter einer angelehnten Tür in einer Art Personalküche die spülende Bebsy.

Lächelnd trat er ein und stellte sich neben den Spültisch. Wütend klapperte Bebsy mit dem Geschirr.

»Muß dir eine traurige Mitteilung machen«, sagte er. »Bin engagiert.«

»Wenn Männer alt werden, verlieren sie die Menschenkenntnis«, meinte Bebsy schnippisch. »Das gilt auch für meinen Vater.«

»Wie sprichst du von deinem alten Herrn? Das gefällt mir nicht. Er steht mir nahe.«

»Wieso steht er Ihnen nahe?«

»Weil er Aussichten hat, mein Schwiegerpapa zu werden.«

»Raus!« Bebsy schleuderte ihm den Spüllappen ins Gesicht, und der gute Percy, dieser große Lausejunge, floh aus der Küche, lief aber recht vergnügt hinüber zum Gesindehaus.

Auf seinem Zimmer, das zum Hof hinausging und mit Möbeln aus den verschiedensten Jahrhunderten vollgestopft war, holte er als erstes Briefpapier aus dem Pappekoffer und setzte sich hin, um an William Ashborne zu schreiben, der zu dieser Stunde zu Hause saß, sich im Spiegel betrachtete und das erhebende Erlebnis genoß, sich zum erstenmal in seinem Leben unrasiert zu sehen.

Percy schrieb: »Lieber Will! Bin hier angekommen. Schreie ›wonderful‹ und singe ein Halleluja. Ein süßes Kätzchen ist nämlich hier. Sie heißt Bebsy, hat zwar Krallen, aber die stutze ich ihr schon noch. Mein Zimmer ist eine Mischung aus Museum und Rumpelkammer. Ich habe den Alten, den Butler, fabelhaft eingeseift und ihm von dir einen Roman erzählt, der ihn ganz heiß auf dich machte. Er hat sich darauf eingestellt, ein Wundertier in dir zu erleben. Du bist Pferdebändiger, Rennfahrer, Zureiter, Monteur, Trainer und was weiß ich sonst noch alles. Der Alte brach bald in Tränen darüber aus, dich erst am nächsten Ersten zu bekommen. Vielleicht schreibt er dir einen Liebesbrief – ihm scheint das wenigstens vorzuschweben. Und dünge fleißig deinen Bart. Übe vor dem Spiegel demütige Blicke und ergebenes Kopfnicken. Ich werde in der Zwischenzeit wie ein Fettauge auf der Suppe schwimmen und bemüht sein, eine gewisse Bebsy zu zähmen. Good bye, mein Freund! Dein Percy.«

Dann räumte er seinen Pappekoffer aus, entkleidete sich und legte sich ins Bett. Mit Genuß aß er einige kandierte Datteln aus einem Holzkästchen und las dabei in einem dicken

Buch. Ab und zu kratzte er sich den Kopf und murmelte: »Das soll ein Mensch verstehen –«

Die Lektüre machte ihm also Schwierigkeiten und wirkte deshalb äußerst ermüdend auf ihn. Mit einem tiefen Seufzer legte er sich zurück und schlief ein. Er merkte noch nicht einmal, wie das Buch auf den Boden plumpste. Dort klappte es traurig zusammen und blieb still liegen.

Es war ein ›Leitfaden der praktischen Gartenkunde‹.

Das dritte Kapitel, in dem William Ashborne eine fatale Entdeckung macht

Wenn der Leser bis hierher gekommen ist und, angeregt durch Percys Schlummer, nicht auch sanft entschlafen ist, wird er sich sicher noch daran erinnern können, daß William Ashborne der Sohn eines Lords ist. Solche Lords verfügen über eine umfangreiche Verwandschaft, und alle diese Onkels und Tanten, Vettern und Großvettern bestehen auf ihrem Recht, einem einsam gewordenen Angehörigen ihrer feudalen Sippe mit Rat und Tat – meistens aber nur mit Rat – zur Seite zu stehen. Diese rührende Fürsorge wurde durch den Umstand verstärkt, daß Ashborne ein Dichter war, zum Entsetzen der Familie, und daß man in ihm so das schwarze Schaf des ganzen Clans sah. Onkel Paddy, der nie ein Buch in die Hand nahm, behauptete, daß Dichten nahe am Irrsinn läge, und wenn man gar ein lyrischer Dichter sei, wären die Anzeichen einer langsamen Gehirnerweichung nicht mehr fern.

So gehörte also die ganze fürsorgende Liebe der großen Familie allein William Ashborne, der freilich große Teile des Jahres damit zubrachte, sich diesem Interesse zu entziehen.

In geradezu rührender Weise umsorgte die alte Lady Mary

Abbot ihren über sieben Querverbindungen mit ihr verwandten Neffen, und immer, wenn ein Schreiben von ihr eintraf, in dem sie ihn zu sich nach Lancaster einlud, verdrückte sich Ashborne, trat eine Reise an und ließ sich eine Zeitlang nicht mehr sehen.

Heute nun, am schicksalhaften Tag, an dem der Brief Percys eintraf, brachte der Postbote auch einen Brief aus Lancaster. Und was Tante Abbot schrieb, das haute William einfach vom Stuhl. Eine nette Nichte habe sich zu Besuch für nächste Woche angesagt, teilte sie mit. Es wäre doch schön, wenn William auch kommen würde. Ihn erwarte nämlich auch noch ein Kunstgenuß. Und zwar sei ebenfalls die berühmte Sängerin Loretta Gower eingeladen, die man sicherlich zu einer kleinen Darbietung werde überreden können. »Weißt du übrigens«, schrieb Lady Mary, »daß Miss Gower mit mir ebenfalls verwandt ist? Allerdings nur entfernt. Sie nennt mich auch Tante.«

Man muß das nun verstehen – Ashborne war in großen Nöten. Erstens ließ er sich einen Bart wachsen, was ihm durchaus kein reines Vergnügen bereitete; zweitens wollte er bei Loretta seine Dienstbotenstelle antreten, was die Gefahr heraufbeschwor, durch Beschluß des Familienrates in ein Irrenhaus eingewiesen zu werden; und drittens wäre es einfach unmöglich gewesen, Loretta bei Tante Mary gegenüberzutreten. Daß Loretta auch noch eine Verwandte der alten Abbot-Schlange war, machte alles nur noch komplizierter, und so wurde er nun ein Opfer jener Stimmung männlicher Ratlosigkeit, in der lediglich der Genuß von Alkohol der Seele noch etwas Halt bietet.

Sie werden jetzt meinen, dieser Bursche ist schon ganz verwirrt. Anstatt die Gelegenheit beim Schopf zu packen und gleich bei Tante Mary den Sturm auf Lorettas Herz zu versuchen, zieht er es vor, einen verrückten Umweg zu machen und eine Stellung als Fahrer anzunehmen, um das gleiche Ziel zu erreichen. Was soll man dazu sagen?

Nichts, dazu kann man nichts sagen – oder man hätte in Ashbornes Haut stecken müssen. *Er* kannte nämlich seine Verwandtschaft, zu der nun auch noch – wenn auch über 14 Ecken – Loretta zählte. Ein Ehehindernis wäre darin wohl nicht mehr zu sehen, sagte er sich und entschied sich zunächst, so zu tun, als ob er den Brief der Tante nicht bekommen hätte. Das läßt sich ja deichseln, auch in Schottland – und gerade dort! Wenn man einem Briefträger von Invergarry ein Pfund in die Hand drückt, kneift er beide Augen – nicht nur eines – zu und schwört sieben Eide, daß ihm ein bestimmter Brief nicht zur Beförderung in die Finger gekommen ist.

Dafür hat er einen anderen Brief gebracht, den Ashborne auch sofort beantwortete. Er kam aus Aberdeen und war von Butler Stoke, der um Auskunft über den Chauffeur und Kutscher bat.

William nahm einen Bogen mit Wappen und setzte sich hin, um persönlich eine Antwort abzufassen.

»Mein treuer William Flip«, schrieb er, »ist ein Muster an Zuverlässigkeit und Können. Sein Verständnis für Pferde und Motoren findet nicht leicht seinesgleichen. Ich wäre sehr traurig, wenn er mich verlassen würde, und ich kann Sie nur bitten, seiner Bewerbung bei Ihnen einen abschlägigen Bescheid zu erteilen, da ich ihn nicht gern verlieren möchte. Lord William Ashborne Earl of Blandfort.«

Als Butler Stoke diesen Brief erhielt, grinste er zufrieden, lief aus dem Haus und klopfte Percy Bishop, der unglücklich im Garten stand und in einem Mistbeet herumharkte, auf die Schulter.

»Gut, mein Lieber, sehr gut«, lobte er Percy erfreut. »Ich habe bei Lord Ashborne Auskunft über Ihren Freund Flip eingeholt. Sie ist blendend. Ich werde ihn sofort engagieren.«

Percy hustete ein wenig und wandte sich wieder seinem Beet zu.

»Vor der Aussaat sind mit der Harke 4-5 cm tiefe Rillen im weichen Boden zu ziehen, in die man die Setzlinge steckt. Diese sind nicht zu stark zu begießen, und dann ist mit leisem Druck die Erde anzudrücken . . .« Das stand so in dem Buch, in dem Percy abends zu lesen pflegte.

Alles blödsinnige Theorie, dachte er nun. Wie man diesen eisenharten Boden erst einmal weich bekommen soll, um die Rillen zu ziehen, das steht nicht drin. War doch eine blödsinnige Idee von mir, mich als Gärtner anstellen zu lassen. Und Bebsy habe ich heute den ganzen Tag auch noch nicht gesehen.

Immer draußen in der Sonne, immer den Rücken krummmachen und so tun, als täte man etwas – verflucht noch mal, gar nicht so einfach war das!

Butler Stoke wußte, als er sich freudig gestimmt in seine Wohnung zurückbegab, nicht, was unterdessen in Invergarry stattfand. Dort rollte nämlich, gerade als Lord Ashborne vorbeugungshalber in die Einsamkeit des Loch Ness entfliehen wollte, ein Rolls Royce vor das Portal seines Hauses, und eine alte, würdige Dame mit sehr, sehr viel Busen und einem asthmatischen Atem entstieg dem schmucken Vehikel. William, der am Fenster stand, erbleichte wie Desdemona kurz vor der Erdrosselung durch Othello und sank in einen Sessel.

Tante Mary! Es gibt keine gütigen Götter mehr, die einem das ersparen, dachte William. Und schon klingelte es draußen, und der alte Diener schlurfte an die Tür. Tante Marys durchdringendes Organ erfüllte die Diele. Sie fragte nach William, ihrem Neffen, und dann stand sie im Zimmer, breitete die Arme aus und rief: »Komm an mein Herz, du lieber Junge!«

Ashborne hatte wenig Lust, mit ihrem Busen zu kollidieren, und verneigte sich höflich. Das ist überhaupt eine besondere Eigenschaft der Männer: Mögen sie sich innerlich noch so gegen den Besuch einer alten Dame auflehnen, nach außen hin machen sie, wenn das Ereignis eintritt, gute Miene zum bösen Spiel und sind bestrickend höflich. Meistens aber merkt das die erfahrene alte Dame und ist dann doppelt so herzlich; daraus entsteht eine Unterhaltung ganz nach dem Geschmack des alten Herrn Knigge. Erst wenn der Gast wieder in der Ferne verschwindet, knirscht der Mann mit den Zähnen und wird zum geistigen Mörder und Amokläufer. Man nennt das Ganze schlicht »gute Erziehung«. Es soll aber auch Leute geben, die darauf pfeifen. Na ja, William Ashborne pfiff nicht darauf, sondern begrüßte Tante Mary mit der hellen Freude eines überraschten Neffen.

»Wie schön!« rief er. »Du in Invergarry?« Er drückte sie in einen Sessel und wünschte, dieser möge in der Erde versinken, mitsamt Tante Mary. »Das ist aber ein lieber Besuch!« Gott sei Dank kein häufiger, sonst wäre ich längst ausgewandert, dachte er.

Tante Mary schnaufte ein wenig und wischte sich den Schweiß von der fettigen Stirn. Sie war einem Walroß nicht unähnlich, vor allem, wenn sie kurzatmig prustete und dadurch ihre allzu üppig geratene Oberweite in gefährliche Schwingungen brachte, die von dem ihr gegenüber Sitzenden ängstlicher beobachtet wurden als von ihr selbst.

»Ich wollte dich noch einmal persönlich zu mir einladen«, sagte sie. »Und das war auch notwendig, denn ich habe auf der Herfahrt den Postboten getroffen. Merkwürdigerweise erklärte er mir, dir schon längere Zeit keinen Brief von mir mehr überbracht zu haben. Ich habe dir aber geschrieben. Wie gibt's das?«

»Was höre ich da?« wunderte sich Ashborne mit kindlichen Kulleraugen unschuldig. »Du hast mir geschrieben, Tantchen?«

»Ihr Männer seid alle furchtbar«, beklagte sich Tante Mary und schnaufte wieder. Seit sie Witwe war, erregte das Wort »Männer« sie ungemein. »Natürlich habe ich dir geschrieben, und dieser seltsame Postbote steckt mit dir sicherlich unter einer Decke.« Sie blickte ihren Neffen mißbilligend an. »Warum, weiß ich nicht. Wie siehst du überhaupt aus? Nicht einmal rasiert bist du. Wozu hast du drei Diener, wenn dich keiner abschabt?«

Ashborne fuhr sich über das Kinn und fühlte mit Genuß die langen Stoppeln.

»Percy ist zu einer kranken Tante aufs Land gefahren«, sagte er. »Und die beiden anderen alten Knacker will ich nicht an mein kostbares Hälschen lassen. Dazu zittern sie mir schon zu stark. Mich selbst zu rasieren, wage ich auch nicht. Das will ich erst machen, wenn mein neues Buch abgelehnt wird. Dann fällt meine Lebensmüdigkeit nicht mehr sehr auf.«

»Du bist schrecklich«, stellte die Tante fest. Sie tat das immer, wenn sie bei William war. »Du müßtest besser gepflegt werden. Du solltest heiraten.« Sie schnaufte wieder laut.

William Ashborne hatte einen grausamen Zug um den Mund, als er zur Seite sah und das Verlangen unterdrückte, Tante Mary zu erwürgen.

»Ich habe kein Interesse an unkontrollierbaren Abenteuern«, sagte er brummend. »Ich habe meine Schriftstellerei, mein Land, ab und zu eine Partie Golf – was brauche ich mehr?«

»Ordnung brauchst du!« Tante Abbot richtete sich im Sitzen auf. Sie wirkte wie eine Glucke, der nur die zu behütenden Küken fehlten. »Du brauchst eine liebende Hand, die dein Leben zurechtrückt. Du verkommst hier, inmitten dieser reinen Männerwirtschaft. Du verlotterst. Ich habe deshalb für dich eine nette Braut ausgesucht, aus bestem, traditionsreichem Hause – ein Mädchen, tugendsam und edel.«

»Vielleicht auch noch mit Zöpfen und der Leidenschaft, Blockflöte zu blasen?«

»Spotte nicht! Sie ist die Tochter von Lord Saltefleet, eine vollendete Dame. Dreiundzwanzig Jahre alt, und so groß wie du.«

»Also eine Bohnenstange!«

»Sie ist schlank, ja«, meinte Tante Mary pikiert. »Sie hat die Rasse alten englischen Adels. Außerdem erbt sie vierhundertfünfzigtausend Pfund in bar und drei Landhäuser in Druham.«

»Das wäre das einzige, was mich reizen könnte«, erklärte William offen. »Aber sonst, liebes, gutes, prächtig aussehendes Tantchen, habe ich durchaus keine Lust, vor allen Leuten ›ja‹ zu sagen und mich freiwillig ins Gefängnis zu begeben. Was, da staunst du? Meine Beste, es soll vorkommen, daß auch Neffen einen Willen haben. Leider hat dein guter, kleiner William einen sehr starken.« Er wiegte den Kopf hin und her und brachte damit Tante Abbot in Wut.

»So komm doch wenigstens zu meinem kleinen Abend, du Ekel!«

»Bei dem ich mit der Saltefleet zusammengeführt werden soll? Die mich überhaupt nicht interessiert? Danke, süßes Tantchen.«

»Ich habe, wiederhole ich, auch Loretta Gower eingeladen. Sie wird uns etwas vorsingen. Hast du sie schon einmal gehört?«

»Einmal, ja.« William sah zu Boden. »Bei einem Liederabend. Sie war gut. Außerdem sieht sie auch nicht schlecht aus. Ganz netter Käfer, ja.«

»William!« Tante Mary sah ihn empört an. »Sie ist die Tochter des Earls of Monmouth!«

»Um so verwunderlicher, daß sie auch etwas kann. Aber im Grunde ist mir das egal. Ich will nichts als meine Ruhe haben. Ich will niemanden sehen. Ich will dichten.«

»Du bist reichlich unhöflich, mein Junge«, stellte Tante Abbot erregt fest.

Ashborne zuckte die Schultern. »Ehrlichkeit wird oft mit Unhöflichkeit verwechselt. Das ist das Los des aufrechten

Mannes.«

»Du kommst also nicht?«

Tante Mary erhob sich beleidigt und drückte die Hände an ihren teigigen Busen.

William schüttelte verneinend den Kopf.

»Wie du willst«, sagte sie, rollte zur Tür und riß sie auf. »Ich hätte nicht gedacht, daß ein Lord Ashborne sich so benehmen kann. Ich werde mich für dich nicht mehr verwenden.«

»Damit brichst du mir das Herz«, sagte William ironisch.

Die Tante sah ihn groß an, dann holte sie tief Luft, als wolle sie ihren Neffen einatmen, drehte sich schroff um und rauschte die Treppe hinab. Als sich unten der Rolls Royce in Bewegung setzte und davonfuhr, saß Ashborne schon in seinem Sessel und löschte in einem Buch einen Posten.

»Erbe Mary Abbot«, stand da. Und nun ein dicker Strich durch diese Zeile. Melancholisch sah William danach auf den Garten hinaus und hinüber zu den weiten grünen Hügeln der schottischen Landschaft.

Ich bin ein Esel, dachte er. Aber was soll ich machen? Bei einem Gesellschaftsabend, an dem Loretta teilnimmt, komme ich mit ihr nicht weiter. Und an dieser Gans Saltefleet habe ich schon gar kein Interesse. Außerdem wartet Percy auf mich. Und überhaupt ist das die beste Art, mich an Loretta heranzumachen – als ihr Fahrer nämlich und nicht als Lord Ashborne, dem sie ihre Liebe vielleicht nur des großen Namens wegen zuwendet, den er trägt.

Nur eins stimmte ihn bedenklich: Loretta war eine Nichte von Tante Mary. Das konnte Schwierigkeiten zur Folge haben, gerade jetzt, da die alte Dame wütend auf ihn war. Ob er nicht doch alles falsch gemacht hatte? Ob er nicht doch ein Trottel war?

Plötzlich kam ihm ein Gedanke. Bekanntlich sind die Gedanken, die plötzlich durchs Gehirn zucken, oft die besten. Sie haben schon manchen armen Schlucker zum Millionär gemacht. Den Gedanken, den William aber soeben hatte, wollte er sich nicht bezahlen lassen – er hatte ihn sozusagen ehrenamtlich.

Beschwingt ging er zum Telefon und meldete ein Ferngespräch nach London an.

In London saß ein Mann, dem es bei Nennung des Namens Ashborne kalt über den Rücken lief. Er hieß Silvester Holyhead und hatte einen Beruf, der gefährlicher gar nicht sein konnte: Er war Verleger. Solche Menschen fallen unter die Kategorie der Märtyrer – entweder sterben sie an Dolchstichen wütender Dichter, deren Werke sie abgelehnt haben, oder an der Mißachtung der Leser. Häuft sich letzteres, ist ein Konkurs unausweichlich, und die Schuld daran suchen die Verleger auch wieder bei den Schriftstellern, die aus der Konkursmasse auch prompt nichts erhalten.

Aber das gehört wieder nicht hierher, und wenn das mein Verleger liest, druckt er womöglich den ganzen Roman nicht, und Sie kommen dadurch nicht in den Genuß, das Leben William Ashbornes weiter verfolgen zu können. Das wäre schade, denn gerade jetzt beginnt es äußerst turbulent zu werden. Wundern Sie sich über gar nichts mehr – ich habe Ihnen schon mehrmals gesagt, daß William Ashborne eine äußerst farbige Persönlichkeit ist.

Er meldete also ein Ferngespräch nach London an und wollte Silvester Holyhead sprechen.

Warum – das verrate ich Ihnen noch nicht, denn gerade an diesem Abend hatte Percy in Aberdeen ein merkwürdiges Erlebnis.

Das vierte Kapitel, in dem Percy Bishop plötzlich einen fremden Mann sieht

Wer acht Stunden am Tag im Garten steht und jätet oder pflanzt, gräbt oder harkt, der kann am Abend ein Lied singen von dieser Arbeit. Percy Bishop, der mit den spärlichen Kenntnissen aus seinem zu Rate gezogenen Gartenlehrbuch auf die Blumen und Beete des Parks losgelassen worden war, hatte das Gefühl, als ob sein Kreuz gleich oberhalb seiner sogenannten vier Buchstaben einfach abgebrochen wäre. Als er sich aufrichtete und es auch noch »knack« im Rücken machte, glaubte er fest daran, daß sich seine Knochen verschoben hätten, und wankte auf sein Zimmer.

Den Gong, der zum Essen rief, überhörte er, und als ihm deshalb Bebsy das Essen auf die Stube brachte (»Sogar zum Essen bist du zu faul«, meinte sie dabei), kam er sich kläglich und winzig wie eine lahme Ameise vor. Inzwischen hatte Bebsy sich angewöhnt, ihn auch zu duzen, wie es unter Dienstpersonal nun mal so üblich ist.

Percy hatte Loretta Gower, seine Herrin, den ganzen Tag über nicht gesehen. Vielleicht war sie in der Stadt oder probte in der Oper, oder sie war bei Bekannten eingeladen. Auf jeden Fall mußte Percy, der wiederholt um das Hauptgebäude herumschlich und sich im Zeitlupentempo um die Blumen im Beet vor dem Eingang bemühte, immer wieder feststellen, daß dort, wo die Privatzimmer Loretta Gowers lagen, noch immer die Fenster geschlossen und die Gardinen zugezogen waren.

Mit Unlust aß er sein Abendbrot und vergaß sogar, sich, wie üblich, mit Bebsy, als sie das Geschirr wieder abholte, längere Zeit zu kabbeln.

»Wie'n feiner Herr«, sagte sie. »Braucht ne Zofe für sich. Soll ich dir morgen früh den Rücken auch noch abreiben?«

Er antwortete nur: »Wenn einer eine Abreibung bekommt,

bist du es.«

Dann setzte er sich ans Fenster, blickte auf den weiten Park hinaus und über den Hof und dachte daran, daß jetzt wohl William, unglücklich über sein bärtiges Gesicht, am Kamin sitzen und eine schmerzliche Ode nach der anderen aus seinem wehmütigen Dichtergehirn tropfen lassen würde.

Plötzlich sah er erstaunt auf und lehnte sich aus dem Fenster. Über den Hof, vom Parktor her, kam ein Mann. Er war äußerst elegant gekleidet, wirbelte ein Stöckchen in der Luft, hatte einen steifen, grauen Hut auf dem langen Schädel und schritt geradewegs auf das Herrenhaus zu. Auf dem Scheitelpunkt der großen Freitreppe zupfte er noch einmal an der Blume in seinem Knopfloch, strich sich mit angefeuchteten Fingern über seine Augenbrauen und rückte den Schlips zurecht. Dann trat er mir nichts dir nichts ins Haus und ließ die breite Flügeltür hinter sich zufallen.

Toll, dachte Percy Bishop und wandte sich vom Fenster ab. Kommt da so ein windiges Subjekt durch den Park und geht einfach ins Haus zu Loretta. Zieht sich sogar die Augenbrauen mit Spucke nach. Muß ein ganz besonderer Lackaffe sein, dessen Anblick aus der Nähe mich reizen würde.

Rasch schlüpfte er in seinen Rock und lief die Treppe hinunter. Unten im Flur stieß er auf Bebsy, die ihn scharf ansah.

»Wohin?« fragte sie ihn kurz.

»Mich ein wenig umsehen«, sagte Percy. »An einem Sommerabend wie heute können die Aberdeener Mädchen besonders gut küssen.«

»Du Wüstling!« fauchte Bebsy.

»Besser als ein Eunuch«, antwortete er grinsend. »Auch du wirst das noch feststellen. Wann hättest du Lust dazu? Ich bin aber ziemlich ausgebucht. Vormerken könnte ich dich für den Montag in vierzehn Tagen. Einverstanden?«

»Nein!«

»Wann dann?«

»Überhaupt nicht!«

»Das denkst du jetzt, aber du wirst schon noch sehen.«

Er lachte und schlüpfte aus dem Flur. Hinter ihm schmiß Bebsy einen Besen an die unschuldige Wand und zertrümmerte in der Küche einen Teller aus tadellosem Steingut.

Percy Bishop schlenderte über den Hof und näherte sich der Freitreppe. Da er sah, daß dieser Teil des Hauses nicht erleuchtet war, schwenkte er nach links ab und schlich sich an das Musikzimmer heran, aus dem ein Lichtschein in den dämmrigen Abend herausfiel und mit den Schatten der Bäume spielte. Loretta war also inzwischen doch nach Hause zurückgekehrt.

Was Percy am offenen Fenster hörte, war für ihn von größter Bedeutung. Loretta hatte sich nämlich drinnen den Besucher vorgeknöpft und las ihm die Leviten.

»Ich hätte nicht gedacht, daß Sie wiederkommen würden, Mr. McFladden«, erklärte sie.

Au! werden Sie sagen. Das hat mir gerade noch gefehlt. Jetzt kommt der Autor auch noch mit einem McFladden daher. Gleich wird er mit Schottenwitzen aufwarten. Hätte ich doch bloß nicht weitergelesen.

Ich danke Ihnen, lieber Leser. Denn da Sie das Buch doch nicht entrüstet zugeklappt haben, kann ich fortfahren, Ihnen zu erzählen, wie Loretta mit dem gelackten Mister McFladden Schlitten fuhr.

McFladden schien sehr zerknirscht zu sein, denn er gab keine Antwort. Um so unerbittlicher hielt sich Loretta daran, ihn herunterzuputzen.

»Sie besitzen eine große Ausdauer, das muß ich sagen – aber wohin soll die Sie führen? Ich liebe Sie nicht, das wissen Sie. Und trotzdem laufen Sie mir nach, werfen mir Blumen auf die Bühne und wiegen sich in der Illusion, daß ich Sie beachte. Warum das alles, Mr. McFladden?«

»Weil Sie die Sonne sind, die über meinem an sich trostlosen

Dasein strahlt«, antwortete McFladden. Seine Stimme klang etwas belegt und rauh – man merkte daran, daß er sehr erregt war und ihm die Aufzählung seiner Bemühungen, die alle mit beträchtlichen Ausgaben verbunden waren, außerordentlich zusetzte. »Ich habe ein großes Vermögen, Loretta, ich habe alles, um Sie glücklich zu machen. Ich bete Sie an.«

Da Loretta nichts entgegnete, nahm Percy an, daß sie sich zur Schlußattacke sammelte. Er hörte, daß Stühle gerückt und im Zimmer hin und her gegangen wurde.

»Ich habe nicht die Absicht, mich an einen Mann zu binden«, sagte dann in der Tat Loretta Gower. »Ich bin mit meiner Kunst verheiratet, verstehen Sie? Ich habe meine Kunst, ich bin unabhängig – was will ich mehr?«

»Liebe«, meinte McFladden kühn.

Loretta lachte. Es klang, als fielen Perlen von einer Schnur in einen silbernen Becher.

»Liebe? Was nennen Sie Liebe? Das, was man im allgemeinen darunter versteht? Soll ich mein freies Leben aufgeben, um die Waschmaschine mit Windeln zu füllen und aufzupassen, daß das Baby auch pünktlich seine Flasche bekommt? Vielleicht leiden Sie an kalten Füßen, McFladden, und ich müßte für eine Wärmflasche im Bett sorgen. Oder haben Sie mit chronischem Husten zu tun? Dann müßte ich in der Küche stehen und Milch mit Honig für Sie heißmachen. Nein, mein Bester, dafür bin ich mir zu gut. Ich liebe meine Opern mehr als jeden Mann. Komisch, nicht wahr? Es ist aber so, das können Sie mir glauben, McFladden. Sie sind nicht der erste, der sich, was meine Person angeht, einer Illusion hingibt.«

Das könnte auf William gemünzt sein, dachte Percy erregt. Eine harte Nuß, diese Frau. Hat eine Art, daß einem angst und bang werden kann. Falls die wirklich einmal Mrs. Ashborne werden sollte, kündige ich wohl besser. Das möchte ich nicht erleben, wenn William gegen sie zum Duell antritt, er müßte mir nur leid tun.

»Kommen Sie, McFladden, trösten Sie sich, trinken Sie einen Whisky«, sagte Loretta gerade etwas milder. »Vielleicht ändere ich mich einmal, wenn ich alt und grau geworden bin und einen Mann brauche, um an ihm eine Stütze zu finden. Aber solange ich singen kann, stehe ich nur auf eigenen Beinen.«

Nicht mehr singen, schoß es Percy durch den Kopf. Wenn sie nicht mehr singen kann, wird sie zu Wachs in der Hand eines Mannes. Himmel, wenn man es erreichen könnte, daß es als Sängerin aus wäre mit ihr, dann würde sie meinem William mit liebevollem Blick in die Arme sinken. Aber wie soll man das erreichen? Man kann ihr doch nicht die Stimmbänder durchtrennen.

Percy drückte sich an die Hauswand, weil er hörte, daß eine Tür ging. McFladden trat auf die Freitreppe, begleitet von Loretta, die einen wundervollen hellblauen Kimono anhatte. Sie gab dem bedrückten, geknickten, gescheiterten Verehrer die Hand und blickte ihm ohne Mitleid nach, als er traurig den Parkweg entlangschritt.

Kaum hatte sie die Tür hinter sich wieder geschlossen, löste Percy sich von der Hauswand und schlug schnellen Laufes einen Bogen durch den Park, rannte an dem Gewächshaus vorbei und erreichte das hintere Tor gerade noch, als McFladden die Allee schon herunterkam.

Der Mann, den Loretta hatte abblitzen lassen, stoppte, als er plötzlich vor sich einen Mann aus den Büschen heraustreten sah, und faßte sein Kavaliersstöckchen fester. Doch Percy lächelte ihn beruhigend an und trat auf ihn zu.

»Mr. McFladden«, sagte er leise, »ich weiß, wer Sie sind. Sie können sich zehn Pfund verdienen.«

»Geld« ist bei Schotten ein Ausdruck, der von Gott kommt. Wenn einer zu einem Schotten sagt, du kannst etwas verdienen, gehört er zu den Menschen, die gesegnet sind.

»Es ist mir egal, woher Sie wissen, wer ich bin«, sagte

McFladden und musterte Percy, der ihm fremd war. »Für Ihre zehn Pfund interessiere ich mich aber auf jeden Fall.«

»Die Sache ist ganz einfach. Sie brauchen nur in Aberdeen Verbindung mit Dr. More aufzunehmen. Dr. More wohnt in der London Street 15.«

»Und?«

»Leider hat Dr. More kein Telefon. Sie müssen sich also persönlich zu ihm bemühen. Überbringen Sie ihm bitte diese Nachricht.«

Percy kritzelte, wobei er seine Brieftasche als Unterlage benützte, ein paar Zeilen auf ein Blatt Papier und steckte dieses in einen Umschlag, den er schloß und McFladden überreichte.

»Und meine zehn Pfund?« fragte McFladden.

»Ich habe sie bar nicht bei mir«, antwortete Percy. »Darf ich sie Ihnen überweisen?«

McFladden gab ihm seine Kontonummer, dann tippte er an seinen grauen, steifen Hut und schritt durch das Tor ins Freie. Lange sah ihm Percy nach. Ob ich das Richtige getan habe, fragte er sich. Ich kann in Teufels Küche kommen, wenn McFladden falsch reagiert. Aber ich muß das Risiko tragen, sonst kann William nicht zum Ziel kommen. Entdeckt Loretta nämlich erst einmal, wer der Fahrer Flip ist, darf McFladden nicht in erreichbarer Nähe sein.

Nachdenklich wanderte er den Parkweg zurück und stieß dabei auf Bebsy, die angriffslustig am Gewächshaus stand.

»Na, was machen die Gürkchen?« fragte Percy lustig. »Oder wolltest du nach den Karotten sehen?«

Bebsy blitzte ihn wütend an und lehnte sich gegen die Glaswand. »Wo warst du?« wollte sie wissen.

»Das sagte ich dir doch«, entgegnete Percy grinsend. »Warum willst du alles zweimal hören? Oder läßt dein Gedächtnis schon nach?«

Bebsy ballte die Fäuste und preßte sie gegen ihre wirklich

nette Brust. Percy Bishop bekam Stielaugen und fühlte, wie ihm seine Gedanken zu entgleiten drohten.

»Es ist eine Schweinerei, in der Dunkelheit herumzuschleichen und Mädchen nachzustellen,« zischte sie ihn an. »Das kennen wir hier nicht. Es wäre besser für dich, dir das zu merken und nicht uns alle gegen dich aufzubringen. Wir sind ein anständiges Haus. Du solltest dich schämen!«

»Und wie ich mich schäme!« stieß Percy hervor und bedeckte die Augen mit den Händen. »Ich bin ganz zerknirscht. Bebsy, Süße, verzeih mir.«

Da fühlte er einen klatschenden Schlag auf seiner rechten Wange, und mit fliegendem Röckchen rannte Bebsy zurück zum Gesindehaus.

Glücklich sah ihr Percy nach und rieb sich die rote Backe.

»Sie liebt mich«, sagte er leise. »Bebsy, du Allerschönste, noch einen Monat Geduld, und wir feiern eine Doppelverlobung.«

Langsam schlenderte er den Weg zurück. Ab und zu blieb er stehen und lauschte. Aus dem Fenster des Musikzimmers drang herrlicher Gesang. Loretta saß am Flügel und begleitete sich selbst. Glockenhell schwebten die Töne in den nachtdunklen Park hinaus.

Die Arie der Tosca von Puccini.

Welch wunderbare Stimme sie hat, dachte Percy überwältigt. Ihre Stimme ist ihre Seele – ist sie ganz und gar. Ein Engel – wirklich – so müssen Engel singen, wenn sie besonders schön Gottes Herrlichkeit preisen.

Leise begab sich Percy ins Haus. Warum er auf Zehenspitzen ging, wußte er nicht; es fiel ihm noch nicht einmal auf.

Selbst als er schon im Bett lag und die Nachttischlampe löschte, klang die schöne Stimme noch in ihm nach und wiegte ihn in einen Traum, in dem allerdings ein recht irdischer Engel – nämlich Bebsy – die Hauptrolle spielte.

Das fünfte Kapitel, in dem McFladden Gefangener von Gummi wird

Das ist ja ein tolles Stück, sagen Sie jetzt. Da geht dieser Percy seelenruhig ins Bett und hat vorher den vom Pech ohnehin schlimm genug verfolgten McFladden zu einem gewissen Dr. More gelockt. Da stinkt doch etwas. Was soll das denn bloß? Und überhaupt, so eine Idee – legen wir das Buch beiseite!

Halt! Tun Sie's nicht! Bitte, bitte, tun Sie's nicht, denn gerade jetzt beginnt die ganze Geschichte so spannend zu werden, daß Sie sich nach drei Seiten freuen werden, weitergelesen zu haben. Denn was dem McFladden, diesem Unglücksraben, in Aberdeen, London Street 15, passierte, war vielleicht das, worauf Sie die ganze Zeit instinktiv schon gewartet haben.

Dr. More war ein Mann, dem es in seiner weiten Umgebung nicht an hohem Ansehen gebrach. Daß er Nervenarzt war, nahm ihm keiner übel – jeder kann sein Geld so verdienen, wie er es für gut befindet. Außerdem hatte er in Aberdeen noch keinen Schotten in ein Irrenhaus eingeliefert, sondern übte seinen Beruf eher als Trostspender aus, wenn ein guter alter schottischer Familienvater drei Cents zuviel für etwas bezahlt hatte und daraufhin, zerbrochen an der Schlechtigkeit der Welt, zu Dr. More kam und sich bei ihm ausweinte.

Dr. More unterhielt eine gute Praxis, war ein Mann Mitte Fünfzig, grauhaarig, muskulös und voller Humor. Letzteres war wichtig, denn ein Nervenarzt ohne Humor wird schnell selbst Patient eines anderen Nervenarztes. Dr. More lebte und praktizierte in einer schönen Villa am Stadtrand, die in einem großen Garten lag, verträumt und still wie ein Märchenschlößchen. Die Abgeschlossenheit hatte ihren tiefen Grund, denn im Anbau des Hauses, einem weiten Flügel, beherbergte Dr. More eine Anzal von Privatpatienten, die sich in der würzigen Luft Schottlands die angeknacksten Nerven etwas auskurieren mußten. Mit anderen Worten: Dr. More unterhielt ein gutgehendes Sanatorium für Leute, die Gefahr liefen, nicht mehr, wie sich der Volksmund so herzhaft auszudrücken pflegt, alle Tassen im Schrank zu haben.

Es geschah deshalb nichts Ungewöhnliches, als eines Morgens an der Tür des Sanatoriums geschellt wurde und ein nervöser, irgendwie geschlagen aussehender Mann Einlaß begehrte.

»McFladden«, sagte er. »Ich möchte Herrn Dr. More sprechen.«

Die Schwester brachte ihn zu ihrem Chef.

»Habe ich die Ehre mit Dr. More?« fragte McFladden.

Der Arzt nickte. »Ja. Was kann ich für Sie tun?«

»Ein Freund von Ihnen schickt mich.«

»Welcher Freund?«

»Ich weiß nicht, wie er heißt, aber ich bekomme zehn Pfund von ihm.«

»Sie wissen nicht, wie er heißt, und wollen zehn Pfund von ihm bekommen?«

»Ja«, nickte McFladden.

»Dann sind Sie verrückt«, sagte Dr. More aus tiefster Überzeugung, drückte ihn in einen Sessel und klopfte ihm blitzschnell mit einem Gummihämmerchen auf die Kniescheibe.

McFladden schnellte empor.

»Was wollen Sie?« schrie er. »Ich soll die zehn Pfund für das Überbringen dieses Briefes hier bekommen!«

Damit reichte er das Schreiben Percys dem Arzt, der das Kuvert aufbrach und erstaunt las:

»Lieber Dr. More! Anbei – franko und frei – sende ich Ihnen einen armen Irren. Bitte, behalten Sie ihn mindestens zwei Wochen in Ihrer Gummizelle. Der Mann wird toben, er wird seine Gesundheit beteuern, er wird fluchen und alles kurz und klein schlagen. Lassen Sie sich aber davon nicht beirren. Halten Sie ihn fest. Eisern. Ich bezahle alles. Und wenn Sie den

Mann nach zwei Wochen entlassen, geben Sie ihm zehn Pfund, die Sie mir auf die Rechnung setzen. Herzlichen Dank im voraus. Lord William Ashborne.«

Dr. More lächelte freundlich und steckte das Schreiben in die Tasche seines weißen Arztkittels. McFladden sah ihn erwartungsvoll an und öffnete den Mund, um ihn etwas zu fragen, aber Dr. More kam ihm zuvor, indem er sagte: »Sie haben recht, Sie bekommen die zehn Pfund. Und zwar von mir.«

»Wann?«

»Sofort. Folgen Sie mir bitte zur Kasse.«

McFladden war kein großes Kirchenlicht, auch kein kleines. Wenn man ihn so einstufen wollte, war er überhaupt kein Licht. An der merkwürdigen Formulierung des Arztes, ihm zur Kasse zu folgen, erschien ihm nichts verdächtig. Er dachte nur an die zehn Pfund und eilte hinter Dr. More her, der ihn rasch in den Anbau führte und ein schmales Zimmer aufschloß. Dieses hatte ein kleines Fensterchen hoch oben, fast an der Decke, und war ansonsten nahezu völlig kahl. Die Wände waren gepolstert. Lediglich ein schmales Feldbett stand in einer Ecke.

»Bitte warten Sie hier«, sagte Dr. More freundlich. Wenn er lächelte, sah er aus wie ein gutes, gemütliches Väterchen.

McFladden nickte und lächelte freundlich zurück. Dann schloß sich hinter Dr. More die dicke Tür, und der naive, düpierte McFladden sah sich um.

Komische Bude, dachte er. Wenn ich hier der Hausherr wäre, würde ich meine Besuche anders empfangen. Er setzte sich auf das schmale Feldbett, dessen Metallteile merkwürdigerweise alle mit Gummi überzogen waren, und starrte an die kahle Wand.

Er starrte so eine Stunde lang. Das mag für manche Menschen, die ganz allgemein zur Passivität neigen, nicht lange sein, aber für einen Schotten, der auf zehn Pfund wartet, ist das sehr, sehr lange. McFladden war bewunderungswürdig stur. Aber als es auf das Ende der zweiten Stunde zuging, erhob er sich dann doch und schritt zur Tür. Er wollte nach der Klinke greifen und stellte überrascht fest, daß es gar keine Klinke gab. Das machte ihn nachdenklich, und er versuchte, die Tür aufzudrücken. Indes, auch das erwies sich als unmöglich, denn sie war von außen verschlossen.

McFladden schüttelte den Kopf. Wie vorsichtig die hier sind, dachte er. Wahrscheinlich wegen der Kasse. Mich aber deshalb einzusperren, geht doch ein bißchen weit.

Er hob seine Hand und klopfte mit dem Knöchel des Zeigefingers gegen die Tür – nichts rührte sich. Das Holz war doppelt stark und zwischen den beiden Lagen mit Isoliermaterial ausgestopft. Dadurch konnte kein Laut in den Gang hinausdringen, auch nicht, als McFladden schließlich mit der Faust zu hämmern begann und endlich sogar mit den Schuhen gegen die Tür trat.

Dr. More saß unterdessen in seinem Zimmer und rief Lord Ashborne an. In Invergarry sagte man ihm jedoch, der Lord sei seit einigen Tagen mit unbekanntem Ziel verreist – es könne sein, daß er sich in Aberdeen aufhalte.

»Was? Hier? Aber er hat mir doch eben einen Mann geschickt!«

»Dann befindet er sich woanders, vielleicht in London oder Paris oder in Amerika; hohe Herrschaften sind exzentrisch, sie können sich das leisten, das wissen Sie doch auch, tut mir leid«, sagte der alte Butler und beendete das unfruchtbare Gespräch, indem er einfach auflegte.

»Schweinerei! Alles Verrückte!« Dr. More erhob sich und las noch einmal den Brief durch. Kein Zweifel – oben das Wappen, das Papier der Ashbornes – das Schreiben war echt. Behalten wir den McFladden also, dachte Dr. More. Aber so ohne weiteres geht das nicht, sonst bin ich dran wegen Freiheitsberaubung. Ich muß einen Grund finden.

Er ging hinüber in das Sanatorium und hörte nun doch

schon auf dem Gang gedämpfte Laute aus der Gummizelle dringen. Er trat an den Spion an der Tür heran, klappte ihn auf und sah in die Zelle.

McFladden tanzte einen Jitterbug erster Klasse. Er hatte das Gummibett demontiert und die Teile gegen die Wand geschleudert. Er stand ohne Jackett in der Zelle, drehte sich wie ein Kreisel um sich selbst und heulte wie ein Sioux auf dem Kriegspfad. Dann rannte er mit dem Kopf gegen die Wände, die gut gefedert seine Rammstöße schluckten. Das war für einen abgebrühten Mann wie Dr. More keine beängstigende Sache, sondern er neigte dazu, darin eher eine sportliche Betätigung zu sehen. McFladden übte sie fleißig aus und brüllte dabei in einer ordinären, injurienreichen Sprache.

Dr. More beobachtete ihn eine Weile. Dann rief er in den Spion hinein. Im gleichen Moment beendete McFladden seine Gymnastik und stürzte auf die Tür zu. Er brachte das erhitzte Gesicht blitzschnell ganz nah an das Loch heran und spuckte Dr. More zielsicher ins Auge.

»Sie Lump!« heulte er. »Ich bin in einer Gummizelle! Hilfe! Hilfe! Lassen Sie mich raus!«

Dr. More stand im Flur und wischte sich die Spucke aus dem Auge. So etwas! Das war zwar nicht das erstemal, daß ihn ein Patient anspuckte, aber eine solche Ladung hatte ihm noch keiner verpaßt. Das Allererstaunlichste war diesmal die Zielsicherheit; es war sozusagen kein Tröpfchen verlorengegangen. Dr. More mußte lange wischen. Dann trat er leise wieder an den Spion heran und lugte vorsichtig in die Zelle. McFladden stand in der Mitte des kleinen Raumes und stampfte auf Teilen des zerstörten Gummibettes herum.

»Wie fühlen Sie sich?« fragte Dr. More.

»Ich will raus!« brüllte McFladden.

»Das dürfen Sie auch, mein Sohn.«

»Sofort!«

»Ja. Ja. Noch eine kurze Nacht, dann geht es Ihnen besser.

Wenn oben durch das Fenster der Mondschein fällt – wir haben Vollmond, das Licht ist wie Silber –, dann wird Ruhe in Ihr Herz einziehen – große Ruhe – ganz große Ruhe . . .«

Die Worte des Arztes wurden beschwörend, suggerierend. McFladden riß den Mund weit auf und starrte auf das kleine Loch in der dicken Tür, durch das hohl die Laute kamen. Ein Schauer lief über seinen Rücken. Vielleicht bin ich wirklich verrückt, dachte er. Die Stimme – dieser Raum –

»Ich will nach Hause«, sagte er weinerlich.

»Morgen, mein Lieber, morgen.«

»Was habe ich denn getan?« McFladden kam an die Tür heran. Zum Spucken fehlte es ihm nun schon an Energie. Er sah bemitleidenswert aus. Seine Haare hingen ihm in die Augen. »Ich bin doch nicht wahnsinnig«, jammerte er. »Ich wollte mir nur zehn Pfund nicht entgehen lassen. Man hat mich hierhergeschickt. Ich glaube, ein Bediensteter war es, vielleicht der Gärtner. Er gab mir den Brief.«

Dr. More war erstaunt. »Welcher Gärtner?« fragte er. »Und wo war das?«

»Im Park von Loretta Gower.«

»Der berühmten Sängerin?«

»Ja.«

»Was machten Sie denn bei der?«

»Ich hielt um ihre Hand an.«

Größenwahn, diagnostizierte Dr. More. Jetzt ist es deutlich erwiesen. Dieser arme Mann, dieser Kranke, dieser Narr, dieses Würstchen, das Jagd auf zehn Pfund macht, bildet sich Loretta Gower ein, die Weltberühmte. Unglaublich! Wenn er noch gesagt hätte, er sei Napoleon oder Isaac Newton – aber das! Dr. More schüttelte den Kopf.

»Sind Sie sicher, daß Sie nicht um die Hand jenes Gärtners angehalten haben?« fragte er.

»Dr. More!« McFladden ballte die Fäuste. Seine Figur wurde zu einer Kordel, da er sich rasch mehrmals um sich selbst drehte. »Glauben Sie mir doch! Ich traf diesen Mann im Park, jawohl, und ich kam gerade von Loretta. Sie hatte mir gesagt, daß sie mit ihrer Kunst das Ehebett teile.«

»Wie bitte?«

»Daß sie mit ihrer Kunst das Ehebett teile.«

»Hat sie das wörtlich gesagt?«

»Wörtlich hat sie gesagt, daß sie mit ihrer Kunst verheiratet sei.«

»Aha. Und weiter?«

»Nichts weiter. Dann tauchte, wie gesagt, im Park jener Mann auf.«

»Der Gärtner?«

»Vermutlich. Er gab mir den Brief an Sie und versprach mir die zehn Pfund. Mehr kann ich nicht sagen.«

»Brav, mein Sohn, mehr mußt du auch nicht sagen.« Dr. Mores Stimme wurde mild wie Sahne mit Erdbeeren. »Und nun schlaf schön, mein Sohn –«

McFladden brach zusammen. Er wimmerte und biß in das Gestänge des Gummibettes. Er rannte wieder gegen die Wände und heulte wie ein Schakal. Dann wurde er plötzlich still, so still, daß Dr. More ängstlich durch den Spion blickte, weil er dachte, der Patient sei ohnmächtig geworden.

McFladden saß mit angezogenen Knien auf dem Boden und hatte die Hände um den Kopf gelegt. So dachte er angestrengt nach.

Schotten sind listig, das weiß die halbe Welt. Die andere Hälfte hält sie nur für geizig. Das eine wie das andere ist Ansichtssache. Ich persönlich teile keine der beiden Auffassungen. Ich sage schlicht: Schotten sind Menschen wie du und ich. Na ja, Ausnahmen gibt es immer. Auch McFladden und Dr. More waren Ausnahmen, der eine war in der Tat besonders geizig, der andere hielt sich für besonders schlau. Übertriebene Schlauheit kann aber an Dummheit grenzen. Dr. More war ein solcher Fall.

Was ist eigentlich Dummheit? Ein Schwimmbecken, in welchem ein Mensch, der betroffen ist, seinen Leib in den Abwässern seines Geistes badet.

Halt! sagen Sie jetzt! Keine Philosophie! Wir wollen wissen, wie es weiterging. Blieb McFladden denn in seiner Gummizelle? Nahm er Rache? Was machte Dr. More nun? Immer langsam, liebe Leserin – Sie haben es viel zu eilig. Sie leiden an der nervösen Hast des zwanzigsten Jahrhunderts. Ruhe – meine Liebe – nur Ruhe. Wie Dr. More immer sagte: Nur wer die Ruhe hat, hat Ruhe. Das ist auf den ersten Blick ein dummer Spruch, aber wer ihn genau durchkaut, erkennt darin die ganze Weisheit unseres an sich trostlosen Lebens.

McFladden verbrachte die Nacht in der Gummizelle still. Zerfressen von seinem unmenschlichen Leid, brachte er kein Auge zu. Er weinte ein bißchen – er war eine weiche, zu Tränen neigende Natur –, dann fluchte er leise, was er gerne tat, denn Teil seiner spezifischen Männlichkeit war ein größeres Repertoire entsprechender Ausdrücke, über das er verfügte. Im ganzen benahm er sich in dieser Nacht jedoch gesittet und gab den Wärtern, die durch das Sanatorium patrouillierten und hie und da einen armen Nervengestörten mit oder ohne Anwendung von Gewalt ins Bett bugsierten, keinerlei Anlaß dazu, auch gegen ihn einzugreifen. Die wesentlichste Störung verursachte ein junger Mann, der mondsüchtig auf der Terrasse stand und Arien aus dem »Wildschütz« sang.

Am nächsten Morgen betrat Dr. More unter Begleitschutz dreier baumlanger Wärter die Gummizelle. McFladden war kurz zuvor endlich doch eingeschlafen. Man brachte ihm nun aber sein Frühstück, bestehend aus einem Ei, drei belegten Brötchen und einer Gummitasse mit lauwarmem Kaffee, und verließ die Zelle wieder.

Als man nach einer Stunde nachsah, waren die Brötchen gegessen und der Kaffee getrunken. Nur das Ei klebte an der Wand und bildete einen häßlichen gelben Fleck, der die Polsterung verunzierte.

An diesem Morgen unterhielt sich dann Dr. More, mutig, wie er war, mit seinem Patienten in der Gummizelle. Er saß ihm auf einem mitgebrachten Schemel gegenüber. Draußen vor der Tür standen zwei Wärter parat mit einer Zwangsjacke und paßten auf. Das wußte McFladden nicht, denn hätte er es gewußt, wäre sofort der nächste Tobsuchtsanfall fällig gewesen. So aber schwebte ihm nur eine menschliche Unterhaltung von Mann zu Mann vor. Dabei war er freilich von vornherein benachteiligt, denn den Gedankengängen seines Gegenübers konnte er nicht lange folgen.

Dr. More hatte am Abend zuvor noch Erkundigungen eingezogen, und zwar diskrete, über einige Mittelspersonen, ohne mit dem Hause Gower selbst in Kontakt zu treten. Und das war gut so, denn sonst könnte ich hier gleich aufhören und McFladden aus seiner Gefangenschaft entlassen. Es liegt mir jedoch daran, Sie noch über einige Seiten mit seinem ferneren Schicksal in Spannung zu halten. Dr. More hatte also in Erfahrung gebracht, daß es im Hause Gower wirklich einen Gärtner gab – einen Mann namens Percy Bishop – und daß ein Mr. McFladden wirklich ein Verehrer der berühmten Sängerin war, der sie zu jenem Zeitpunkt in ihrem prachtvollen Heim aufgesucht hatte.

»Mist!« hatte Dr. More da hervorgestoßen. »Großer Mist! Soll der Mann vielleicht doch normal sein? Das muß man überprüfen.«

McFladden hatte jedoch das Pech, an diesem Morgen wirklich nicht normal zu sein. Die zermürbenden Stunden in der tristen Gummizelle hatten seine Nerven vorübergehend in der Tat eindeutig zerrüttet. Nicht, daß er den Gebrauch von langen Unterhosen im August propagiert und von Frankfurter Weißwürsten gesprochen oder seine Zehen betrachtet und dabei Appetit auf Spargel bekommen hätte – nein, soweit war er noch nicht. Er war nur traurig (melancholisch, sagt man vornehm) und fühlte sich in diesem Zustand einigermaßen wohl. Daß aber akute Melancholie auch eine Form von Geisteskrankheit ist, wußte er nicht. Und das war gut so.

Dr. More saß ihm also gegenüber. Da war ich doch stehengeblieben, nicht wahr? Und er sah McFladden genau und prüfend an, wie man eben in Ausübung seiner ärztlichen Pflicht einen Kranken ansehen muß.

McFladden hingegen blickte zu Boden, als säße der Arzt ihm gar nicht gegenüber. Er hatte Tränen in den Augen und hielt die Hände im Schoß verschlungen. Das sah sehr eindrucksvoll aus und sollte auch so aussehen, denn McFladden verfolgte damit einen bestimmten Zweck. Leider war er so dämlich, den Zweck in der verkehrten Richtung zu suchen.

Dr. More klopfte ihm wieder mit dem Gummihämmerchen auf die Kniescheibe. Der Reflex war zufriedenstellend. Auch ein schnelles Abtasten der Schilddrüse ergab nichts Besorgniserregendes. Wenn McFladden nicht ganz klar war, mußte also der Grund dafür tiefer sitzen. Seine Traurigkeit war alarmierend.

»Wie fühlen Sie sich, McFladden?« fragte Dr. More, nachdem die Untersuchung nichts ergeben hatte.

Der Schotte sah ihn aus tiefliegenden Augen an und antwortete: »Sehr gut. Ich habe gut geschlafen. Aber ich möchte nach Hause.« Er hielt die Hand auf. »Vor allem aber möchte ich endlich auch meine zehn Pfund.«

»Der Mann ist absolut gesund.«

Dr. More erhob sich und verließ den Raum. McFladden starrte ihm nach. Ließ der Arzt die Tür offen? Nein, er schloß sie. Das war Pech. McFladden heulte wieder los.

»So geht das nicht«, sagte Dr. More draußen zu den Wärtern. »Der Mann ist gar nicht verrückt.«

»Was?«

»Es kann sich hier nur um ein Versehen handeln. Ich muß sofort mit Lord Ashborne sprechen.«

Er rief Invergarry an. Der Lord sei noch weg, sagte man ihm. Er rief bei Loretta Gower an und versuchte einen Gärtner des Namens Percy zu erreichen. Der war in der Stadt und wollte ein Pflanzenschutzmittel besorgen. Da entschloß sich Dr. More zu schreiben. Die Gefahr, daß Schriftliches verlorenging, war geringer.

Es klappte doch nicht. Aber davon später. Und es wurde tragisch, denn McFladden hatte in den nächsten Tagen Glück.

Im Augenblick jedenfalls sah sich Dr. More in der schlimmen Situation, einen Gesunden wie einen Irren behandelt zu haben, um einerseits dem Wunsche des Lord Ashborne nachzukommen, der versichert hatte, sämtliche durch diese Aktion entstehenden Kosten zu tragen, und andererseits gegebenenfalls den Behörden gegenüber alles vertreten zu müssen.

Dr. More steckte McFladden in die Abteilung für Melancholiker. Das hatte den Vorteil, daß der Patient sich frei im großen Garten bewegen und auf der weißen Bank sitzend ein Buch lesen konnte, woran er freilich leider gar kein Interesse hatte.

Seine große Sehnsucht, der Gefangenschaft zu entfliehen, trieb ihn eines Tages hinauf auf die Mauer, die den Garten umgab. Geschickt nutzte er einen Baum aus, kletterte auf einen weit ausladenden Ast und sprang dann auf die Mauer.

Leider lagen auf der Mauer einige Drähte. Keine Stacheldrähte, sondern andere, die glatt waren, durch die aber elektrischer Strom floß. Zwar war es nur Schwachstrom, doch er genügte, um jeden, der mit der Kehrseite auf den Draht zu sitzen kam, in einen tanzenden Derwisch zu verwandeln.

McFladden war nie ein guter Turner gewesen. Sein Sprung auf die Mauer fiel wenig filmgerecht aus. Er plumpste auf die Steine, sah um sich wie ein Äffchen und ging in die Knie. Dabei kam er in Berührung mit den Drähten und schrie auf.

»Au!« brüllte er und schnellte hoch. Da es auf unserem

Erdball so eingerichtet ist, daß jeder Körper, der in die Luft schnellt, nach dem Gesetz der Schwerkraft auch wieder herunterfällt, stellte McFladdens Hintern abermals den Kontakt mit den Drähten her, und das Geschrei und der Tanz begannen von neuem.

Der Unglückswurm hüpfte auf der Mauer umher und verhedderte sich nur noch mehr in den Drähten, die ihm eine Serie von leichten Stromschlägen durch den Körper jagten.

McFladden heulte, brüllte und lachte, denn ab und zu kitzelte ihn der Strom auch. Er trat um sich, fiel hin, verbrannte sich die blanken Hände und stimmte einen kreischenden Dauergesang an.

Unten an der Mauer, im Garten, befanden sich vierzehn Irre, die harmloserer Natur waren und deshalb frei herumlaufen durften. Sie starrten zu dem tanzenden Mann hinauf und schienen plötzlich zu begreifen, wozu sie aufgerufen waren. Sie sahen in McFladden ihren Vortänzer, ahmten ihn nach und verfielen in die gleichen Zuckungen, Sprünge und stimmten das gleiche Gekreische an.

Dr. More und drei Wärter rannten herbei. Zuerst waren sie sprachlos, dann wurden die vierzehn Tänzer herunten weggeschafft und der fünfzehnte, McFladden, mit einer Leiter von der Mauer geholt. Erschöpft, halb ohnmächtig sank er in die Arme Dr. Mores.

»Ausreißen wollte er«, sagte einer der Wärter und grinste. »Der hat jetzt genug.«

Von dieser Stunde an ging McFladden brav und sittsam im Park spazieren. Aber er sann auf Rache, auf Rache vor allem an demjenigen, der ihm zu diesem Erholungsaufenthalt verholfen hatte.

Am dritten Morgen lernte er auf einer Bank einen netten jungen Mann kennen. Er hatte sich zu ihm gesetzt. Es war ein schöner Morgen, der junge Mann erweckte den Eindruck, sehr friedfertig zu sein, und so knüpfte McFladden ein vertrauensvolles Gespräch mit ihm an.

»Wissen Sie«, sagte er leise und sah sich um, »ich bin zu Unrecht hier. Ich bin gar nicht irre. Dürfen Sie Besuche empfangen?«

Der junge Mann nickte. »Allerdings. Einmal in der Woche. Meine Großmutter. Andere will ich nicht sehen.«

»Ausgezeichnet!«

McFladden übergab ihm einen geschlossenen Umschlag. »Würden Sie diesen Brief Ihrer Großmutter anvertrauen? Er geht an meinen Vetter. Der soll mich hier rausholen.«

Der junge Mann nahm den Brief und steckte ihn in die Tasche. »Gerne tue ich das«, sagte er lächelnd. »Merkwürdig, daß alle hier behaupten, zu Unrecht hier zu sein.«

»Bei mir stimmt das wirklich!« McFladden sah seinen Nachbarn an. »Was fehlt denn Ihnen?«

»Nichts. Ich bin völlig gesund.«

»Was?« McFladden war empört. »Sie auch? Das wird ja immer toller! Wem haben denn *Sie* Ihre Einlieferung zu verdanken?«

»Meinen Eltern.«

»Schöne Eltern! Und warum?«

»Ich habe mich geweigert, eine Millionärin zu heiraten.«

McFladden starrte den jungen Mann sekundenlang mit entsetzensgeweiteten Augen an. Dann schrie er auf und rannte den Weg entlang auf das Haus zu.

»Hilfe!« schrie er grell. »Hilfe! Ein Wahnsinniger!«

Erschöpft bat er Dr. More, ihn fortan von allen anderen Patienten fernzuhalten. Er hatte erkannt, wie schwer die Fälle waren, die in diesem Haus ihre Heilung erwarteten – oder auch nicht.

Das sechste Kapitel, in dem man den Überblick über alles total verliert

Zwei Tage später hatte Aberdeen eine kleine Sensation. Ein unbekannter Dichter hatte sich erdreistet, in der ›Aberdeen Times‹ ein Liebesgedicht, eine Hymne auf Loretta Gower, zu veröffentlichen. Es war ein schaurig-schöner, süß-saurer Schmachtfetzen, wie er schlimmer nicht als eine Herz-Schmerz-Lyrik entstehen konnte. Er lautete folgendermaßen:

An Loretta

Deine Augen sind wie Sterne,
deine Stimme ist wie Gold,
bin ich dir auch ewig ferne,
zahl' ich doch der Liebe Sold.
Schlaflos sitz' ich am Kamine,
und mein Auge sieht nur dich;
jedes Lächeln, jede Miene
ist tief eingebrannt in mich.
Oh, wenn nur ein einzig Blicken
mir gilt, nur ein leiser Gruß,
nur ein leichtes, zartes Nicken,
ja, nur ein erdachter Kuß,
will ich alles stolz ertragen,
offen reich' ich dir mein Herz,
und es wird dir leise sagen
von dem Glück und von dem Schmerz.
Neige dich zu meinem Fehlen,
gib mir einmal nur die Hand,
Arm im Arme wolln wir gehen
in der Liebe Sonnenland.

– William –

Als dieses Gedicht am Morgen in der Zeitung stand, verlustierte sich daran, wie gesagt, ganz Aberdeen. Der Chefredakteur hatte sich im voraus abgesichert und dem Verleger der Zeitung berichtet, daß er das Gedicht nebst einem »Druckkostenbeitrag« von 100 Pfund von dem bekannten Buch-Verleger Silvester Holyhead erhalten habe, mit der Bitte, das Werk sofort in der ›Aberdeen Times‹ zu bringen. Er hätte es für seine Pflicht gehalten, diese 100 Pfund der Zeitung zugute kommen zu lassen, und sei deshalb damit einverstanden gewesen, das Elaborat zu veröffentlichen.

Der Besitzer hatte nach Besichtigung des Schecks über 100 Pfund uneingeschränkt die Handlungsweise des Chefredakteurs gebilligt und wartete nun zunächst die Reaktion der angehimmelten Primadonna ab.

Aber Loretta schwieg. Sei es, daß sie durch das Gedicht nicht in ihrer Karriere gestört wurde, sei es, daß sie so klug war einzusehen, daß ein Protest nur noch mehr Staub aufgewirbelt hätte, sei es sogar, daß sie wußte, wer der Autor dieses Schmarrens war – sie schwieg jedenfalls eisern und kümmerte sich nicht um das Ganze. Den größten Nutzen hatte die Oper Aberdeens, die acht Tage lang ausverkauft war.

Verleger Holyhead schrieb Lord Ashborne einen kurzen Brief. Brutal genug, drückt er sich darin folgendermaßen aus:

»Das Gedicht loszuwerden, hat mich eine verdammt große Mühe gekostet. Ich möchte Ihnen raten, Ihre Gefühlsausbrüche nächstens nicht wieder der Öffentlichkeit vorzustellen, da wir in der Literatur weiß Gott weit bessere einschlägige Gedichte haben.«

Schlimmer als dieses respektlose Schreiben Holyheads war ein Brief, den William Ashborne mit der gleichen Post erhielt, und der den Absender trug: ›Dr. More, Nervenarzt‹.

Au Backe, denken Sie, jetzt platzt die Bombe. Jetzt wird's für den Percy gefährlich. William sah das Schreiben von außen erstaunt an und fragte sich, ob sein Gedicht so schlecht gewesen sei, daß selbst Nervenärzte ihm schrieben. Andererseits kannte er ja Dr. More recht gut, und es sträubte sich deshalb in ihm etwas dagegen, den Brief einfach ungeöffnet in den nächsten Papierkorb zu werfen.

William riß also das Kuvert auf und faltete den Bogen auseinander. Dann las er das Schreiben und versank in eine Art aktiver Schwermut. Er raufte sich die Haare, trommelte mit den Fäusten auf die Armlehnen seines Sessels und zerknüllte den unschuldigen Brief zwischen den Fingern.

»Wahnsinn!« rief er wiederholt nur. »Heller Wahnsinn!«

Dann: »Schweinerei!«

Und: »Ich bring' ihn um!«

Dr. More, sein Bekannter aus Aberdeen, schrieb ihm:

»Euer Lordschaft! Nachdem ich Mr. McFladden hier habe und mich davon überzeugen konnte, daß der Mann völlig normal ist und bei ihm keinerlei Symptome eines echten Irrsinns – ich betone: echten – vorliegen, möchte ich anfragen, was ich mit dem Mann anfangen soll. Ein Individuum namens Percy Bishop schickte mir McFladden zusammen mit einem Schreiben von Ihnen, das die Bitte enthielt, den Mann in Verwahrung zu nehmen. Das ist aber nicht so einfach zu machen, trotz Ihrer erfreulichen Versicherung, für alle Kosten aufzukommen. Wir Nervenärzte sind ja – leider – immer noch auch an das Gesetz gebunden. Sie verstehen sicher, was ich damit sagen will, Mylord. Was soll ich tun? Momentan verhält sich Mr. McFladden noch recht ruhig und ergeben, aber man weiß ja nie, wie lange das anhält. Der Fall drängt also. Für schnelle Nachricht wäre ich Ihnen deshalb sehr verbunden. Mit bestem Gruß Dr. More.«

Williams Wutanfall dauerte lange. Noch nach einer Stunde tobte der edle Lord und fluchte gotteslästerlich.

»Dieser Percy!« schimpfte er mit Schaum vorm Mund. »Man kann ihn nicht aus den Augen lassen! Ein Kotelett verbrennt, Suppe kocht über, Wasser überschwemmt das Bad, wenn man Bedienstete allein läßt, aber dieser Percy treibt's am schlimmsten. Er läßt in meinem Namen Leute einsperren.«

Immerhin war William gerecht genug einzusehen, daß Percy zu dieser Wahnsinnstat wahrscheinlich nur gekommen war, weil er ihm dienlich sein wollte.

Seit der Idiot, dachte William, in Aberdeen bei Loretta ist und ihm dort zusätzlich auch noch diese Bebsy den Verstand verwirrt, hat er sich nicht mehr unter Kontrolle. Ich habe keine andere Wahl, als sofort zu ihm zu fahren und nach dem Rechten zu sehen.

Dazu war es aber notwendig, daß William schon jetzt endgültig seine Identität veränderte, denn nach Aberdeen ins Blickfeld Lorettas konnte er ja nicht als Lord Ashborne kommen, sondern als Kutscher Flip. In dessen Haut zu schlüpfen, war also nun die nächste Voraussetzung. – Aber wie?

Bei William war noch nie ein Kutscher angestellt gewesen, weil der Lord als moderner Mensch motorisiert lebte. Ein entsprechender Anschauungsunterricht fehlte ihm also. Der letzte Kutscher auf Invergarry war zu Großvaters Zeiten tätig gewesen und hatte 1957 das Zeitliche gesegnet. Ganz dunkel konnte sich William noch an ihn erinnern. Der Kutscher hatte James Babroudh geheißen und immer einen langen, bis auf die Erde reichenden Gummimantel getragen, dessen unterer Rand stets braun von Lehm gewesen war. Es mußte damals noch mehr als heute geregnet haben in Schottland, und noch kälter mußte es auch dauernd gewesen sein, denn William konnte sich erinnern, daß sein Großvater oft gesagt hatte: »Babroudh, der Säufer, ist schon wieder blau. Er muß sich ständig, wie er sagt, innerlich anwärmen. Wenn er nicht ein so guter Kutscher wäre, flöge er jetzt endlich.« Aber Babroudh flog nicht, soff weiter und starb mit 92 Jahren in seinem Stübchen über dem Stall friedlich und zufrieden mit sich und der Welt und den Pferden. Neben seinem Bett fand man eine leere Whiskyflasche.

Das war es, was William von Kutschern wußte, und es lag nicht auf seiner Linie. Er machte sich nicht sehr viel aus Whisky, und lange Gummimäntel mit Lehmrändern sah er auch nicht gern. Aber vielleicht gehörte das alles zu einem Kutscher – Whisky und Gummimantel –, wer weiß es? War dem so, dann würde das Spiel um Loretta seine bitteren Seiten haben, und William stöhnte leise und vornehm schon im voraus.

Dummer Kerl, denken Sie jetzt, was bedeutet das schon, für eine solche Frau wie Loretta einen Gummimantel zu tragen? Ja, das sagen *Sie*! Aber kennen Sie den schottischen Hochadel? Nein? Sehen Sie – das verändert die Sachlage ganz entschieden.

William begann dort, wo es am ungefährlichsten war.

Er änderte sein Gesicht. Sherlock Holmes hatte damit große Erfolge ... warum sollte sie ein William Ashborne nicht auch haben?

Er trat an einen großen Spiegel heran und musterte sich. Ein dichter Bart umrahmte schon sein Gesicht und gab diesem etwas väterlich Würdiges. Als William in die Tasche griff und sich eine Nickelbrille mit Fensterglas auf die Nase setzte, wäre es selbst Tante Mary nicht mehr leicht gefallen, ihn wiederzuerkennen. Aber Ashborne ging noch gründlicher vor. Er begab sich – allerdings schweren Herzens – zu einem Friseur und ließ sich auch noch die Haare blond färben. Dann bändigte er mittels Pomade und Lotion seine Künstlertolle und ließ sich einen schönen, links sitzenden Scheitel ziehen. So machte er, besonders mit dem Bart, den Eindruck eines reifen, zuverlässigen Kutschers, der nichts anderes kennt als seine Pferde und die dazugehörigen Pflichten.

Am nächsten Tag machte William sich auf den Weg nach Aberdeen. Er fuhr bescheiden mit der Eisenbahn, stieg in Aberdeen mit seinen Koffern etwas umständlich aus und wurde von dem telegraphisch benachrichtigten Percy auf dem Bahnsteig in Empfang genommen.

»Hurra, da ist unser Flip!« freute sich Percy und bemächtigte sich der Koffer. »Höchste Zeit, daß du kommst, alter Junge. Bei Loretta brennt's. Die Süße hat einen Liebhaber.«

»Waaas?«

»Ja. Ich habe mich aber schon eingeschaltet. McFladden heißt der Kerl.«

»Ach der? Den du von Dr. More hast einsperren lassen?«

»Das weißt du schon?«

»Ja. Dr. More hat es mir geschrieben.«

»Und was sagst du dazu? Ideen muß man haben, nicht?«

»Ich werde dir etwas ganz anderes sagen, warte nur . . .«

William winkte einem Taxi und wies den Fahrer an, zweimal um Aberdeen herumzufahren. Als dieser dumm glotzte, gab ihm William drei Pfund, was wie eine Rakete wirkte. Schon setzte sich das Taxi in Bewegung und verstieß laufend gegen die Geschwindigkeitsbeschränkung. Drei Pfund, grübelte der Fahrer. Die kommen nicht aus Schottland. Das sind Amerikaner oder Ganoven. Wahrscheinlich beides.

»Was hast du dir eigentlich gedacht«, fragte William Ashborne seinen Diener, Freund und Mitverschworenen. »Du läßt da einen Mann einfach einsperren, nur weil er Loretta schöne Augen macht. Das kostet uns eine Stange Geld – und vielleicht noch mehr! Der Staatsanwalt kann sich der Sache annehmen!«

»Mach dir keine übertriebenen Sorgen. Der ist ja freiwillig gegangen.«

»Freiwillig?«

»Ich habe ihm zehn Pfund versprochen.«

»Das ist der härteste Zwang, den es gibt, Percy. Was hast du Dr. More geschrieben?«

»Daß McFladden tobsüchtig sei und aus dem Verkehr gezogen werden müsse. Das ist geschehen, er steht uns nicht mehr im Weg. Jetzt sitzt er bei Dr. More und verdient sich die zehn Pfund.«

William schüttelte den Kopf. »Du bist verrückt, Percy, total verrückt. Weiß der Teufel, wie ich das wieder beibiegen soll. Ich muß mir das noch überlegen. Nun fahren wir aber zu Loretta. Ich brenne darauf, die erste Stellung meines Lebens anzutreten.«

In diesen Stunden geschah etwas in Lorettas nächster Umgebung, das den Dingen eine andere Färbung gab. Nun mach schnell, werden Sie sagen, spann uns nicht auf die Folter, laß uns wissen, was passierte. Das ist ja klar, daß es dabei, wie die Dinge jetzt liegen, nicht bleiben kann. Dieser Percy entgleist in einer Tour, und nun taucht auch noch William auf und will sich auf dem Kutschbock häuslich niederlassen. Verrückte Idee. Seien wir ehrlich, vor allem Sie, meine Damen, wäre es nicht höchst bedauerlich, ja empörend, wenn das windige Vorhaben, eine so lautere Frau wie Loretta Gower zu hintergehen, gelingen würde?

Nun, wir wollen sehen . . .

Justament in diesen Stunden also fuhr durch das Tor Lorettas ein dicker Wagen, der eine ebenfalls dicke Dame ausspuckte. Sie schnaufte laut und war sehr erregt.

Aha! Lady Mary Abbot!

Ja, sie war's. Sie rollte durch das Vorzimmer und fiel Loretta um den Hals.

»Schrecklich«, keuchte sie, umwölkt von Parfüm-, Puder- und Schweißschwaden, »ich weiß bald nicht mehr ein und aus.«

»Was ist denn, Tantchen?«

»Mein Personal wird mit jedem Tag nachlässiger. Ich kann die Bagage nicht mehr sehen. Das ist auch der Grund, weshalb ich mich mal wieder ein Stündchen bei dir erholen möchte.«

»Das freut mich, Tantchen.«

»Und den Rest gibt mir noch William.«

»Lord Ashborne? Wieso?«

»Ich höre nichts mehr von ihm. Habe ich dir übrigens schon erzählt, daß er sich einen Bart wachsen läßt? Unmöglich!«

»Einen Bart?«

»Ja. Vielleicht dachte er, das wäre seine Pflicht als Dichter. Oder er will Existenzialist werden. Dann wird er wohl auch nur noch karierte Hemden, dicke Kreppsohlenschuhe und Ringelstrümpfe tragen.« Tante Mary fächelte sich mit einem Taschentuch Luft zu. »Der Junge bringt mich noch ins Grab. Wenn er nicht umkehrt, treibt er mich so weit, daß ich ihn noch enterbe, das sage ich dir!«

Loretta ließ Kaffee bringen, Plätzchen und ein Gläschen Cognac. Letzteres nahm Tante Mary zuerst zu sich und schnaufte danach wieder wie ein asthmatisches Nilpferd.

»Du bist so lieb, Loretta«, sagte sie in plötzlichem Überschwang. »Ich glaube, du solltest dich auch mehr um deinen Vetter kümmern.«

»Vetter?«

»Na, um deinen sogenannten Vetter, oder wie immer.«

»Sprichst du von William Ashborne?«

»Von wem denn sonst?«

»Ich bin auch böse auf ihn, Tante.«

»Du auch?« Lady Abbot setzte die Kaffeetasse ab. »Was hat er denn dir getan?«

»Ein blödsinniges Gedicht in die Zeitung gegeben.«

»Ein Gedicht?«

»Ein dummes, plumpes Elaborat. Er muß betrunken gewesen sein.«

»In welche Zeitung?«

»In die ›Aberdeen Times‹. Die Leute haben sich totgelacht über ihn – und über mich.«

»Das ist mir entgangen. Mir sagt ja keiner was. Gib mir die Zeitung. Du hast sie doch hoffentlich aufgehoben?«

Lady Abbot las das Gedicht. Rasch schossen ihr Tränen aus den Augen. Wenn sie schluchzte, wogte ihr Busen wie Ozeanwellen bei Windstärke 10. Die Brosche, die sie an der Brust trug, sah aus wie ein Boot, das verzweifelt auf Wellenkämmen schaukelt. Lady Abbot ließ die Zeitung sinken und sagte weinend: »Das verändert ja alles noch einmal mit einem Schlag. Wo hatte ich meine Augen? Er liebt dich, mein Kind, er liebt dich außerordentlich. Das Gedicht bringt das zum Ausdruck. Es ist wunderbar.«

»Was ist das? Wunderbar? Furchtbar ist es – und eine Frechheit dazu!«

»Nein, das stimmt nicht, mein Kind. Ihr heutigen Frauen versteht das nicht mehr. Dazu fehlt es euch an der nötigen romantischen Grundeinstellung.«

»Und die fehlt deinem romantischen William nicht, meinst du?«

»Nein, das sagt mir das Gedicht. Es verrät mir aber auch noch etwas anderes.«

»Was denn noch?«

»Daß er schüchtern ist.«

Loretta mußte hellauf lachen. »Soso, daß er schüchtern ist. Dann weißt du anscheinend nicht, was in der Gesellschaft schon lange ein offenes Geheimnis ist – daß nämlich dein schüchterner William in London eine verschwiegene Wohnung hat und dort Besuche empfängt?«

»Damenbesuche?« Tante Mary vergaß zu schnaufen.

»Nein!« Loretta höhnte: »Besuche alter Veteranen der Gewerkschaftsbewegung, denen er seine Gedichte vorliest, für die sie sich interessieren.«

»Vergreif' dich bitte nicht in deinem Ton mir gegenüber, Loretta«, rügte Tante Mary sie und schob gedankenvoll ein Plätzchen in den Mund. »William empfängt also Damenbesuche? Das ist ja etwas ganz Neues. Der Junge wird ein Mann.«

»Ist das alles, was du dazu zu sagen hast?« Loretta war indigniert.

Tante Mary winkte ab. »Von wem weißt du das überhaupt?«

»Was?«

»Diese Damenbesuche?«

»Ich weiß es eben, und zwar schon länger.«

»Aus eigener Erfahrung?«

»Wie soll ich das verstehen, Tante Mary?«

»Nun, ich habe dich gefragt, ob dir andere davon erzählt haben oder ob du selbst auch schon –«

»Lady Abbot!!«

»Also andere.« Tante Mary steckte ungerührt das nächste Plätzchen in den Mund. »Ich weiß nicht, ob ich mich darüber freuen soll oder nicht.«

»Wie bitte?«

Tante Mary sagte darauf nichts mehr. Sie schwieg eine Weile, schnaufte nur noch, dies allerdings sichtlich beeindruckt. William war also nicht mehr der unberührte Junge, den sie in ihm gesehen hatte, aus unerfindlichen Gründen natürlich, sondern er hatte Freundinnen. Das war zwar verwerflich, doch Lady Abbot bewunderte jeden, der das, wovon sie früher nur im geheimen zu nippen gewagt hatte, offen genoß. Und so stieg William in ihrer Achtung, zumal sich bei ihr mit dem Gedanken ›Liebe‹ Dinge verbanden, die bestimmt nicht im Sittenkodex der Erziehung zu finden waren, welche man ihr hatte angedeihen lassen.

»Ich werde mit ihm sprechen«, sagte sie ernst und zu allem fähig. »Er soll sich ein Herz fassen und um deine Hand anhalten.«

»Tante, mach das ja nicht, ich weiß genau, wie ich reagieren würde«, stieß Loretta erregt hervor.

»Wie?«

»Ihm die Tür weisen.«

Tante Mary fuhr schweres Geschütz auf, indem sie zu weinen begann. Wenn alte, dicke Frauen weinen, kann das einen Stein erweichen. Auch Loretta Gower ging es ans Herz, und sie sagte: »Tante, ich bitte dich, hör auf.«

»Ich kann nicht.«

»Ich flehe dich an, Tante.«

»Dann hör mir zu . . .«

»Bitte . . .«

»William soll einmal mein Haupterbe sein. Vergiß, daß ich ihn enterben wollte. Das ist natürlich Unsinn. Und an dich werde ich auch denken. Ich vermache dir meinen Landsitz in Wales und zwei Güter in Irland. Damit wärst du auch versorgt.«

»Ich bin versorgt, Tante, durch meine Kunst, die ich liebe.«

»Glaub einer alten Frau, die das Leben kennt«, sagte Lady Abbot weise. »Solche Liebe welkt, beziehungsweise – in deinem Falle – die Stimmbänder tun das. Dann stehst du da.«

»Danke, daß du mich so zartfühlend daran erinnerst.« Loretta stand auf und ging ans Fenster. Sie blickte hinaus in den Park, wo Percy die Hecken beschnitt und sich offensichtlich mit Bebsy zankte. Das Mädchen stand vor ihm und redete zornig auf ihn ein, während Percy ruhig seine Hecke bearbeitete und – da sie ihm zu nahe kam, Bebsy nämlich – ihr einen Zipfel der Schürze abschnippte.

Bebsy schrie auf und flüchtete auf den Weg. »Gemeiner Kerl!« hörte Loretta sie schimpfen. »Es ist aus zwischen uns! Aus! Aus!«

Loretta wandte sich ab und mußte lachen. Tante Mary wußte nicht, warum sie das tat, und hielt sich ihr Lorgnon vor die Augen.

»Worüber lachst du?« fragte sie. »Doch nicht über meine Vorschläge? Vergiß nicht, im Grunde sprach ich über meinen Tod.«

»Verzeih, Tante.« Loretta zeigte zum Fenster hinaus.

»Draußen, mein Gärtner Percy, liegt im Krieg mit meinem Stubenmädchen.«

»Percy?« Tante Mary sah erstaunt auf. »Welcher Percy? Ein Neuer?«

»Ja. Seit einer Woche.«

»Percy?« sagte Tante Mary noch einmal sinnend. »William hat auch einen Percy.«

»Hatte, Tante. Das ist nämlich der gleiche. Hals über Kopf hat er seine alte Stellung aufgegeben, weil ihm der Lebenswandel seines Herrn nicht mehr behagte.«

»Das ist ja toll! Seit wann hat sich darum ein Bediensteter zu kümmern?« Tante Mary stampfte mit dem Fuß auf den Boden. »Kann ich den Kerl sprechen? Ich will ein klares Bild über William haben.«

Loretta nickte und schellte nach Bebsy.

»Percy soll kommen«, sagte sie zu Bebsy und musterte deren beschädigte Schürze. Bebsy wurde unter diesem Blick rot und verließ schnell wieder das Zimmer. Draußen im Garten schrie sie Percy an:

»Die gnädige Frau will dich sprechen! Sie hat meine Schürze beguckt! Mit sooo großen Augen! Du . . . du . . . du Idiot!«

Percy legte die Gartenschere weg und kratzte sich in den Haaren. »Was soll ich denn bei ihr?« fragte er.

»Lady Abbot ist da.«

»Wer?« Percy war einen Schritt zurückgeprallt. »Lady Mary Abbot?«

»Ja.«

»Mein Gott! Die darf mich nicht sehen!«

»Da wirst du nicht drumrumkommen.«

»Unmöglich!« Percy glitt hinter einen Busch. »Geh ’rein und sag, mir sei schlecht. Oder noch besser: Sag, ich sei fort, verschwunden, ich hätte mich in Luft aufgelöst, sag etwas in der Richtung.«

»Unmöglich.« Bebsy lachte schadenfroh. »Man hat dich

vom Fenster aus gesehen.«

»Gnade meiner Seele!« Percy faltete theatralisch die Hände. »Bebsy, wenn du mich noch ein bißchen lieb hast, du süßes Schlinggewächs, dann bete für mich.«

Er ging langsam, sehr langsam über den Rasen dem Haus zu. Wie soll ich mich jetzt verhalten, fragte er sich. Mein Gott, wie soll ich William decken, was soll ich sagen, damit nicht alles jetzt schon auffliegt? Der arme Kerl sitzt oben in meinem Zimmer und studiert erst einmal einige Kutscherbücher, ehe er sich dem Butler und der Gnädigen präsentieren will. Unvorstellbar, wenn er jetzt über den Hof geht, und Tante Mary sieht ihn. Der Herr bewahre uns vor einer solchen Katastrophe.

Nach kurzem Anklopfen trat er in den Salon. Kaum hatte er die Tür geschlossen, als ihn die Stimme Lady Abbots schon zusammenzucken ließ.

»Tatsächlich! Er ist es!«

»Jawohl, Mylady, ich bin es.« Percy räusperte sich.« Ich habe bei Lord Ashborne gekündigt.«

»Davon sagte mir aber der Lord beim letzten Besuch nichts. Warum haben Sie gekündigt?«

»Weil sich mit meinen moralischen Vorstellungen gewisse Dinge dort nicht mehr vereinbaren ließen.«

»Welche Dinge?«

»Die . . . die . . .« Percy verstummte.

»Reden Sie!« befahl ihm die Lady.

»Die Lebensführung Seiner Lordschaft.«

»Drücken Sie sich deutlicher aus!«

Percy zierte sich wieder. Es gehörte zu seiner Taktik, zu der er sich rasch entschlossen hatte, seinen Herrn bei Loretta, die ja Zuhörerin war, anzuschwärzen, ihn nicht zu schonen.

»Ich will Genaueres wissen, sage ich!« ließ sich Lady Abbot vernehmen.

»Er meint wohl Williams Freundinnen in London«, kam da

Loretta selbst Percy zu Hilfe.

Dieser nickte erfreut und warf ihr einen dankbaren Blick zu.

»Ja, ganz recht, Mylady.«

»Seit wann hat sich die Dienerschaft um die intimeren Angelegenheiten ihrer Herrschaft zu kümmern?« donnerte Tante Mary.

Bebsy, die am Schlüsselloch horchte, rang die Hände.

Wie schön er das sagte, dachte sie. Weil sich mit meinen Vorstellungen von Moral gewisse Dinge nicht mehr vereinbaren ließen.

»Mylady, wir leben in einer Demokratie«, erklärte Percy nun und sah die Alte trotzig an.

Ich habe doch einen klugen, tapferen Percy, ich bin stolz auf ihn, dachte Bebsy. Jetzt hat es dem alten Besen die Sprache verschlagen.

Tatsächlich starrte Tante Mary Percy einige Augenblicke perplex an. Sie brauchte Luft, um dies zu verarbeiten.

»Wo befindet sich Seine Lordschaft?« fragte sie etwas leiser, nachdem sich die Windstärke 12, unter der ihr Busen zu liegen schien, etwas gelegt hatte.

Percy zuckte mit den Schultern.

»Ich weiß es nicht«, log er ohne Bedenken. »Als ich Seine Lordschaft verließ, hatte er vor, nach Paris zu fahren.«

»Ah! Darum!« Tante Mary dachte an den Bart und sah Loretta bedeutungsvoll an.

Da Percy mit dem ›Darum‹ nichts anfangen konnte, wurde er unsicher und grübelte über den Sinn, der dahinterstecken konnte, nach.

»Es ist gut, Percy«, riß ihn Lorettas Stimme aus seinen Gedanken. »Sie können weiter die Hecke beschneiden.«

»Sehr wohl, Mylady.«

Erlöst von einer großen Qual, verließ Percy schnell den Raum und prallte draußen auf Bebsy, die den Kopf nicht schnell genug vom Schlüsselloch wegbrachte.

»Hoppla!« sagte er zu ihr. »Man darf sich beim Beten nicht zu tief bücken.«

Und schon vergaß Bebsy wieder die freundlichen Gedanken, die sie Percy gewidmet hatte, holte spontan aus und klatschte ihm eine hinter die Ohren.

»Auch gut«, meinte Percy und ging hinaus in den Garten. »Irgendeiner muß einem ja mal sagen, daß man ein Idiot ist.«

Tante Mary sprach an diesem Tag nicht weiter über eine Verbindung William–Loretta. In sich gekehrt saß sie im Sessel, trank Kaffee und starrte hinaus in den Garten. Dann verabschiedete sie sich und kletterte wieder ächzend in ihren schweren Wagen. Percy sah sie mit Freuden scheiden und riß das Tor weit auf, als der Wagen hinausrollte. Schließlich konnte er sogar nur mit Mühe den kindischen Drang unterdrücken, dem Auto nachzuwinken und ihm die Zunge herauszustrecken. Dann schloß er das Tor und eilte zurück ins Gesindehaus. Dort erwartete ihn schon William und zog ihn ins Zimmer.

»Wo bleibst du?« schimpfte er. »Ich warte auf dich. Ich will endlich Loretta sehen.«

»Immer mit der Ruhe.« Percy wischte sich den Schweiß, in den er durch das Öffnen und Schließen des schweren Tores geraten war, von der Stirn. »Sei nur froh, daß du nicht zu früh bei Loretta hineingeplatzt bist.«

»Was heißt das?«

»Eben den Wagen, hast du den gesehen?«

»Allerdings. Er kam mir bekannt vor.«

»Bekannt?« Percy klatschte sich auf die Schenkel. »Mir kam er sogar sehr bekannt vor! Weißt du, wem er gehört?«

»Wem?«

»Deiner Tante Mary.«

William schnellte empor wie von einer Tarantel gestochen. »Großer Gott! War die hier? Was wollte sie?«

»Unter anderem wollte sie von mir wissen, was ich hier mache.«

»Und? Was hast du gesagt?«

»Daß ich bei dir gekündigt habe, weil mir dein Lebenswandel nicht mehr gepaßt hat. Deine Weiber in London.«

»Meine Weiber in London? Bist du verrückt? Loretta stand doch dabei?«

»Saß.«

»Wie bitte?«

»Sie stand nicht dabei, sondern sie saß, William.«

»Percy, du Idiot, mach mich nicht wahnsinnig! Meine Weiber in London!«

Drohend kam der Lord auf Percy zu, der hurtig zurückwich, wobei er hervorstieß: »Das war doch das Beste für dich, was ich sagen konnte.«

»Wieso denn?«

»Weil Loretta dadurch in dir den großen Herzensbrecher, den Ladykiller sieht. *Das* macht einen Mann für die Frauen interessant – nicht, daß er solide ist.«

»Meinst du?« Williams Hand, die schon zum Schlag erhoben war, hielt inne.

»Selbstverständlich. Daß dir solche Binsenwahrheiten, die schon dem alten Adam im Paradies geläufig waren, nicht bekannt sind, wundert mich aber.«

»Dem alten Adam im Paradies konnte diesbezüglich gar nichts geläufig sein.«

»Warum nicht?«

»Weil es ihm an Ladies zum Killen gefehlt hat. Da gab's nur die Eva, und die hat bekanntlich nicht er gekillt, sondern sie ihn.«

»Macht nichts. Auf alle Fälle ist Loretta nun bestimmt neugieriger auf dich als vorher. Im übrigen scheint man ihr bezüglich deiner Bekanntschaften in London schon einiges hinterbracht zu haben. Sie weiß jedenfalls Bescheid.«

»Wer sagt das?«

»Sie selbst.«

»Allmächtiger!«

»Ja, sie hat gegenüber Lady Abbot davon angefangen. In meinem Beisein.«

»Und?«

»Die Lady war natürlich erschüttert, äußerst böse.«

»Das kann ich mir denken.«

»Nicht auf dich – auf mich!«

»Auf dich?«

»Weil einen Domestiken das Ganze nichts anginge.«

»Da hat sie recht. Mich interessiert aber nicht, wie Lady Abbot reagierte, sondern Loretta.«

»Das sagte ich dir doch: günstig!«

»Was heißt günstig?«

»Sie hatte einen nicht zu übersehenden neugierigen Schimmer in ihren Augen, obwohl sie bemüht war, sich einen anderen Anschein zu geben.«

»Willst du damit sagen, daß sie neugierig auf mich ist?«

»Auf Lord Ashborne. Vorläufig bist du ja noch der Kutscher Flip, vergiß das nicht.« Percy sah auf die Uhr. »Es ist übrigens nun wirklich Zeit für dich, daß du dich dem Butler vorstellst. Komm, laß uns gehen.«

Erwartungsvoll begaben sich die beiden zur Wohnung des Butlers Stoke.

Der Butler Stoke war begeistert, weil Flip schon jetzt seinen Dienst antreten konnte, und nicht erst am nächsten Ersten, und empfing ihn mit herzlichem Händedruck. Auch Bebsy warf Flip aus ihren Kulleraugen heiße Blicke zu und ignorierte Percy völlig, der vergeblich mit ihr ein Gespräch anzufangen suchte.

Stoke sagte: »Das trifft sich alles ausgezeichnet. Die gnädige Frau wird Sie sicher bitten lassen, noch heute nachmittag zu ihr zu kommen. Sie will Sie kennenlernen, weil sie, wenn ich mich nicht irre, schon morgen mit Ihnen eine Ausfahrt mit dem Zweispänner machen will. Am besten ist, Sie kommen gleich mit mir und probieren die Livree an, dann können Sie anschließend zur gnädigen Frau hinübergehen.« Stoke rieb sich die Hände. Ein geeigneter Mann, dachte er. Groß, kräftig – der weiß mit Pferden umzugehen.

Zusammen begaben sie sich zur Kleiderkammer, die William eine halbe Stunde später als schmucker Kutscher in einer grünen Livree mit goldenen Verschnürungen verließ. Er ging ein wenig steif mit den hohen Reitstiefeln und fühlte sein Herz bis zum Hals klopfen, als er, von Percy begleitet, die Freitreppe emporstieg und dort von der Kammerzofe Bebsy in Empfang genommen wurde.

»Die gnädige Frau läßt bitten«, sagte Bebsy und musterte William wohlgefällig. Ein toller Mann, dachte sie, in ihrem Urteil von dem ihres Vaters etwas abweichend. So etwas fehlt mir für meine unruhigen Nächte.

William schritt durch eine breite Diele und einen kleinen Teesalon, ehe Bebsy die Schiebetür zum Musikzimmer öffnete und ihn einließ. Als er hinter sich die Tür wieder zurollen hörte, fühlte er sich einsam und verlassen und war nahe daran, heftig zu schwitzen.

An dem großen, weißen Konzertflügel beim Fenster saß in einem echten Kimono Loretta Gower und musterte den Eintretenden kritisch. Ihr schönes, schmales Gesicht mit den mandelförmigen Augen lag etwas im Schatten, so daß ihr Mienenspiel nicht hesonders gut zu verfolgen war. Aber William kam es vor, als lächle sie.

»Flip«, sagte er und verbeugte sich. »Gnädige Frau wollten mich sehen.«

»Allerdings.« Sie erhob sich und näherte sich ihm. William spürte, wie ihm die Hände feucht wurden. Noch nie hatte er sie so nahe gesehen. Er roch ihr diskretes Parfüm, fühlte ihre Nähe wie einen warmen Hauch. Und jetzt blickten ihn diese herrlichen Augen prüfend an, als wollten sie in ihn eindringen. »Ich möchte mir doch den Mann ansehen, auf den ich mich in Zukunft ganz verlassen muß. Von Ihnen hängt vieles ab, Flip. Wenn Sie falsch fahren, wenn die Pferde durchgehen, wenn das Auto an einem Baum landet – immer haben Sie dann meine Gesundheit oder gar mein Leben verwirkt.«

»Ihr Leben wird mir teurer sein als mein eigenes«, erwiderte William gepreßt. Der ganze Scherz, den ich veranstalte, hat eine verdammt ernste Seite, dachte er dabei. Sie hat recht – wenn die Pferde durchgehen, bin ich ihre einzige Hoffnung. Dabei muß ich froh sein, daß die Pferde mir nichts tun.

Loretta nickte. Sie wies auf einen Sessel neben dem Flügel. »Bitte, nehmen Sie Platz, Flip. Ich möchte mich mit Ihnen etwas unterhalten.« Sie ging zum Fenster, schloß es und drehte sich lächelnd wieder um. »Ihr Freund Percy wird jetzt ungeheuer wütend sein. Auch wenn er sich in den Fliederbüschen versteckt hält, weiß ich genau, daß er in der Nähe lauscht.« Sie lachte und setzte sich an den Flügel. Mit gefühlvollen Fingern tippte sie auf ein paar Tasten und sah dabei wie in tiefen Gedanken auf ihre Hände.

Eine einmalige Frau, dachte William. Sie zu erringen, müßte das sein, was man das höchste Glück nennt.

»Sie waren bei Lord Ashborne in Stellung?« fragte Loretta und blickte kurz auf. »Bis gestern?«

»Ja.«

»Ich kenne Lord Ashborne. Ich will Ihnen offen sagen, was ich von ihm halte – leider nicht viel. Er ist ein eingebildeter Mensch ohne besondere Manieren. Seiner Tante macht er auch nur Kummer.«

William wurde rot und sah zu Boden. Du lieber Himmel, dachte er, wie gut, daß ich Kutscher bin! So erfährt man doch allerlei.

»Er dichtet doch auch, nicht wahr?« fuhr Loretta fort.

William nickte. »Ja, ab und zu. Soviel ich weiß, hat er einige

Romane geschrieben und einen Band lyrischer Gedichte.«

»Stimmt. Die Gedichte habe ich gelesen. Sie sind alle schlecht, mein lieber Flip. Ich halte von seiner Schriftstellerei ganz und gar nichts. Vor allem sein letztes Elaborat, ein Gedicht in der ›Aberdeen Times‹ – einfach schauderhaft! Quark durch und durch!«

Das weiß ich inzwischen auch, dachte William. Ich würde es gern ungeschehen machen. Aber daß sie es einfach Quark nennt, das tut dennoch weh. Wenn ich jetzt nicht hier vor ihr säße, würde ich mir sofort einen Strick um den Hals legen.

»Aber als Dienstherr ist Seine Lordschaft zu loben«, meinte William leise. »Mag er auch sonst seine Fehler haben – für sein Personal hat er ein Herz.«

»Von seinem Personal sollte er lernen«, sagte Loretta bissig. »Sein Kammerdiener hat ein besseres Benehmen als er.«

Wenn das alles Percy hören könnte, würde er aus dem Fliederbusch fallen, dachte William. Wie gut, daß das Fenster zu ist. Aber ich muß es ertragen, ich muß stillsitzen und nicken, anstatt aufzuspringen und zu brüllen: Hier, meine Liebe – ich bin Lord Ashborne, und wenn du so tust, als ob du ihn schon lange und bestens kennst, so ist das glatt geschwindelt. Oh, ich möchte dir die Lüge und deine Frechheit von den Lippen küssen, du dreistes Aas!

»Warum haben Sie eigentlich den Dienst bei Lord Ashborne aufgegeben, wenn Sie ihn so rühmen?« fragte Loretta. Dabei sah sie William von der Seite an und spielte ein paar Akkorde.

»Ich wollte mich verändern. Lord Ashborne war viel auf Reisen, und ich hatte die Pferde nur zu pflegen. Was mich reizt, sind auch einmal größere Touren, die ich mit der Kutsche machen möchte.«

Loretta nickte. »Das Vergnügen sollen Sie haben. Schon morgen fahren wir aus, Richtung Banchory. Kennen Sie die Gegend?«

»Wie meine Tasche«, log William. Banchory? Nie gehört, dachte er. Ob Percy sich da auskennt? Wenn nicht, fahre ich einfach dorthin, wohin die Pferde traben. Früher oder später entdeckt sie doch den Schwindel, und dann werde ich eben wieder gefeuert.

»Was halten Sie von Musik?« wechselte Loretta plötzlich das Thema.

»Musik?« William spürte, daß er vorsichtig sein mußte. »Ich habe mich soviel noch nicht damit beschäftigt. Mir fehlt es vielleicht an der nötigen Musikalität.« Kühn fuhr er fort: »Aber einige Gedichte habe ich schon verfaßt.«

»Ach! Sie auch?«

»Ja. Lord Ashborne hatte die Angewohnheit, das Personal zum Lesen und Dichten anzuhalten. Wer es jeweils am besten machte, bekam monatlich ein Pfund Löhnung mehr. Bis jetzt habe ich immer gewonnen.«

»Das ist ja interessant.« Loretta betrachtete William mit ironischer Miene. »Haben Sie vielleicht zufällig ein Gedicht von Ihnen bei der Hand?«

William schüttelte den Kopf. »Schriftlich keines, gnädige Frau. Aber ich kenne sie natürlich alle auswendig. Wenn ich eines aufsagen dürfte ...«

»Nur zu!« Loretta lächelte und lehnte sich zurück. »Ich höre ...«

William blickte an die Decke, um sich zu sammeln. Wenn ich jetzt auffliege, soll es mir egal sein. Ich muß es wagen – so nah wie jetzt werde ich ihr nicht wieder sein ... als Lord Ashborne, den sie einen eingebildeten Menschen ohne Manieren nennt, bestimmt nicht.

»Es ist ein kleines Gedicht«, sagte er zögernd, »mehr ein Lied, das Lord Ashborne selbst vertonen wollte. Er komponiert nämlich auch ein bißchen. Nun wird er aber nicht mehr daran denken.«

»Und wie ist es?« fragte Loretta.

»Etwas Einfaches, Schlichtes, gnädige Frau, nichts Bombastisches.«

»Fangen Sie an.«

Er nickte, räusperte sich und begann:

»Auf einer kleinen Blumenwiese,
da lag ich einst und dacht an dich,
und über mir die Wolkenschiffe,
sie brachten Grüße nur an mich.
Von dir, o Schönste, kamen sie,
doch war es leider nur ein Traum,
denn als der Abend niederstieg,
lag ich allein im weiten Raum.
Allein, wie immer, sehnsuchtsvoll,
und keiner achtete meiner Klage.
Da stand ich auf und ging davon,
hinein in meine leeren Tage.«

Loretta hatte den Kopf gesenkt und schien auf den Boden zu blicken. Als William aber genauer hinsah, merkte er, daß sie die Augen geschlossen hatte. Da durchfuhr es ihn heiß, doch schon blickte Loretta wieder auf.

»Ein trauriges Gedicht, Flip«, sagte sie leise.

»Ich fürchte, es hat Ihnen nicht gefallen, gnädige Frau.«

»Doch, doch, sehr gut sogar. Ich finde es jedenfalls viel besser als die Ergüsse dieses Lord Ashborne.«

O Loretta, wenn du wüßtest, dachte William. Es ist eigentlich eine Gemeinheit, dich so zu betrügen. Da spielt man einen Kutscher, läßt sich beleidigen oder loben und ist doch beides – Ashborne und Flip – in einer Person. Scheußliche Situation. Er stand auf und verbeugte sich.

»Wenn gnädige Frau nichts dagegen haben, werde ich jetzt nach den Pferden sehen. Mit denen muß ich mich ja bis morgen schon vertraut gemacht haben.«

»Es ist gut, Flip.« Loretta gab ihm die Hand. »Und schreiben Sie mir das Gedicht einmal auf. Es hat mir wirklich gefallen. Nicht auszudenken, wenn Lord Ashborne es vertont hätte. Womöglich hätte er es verjazzt.«

William verbeugte sich und ging eilig aus dem Zimmer. So sah er nicht, wie Loretta sich an den Flügel lehnte und ihm lächelnd nachblickte. Als er über den Hof eilte, beobachtete sie ihn durch die Gardine und setzte sich dann an das Instrument. Vergnügt hieb sie in die Tasten.

»Mein lieber Freund«, sagte sie leise, »Sie geben sich Mühe, Ihre Rolle gut zu spielen. Warum, wozu, weiß ich nicht, ich kann es nur ahnen. Wie dumm für Sie, daß Tante Mary mir erzählte, Sie ließen sich einen Bart wachsen. Ich will mir Mühe geben, Sie nicht merken zu lassen, daß ich Sie erkannte. Spielen wir also Ihr Spiel – allerdings anders, als Sie es sich denken.«

Hoppla, sagen Sie, lieber Leser, jetzt. Das ist ja ein Ding! Die gute Loretta weiß alles. Wo soll denn da die Pointe sein? So etwas darf man doch nur am Schluß sagen. Weiß der Himmel, was die modernen Schriftsteller oft für eine verworrene Phantasie haben.

Ich bedaure außerordentlich, aber ich kann nicht anders. Es war wirklich so, und darin liegt nämlich die Pointe. Fassen wir doch mal zusammen, was wir jetzt alles haben: eine Sängerin, die alles durchschaut; einen Lord, der dichtet, sich verkleidet, erkannt wird, aber davon nichts ahnt; einen Diener und Freund, der noch weniger ahnt; ein Kammerkätzchen, das in den Lord und in den Diener zugleich verliebt ist; einen Butler, der überhaupt keine Ahnung hat; und einen Schotten McFladden, der als Irrer in einer Nervenheilanstalt sitzt und nicht weiß, wie er da hineingekommen ist. Na, genügt das nicht? Und wenn Sie erst wüßten, wie's jetzt weitergeht, würden Sie sich schon im voraus die Hände vor Freude – vor Schadenfreude – reiben.

Denn – –

William – oder besser Flip – stiefelte in den Pferdestall, wo er Percy antraf, der mürrisch an einer abgeschabten Mohrrübe kaute.

»Ekelhaft«, sagte Percy. »Macht die launische Dame das Fenster zu, gerade, als ich mir überlegte, wie ich dir zu Hilfe kommen könnte, wenn es brenzlig würde. Was hat sie denn gesagt?«

»Sie hat Lord Ashborne restlos am Boden zerstört.«

»Au weh!«

»Sie nennt mich einen eingebildeten Flegel.«

»Sie ist ein guter Menschenkenner.«

»Sie hält meine Gedichte für einen Quark.«

Percy nickte zustimmend mit dem Kopf. »Die Frau hat unzweifelhaft Geschmack.«

»Aber dann habe ich ihr als Flip ein Gedicht von diesem vorgetragen – das fand sie wunderbar.«

»Dann war es nicht von dir.«

William packte Percy bei den Rockaufschlägen. »Du«, grollte er, »seit zwanzig Jahren sind wir Freunde. Ich will im einundzwanzigsten nicht zum Totschläger an dir werden.«

»Das rate ich dir auch nicht«, grinste Percy. »Wer sollte dir denn dann die Pferde putzen und sie anschirren?«

»Kannst du das denn?« fragte William überrascht.

»Zur Not. Ich habe heimlich beim Stallburschen gegen ein gutes Trinkgeld, um dessen Rückerstattung ich dich natürlich bitten muß, Abendunterricht genommen. Für die erste Zeit wird es reichen.«

William klopfte Percy spontan – aber nicht zu stark – auf die Schulter und umarmte ihn dann. »Bist doch ein Goldjunge«, sagte er dabei. »Wenn du sie gesehen hättest, Percy, in dem Kimono, den Blick voll auf mich gerichtet, und nachher, als ich das Gedicht vortrug und sie dasaß, mit geschlossenen Augen und geneigtem Kopf, während in ihren Haaren die

Sonne spielte – ach, Percy, du hättest alles auf dich genommen, nur, um auch diesen Anblick genießen zu dürfen.«

»Der Dichter!« sagte Bishop trocken. »Komm, sieh dir lieber deine Gäule an. Dort drüben, die Jenny ist Spezialistin für Linksgalopp. Pommy, der Wallach, bevorzugt beim Vierergespann die Spitze. Wenn du ihn hinten einspannst, geht er keinen Schritt. Ajax, der Rappe am Fenster, steigt gern vorne hoch; ihm mußt du morgen ab und zu die Kandare straffziehen – hast du das kapiert?«

»Nein.«

»Ist auch egal. Solltest du einmal nicht wiederkommen, schicke ich einen Suchtrupp aus. Die Rettung wird wahrscheinlich die sein, daß Loretta mehr von Pferden versteht als du.«

»Ja, das gibt mir auch Hoffnung«, meinte William ehrlich. Er trat aus dem Stall und nickte Bebsy zu, die mit einem Kichern an ihm vorbeiglitt. Mit zusammengekniffenen Augen sah ihr Percy nach.

»Die ist verschossen in dich«, bemerkte er.

»Meinst du?« William zündete sich eine Zigarette an. »Wenn ja, mußt du keine Angst haben, Percy. Wer Loretta liebt, sieht kein Kammerkätzchen mehr an, und wenn es noch so süß ist.«

Langsam ging er über den Hof und wandelte durch den Park. Seine grüne Livree glänzte in der Sonne, sie stand ihm fabelhaft, wirkte, wie wenn sie ihm auf den Leib geschneidert worden wäre.

Wie soll das noch enden? dachte Percy, der ihm nachsah. Ob er Loretta gewinnen kann? Morgen fahren sie aus – mein Gott, wenn es doch schon morgen abend wäre.

Zur gleichen Zeit geschah in Aberdeen etwas, das Gewitterwolken heraufbeschwor.

Nanu, werden Sie fragen, wie denn das? Bis jetzt läuft doch alles wunderbar. Loretta wird mit dem Flip ausfahren, der wird sich unsterblich blamieren, bei einem im Wind sich wiegenden Haselnußstrauch alles gestehen, und dann wird es Küßchen und dicke Verlobung geben.

Pustekuchen, meine Damen und Herren. So kommt es nicht. Wenn es nämlich immer so käme, wie man dächte, wäre das Leben ja äußerst einfach und unkompliziert. Aber das ist es nicht. Nicht wahr? Das wissen Sie doch auch. Wenn man denkt, jetzt hat man das Glück am Wickel – schwupp, ist es wieder weg, und man kann es suchen wie versteckte Ostereier. Darum auch entwickelte sich alles anders, als man zuerst vermutete, und der Anstoß dazu kam komischerweise aus Aberdeen, ohne daß William und Loretta vorläufig davon eine Ahnung gehabt hätten.

Dr. More war derjenige, welcher . . .

Dr. More sah die Notwendigkeit ein, McFladden aus seinen Mauern entschwinden zu lassen.

Es wäre kein Wunder gewesen, wenn McFladden mittlerweile den Verstand völlig verloren hätte, aus Gram darüber, daß man ihn für einen Menschen hielt, der seiner Sinne nicht mehr mächtig war. Doch das glaubte ja gar keiner mehr von ihm, im Gegenteil. Dr. More ließ ihn eines Morgens vorführen und bat ihn, in einem der Sessel Platz zu nehmen.

»Tja«, sagte Dr. More bedauernd. »Das wär nun mal so. Es tut mir leid, bester Mr. McFladden, aber wir müssen uns trennen.«

McFladden schaute Dr. More dumm an. »Sie wollen verreisen?«

»Nein. Aber Sie.«

»Ich?« McFladden sprang auf. »In eine andere Anstalt?«

»Wo denken Sie hin? In keine Anstalt. Sie sind doch gesund!«

»Was sagen Sie da?« schrie McFladden.

»Sie sind völlig normal. Ich sehe keinen Grund, Sie noch länger festzuhalten. Nein, ich muß korrigieren, Sie wurden nicht festgehalten, ich habe Sie nur untersucht. Sie können gehen.«

»Auf einmal?« McFladden setzte sich wieder. »Das erscheint mir merkwürdig. Sie haben irgend etwas mit mir vor. Ich bleibe lieber.«

»Aber bester Mr. McFladden, das ist ganz ausgeschlossen.« Dr. More rang die Hände. »Ich könnte das nicht verantworten. Ich würde mich strafbar machen.«

»Sie haben sich doch schon lange genug strafbar gemacht?« antwortete McFladden. »Sind Sie denn nicht selber verrückt?«

»Man könnte es werden, lieber Freund. Wirklich, die ganze Welt ist nicht mehr normal. Man hat Sie mir übergeben, oder besser, man hat Sie mir geschickt, mit einem Schreiben, daß ich Sie nur ansehen solle. Sie seien tobsüchtig und gemeingefährlich, stand in dem Brief.«

»Ich sei . . .?« staunte McFladden.

»Ganz recht.«

»Und das hat dieser Gärtner Ihnen geschrieben?«

»Ja.« Dr. More lächelte. »Er heißt übrigens Percy Bishop.«

»Percy Bishop? Den werde ich mir kaufen!«

»Tun Sie das«, sagte Dr. More erleichtert. Ich darf den Namen des Lord Ashborne nicht nennen, dachte er. Das könnte zu schlimmen Folgen führen. Aber um einen Diener ist es weniger schade, wenn er eventuell von einem Menschen, der sich auf ihn stürzen will, in Gefahr gebracht wird.

»Und meine zehn Pfund?« fragte McFladden, der aus seiner Haut nicht heraus konnte.

Dr. More blickte an die Decke. Diese Schotten! (Dabei war er selbst auch einer.)

»Ich habe sie Ihnen bereits auf Ihr Bankkonto überwiesen.«

»Sehr schön.« McFladden holte aus seiner Tasche einen

Zettel, der eng mit Zahlen und Rubriken bedeckt war. »Ich habe übrigens etwas ausgerechnet«, sagte er, wobei er sich erhob. »Durch den Aufenthalt bei Ihnen ersparte ich mir bisher rund acht Pfund, die ich draußen für Verpflegung hätte ausgeben müssen. Insgesamt kam ich also auf achtzehn Pfund.«

Dr. More stand ebenfalls auf und drückte McFladden die Hand. »Sie sind wirklich durch und durch gesund«, sagte er beeindruckt. »Gesünder – oder normaler, wenn Sie so wollen – könnte nicht einmal ich sein.«

Und dann entledigte er sich des Problems, das für ihn McFladden darstellte, indem er nach zwei Wärtern schellte, bei deren Anblick McFladden fluchtartig das Weite suchte. Nachdem es ihm draußen gelungen war, sich wieder zu sammeln, begab er sich schnurstracks zur Villa Loretta Gowers. Den Weg kannte er ja.

Mein lieber Mann, denken Sie jetzt, nun raucht's im Kamin. Nun werden die Möbel gerade gesetzt. Nun müssen wir in Deckung gehen.

Sehen Sie, vielleicht wäre das tatsächlich so gekommen, wenn nicht McFladden, sondern Percy einige Tage bei Dr. More zugebracht hätte. McFladden aber gehörte nicht zu den brachialen Typen, diesbezüglich wurde er von Ihnen vielleicht falsch eingeschätzt. Er beobachtete also erst mal still Lorettas Haus von einer geschützten Stelle aus und stellte dabei fest, daß sich Percy auch abends viel im Garten aufhielt, wo er allerdings nicht die Hecken beschnitt, sondern die Tugend der begehrten Bebsy in Gefahr zu bringen suchte.

In McFladden erwachte daraufhin doch langsam ein wenig der Zorn, als er dies entdeckt hatte. Er fuhr in die Stadt hinein und kaufte sich einen soliden Gummiknüppel. Keinen neuen, der wäre ihm zu teuer gewesen. Nein, er klapperte die Altwarenhändler ab und fand endlich einen guten Knüppel für wenig Geld. Mit diesem in der Tasche begab er sich zufrieden nach Hause und aß nach Tagen wieder einmal auf eigene Kosten eine Kleinigkeit. Das gute Leben bei Dr. More war vorbei. Eigentlich schade, dachte McFladden. Ich hätte in weiteren vier Wochen bestimmt zehn Pfund an Gewicht zunehmen und mir zehn Pfund an Geld ersparen können. Nur daß man mich als Verrückten dort behandelte, war das Negative.

William Ashborne alias Flip weilte in der gleichen Nacht noch im Stall und bemühte sich, die Pferde an sich zu gewöhnen. Er strich Ajax, der ihn kritisch anschaute, über die Kruppe, gab Jenny ein paar Zuckerstückchen und begann mit viel Schweiß und unter zahlreichen Flüchen, dem Wallach Pommy den Rücken zu striegeln, was vorher schon zu besorgen Percy an diesem Tage bei den sich überstürzenden Ereignissen vergessen hatte.

Solange die Gäule in ihren Boxen standen, benahmen sie sich brav. Sie bewegten peitschend ihre langen, herrlichen Schweife, wieherten temperamentvoll und stampften ungeduldig, als könnten sie die nächste Ausfahrt nicht erwarten.

William begab sich nach der Pflege Pommys zu Ajax in die Box, setzte sich auf einen Hocker und las noch einmal im ›Handbuch für das Kutscherwesen‹ das nach, was er am nächsten Morgen alles wissen mußte.

Nicht wenig war das. Und schwer zu begreifen war es außerdem. Schlimm, schlimm. Mit Theorie allein konnte man keine Pferde lenken. Und mit Percys Anleitungen auch nicht.

Beim trüben Licht einer Stallaterne saß William und studierte:

Kapitel 1. Das Anschirren.

Kapitel 2. Das Anspannen.

Kapitel 3. Wie sitzt der Sattel gut fest?

Kapitel 4. Was muß der Kutscher bei der Kurvenlenkung wissen?

Kapitel 5. Das Vierergespann im Galopp.

William Ashborne schmiß das Buch ins Stroh und sah Ajax

traurig an. In der Nebenbox rieb sich Pommy die Flanke an der Bretterwand und wieherte leise.

»Alle Heiligen im Himmel!« seufzte William. »Was soll das bloß werden, wenn Ajax nach links und Jenny nach rechts will?«

Jenny wieherte ihm von ihrer Box her zu. Sie hatte ihn ihren Namen nennen hören.

Am Eingang des Stalles zeigte sich Bewegung. Jemand betrat das Gebäude, wollte aber dabei sehr leise sein. Das Tor wurde ganz behutsam zugezogen.

Schnell versteckte William das Buch über das Kutscherwesen unter einem Strohbüschel und bemühte sich, den Anschein zu erwecken, als behandle er mit einem Stichel Ajax' Hufe.

»Ssst!« machte jemand hinter ihm. Es klang scharf und zugleich zart, wie ein Befehl und wie eine Lockung. Dazu war kein Mann imstande, sondern nur eine Frau. William richtete sich auf und drehte sich um.

Das Kammerkätzchen Bebsy stand an der Box und lachte ihn an.

»So allein?« fragte sie girrend und trat in die Box.

»Vorsicht, Ajax schlägt aus«, warnte William sie etwas verwirrt und dachte dabei an Percy, der vielleicht mißtrauisch im Garten nach Bebsy suchte. Der erste Abend, an dem Flip ernsthaft im Stall arbeiten wollte, begann ja gut.

Bebsy winkte ab. »Ajax kennt mich«, sagte sie und beklopfte dem Pferd die Kruppe. »Nicht wahr, Ajax, alter Bursche, wir sind doch Freunde.«

William legte den Stichel hin und rückte ein wenig von Bebsy ab, deren Parfüm den Entschluß ahnen ließ, den das Mädchen gefaßt hatte.

»Suchen Sie Percy, Bebsy?« fragte er.

»Sieee?« antwortete Bebsy gedehnt. »Unsereiner siezt sich nicht. Oder habt ihr beim Lord Ashborne alle so vornehm miteinander getan? Fräulein Köchin? Ihre Gnaden, die Kammerjungfer? Der Herr Kutscher und Mylord Gärtner?« Sie lachte ihr helles, aufreizendes Lachen, bei dem sogar Ajax die Ohren spitzte. »Ich bin die Bebsy, auch für dich, William.«

»William?« Er nickte. Ach ja, ich bin ja der Flip, man wird ihr den Namen gesagt haben, dachte er. Ich bin ja der William Flip. Es ist doch verdammt schwer, ein Leben in einer fremden Haut zu führen. Man muß verdammt aufpassen.

»Percy wird im Garten sein«, sagte er ausweichend.

»Ich weiß. Ich habe ihn ja selbst dorthin bestellt. Ans äußerste Ende, beim letzten Parktor.« Sie kicherte. »Ich wollte einmal mit dir allein sein, William.«

»Du bist ein schlimmes Kätzchen«, meinte William.

»Was? Ein schlimmes? Nein, ein süßes bin ich! Und schnurren kann ich ganz lieb . . . willst du's mal hören?« Sie lehnte sich an seine Brust und kraulte ihn unter dem Kinn. »Rrrr«, machte sie. Es war wirklich allerliebst. »Rrrrrr . . . miau . . .«

William sah sich in seiner Bedrängnis um. Wenn doch jetzt Percy kommen würde. Wenn doch plötzlich Ajax wild würde. Irgend etwas muß geschehen, dachte er.

Bebsy stellte ihr kleinmädchenhaftes Killekille ein und auch ihr Schnurren und ging zu erwachseneren gespitzten Lippen über, die sich plötzlich vor dem Mund Williams etablierten.

»Gib Küßchen«, flüsterte sie heiß. »Sei ganz lieb, Willieboy . . . ich hab' die Tür von innen verriegelt, und das Stroh ist so schön weich und warm . . . so warm wie meine Haut.«

»Nein«, sagte er etwas grob, »das wäre gemein, Percy ist mein bester Freund.«

»Ach was, komm, stell' dich nicht so an!«

Sie wollte umgehend den Generalangriff auf Williams Moral starten, als man draußen auf dem Kiesweg Schritte hörte.

»Bebsy?« rief leise eine Stimme. Es war Percy. Erleichtert atmete William auf. Bebsy hingegen war tief enttäuscht.

»So ein Idiot!« entfleuchte es ihrem süßen Mund.

»Tut mir leid, mein Kind.« William zuckte die Achseln, ging zum Tor und öffnete es. Percy fuhr herum. Er hatte wenige Meter vor dem Stall die Büsche abgesucht.

»Hast du Bebsy nicht gesehen?« fragte er William. »Wir waren verabredet, und sie ist nicht gekommen. In ihrer Wohnung ist sie auch nicht. Sie muß sich hier irgendwo im Park herumtreiben. Mein Gott, warum können die Weiber nicht zuverlässiger sein!«

»Bebsy ist hier«, sagte William leise, aus dem Stall tretend und das Tor hinter sich schließend.

»Wo?«

»Im Stall.«

»Bei dir?« Percys Eifersucht regte sich sofort.

»Ja. Laß dir erklären . . .«

»So eine Schweinerei!« Percy ballte die Fäuste. »Das hätte ich nicht gedacht von dir! Ich könnte dich umbringen, du Schuft!«

»Percy! Vergessen Sie nicht, mit wem Sie sprechen!«

»Von mir aus entlassen Sie mich, Mylord. Sogar auf der Stelle! Aber mir wird auch ein Lord Ashborne nicht mein Mädel ausspannen!« Er stand vor William. »Ich erlaube mir, Mylord einen Lumpen zu nennen und ihm eine Ohrfeige zu verabreichen.«

Er holte zum Schlag aus, aber William hielt ihm rasch den Arm fest.

»Du Idiot«, sagte er leise und schob Percy vom Eingang weg. »Ich schwöre dir, daß Bebsy von selbst gekommen ist, um mich ein bißchen zu becircen. Passiert ist aber gar nichts. Sie wollte nur ein Küßchen haben.«

»Nun schlägt's aber dreizehn! Das nennst du gar nichts?« Percy schüttelte sich vor Wut. »Dieses Aas! Ich werde sie zerstückeln!«

»Wäre aber sehr schade drum, so etwas Niedliches zu zerstückeln. Meinen Segen habt ihr, Percy. Nur –« William hob den Zeigefinger, »mußt du wirklich bei ihr aufpassen, daß sie nicht auf dumme Gedanken kommt, das ist nötig. Nimm dich ihrer an, laß sie nicht aus den Augen!«

»Das tu ich doch! Wo, sagst du, ist sie? Im Stall?« Percy eilte, ohne eine Antwort abzuwarten, zum Stalltor. »Du bleibst draußen«, fügte er streng hinzu. »Züchtigungen sind Privatsache.«

Damit verschwand er im Stall und verschloß das Tor von innen.

Lachend ging William um den Stall herum, dem Hause zu. Die Züchtigung konnte dann nicht sehr streng ausfallen, denn man hörte Bebsy laut quieken und das Stroh deutlich rascheln. Und so, wie Bebsy quiekte, quiekt man nur, wenn eine Züchtigung alles andere ist als unangenehm.

Das siebte Kapitel, in dem Loretta kräftig vom Leder zieht

Die Fahrt nach Banchory verlief am nächsten Tag ziemlich gefahrlos. Loretta schien in einer glücklichen Laune zu sein, denn sie bestand darauf, den Wagen selbst zu lenken. »Wenn ich etwas falsch mache, so sagen Sie es mir, Flip. Ich möchte das Fahren einmal richtig lernen.«

William betete drei stille Vaterunser, als sie starteten. Sicher hielt jedoch Loretta die Zügel in den Händen und lenkte die Pferde auf die Straße. Dann schnalzte sie allerliebst mit der Zunge, die Rösser trabten an, und die Kutsche rollte mit gut geschmierten Radachsen geschmeidig über die Landstraße.

Einmal glaubte William sagen zu müssen: »Gnädige Frau, die Zügel etwas straffer halten. Mehr die Kandare nehmen, Ajax steigt gern vorne auf.«

Daraufhin blickte ihn Loretta von der Seite an und grübelte darüber nach, wieso Lord Ashborne auf einmal etwas vom Kutschieren verstand.

Über die Fahrt wäre an sich nichts zu berichten. Oder meinen Sie doch? Sind Sie neugierig geworden? Na, geben Sie es ruhig zu . . . so ein bißchen, so um die Ecke herum möchten Sie doch einen Blick auf Loretta und Flip werfen. Was? Das wäre doch himmlisch, wenn die beiden im Wald ein nettes Picknick machen und sich ruckzuck ein wenig küssen würden. So ganz nebenbei. Oben flöten die Vögelchen, im Gras zirpen die Grillen, und William sagt zu Loretta: »Oh, my darling, I love you.«

Wollen Sie das lesen? So richtig Schmalz aufs Brot? Und die Wipfel der Bäume sangen halleluja. Die Lerche trillerte am Himmel zum Lobe der Schöpfung, die so herrlich ist. Tririlililili . . .

Nein, so war es bestimmt nicht; Sie können es mir glauben. Ich bin nach wie vor entschlossen, Ihnen kein unwahres Wort zu sagen und meiner Chronistenpflicht absolut korrekt nachzukommen. Loretta und Flip fuhren hinaus in die Natur. Soweit stimmt alles. Auch die Vöglein sangen, die Grillen zirpten im Gras, die Lerche stieg in den Himmel und trillerte. Das kann man alles nicht leugnen. Aber Loretta sagte nicht zu Flip: »Küß mich, Liebster, meine Augen sind selig geschlossen«, sondern sie meinte nach einer Fahrt von fünf Kilometern (genau fünftausendzweihundert Metern): »Flip, Sie sind ein Schwätzer!«

Hoppla, das sieht nicht nach Liebe aus. Nein, wirklich nicht. Verliebte sagen nicht Schwätzer, sondern finden einen adäquaten Ausdruck, der nicht so rauh ist. Die Terminologie der Liebe strotzt ja von Bezeichnungen, die aller Vernunft spotten. So sagt eine verliebte Maid vielleicht zu ihrem Schatz: »Mein süßes Schäfchen . . .« Das soll ganz lieb sein. Und eine reife Frau meint: »Hugo, du bist wirklich ein Dummerchen . . .« Damit leitet sie die Schlacht ein, an deren Ende sie ein neues Kleid gewinnt. Ganz raffinierte Weiber streicheln den Mann unterm Kinn und flüstern: »Bist du mein lieber Onassis . . .?« Dann geht es klarerweise um höhere Beträge, etwa für einen neuen Pelzmantel. Und wenn ich jetzt, bei Gott und allen Musen, den Haß sämtlicher Frauen auf mich ziehe: Es gibt keine Vertreterin des schwachen Geschlechts, die in einer verliebten Stunde nicht mindestens einmal einen solchen süßen, sinnlosen Ausdruck gebraucht.

Aber Schwätzer? Und dann aus dem Mund von Loretta Gower? Liebe Leser, geben Sie es ruhig zu, das stimmt Sie bedenklich. Mich übrigens auch, denn ich weiß jetzt nicht, wie ich Ihnen den Fortgang der Dinge der Reihe nach erklären soll.

Es begann damit, daß Flip nach diesen fünf Kilometern die Zügel der Kutsche selbst übernehmen mußte, weil Loretta über Müdigkeit in den Armen klagte.

William wechselte mit seiner Angebeteten den Platz auf dem Kutschbock. Fieberhaft überlegte er: Wie läßt man die Pferde antraben? Wie hat Loretta das vorhin gemacht? Er ließ die Zügel schnellen und schnalzte mit der Zunge, aber die Pferde bewegten sich nicht.

William preßte die Lippen aufeinander. Wieder ließ er die Zügel schnellen und schnalzte mit der Zunge. Ajax wedelte mit den Ohren, doch er stand wie ein Pfahl.

»Nanu?« sagte Loretta und schaute Flip von der Seite her an. »Was ist denn? Worauf warten Sie, Flip?«

»Auf nichts, Mylady.« William fühlte, wie ihm kalter Schweiß ausbrach. Verfluchte Gäule! dachte er. Kennen noch nicht einmal das erste Kapitel aus dem ›Handbuch für das Kutscherwesen‹. Das soll einer verstehen. Und bei Loretta haben sie pariert. Ajax, o Ajax, mein lieber Freund, sei brav, geh den anderen mit gutem Beispiel voran.

Wieder ließ er die Zügel schnellen und schnalzte laut. Die

Zungenspitze tat ihm davon schon weh.

Die Pferde rührten sich nicht, am wenigsten der gute Freund Ajax.

William begann seine eigene Geburt zu verwünschen. Loretta saß steif neben ihm auf dem Bock und sah ihn beharrlich an.

»Ich glaube, irgend etwas machen Sie falsch«, sagte sie.

»Mir kommt es auch so vor, Mylady.« Flip ließ die Zügel sinken. »Aber was?«

»Versuchen Sie doch, wenn es Ihnen nichts ausmacht, an der Kandare zu ziehen.«

Dicker Spott klang in Lorettas Stimme. William wurde blutrot und zog an der Kandare. Prompt geriet Bewegung in die Pferde.

»Sie gehen!« rief er voller Freude, so, als habe er eine weltbewegende Entdeckung gemacht.

»Man sieht's.« Loretta griff ihm in die Zügel und zog an ihnen; die Pferde trabten gehorsam an. »Der Schaukelgang von denen macht mich seekrank«, sagte sie.

Jetzt bewegte sich das Gespann in flottem Trab, und Flip hing auf dem Bock, hielt sich an den Zügeln fest und ließ die Pferde einfach laufen. Sie kamen an eine Wegegabelung – die Gäule schlugen nach eigenem Ermessen einen Bogen nach rechts. Loretta faßte Flip am Ärmel der schönen grünen Livree.

»Ich wollte eigentlich den linken Weg nehmen«, meinte sie tadelnd.

»Zu spät, Mylady.« William war froh, daß die Pferde überhaupt liefen. Aber Loretta Gower hatte ihren eigenen Kopf. Sie schüttelte diesen und sagte: »Wenden Sie bitte, Flip.«

Wenden? William erschrak sichtlich. Wie wendet man ein Vierergespann, wenn es trabt? Hält man erst an? Fährt man ohne Unterbrechung einen Bogen? Überhaupt – wie hält man an?

William machte das einzige, was ihm richtig erschien – er zog Zügel und Kandare straff an, und aus seinem Munde ertönte ein lautes »Brrr!«.

Ein Wonnegefühl durchrieselte ihn. Die Gäule standen wirklich. Sie standen sogar wie angewurzelt. Es blieb ihnen gar nichts anders übrig, denn Williams scharfer Kandarenzug zwang ihre Köpfe nach unten.

»Gut«, meinte Loretta erstaunt. »Und jetzt zurück.«

»Jawohl, Mylady.«

William Flip blickte sich um. Sie befanden sich in einem lichten Wald. Die Straße war breit und ausgefahren. Am Straßenrand verlief ein kleiner Wassergraben, dahinter begann der Wald. Farne wiegten sich in der Sonne. Schmetterlinge gaukelten zwischen den Stämmen. Weit und breit waren die beiden allein. Ziemlich nahe, im rechten Winkel zur Straße, führte eine kleine Schneise in den dichteren Wald.

Flip blickte zur Seite auf Loretta.

»Mylady«, meinte er, »heute ist ein schwüler Tag. Die Pferde haben sicherlich Durst. Man sollte sie hier im Wassergraben tränken. Sehen Sie nur Jenny an – sie zittert schon vor Durst. Und Ajax, mein Gott, der arme Ajax, der röchelt bereits. Ich glaube, Mylady . . .«

Und da fiel das ominöse Wort. Da sagte Loretta (allerdings mit einem Lächeln, das wiederum versöhnte): »Flip, Sie sind ein Schwätzer!«

Aber sie gab ihm nach und stieg mit ihm sogar vom Wagen.

Halt! sagen Sie jezt. Der Autor ist ein Schwätzer! Was hat er angekündigt? Kein Techtelmechtel im Wald – keine gaukelnden Schmetterlinge – keine trillernde Lerche! Und was kommt jetzt? Genau das! Gemach, Herrschaften, keine vorschnellen Urteile, bitte.

Wohl gingen die beiden in den Wald.

Aha!

Und in die Schneise gingen sie auch.

Sieh da!

Ja, und sie setzten sich auch in die Farne mitten in der Sonne.

Oje!

In Dreiteufelsnamen, sie sprachen auch von Liebe.

Haben wir doch gewußt!

Aber – und das ist das Tolle an der Sache: Sie sprachen über das Liebesleben des Lord Ashborne.

Über die angeblichen Freundinnen in London.

Und jetzt wird's bunt, denn William sah im Interesse seines Spieles keine andere Möglichkeit, als die von Percy ausgestreuten Greuelgeschichten zu bestätigen und sich selbst einen kleinen Harem anzudichten. (Es war die erste Dichtung, die ihm mißfiel.)

»Also stimmt es doch!« Loretta saß in den Farnen und spielte mit einem Grashalm. »Ich wollte das Lord Ashborne nicht zutrauen. Aber wenn Sie es sagen, Flip, wird's wohl seine Richtigkeit haben.« Sie sah ihn tiefgründig an. »Sie müssen sich ja im Hause Ashborne bestens auskennen. Das bestätigt auch Percy.«

Immer dieser Percy! William ballte insgeheim die Fäuste. Er blickte auf Loretta, die neben ihm in den Farnen saß. Er biß sich auf die Lippen. Verdammt! Nun ist man nur ein dummer Kutscher. Nun muß man sich selbst schlecht machen. Das ist die Strafe für all die Lügen, mit denen man ein blödsinniges Abenteuer begann.

»Ich kann nur wiederholen, daß Lord Ashborne ein wunderbarer Arbeitgeber war«, meinte er. »Seine leichte Ader – na ja, jeder hat Fehler.«

»So?« Loretta sah ihn lächelnd an. Ihre Augen sind herrlich, dachte William. »Habe ich auch Fehler, Flip?«

»Es steht mir nicht zu, über meine Herrin zu urteilen.«

»Und wenn ich es Ihnen gestatte?«

»Lieber nicht.«

»So schlechte Eigenschaften habe ich?« Loretta erhob sich und strich mit der Hand Grashalme von ihrem Rock.

»Eigentlich nur eine, wenn ich mir diese Feststellung erlauben darf, Mylady.«

»Sie dürfen, Flip. Ich wünsche sogar, daß Sie mir sagen, welche das ist. Vielleicht kann ich mich bessern.«

»Mylady merken manches nicht.«

»Was merke ich nicht?« Loretta sah Flip mit zur Seite geneigtem Kopf an. »Das ist das Neueste, daß es mir an Sensibilität fehlen soll.«

»Doch, Mylady. Lord Ashborne wäre jedenfalls nie auf Abwege geraten, wenn Sie ihm – verzeihen Sie, daß ich das sage – Gelegenheit gegeben hätten, sich Ihnen zu erklären.«

»Ach so!« Loretta lachte hell. Welch ein raffinierter, geriebener Bursche, dachte sie dabei. Jetzt ist er es doch losgeworden. Unter der Maske des Flip hat er den Mut, es mir zu sagen. Wie schade, daß er sein Inkognito noch nicht lüften darf. Er würde in größte Verlegenheit geraten, wenn er jetzt erführe, daß ich sein Spiel durchschaut habe.

Bei diesem munteren Lachen von ihr blieb es also. Es war die einzige Antwort, die möglich war, und William dachte wütend, daß Loretta kein Herz im Leib habe. Wie kann eine Frau lachen, wenn man zu ihr von einem unglücklichen Mann spricht? Langsam glaubte William es selbst, daß er eine tragische Figur wurde, und runzelte die Stirn. Das verlieh seinem langen Gesicht den Ausdruck großen, mit Standhaftigkeit ertragenen Leides.

»Ich weiß, daß Lord Ashborne sehr unglücklich war«, erklärte er ernst. »›Flip‹, sagte er eines Tages zu mir, ›fahr mich hinaus zum Loch Ness. Ich bin traurig, ich möchte Schluß machen mit mir.‹ – ›Aber nicht doch, Mylord!‹ habe ich da gerufen. ›Wie können Sie an so etwas denken? Ich bitte Sie, es gibt doch Frauen genug auf der Welt! Es muß ja nicht gerade die eine sein!‹«

»So, das haben Sie zu Lord Ashborne gesagt?« Loretta sah Flip herausfordernd an. Das ist ja allerhand, dachte sie. Jetzt fängt er an, mich herabzusetzen. Es muß ja nicht gerade die eine sein.

»Ja.«

»Und er hat Ihnen nicht widersprochen, Flip?«

»Nein, Mylady. Er stimmte mir sogar zu und sagte: ›Recht hast du, Flip. Fahren wir nach London und vergessen wir die . . .‹«

William brach ab.

»Was ist?« fragte ihn Loretta. »Warum verstummen Sie?«

»Ich will nicht, daß Sie sich beleidigt fühlen, Mylady.«

»Wieso beleidigt fühlen?«

»Weil er einen bösen Ausdruck gebraucht hat.«

»Der mir galt?«

»Ja, Mylady.«

»Ich will ihn wissen. Los, er sagte also, ›recht hast du, Flip, vergessen wir die . . .‹«

». . . dumme Gans.«

»Das hat er nicht gesagt!« rief Loretta. »Nein, das glaube ich nicht, so unverschämt ist er nicht!«

»Mylady, ich nehme es auf meinen Eid.«

Natürlich, jetzt, jetzt hat er es gesagt, dachte Loretta empört. Hier, vor mir, als der kleine Kutscher Flip. Raffiniert hat er das gemacht, der Lord Ashborne, schlau. Aber warte, mein Lieber, zur Strafe sollst du noch manchen Tag schwitzen unter deiner glatten Maske, Kutscher Flip.

»So, er hat es also gesagt?« Loretta Gower schlug den Weg aus der Schneise heraus zu den Pferden ein, was William gar nicht recht war. »Nun, dann bestätigt sich eben doch immer wieder, daß Lord Ashborne ein ungezogener Mensch ist, ein Flegel. Fuhr er denn anschließend nach London?«

»Wieso nach London?«

»Sie sagten doch selbst, daß er es vorziehen wollte, sich nicht zu erschießen –«

»Erschießen?«

»– oder sich im Loch Ness zu ertränken, sondern nach London zu fahren . . . wahrscheinlich zu seinen Weibern.«

»Das weiß ich nicht.«

»Ich denke, Sie wissen alles von ihm?«

»Wie kommen Sie darauf?« antwortete Flip.

»Nein? Sie wissen nicht alles von ihm?« Loretta blickte ihn hintergründig an, dann wandte sie sich ab. Sie konnte nämlich nicht umhin zu lächeln, wollte aber dieses Lächeln vor ihm verbergen.

»Na schön, machen Sie kehrt, ich will nach Hause, Flip.«

William nahm auf der Straße die Pferde vorne am Geschirr und führte sie im Kreis. So umging er das Wenden und setzte sich dann stolz wieder auf den Bock. »Befehlen Mylady einen flotten Galopp?« fragte er sogar übermütig.

»Bitte, nein.« Loretta blickte vor sich auf die Straße. Hat nun er die erste Schlacht gewonnen oder ich? fragte sie sich und fand keine Antwort. Und sie achtete nicht mehr weiter darauf, ob Flip die Pferde richtig lenkte oder falsch. Man kam so schweigend und zu Percys Erstaunen wohlbehalten zu Hause wieder an.

Auf jeden Fall war also die erste Fahrt besser verlaufen, als zu befürchten gewesen war, und Percy gab sich alle Mühe, die Pferde heimlich zu putzen und die Hufe auszustechen. Und es hätte sich wohl auch noch länger alles in vollem Frieden entwickelt, wenn nicht Loretta etwas getan hätte, das weder William noch Percy erwarteten.

Eines Tages ließ sie nämlich Flip rufen und sagte zu ihm: »Flip, machen Sie den Tourenwagen fertig, wir werden heute nachmittag Lord Ashborne in Invergarry besuchen.«

»Wen?« William glaubte, nicht richtig gehört zu haben.

»Ihren früheren Herrn, Lord Ashborne. Er wird sich

freuen, Sie wiederzusehen. Außerdem will ich ihn fragen, ob er nicht doch das Gedicht von Ihnen vertonen will.«

William war bleich geworden, nickte und verließ das Zimmer. Draußen rannte er zu Percy, der im Garten arbeitete, und zog ihn in die Laube am Rande des Parks.

»Es ist aus, Percy«, stieß er hervor. »Komm, pack' sofort die Koffer, wir hauen ab. Loretta will mit mir zu Lord Ashborne fahren.«

»Da wird der Lord sich aber freuen. Das war doch schon immer sein Wunsch.«

»Spar dir deine Witze!« fauchte William. »Merkst du nicht, daß wir geliefert sind?«

»Wieso?« Percy schüttelte den Kopf. »Lord Ashborne ist eben, wenn ihr hinkommt, wieder verreist! Du telegrafierst sofort nach Invergarry, daß du nach – wohin denn? – verreist bist.«

»Das ginge.« William nickte zögernd. »Sagen wir: Ich bin in Brighton. Das liegt unten im Süden Englands. Da kann Loretta nicht einfach nachfahren, das sind mehr als 800 km Entfernung. Gute Idee, Percy. Gib folgendes Telegramm sofort auf: ›Lord Ashborne nach Brighton verreist stop Rückkehr nicht festgelegt stop Post braucht nicht nachgeschickt zu werden stop Neue Adresse Hotel Sunshine Brighton stop Ashborne.‹«

»Geht in Ordnung, Will.«

Percy versäumte keine Zeit und verschwand durch das hintere Parktor in Richtung Stadt.

Aber Loretta war nicht auf den Kopf gefallen. Sie ahnte etwas Ähnliches und hielt noch viele Überraschungen parat.

Die Reise am Nachmittag verlief still und harmonisch. Schloß Invergarry tauchte auf, man stoppte vor der großen Auffahrt. Der alte Diener stand dort und nahm sie in Empfang.

Fröhlich stieg Loretta aus. James, der Diener, starrte auf

den Chauffeur und wußte noch nicht recht, wie er sich verhalten sollte. Schnell legte William, von Loretta unbemerkt, den Finger auf den Mund und blickte James blinzelnd an. Der verstand nun und wappnete sich.

»Melden Sie mich bitte Lord Ashborne«, sagte Loretta.

»Bedaure, Mylady.« James zuckte mit den Schultern und sah dabei William an. »Seine Lordschaft ist verreist.«

»Ach? Nach London?«

»Nein, Mylady. Nach Brighton.«

»Brighton?« Loretta wandte sich um. »Flip, hatte Lord Ashborne in Brighton auch eine Geliebte?«

»Ich wüßte nicht.« William biß sich auf die Lippen.

Der alte Diener begann zu schwitzen und sagte hastig: »Seine Lordschaft wird sich erholen, Mylady. Die letzten Wochen waren für ihn sehr arbeitsreich.«

Loretta sah James skeptisch an. »Arbeitsreich? Hat er seine Adresse hinterlassen?«

»Ja, Mylady.« James kramte in den Taschen und brachte Percys Telegramm zum Vorschein. Dieses gab er Loretta Gower, die es an Flip weiterreichte.

»Schreiben Sie die Adresse auf, Flip!« befahl sie ihm.

Mit großen Augen schaute der alte Diener zu, wie Lord Ashborne seine eigene angebliche Adresse gehorsam aufschrieb und ihm dann das Telegramm zurückgab.

Loretta Gower stieg wieder in den Wagen. »Fahren Sie, Flip!« sagte sie knapp.

»Wohin, Mylady?«

»Zur Post.« Sie nickte dem Diener zu. »Auf Wiedersehen, James.«

»Auf Wiedersehen, Mylady.«

Der Wagen rollte an. Lange blickte der alte Diener ihm nach. Dann kratzte er sich den weißen Kopf. »Hoffentlich nicht«, sagte er leise. »So nicht, Mylady . . .«

Wenig später aber holte Loretta zu einem Schlag aus, der

William in neue Schwierigkeiten versetzte.

Im Postamt führte sie ein Ferngespräch mit Brighton, ein Gespräch mit dem Hotel, in dem Lord Ashborne wohnen sollte.

»Jetzt werden wir ja sehen«, sagte sie zu Flip, der blaß neben ihr stand, »ob Ihr ehemaliger Herr wirklich müde und ausgelaugt von seiner vielen Arbeit am Strand sitzt.«

Schwitzend erlebte in diesen Minuten Lord Ashborne seinen Untergang.

In Brighton gab es gar kein Hotel Sunshine.

»Sehen Sie«, sagte Loretta und blickte Flip durchbohrend an.

Die Kurverwaltung fiel ihr ein. Sie ließ sich mit dieser verbinden. Loretta war entschlossen, das Spiel, in dem jetzt sie am Zuge war, so schnell nicht abzubrechen.

William Ashborne litt.

Ein Blick in die Kurliste der letzten acht Tage müßte Aufschluß geben, sagte Loretta.

»Nein, Mylady.« Der Kurdirektor persönlich war am Apparat. »Ein Lord Ashborne ist bei uns nicht eingetroffen und auch für die nächste Zeit nicht angemeldet. Und unangemeldet zu kommen, hätte keinen Zweck, denn wir sind restlos ausgebucht.«

»Ist es auch nicht möglich, daß er vielleicht schon in Brighton wohnte und inzwischen wieder abgereist ist?«

»Ganz ausgeschlossen.« Der Kurdirektor war sich seiner Sache absolut sicher. »Alle Gäste werden genau registriert. Jedes Hotel, jede Pension, jedes Privathaus ist angewiesen, Gäste innerhalb von drei Tagen bei uns zu melden. Er könnte nur unter einem anderen Namen abgestiegen sein, wenn ich mir diesen Hinweis erlauben darf, Mylady. Nur diese einzige Möglichkeit besteht.«

»Das leuchtet mir ein. Ich danke Ihnen.«

Loretta hängte ein. Empört wandte sie sich an Flip, der mit

dem Gefühl, jeden Augenblick im Boden versinken zu müssen, neben ihr stand: »Was sagen Sie jetzt, mein Lieber?«

»Ich verstehe das nicht.«

William sah zu Boden. Das wird nie etwas, durchfuhr es ihn. Wenn ich je die Maske des Flip lüfte – und das muß ich ja einmal –, dann gibt das ein Drama ohne Beispiel, einen Sturm, gegen den die Shakespeare-Tragödien lauen Lüftchen aus Arkadien ähneln. Nein, nein und noch mal nein – jetzt ist alles aus! Schluß! Und an allem ist dieser Percy schuld. Bei der nächsten Gelegenheit erschlage ich ihn.

»Ich habe den Lord übrigens im Verdacht, daß er sich auf Invergarry verleugnen läßt«, sagte Loretta. »James war so merkwürdig zerfahren, so unsicher. Er kann sehr schlecht lügen. Wenn ich der Lord wäre, würde ich einen anderen ans Tor stellen, um Besucher abzuwimmeln. Vielleicht Percy. Der könnte das sicher besser.«

»Percy arbeitet doch bei Ihnen, Mylady.«

»Richtig.« Loretta biß sich auf die Lippen. Da hätte ich mich bald verraten, dachte sie erschrocken.

»Und wohin jetzt?« fragte William bedrückt.

»Noch einmal zum Schloß des Lords!« befahl Loretta, und William fuhr blaß und unfähig, etwas anderes zu tun, zu seiner Behausung zurück. Dort mußte er mitanhören, wie Loretta seinen alten Diener einem Verhör unterwarf.

»Seit wann ist Lord Ashborne verreist?«

»Seit acht Tagen.«

»Und Sie wissen nicht, wohin?«

»Nach Brighton, Mylady.«

»In Brighton ist er nicht. Ich habe soeben angerufen. Die Adresse ist falsch. Haben Sie gesehen, daß Lord Ashborne abgefahren ist?«

Der alte Diener schwitzte stark. »Nein, Mylady. Er war eines Morgens nicht mehr da und hatte nur einen Zettel hinterlassen: ›Bin fort – komme bald wieder.‹ Das ist so seine Art,

Mylady.«

»Mehr können Sie mir nicht sagen?«

»Nein.«

»Danke.« Loretta drehte sich um und stieg wieder in den Wagen. »Zur Polizei!« befahl sie William.

Aus! dachte William. Jetzt wird die Sache auch noch kriminell. Dieses Rindvieh von Percy! Hätte ich den Blödsinn doch bloß nicht mitgemacht. Das ergibt eine Kette ohne Ende.

»Warum starten Sie nicht, Flip?« fragte Loretta.

William fuhr aus seinen Gedanken hoch. Dann trat er aufs Gaspedal, und der Wagen schoß davon. Ist ja doch alles egal, dachte William. Die Karre steckt nun schon im Dreck, lassen wir sie ganz im Schlamm versinken. Galgenhumor überkam ihn.

Vor dem Gebäude der Polizei hielt er, und Loretta verschwand in den Räumen des Reviers.

»Ich habe eine Anzeige zu machen«, sagte sie zum Wachhabenden. »Eine Vermißtenanzeige – wenn nicht eine gefährlichere. Sie kennen den Lord Ashborne?«

»Aber ja«, lächelte der Beamte. »Wer sollte hier den Lord nicht kennen?«

»Er ist seit acht Tagen verschwunden.«

»Was?« Der Beamte starrte Loretta an. »Davon haben wir noch nichts gehört, deshalb kann ich mir das auch gar nicht vorstellen. Irren Sie sich nicht?«

»Nein. Er gab an, in Brighton zu sein. Aber die Adresse stimmt nicht. Es sieht alles nach einer Entführung oder vielleicht sogar nach Mord aus. Ich kann das nicht beurteilen, ich bin viel zu aufgeregt dazu. Ich wollte ihn vorhin besuchen und –« Sie drückte das Taschentuch an ihren Mund und begann leise zu schluchzen.

Der Beamte war rot geworden. Wenn das stimmt, dachte er aufgeregt, steht mir Großes bevor. Der Fall muß nur von mir entsprechend behandelt werden, dann . . .

»Ich werde mich sofort um die Sache kümmern und alles Nötige einleiten«, sagte er hastig, nahm ein rasches Protokoll auf, alarmierte den Bereitschaftswagen und raste zum Schloß des Lords.

Loretta war wenig später schon wieder auf der Fahrt nach Aberdeen und schilderte dem immer blasser werdenden William die Konsequenzen, die sich aus dem Verschwinden Lord Ashbornes ergeben konnten.

Als sie nachts endlich zu Hause gelandet waren, trommelte William Percy aus dem Bett und gab ihm eine Ohrfeige.

»Nanu«, sagte Percy erstaunt, »du bist aber gut gelaunt, Will.«

»Das ist für deine blödsinnige Idee, das Ganze hier zu inszenieren. Weißt du, als was ich gelte?«

»Nein.«

»Als entführt! Oder gar als ermordet«, grollte William. »Sie hat in Brighton angerufen und festgestellt, daß es dort gar kein Hotel Sunshine gibt. Ich bin logischerweise unauffindbar, und deshalb hat Loretta eine entsprechende Anzeige erstattet, daß ich vermißt bin oder gar verschleppt wurde und einem Mord zum Opfer fiel. Was nun?«

Percy massierte sich das Kinn und sah seinen Freund eine Weile grübelnd an.

»Dann wird es am besten sein, du bleibst das noch länger«, sagte er schließlich. »Auf diese Weise kann vorläufig nichts mehr passieren. Wer tot ist, wird in Ruhe gelassen.«

»Blödsinn. Die Anzeige läuft doch nun. Außerdem wird Loretta nicht lockerlassen.«

»Na und? Es gibt keine Spur von dir. Wie kommt sie überhaupt zu ihrem plötzlichen Interesse an Lord Ashborne?«

»Wenn ich das wüßte! Zuerst qualifiziert sie ihn laufend ab – und nun dies! Da kenne sich einer aus. Vielleicht haben wir zu früh die Nerven verloren. Wenn ich heute in Invergarry anzutreffen gewesen wäre, hätte sich womöglich alles blendend gelöst.«

»Wenn – wenn. Wenn das Wörtchen wenn nicht wär', wär' mein Vater Millionär. Wir müssen uns jetzt eben anders durchlavieren.« Percy setzte sich auf den Bettrand und ließ die Beine baumeln. »Theoretisch betrachtet, ist das so die beste Lösung. Du bist tot, keiner kennt den Fundort deiner Leiche – es gibt, wiederhole ich, keine Spuren – einfach prima!«

Und das war es, was sowohl William wie auch Percy den Hals brach. Ihre Ansicht war – auch theoretisch – grundfalsch. Denn Loretta, einmal dabei, die tragisch werdende Liebe William Ashbornes nicht so tragisch zu nehmen, rollte den Fall unerbittlich und gewandt auf.

Es begann damit, daß am nächsten Tag zwei Dienstwagen der Polizei vor Schloß Invergarry vorfuhren und acht Beamte auf den lockeren Kies sprangen. Der alte James begann schon im voraus zu zittern und nahm sich vor, sich dumm zu stellen. Das ist die beste Waffe gegen die Polizei, die für sich in Anspruch nimmt, besonders klug zu sein.

Mr. Webb, der Inspektor des Distrikts, leitete persönlich die Untersuchung. Man ging in die Bibliothek und ließ erst einmal nach bewährtem Muster sämtliche Hausbewohner im Gänsemarsch anrücken.

Auf die kluge Frage »Wissen Sie, wo Lord Ashborne ist?« erklang allenthalben ein promptes »Nein«.

Damit wäre an sich der Fall schon erledigt gewesen, denn wenn niemand etwas weiß, ist nichts zu machen. Doch die Polizei wittert hinter allem und jedem Unrat. Dazu ist sie ja da, wird von unseren Steuern bezahlt und umfaßt etliche tausend Mann mit fester Pension. Eine Polizei, die nicht Unrat wittert, verfehlt ihren Zweck und macht sich selbst überflüssig. Nichts aber ist eine tragischere Figur als ein überflüssiger Beamter. Deshalb wurde die Untersuchung fortgesetzt, indem Inspektor Webb, ein grauhaariges, kleines, dünnes Männchen mit scharfen Brillengläsern, die Privaträume Lord Ashbornes in Augenschein nahm.

James begleitete ihn.

»Kennen Sie einen gewissen Flip?« fragte Webb ihn so ganz nebenbei. Und James, das alte, vertrottelte Rindvieh, sagte: »Ja. Sie meinen den Chauffeur bei Lady Gower?«

»Der vorher Chauffeur bei Lord Ashborne war, ja.«

»Bei uns? Nein, wir hatten keinen Chauffeur.«

»Nicht? Merkwürdig.«

Da erst merkte James, daß er ein Hornochse war, und machte sich innerlich bittere Selbstvorwürfe. Bedrückt schlich er mit dem Inspektor durch die Räume.

»Ist das das Schlafzimmer des Lords?« fragte Webb den Diener, als sie einen hellen, großen, mit einem breiten Balkon versehenen Raum betraten, in dem ein großes Bett stand.

»Ja, Mr. Webb.«

»Wann haben Sie Lord Ashborne zum letztenmal gesehen?«

»Vor neun Tagen. Morgens. Er bestellte ein weichgekochtes Ei.«

»Und dann?«

»Dann räumte ich den Frühstückstisch ab«, sagte James dümmlich.

»Mein Gott! Und was machte inzwischen Lord Ashborne?«

»Er sang.«

»Sang? Sang was? Sang wo?«

James schwieg und lächelte verzeihend. »Wo man gerne singt«, sagte er dann etwas verschämt.

»Und wo tut man das?«

»Auf dem Klo.« James blickte zu Boden. »Sie haben vielleicht gedacht, in der Badewanne. Dem war aber nicht so. Mitten in der Arie rauschte nämlich die Spülung. Ich hörte sie in der Küche und wußte deshalb Bescheid.«

»Und was sang er?«

»Mozart.«

»Was von Mozart? Soviel ich weiß, hat dieser Mann vieles komponiert.«

»In diesen heiligen Hallen kennt man die Rache nicht –«

Inspektor Webb schaute an der Wand empor. Dort gehe ich gleich hoch, dachte er. Will man mich hier auf den Arm nehmen? Es ist zum Mäusemelken! Wenn dieser James eine Kuh anguckt, muß der doch sofort die Milch sauer werden.

»Und dann?« fragte er.

James blickte Webb an, dem nun etwas hätte sauer werden müssen, wenn auch keine Milch.

»Dann rief er nach Papier, Mr. Webb. Die Rolle war leer.«

»Hören Sie mal.« Webb faßte James an einem der blanken Knöpfe des Dienerjacketts. »Sie sind kein Idiot, mein Lieber. Wären Sie einer, hätten Sie nicht schon seit drei Jahrzehnten den Posten eines Kammerdieners im Hause Ashborne innegehabt. Also raus mit der Sprache – was wissen Sie?«

»Auf Ehr' und Gewissen – nichts!« James hob zur Beteuerung beide Hände. »Als ich Seiner Lordschaft das Papier durch einen Türspalt gereicht hatte, zog ich mich zurück. Dort ist das Bad, daneben das WC.« Er zeigte auf zwei Türen in der Schlafzimmerwand neben dem Balkon. »Als ich wieder hereinkam, um das Bett zu machen, war von Lord Ashborne keine Spur mehr vorhanden.«

»Und niemand sah ihn das Haus verlassen?«

»Niemand.«

»Der Lord konnte doch nicht fliegen.«

James zuckte mit den Schultern. »Wir sind über die sportlichen Qualitäten Seiner Lordschaft nicht orientiert.«

»Damned!« Webb ging zu dem großen Spiegel des eleganten Toilettentisches, blickte sich um, bückte sich triumphierend und hob vom Teppich ein dünnes Büschel Haare auf. Er hielt es gegen das Licht und fragte: »Welche Haarfarbe hat

Lord Ashborne?«

»Blond.«

»Diese Haare hier sind aber braun.«

»Mag sein.«

»Geben Sie nicht so uninteressierte Antworten, als ob Sie das Ganze nichts anginge, mein Lieber. Was haben ausgerissene braune Haare beim Toilettentisch eines blonden Junggesellen zu bedeuten? Können Sie mir das erklären? Empfing Lord Ashborne hier Damenbesuche?«

»Nein.«

»Dann will *ich* es Ihnen sagen: Lord Ashborne hatte an diesem Morgen dennoch Besuch.«

»Nicht, daß ich wüßte. Ich glaube es jedenfalls nicht.«

»Und zwar unerwünschten Besuch. Männerbesuch. Der Betreffende kam über den Balkon. Verstehen Sie? Solchen Besuch! Die Haare auf dem Teppich sagen mir, daß ein Kampf stattgefunden hat. Der Unbekannte mußte zwar sozusagen Federn lassen – braune Federn –, aber letzten Endes konnte er den Lord doch überwältigen und mit sich schleppen. Es können auch mehrere gewesen sein. Wir haben es auf alle Fälle mit einer Entführung zu tun.«

»Großer Gott!« James dachte an Flip und dessen Doppelrolle und fühlte, wie der Boden unter ihm wankte. »Vergaloppieren Sie sich da nicht, Inspektor?«

»Nein!« Webb sah stolz um sich. Ja, so ein Kerl bin ich, sollte das heißen. Was ist ein Sherlock Holmes gegen Webb? Was ein Pinkerton? Was der ganze Scotland Yard? Wenig!

»Aber warum hätte Seine Lordschaft da nicht um Hilfe gerufen, Inspektor?«

»Das werden wir alles herauskriegen. Kümmern *Sie* sich nicht darum, James, das ist nicht Ihre Aufgabe. Überlassen Sie das Denken ruhig der Polizei. Die ist entsprechend ausgebildet und wird dafür bezahlt. Das hier ist ein Kapitalverbrechen, daran zweifle ich nicht mehr.«

Wenn das aber zutraf, mußte Inspektor Webb nun doch auch den Yard einschalten, was ihm durchaus nicht gefallen wollte. Nur ungern griff er zum Telefon.

Die Meldung schlug bei Scotland Yard wie eine Bombe ein, und Sir Brandley schickte seinen besten Beamten nach Aberdeen, um dem sensationellen Fall die richtige Bearbeitung angedeihen zu lassen.

Und dies heißt bei Scotland Yard immer, daß eine Maschinerie von Apparaten und Köpfen in Bewegung gesetzt wird.

Das As, das in Aberdeen bei Loretta erschien, war Superintendent Wisbeck.

Wisbeck hatte weder das K.o.-Kinn eines Sherlock Holmes noch die berühmte Shag-Pfeife im Mund. Er sah vielmehr wie ein pensionierter Bankbeamter aus und liebte über alles im Leben Pferde und den Rennsport.

Aha, wird der Leser sagen, jetzt fragt der Wisbeck den Flip nach Pferden, merkt, daß dieser nichts von Gäulen versteht, und nimmt ihn mit. Kennen wir, ist ne alte Masche, blättern wir zehn Seiten weiter.

Das wäre falsch, lieber Leser, denn gerade Superintendent Wisbeck fragte nicht nach Pferden. Er machte vielmehr etwas ganz anderes. Er aß zunächst bei Loretta zu Abend.

William, der vom Butler erfuhr, daß ein Beamter vom Yard eingetroffen war, bereitete sich auf alles vor und versorgte mit rührender Hingabe seine Pferde. Dies tat er nur, um den Bereich des Stalles nicht verlassen zu müssen. Percy hockte bei Bebsy, zankte sich mit ihr und schielte immer zur Tür, wenn draußen auf dem Flur ein Schritt laut wurde.

»Was würdest du sagen«, fragte er Bebsy, »wenn plötzlich ein Mann hier hereinkommen und mir mitteilen würde, daß ich verhaftet bin?«

»Ich würde lachen und sagen: endlich!«

»Mein Zuckermäuschen – das ist eine goldige Antwort. Die habe ich dir auch zugetraut.«

Da tat sich die Tür auf, und ein Mann trat wirklich ein. Groß sah Bebsy ihn an, als er auf Percy zuging und seine Polizeimarke vorwies.

»Dürfte ich Sie bitten mitzukommen, Mr. Bishop? Superintendent Wisbeck will Sie sprechen.«

Percy stand langsam auf und knöpfte sich das Jackett zu. Aber er kam gar nicht dazu, einen Schritt zu machen, denn Bebsy hatte sich vor ihn gestellt und funkelte den Beamten an.

»Bevor er mitgeht, wollen wir wissen, warum. Was hat Percy getan?«

»Das geht Sie – glaube ich – nichts an, kleines Fräulein«, antwortete der Polizist.

»Was? Das geht mich nichts an? Percy ist mein Verlobter! Deshalb –«

Percy hatte die Augen aufgerissen und schob Bebsy zur Seite. »Laß man, Süßes, es hilft doch alles nichts. Ich könnte dir sagen, warum, aber das erfährst du noch früh genug. Besten Dank und ein Küßchen für die rasche Verlobung.«

Als er dem Polizisten folgte, sah er, wie Bebsy weinend auf einen Stuhl sank und die Augen mit den Händen bedeckte. Daraufhin war er so vergnügt und innerlich so glücklich, daß ihm die Gefahr, in der er schwebte, gar nicht voll zum Bewußtsein kam.

Zuallererst hatte aber Superintendent Wisbeck nach dem guten Essen, zu dem er von Loretta eingeladen worden war, das Bedürfnis, sich mit Flip zu unterhalten. Als William in das Speisezimmer geführt wurde, musterte Wisbeck ihn mit einem scharfen Blick und schaute dann in ein kleines Notizbuch, in dem er allerhand stehen hatte.

»Sie waren bei Lord Ashborne angestellt?« fragte er Flip, der innerlich krampfhaft nach einem Ausweg suchte.

»Ja, Sir.«

»Und zwar als Chauffeur und Kutscher?«

»Sehr richtig, Sir.«

»Hm.« Wisbeck blickte von seinem Notizbuch auf. »Finden Sie es eigentlich nicht auch merkwürdig, daß man auf Schloß Invergarry gar keinen Mr. Flip kennt?«

»Nicht möglich.« Hier hilft nur Frechheit, dachte William. Je frecher du bist, um so verwickelter wird es, und am Ende wissen sie alle nicht mehr, wo hinten und vorne ist.

»Was heißt nicht möglich?« wollte Wisbeck wissen.

»Das soll heißen, daß ich vor zehn Tagen noch mit James, dem Kammerdiener, Skat gespielt habe.«

»Komisch. Wie reimen sich dann Ihre Angaben mit der Tatsache zusammen, daß Lord Ashborne seit Jahren jede Pferdehaltung aufgegeben hat?«

»Aber die Haltung von Autos hat er nicht aufgegeben. Und die habe ich gefahren.«

»Ach nee! Als Geist vielleicht? Einen Flip kennt man, wie gesagt, in ganz Invergarry nicht.«

»Vielleicht fragen Sie in halb Invergarry?«

Superintendent Wisbeck sah William mit steigendem Unwillen an. »Frech auch noch, wie? Ich kann fliegen, sagte der Verurteilte, als er aufgehängt wurde. – Ich finde es jedenfalls reichlich merkwürdig, daß Sie am gleichen Tag die Stellung gewechselt haben, an dem Lord Ashborne verschwand.«

William nickte. »Das ist in der Tat ein merkwürdiges Zusammentreffen. Hätte ich dem Lord nicht zugetraut. Oder es ist so, daß er beseitigt wurde? Etwa von mir? Das wäre doch eine Erklärung, Superintendent? Erwarten Sie nicht ein entsprechendes Geständnis von mir?«

Wisbeck schlug sein Notizbuch zu und stand auf. Langsam kam er mit rotem Kopf auf William zu. Jetzt vergreift er sich an mir, dachte William. Aber Superintendent Wisbeck blieb drei Schritte vor ihm stehen und schüttelte nur den Kopf.

»Sie werden schon sehen, wohin Sie sich mit Ihrer Rederei noch bringen. Mir scheint, Sie sind sich über Ihre Situation nicht im klaren. Ich nehme Sie jedenfalls vorläufig mit. Machen Sie sich fertig. Erwiesen ist für mich, daß Sie nie bei Lord Ashborne angestellt waren.«

Aber da geschah etwas, das sich William nie hätte träumen lassen. Loretta kam ihm zu Hilfe. Sie brachte einen Brief zum Vorschein und überreichte ihn Wisbeck zur Einsichtnahme.

»Das verstehe ich nicht«, meinte sie dabei. »Hier, diesen Brief schrieb Lord Ashborne meinem Butler, bevor Flip seine Stellung bei mir antrat.«

Mit deutlicher Skepsis las Wisbeck das Schreiben und wollte es dann gleich einstecken, wobei er sagte: »Sicherlich eine Fälschung, Mylady. Das werden wir rasch feststellen. Es ist doch höchst zweifelhaft, daß der Lord einen Mann, den er so preist, ohne weiteres ziehen ließ. All das stimmt doch einfach hinten und vorne nicht.«

»Lord Ashborne tat oft das Unerwartete«, meinte Loretta. »Überraschungen waren bei ihm die Regel, nicht die Ausnahme.«

Sie sah nun, was sie mit ihrer Anzeige angerichtet hatte, von der die Maschinerie des Beamtenapparates in Bewegung gesetzt worden war. Ich brauche ihm nur zu sagen, daß Flip Lord Ashborne ist, und alles ist gut, dachte sie. Aber wie stehe ich dann da? William soll doch nicht wissen, daß ich ihn inzwischen – ob ich will oder nicht – ganz gern mag. Ich will ihm den Triumph lassen, mich zu erobern. Man soll es den Männern eigentlich immer erlauben, sich in süßen Illusionen zu wiegen – sie kommen sich dann äußerst stark vor; dabei sind sie in Wirklichkeit nur zahme Teddybären.

»Ich hätte mit Ihnen allein zu sprechen, Superintendent«, sagte sie.

Erstaunt sah Wisbeck sie an, aber dann winkte er einem Beamten, und William wurde abgeführt. Auf dem Flur traf William den dort auf seine Vernehmung wartenden Percy, der ihm selig mitteilte: »Flip, alter Freund, stell' dir vor, Bebsy hat sich mit mir soeben verlobt.«

»Gratuliere. Meinen Blumenstrauß wirst du dir allerdings aus meiner Zelle im Gefängnis abholen müssen.«

Aber dazu sollte es nicht kommen, denn kaum war William aus dem Zimmer, sagte Loretta: »Ich bitte Sie, Superintendent, meine Anzeige nicht mehr länger zu verfolgen, jedenfalls nicht mehr in meinem Hause hier. Ich bin nämlich davon überzeugt, daß Sie bei mir keinen Verdächtigen finden, und ich bitte Sie deshalb auch, von der Festnahme Flips abzusehen. Ich verbürge mich dafür, daß er hier jederzeit erreichbar ist. Er wird Ihnen zur Verfügung stehen, falls Sie ihn noch einmal brauchen sollten.«

Superintendent Wisbeck zuckte überrascht und resigniert die Achseln.

»Wie Sie wünschen, Mylady. Dann habe ich hier nichts mehr zu suchen. Wir müssen uns aber auf Ihre Garantie verlassen können. Sie haften uns für den Mann.«

Loretta hob die Hand. »Ganz gewiß. Und noch etwas: Sagen Sie bitte Mr. Flip nichts von meiner Verwendung bei Ihnen für ihn.«

Wisbeck verbeugte sich und sagte noch einmal: »Wie Sie wünschen, Mylady. Auf Wiedersehen.«

Aus Frauen soll man klug werden, dachte er beim Hinausgehen. Erst machen sie die Polizei rebellisch, dann blasen sie wieder alles ab und halten ihre schützende Hand über ein undurchsichtiges Subjekt. Warum wohl? Das wissen sie wahrscheinlich selbst nicht. Der Teufel hole doch die langhaarigen Geschöpfe! Wie sehr liebe ich mir dagegen doch meine Pferde!

Mißmutig ging er draußen an William und Percy vorbei, drehte sich aber nach wenigen Schritten um und sagte zu William: »Ich habe es mir anders überlegt, Flip. Ich lasse Sie laufen, vorläufig jedenfalls, aber glauben Sie nicht, daß Sie nicht scharf beobachtet werden. Beim nächsten verdächtigen Schritt sitzen Sie mit Sicherheit hinter Schloß und Riegel.«

Staunend sah ihm William nach und wandte sich an Percy: »Verstehst du das, alter Junge? Eben noch verhaftet – und jetzt schon wieder frei?«

»Ein Rätsel! Oder ein Wunder!« Percy sah dem Beamten nach, der den Flur entlangging und vom Butler Stoke aus dem Haus geleitet wurde. »Es scheint, daß man uns nichts nachweisen kann.«

»Hm.«

»Und was nun?«

Diese Frage war berechtigt. Und nicht nur Percy stellte sie, sondern auch Sie, lieber Leser, werden wissen wollen: Wo führt das hin? Ist ja alles ganz gut und schön, aber wenn das in diesem Tempo weitergeht, haben sich nach fünf Seiten die beiden Liebenden, und das Happy-End ist da. Küßchen, kleine Verlobung im Familienkreis, Ohnmachtsanfall Tante Marys und Schlußarie der Loretta: »In diesen heiligen Hallen kennt man die Rache nicht –«

Zu Ihrer Beruhigung kann ich Ihnen sagen, daß Sie sich da im Irrtum befinden, denn William – ich schwöre Ihnen, ich schreibe nur, wie es gewesen ist – begann an diesem Abend, Loretta im Gesang näherzukommen. Wie er auf diese Idee verfiel, ist unerfindlich – er tat es jedenfalls und erntete einen Lohn, der ihm wiederum rätselhaft blieb.

Es hatte damit angefangen, daß Percy von Dr. More einen Brief erhalten hatte, in dem der Nervenarzt mitteilte, er habe McFladden entlassen, weil er keine Möglichkeit sehe, einen gesunden Menschen noch länger festzuhalten. Dieser Brief war schon gut fünf Tage alt, und Percy hatte ihn William vorenthalten, um diesen vor unnötigen Aufregungen zu bewahren. Durch die sich überstürzenden Ereignisse hatte er den Brief inzwischen gänzlich vergessen und dachte überhaupt nicht mehr daran, daß es auch noch einen Mann des Namens McFladden gab.

Das war ein großer Fehler, denn McFladden, der als Schotte nicht versäumte auszurechnen, wieviel ihm die an ihm begangene Freiheitsberaubung an barer Münze schon eingebracht hatte und vielleicht noch einbringen würde, trat nun mit ins Spiel und mischte die Karten auf seine Art.

William kam ihm dabei entgegen, indem er sich nachts unter den Fliederstrauch vor Lorettas Fenster stellte und eine Gitarre zu zupfen begann. Und zusätzlich erfolgte etwas, das allgemein überraschen mußte: William sang. Und er sang nicht einmal schlecht, ein wenig laut zwar, aber mit Gefühl. Sein Tenor klang einschmeichelnd und hell und wurde an den lyrischen Stellen sogar weich und zeigte Ansätze eines natürlichen Belcanto.

Als Loretta die ersten Töne der Gitarre unter ihrem Fenster vernahm, schaute sie erstaunt auf und lauschte. Eine nette Melodie, dachte sie, eine Romanze in Moll, schwermütig und voll Sehnsucht. Und dann setzte die Stimme ein. Still saß Loretta auf ihrem Stuhl am Fenster und war entzückt. Er singt, dachte sie glücklich. Und er hat eine schöne Stimme. Es ist sein Lied, er hat es für mich gedichtet und vertont.

Auf einer kleinen Blumenwiese.
da lag ich einst und dacht' an dich . . .

Draußen war es tiefe Nacht. Der Duft der Blumen strömte ins Zimmer und verwob sich mit den Tönen zu einem harmonischen, betörenden Ganzen. Wenn man die Augen schloß, war es, als träumte man einen Traum, in dem das Rauschen der Bäume, der Blütenduft, die zarten Gitarrenklänge und der schöne Gesang dieser hellen Männerstimme zusammenwirkten. Ich muß ihm sagen, daß ich alles weiß, dachte Loretta. Warum soll ich ihn noch länger seiner unerfüllten Sehnsucht überlassen, nachdem ich ihn doch auch schon längst liebe.

Als der Gesang zu Ende war und auch die Gitarre mit einem

lauten Akkord abschloß, wollte Loretta gerade aufstehen, um William zuzuwinken, als sie vor dem Fenster einen leisen Wortwechsel hörte. Diesem folgte ein mehrmaliges Klatschen, ein dumpfer Fall, und eine dunkle Gestalt rannte zwischen den Büschen des Parks davon.

Unter dem Fenster, vor dem Fliederbusch, lag regungslos ein Mensch.

Mit entsetzensgeweiteten Augen sah Loretta auf den Körper unter ihrem Fenster, dann gellte ihr lauter Schrei durch das schlafende Haus und den stillen Park.

Im Gesindehaus wurde Licht gemacht, Butler Stoke rannte über den Hof, ihm folgte Percy, der recht verschlafen aussah, dann wirbelte Bebsy mit aufgelösten Haaren aus dem Haus und hastete den beiden Männern nach. Als sie Loretta an ihrem Fenster stehen sahen, gegen den Fensterrahmen gelehnt, als müsse sie jeden Augenblick zusammenbrechen, eilten sie herbei und stießen dabei auf den leblosen Körper beim Fliederbusch.

»Flip!« schrie Percy und warf sich neben William auf den Boden. »Flip, was ist denn, was hast du?« Er drehte ihn um und sah, wie aus einer Platzwunde am Kopf Blut sickerte. »Verbandszeug!« brüllte er. »Er ist bewußtlos!«

Stoke hastete ins Haus, während Bebsy sich inzwischen oben bei Loretta eingefunden hatte und nicht wußte, was sie tun sollte. Jammernd lief sie herum, bis Loretta sie aus dem Zimmer jagte und selbst auch hinunter in den Garten eilte. Dort verband Percy schon kunstgerecht die Wunde seines Freundes und faßte den Ohnmächtigen unter beiden Armen. Andere packten die Beine. Vorsichtig hoben sie den schweren Körper auf.

»Zu mir ins Haus!« befahl Loretta. »Ich werde sofort einen Arzt rufen. Legt ihn ins Gästebett!« Sie eilte den Männern voraus und rief Professor Selznik an, der versprach, sofort zu kommen.

Zum Glück zeigte sich, daß die Wunde schlimmer aussah, als sie in Wirklichkeit war. Es handelte sich, wie erwähnt, um eine Platzwunde, hervorgerufen durch einen Schlag mit einem stumpfen Gegenstand.

Benommen lag William in den Kissen und betrachtete mit ziemlich dummen Augen seine Umgebung. Loretta, Percy und die weinende Bebsy standen an seinem Bett – was war denn bloß los? Als er sich aufrichten wollte, sprang Loretta hinzu und drückte ihn in die Kissen zurück. Das tat ihm gut. Sein Schädel brummte. Durst quälte ihn, und er bat um ein Glas Wasser. Langsam erinnerte er sich an das, was vorgefallen war.

Er war dagestanden und hatte gesungen. Da war aus den Büschen ein Mann getreten und hatte ihm zugehört. Was will der neugierige, dumme Percy hier, dachte William und sang weiter. Als er fertig war und sich umdrehen wollte, stand Percy schon neben ihm, und da entdeckte William, daß es gar nicht Percy war, sondern ein Fremder, den er noch nie gesehen hatte.

»Ich danke Ihnen«, sagte der Fremde mit falscher Freundlichkeit.

»O bitte, keine Ursache«, antwortete William. »Ich habe nicht für Sie gesungen.«

»Trotzdem möchte ich Ihnen meinen ganz speziellen Dank abstatten.«

Zugleich hob der Fremde völlig unkavaliersmäßig einen dicken, alten Gummiknüppel und hieb William damit ein paarmal wuchtig über den Schädel. Ein besonders harter Schlag verursachte die Platzwunde. Daß William dadurch die Besinnung verlor, war nicht verwunderlich.

Dieser Überfall versetzte Loretta in große Aufregung. Wer mochte der Täter sein? Ob sie Anzeige bei der Polizei erstatten sollte? Wer hatte ein Interesse daran, William Ashborne niederzuschlagen?

Der einzige, der sich dies denken konnte, war Percy, als William die Sache erzählt hatte. Aber Percy schwieg. Ich hätte McFladden doch nicht einsperren lassen sollen, dachte er. Jetzt schleicht der Kerl hier herum und will sich rächen. Armer William – der Schlag sollte mir gelten.

Doch der Aufregungen waren es noch nicht genug. Am nächsten Tag stand in allen Zeitungen – spaltenlang, mit riesigen Überschriften:

Lord Ashborne verschwunden! – Ist Lord Ashborne ermordet worden? – Scotland Yard ratlos über Verschwinden Lord Ashbornes! – Polizei auf der Suche nach der Leiche Lord Ashbornes!

Die Presse und die ganze britische Öffentlichkeit standen kopf. Ein Mann aus einer der besten Familien des Landes verschwand über Nacht. Niemand fand eine Spur. War das nicht aufregend?

Ein Feuilleton-Redakteur in London entdeckte plötzlich, daß Lord Ashborne auch gedichtet hatte. Er setzte sich mit Silvester Holyhead in Verbindung, und schon standen in seinem Blatt tagelang Geschichten und Gedichte von William Ashborne. Ganz England war ergriffen von der Lyrik des Lords und der tiefen Seele, die aus seinen Versen sprach.

Williams Bücher fanden plötzlich reißenden Absatz. Sie wurden die reinsten Bestseller. Holyhead rieb sich die Hände und legte die Werke zum zweitenmal auf. Dann kam die dritte Auflage. Der Absatz riß nicht ab. Der Name Ashborne wurde in der literarischen Welt bekannt. Schon sang Richard Standon die Romanzen Williams im Rundfunk. Das Bankkonto Williams schwoll sprunghaft an. Verleger Holyhead kaufte sich ein Chalet in der Schweiz. Viele Leute entdeckten in sich das Zeug zum Spürhund, denn man hatte tausend Pfund ausgesetzt, tausend Pfund für einen Fingerzeig, der half, Lord Ashborne zu finden – lebend oder tot.

*

»O Percy«, sagte William, als er einmal, im Bett sitzend, mit dem Freund allein war, »wenn ich das alles geahnt hätte, wäre ich nie Mr. Flip geworden. Aber jetzt kann ich nicht mehr zurück. Stell' dir das vor – wenn das herauskäme! Dieser Skandal! Ich muß für immer verschwunden bleiben. Ich bin also wahrhaftig tot.«

Percy Bishop kratzte sich am Kopf und sah Willliam sinnend an.

»Kommt Zeit, kommt Rat«, sagte er dann optimistisch. »Vielleicht entwickelt sich alles anders, als es momentan aussieht, und dann ist es immer gut, so zu tun, als ob alles von vornherein einkalkuliert gewesen sei.«

»Und wenn das nicht der Fall sein wird, Percy? Was dann?«

Bishop zuckte die Achseln.

»Dann wird man in der Welt wenigstens einmal kräftig lachen. Glaub mir, das tut allen gut. Man weint ohnehin viel zuviel in diesem Jammertal.«

Das achte Kapitel, in dem alle nach Lord Ashborne suchen

Als Tante Mary die Nachricht von dem bedrohlichen, rätselhaften Verschwinden ihres Neffen zur Kenntnis nehmen mußte, als die Zeitungen voll waren davon, hatte sie einen Schwächeanfall und mußte ins Bett gelegt werden.

»Mein armer Will«, jammerte sie. »Mein guter, lieber Junge.« Dann las sie wieder die Zeitungen und griff sich ans Herz bei der Lektüre der Überschriften, die dick und schreiend Mord und Totschlag in den Bereich des Möglichen rückten.

Die Schwächeperiode Tante Marys dauerte aber nicht lange.

Schon am nächsten Morgen war sie wieder frisch und voller Tatendrang. Sie klatschte mit ihrer gepflegten Hand auf den Tisch, als sie die Morgenblätter las, und schrie durch das weite Haus: »Ich werde den Mörder finden, ich, Mary Abbot! Und ich zerreiße ihn in der Luft!«

Man glaubte ihr das sehr gern und ging ihr deshalb aus dem Weg. Man wollte es auf ein Training von ihr in dieser Hinsicht nicht ankommen lassen.

Nach dem ausgiebigen Frühstück fuhr Tante Mary in die Stadt.

Was jetzt kommt, ist kalter Kaffee, mögen Sie sagen, verehrte Leserinnen und Leser. So gut kennen Sie das schon. Jetzt sucht nämlich Ihrer Erwartung nach Tante Mary ein Detektivbüro auf, setzt fünfhundert Pfund aus für das Auffinden der Leiche ihres Neffen und zweitausend für die Ergreifung des Mörders. Und dann wimmeln die Detektive herum, gönnen sich keine ruhige Minute mehr und durchschnüffeln die dunklen Viertel.

Ihre Intelligenz ist verblüffend, meine Damen und Herren. Wirklich, das muß ich ausdrücklich sagen. Sie haben dieses Mal nämlich durchaus recht. In der Tat.

Tante Mary Abbot ging wirklich zu einer Detektei. Diese gehörte einem Mr. Fish, der sehr unter seinem Namen zu leiden hatte. Oft, wenn er diesen am Telefon nannte, fand sich ein Witzbold, welcher z. B. sagte: »Bitte, ein Kilo Kabeljau, ein Schwanzstück.«

Dann konnte es passieren, daß Mr. Fish tobte, das Telefon beschädigte und einige Akten durch die Büroräume warf.

Auch Tante Mary war nahe daran hinauszufliegen, als sie sagte: »Ich vertraue mich ganz Ihnen an, Mr. Fish. Ihr Name verspricht mir einiges. Ich hoffe, Sie schnappen so flink zu wie eine Forelle.«

Nur der Umstand, daß ein saftiges Honorar winkte, verhinderte, daß Mr. Fish der alten Dame gegenüber aus der

Rolle fiel.

Immerhin trug dieser Satz dazu bei, daß in Mr. Fish der Entschluß reifte, die Suche nach Lord Ashborne für Tante Mary so kostspielig wie möglich zu gestalten. Er verlangte sofort hundert Pfund Vorschuß. Das ist immer so bei solchen Geschäften. Von den Vorschüssen wird gelebt, denn wenn man von vornherein erklären würde, daß alle Bemühungen sinnlos seien, könnte man einpacken und Straßenfeger werden. Das ist zwar auch ein ehrenwerter Beruf, aber er lag nicht in der Lebensrichtung von Mr. Fish.

Tante Abbot zahlte die hundert Pfund mit einigem Widerstreben. Immerhin war auch sie schottischer Abstammung. Aber sie fügte sich in ihr Schicksal.

»Seien Sie wild wie ein Hai, Mr. Fish«, sagte sie noch zu allem Überfluß. »Und stark wie ein Wal.«

Mr. Fish machte ein Gesicht, als hätte er Salzsäure geschluckt. Er nickte schwach und sank nach Tante Marys Abschied in seinem Sessel zusammen. »Ich halte das nicht mehr lange aus«, erklärte er zähneknirschend. »Mein verfluchter Name bringt mich noch ins Grab. Könnte ich denn nicht, wie andere, Cromwell oder Churchill heißen?«

Dann brüllte er noch ein wenig herum, während sich seine Angestellten in das hinterste Zimmer verkrochen, in Erwartung eines neuerlichen Aktenbombardements. Aber diesmal erfolgte kein solches. Ein Scheck über hundert Pfund lag auf dem Tisch. Das ließ verhältnismäßig rasch wieder Frieden ins Herz des Mr. Fish einziehen. Er streichelte das sympathische Papierchen, küßte es und sperrte es in seinen Schreibtisch.

Und dann kniete er sich in die Materie hinein.

Was er erfuhr, war nicht mehr als das, was auch Scotland Yard schon wußte. Er sagte sich aber: Warum soll ich nicht einmal klüger und erfolgreicher sein als die Brüder vom Yard? Um deren Ruhm wird doch viel zuviel Gedöns gemacht, hauptsächlich von ihnen selbst.

Er recherchierte mit Feuereifer und förderte folgendes zutage:

Lord Ashborne war von Invergarry nach Aussage des Kammerdieners im Anschluß an das Absingen einer Mozartarie praktisch aus dem Klosett heraus verschwunden. Auf dem Teppich vor dem großen Spiegel hatte man braune, fremde Haare gefunden. Außerdem hatte sich der Lord in den letzten Tagen einen Bart stehen lassen. Er habe Existentialist werden wollen, lautete eine Vermutung.

»Heureka!« schrie Mr. Fish. »Existentialist! Das deutet nach Paris. In die Rue de St. Germaine. In das Viertel des alten Jean Paul Sartre. Warum sollte Lord Ashborne nicht heimlich nach Paris gefahren sein? Große Herren haben oft genug exzentrische Einfälle, weil sie sich jede Eskapade leisten können. Sagen wir also der alten Abbot als erstes, daß die Spur nach Paris weist.«

Tante Mary verfiel nicht zum erstenmal in Wachträume, als sie den Namen Paris vernahm. »Das ist erbliche Belastung«, sagte sie leise zu Dr. Wringer, der ihr einen Besuch abstattete, weil er als ihr Arzt für ihren Gesundheitszustand verantwortlich war. »Auch ich bin in jungen Jahren einmal nach Paris entwichen. Ich hatte damals dort einen Verkehrsunfall.«

»Einen Verkehrsunfall, Mylady?«

»Ich bin aus dem Bett gefallen, Doktor.«

Zu diesem Eingeständnis ließ sich Lady Abbot nur hinreißen, weil ihr das eherne Gebot der ärztlichen Schweigepflicht, dem Dr. Wringer unterstand, bekannt war.

»Es gibt Unfälle, Mylady«, antwortete Dr. Wringer, »unter denen leidet man ein ganzes Leben lang. Von anderen zehrt man ein ganzes Leben. Der Ihre in Paris gehört, so vermute ich, zur Kategorie der letzteren.«

Diese Bemerkung fand Lady Abbot ganz entzückend, und sie beschloß, Dr. Wringer für seinen Charme und seinen Geistesreichtum mit einem Legat im Testament zu bedenken.

Paris! Diese Stadt war und ist ein teures Pflaster. Das konnte und wollte Lady Abbot nicht bestreiten, da ihr ja Erfahrungen am eigenen Leib vorlagen. Der smarte Mr. Fish hatte also verhältnismäßig leichtes Spiel, aus seiner Klientin bald einen weiteren Spesenvorschuß in Höhe von zweihundert Pfund herauszuholen, um den Spuren des Lord Ashborne in Paris nachzugehen. Es mußten wirklich sehr teure Spuren sein, denn Mr. Fish stellte in Aussicht, daß es durchaus sein könne, daß auch dieses Geld noch nicht reichen würde.

Und in der Tat, es zeigte sich, daß es nicht reichte. Vorher erhielt aber Tante Mary noch einen anonymen Brief, der sie seelisch sehr mitnahm.

Der Brief lautete:

»Mylady! Sie sind in Ängsten um Ihren Neffen William. Bitte, sorgen Sie sich nicht. Lord Ashborne ist weder entführt worden, noch wurde er ermordet. Er hält sich sogar in Schottland auf, allerdings unter einem falschen Namen, den ich Ihnen aus bestimmten Gründen noch nicht verraten kann. Es geht ihm gut, er hat sogar zwei Kilo zugenommen. Warum er unter falschem Namen lebt, ist vorläufig noch ein Geheimnis, das zu gegebener Stunde gelüftet werden wird.

Also, Mylady, ich wiederhole, haben Sie keine Sorge um William. Er läßt Sie durch mich herzlichst grüßen. Einer, der genau Bescheid weiß.«

Mit diesem Brief begab sich Tante Mary eiligst zu Mr. Fish.

Mr. Fish nahm den Brief, verschwand hinter einer Polstertür zu einem Nebenraum und trank auf den Schreck erst einmal drei steife Gins. Dann fluchte er wie ein Dockarbeiter, versetzte dem Papierkorb einen Fußtritt, wünschte dem Briefschreiber die Pest an den Hals und zerbrach sich den Kopf nach einem Ausweg. Ein solcher war gar nicht leicht zu finden, denn für den ganzen bisherigen Vorschuß hatte Mr.

Fish nichts anderes getan, als die Presseberichte gesammelt. Außerdem hatte er seiner Geliebten einen neuen Mantel gekauft. Daß davon kein Lord Ashborne herbeigeschafft wurde, ist klar. Aber immerhin war nicht zu bestreiten, daß man auch etwas für Geliebte tun muß, da diese sonst die böse Eigenschaft haben, sich nach betuchteren Freunden umzusehen und deren Brieftaschen anzubohren.

Mr. Fish war auf seine Art ein Genie. Er nahm einen Rotstift und kreuzte einige Worte des Briefes an, unterstrich dick andere und kam mit diesem ›bearbeiteten‹ Brief wieder zu Lady Abbot zurück.

Sein Gesicht drückte tiefen Abscheu aus.

»Mylady«, sagte er mit dreister Stirn, »Sie wären beinahe einem elenden Betrüger auf den Leim gegangen. Wir konnten aber durch vergleichende Analysen feststellen, daß dieser Brief von der Hand eines altbekannten Gauners stammt. Man nennt ihn in Fachkreisen den ›höflichen Joe‹.«

»Lieber Gott!« entsetzte sich Lady Abbot, wechselte die Farbe, und Mr. Fish rief nach seinem Element – einem Glas Wasser.

Als Lady Abbot wieder aufnahme- und verhandlungsfähig war, spann Mr. Fish, von der Wirkung seiner Worte selbst beeindruckt, seinen Faden weiter.

»Beachten Sie bitte den Ton dieses plumpen Schreibens«, sagte er empört. »›Es geht ihm gut, er hat sogar zwei Kilo zugenommen.‹ Damit will man Sie einseifen. Dann aber würde sich herausstellen, daß es der Beginn einer Reihe von Briefen wäre, die darin gipfeln würden, aus Ihnen Tausende von Pfund herauszuholen. Vertrauen Sie deshalb auf mich und mein Büro. Wir werden die Spur in Frankreich verfolgen; wenn es sein muß, bis ans Ende der Welt. Für noch einmal dreihundert Pfund Vorschuß könnte man vieles tun . . .«

Und Lady Abbot zahlte. Sie seufzte dabei. Das tun aber alle, die zahlen müssen. Es sind menschliche Urlaute, von denen vor allem die Schalterräume der Finanzämter widerhallen.

Hätte Lady Abbot gewußt, daß der Brief von Percy kam, würde sie Mr. Fish dreihundert Ohrfeigen gegeben haben.

Vielleicht hatte Mr. Fish dafür ein Gespür, denn nun tat er etwas, das ganz außergewöhnlich von ihm war. Und zwar ließ er in Paris wirklich nachforschen. Obwohl er wußte, daß die ganze Reise eines Lord Ashborne nach Paris reine Erfindung von ihm war, machte er ein Detektivbüro in der Rue de Chamois mobil und ließ es Recherchen anstellen.

Erfolg: natürlich null!

Er besorgte Abschriften der Passagierlisten aller Schiffahrtslinien nach dem Kontinent an den fraglichen Tagen. Ein Lord Ashborne hätte geführt werden müssen.

Erfolg: null!

Mr. Fish tat also plötzlich etwas für seinen Vorschuß, wurde aktiv, wenn auch das, was er tat, nur Mumpitz war, Lady Abbot freilich lobte in heiliger Verblendung seine Bemühungen und baute vorläufig ihre ganze Hoffnung auf Mr. Fish.

Nach einigen Tagen kam ihr ein merkwürdiger Umstand zu Hilfe. Loretta Gower erschien bei ihr und war in bester Laune.

»Liebes Tantchen«, sagte sie fröhlich, »ich werde bald verreisen.«

»Du herzloses Geschöpf!« Mary Abbot geriet sofort in Erregung. »Jetzt, da der gute William verschwunden ist, da er sich in Verbrecherhänden befindet oder gar schon tot ist, willst du deinem Vergnügen nachgehen? Schäm dich!«

»Ich fahre nach Brighton, Tante.«

»Auch noch an die See! Ich verstehe dich nicht!«

»Ich gehe dort der Spur Lord Ashbornes nach.«

»Doch nicht in Brighton? Dann mußt du nach Paris!«

»So? Wer sagt dir das?«

»Mr. Fish.«

»Ach ja, dein Detektiv. Der muß es ja wissen.« Loretta lachte. »Nun, ich hingegen nehme an, daß sich William noch auf unserer alten Insel befindet, und zwar nicht als Toter, sondern als Quicklebendiger.« Sie dachte an Flip, der unten im Wagen wartete und sicher nur vor dem Augenblick Angst hatte, in dem Tante Mary an der Autotür erscheinen würde. Im übrigen hatte er sich wohl schon mit seinem Schicksal abgefunden und sah dem großen Knall mit Fassung entgegen.

»Hoffentlich hast du recht, daß er noch lebt.« Tante Mary betupfte sich die Augen. »Aber in England weilt er ganz bestimmt nicht mehr. Ein Lord Ashborne kann sich hier nicht so ohne weiteres versteckt halten.«

»Das will ich eben sehen. Deshalb fahre ich nach Brighton.«

»Du führst etwas im Schild«, meinte Tante Mary plötzlich mißtrauisch.

Loretta antwortete: »Der alte James bekam doch ein Telegramm, daß sich Lord Ashborne in Brighton aufhält. Im Hotel Sunshine. Aber dieses Hotel gibt es gar nicht. Auch gemeldet ist er in ganz Brighton nicht. Nur unter falschem Namen kann er sich also dort herumtreiben. Vielleicht suchte er wieder mal ein Abenteuer.«

»Dann hätte er sich inzwischen auf Grund der Zeitungsartikel gemeldet.« Mary Abbot schüttelte den Kopf. »Ihm ist etwas passiert!«

»Vielleicht will er sich nicht melden, aus irgendeinem Grund, den wir nicht kennen. Vielleicht – ist er verliebt und spielt eine Komödie.«

»Für so idiotisch halte ich ihn nicht.«

»Männer sind immer ein wenig verrückt, wenn sie hinter einer Frau her sind.« Loretta stand auf und gab Tante Mary die Hand. »Ich wollte dich bitten, Tantchen, in den nächsten Tagen – sagen wir in einer Woche – auch nach Brighton nachzukommen.«

»Bit du verrückt? Ausgeschlossen!«

»Es würde dir guttun.«

»Nein, nein, ich denke nicht daran!«

»Die Seeluft würde dich beruhigen, Tantchen.«

»Ruhig werde ich erst wieder, wenn ich über das Schicksal Williams Gewißheit habe.«

»Vielleicht finden wir ihn.« Loretta sah Mary Abbot listig an. »Ich habe so ein komisches Gefühl, daß uns in Brighton allerlei erwartet, du wirst sehen.«

Tante Mary rang mit der Versuchung und unterlag ihr. »Gut«, sagte sie seufzend, »ich werde kommen. Aber nur auf einen oder zwei Tage.«

»Vielleicht reicht das schon, Tantchen.«

Loretta verabschiedete sich von Tante Mary und ließ sich von dem aufatmenden Flip zurückfahren. William drückte kräftig aufs Tempo, um möglichst schnell aus dem Bereich seiner Tante zu entkommen. Mit weit über hundert Kilometer Geschwindigkeit raste er auf der glatten Straße dahin.

»Kennen Sie Lady Abbot auch?« fragte ihn Loretta während der Fahrt.

William zuckte zusammen. »Lady Abbot? Ja, Mylady. Sie kam ab und zu bei Lord Ashborne auf Invergarry vorbei.«

»Wie stand sich denn der Lord mit seiner Tante?«

»Soviel ich aus meiner begrenzten Perspektive sagen kann, gut.«

»Das haben Sie nett formuliert, Flip: ›aus Ihrer begrenzten Perspektive . . .‹«

William biß sich auf die Lippen und drückte das Gaspedal ganz durch. Der schwere Wagen schoß heulend über die Landstraße.

»Fahren Sie langsamer!« befahl Loretta. »Sie sehen doch, es regnet, die Chaussee ist naß. Oder wollen Sie uns beide umbringen?«

William gab darauf keine Antwort, befolgte aber natürlich Lorettas Anweisung. Eine Weile schwiegen die beiden. Andere Autos überholten sie, und jedesmal ärgerte sich William darüber.

»Lady Abbot sorgt sich sehr um Lord Ashborne«, nahm dann Loretta das Gespräch wieder auf.

»So?«

»Ja. Ich an Ihrer Stelle würde diesem ungeratenen Neffen nicht so sehr nachtrauern.«

»Auch nicht, wenn er sich in den Händen von Verbrechern befände?« fragte William, sich räuspernd.

»Auch dann nicht.« Loretta schraubte ein Fläschchen Kölnisch Wasser auf und bespritzte sich damit die Schläfen. Der ganze Wagen duftete danach. »Im übrigen glaube ich nicht, daß ihm etwas zugestoßen ist. Für ihn gilt der alte Satz: Unkraut verdirbt nicht.«

»Ihre Ansichten über einen Menschen, den Sie gar nicht kennen, sind zynisch, Mylady.« William hupte wie ein Verrückter, weil vor ihm eine Schafherde aufgetaucht war, welche die Straße blockierte.

»Flip, Sie attackieren mich? Steht Ihnen das zu?« Loretta lächelte aufreizend, während sie dies in strengem Ton sagte.

William preßte die Lippen aufeinander. »Nein, Mylady. Ich werde mir in Zukunft so etwas nicht mehr erlauben.«

»Wenn Sie im Recht sind, habe ich nichts dagegen.«

»Dies zu entscheiden, Mylady, dürfte von Fall zu Fall sehr schwierig sein.«

»Vieles ist schwierig im Leben, Flip.«

»Allerdings, Mylady«, seufzte William.

Sie sprachen auf dieser Fahrt nicht länger miteinander. In Aberdeen lenkte William den Wagen in die Garage und legte sich auf seinem Zimmer ins Bett. Percy, der schnell hereinsah, war platt.

»Was ist, Will?« fragte er besorgt. »Warum so müde? Es ist

doch noch nicht spät. Was hat dich so hergenommen? Wo wart ihr?«

»Bei Lady Abbot.«

»Du lieber Himmel! Mehr mußt du mir nicht sagen!« Percy dachte an seinen Brief und verdrückte sich sofort zu Bebsy, der er sein Leid klagte.

»Zuckermäulchen«, sagte er, »ich glaube, wir können uns nicht mehr lange Küßchen geben. Flip muß wohl bald weg, und ich bin, wie du schon weißt, an ihn gekettet.«

»Hat er mit der Lady Krach bekommen?« fragte Bebsy, im Nu dem Heulen nahe.

»Das nicht gerade. Aber – ach was, ich kann dir das noch nicht erklären. Es hängt mit der polizeilichen Untersuchung zusammen und mit dem Verschwinden von Lord Ashborne. Du würdest dir an den Kopf greifen, wenn du alles wüßtest.«

Er küßte sie. Und wenn eine Frau geküßt wird, so richtig, wissen Sie, so ganz richtig geküßt wird, dann interessiert sie sich für nichts anderes mehr.

Tante Abbot saß einen Tag später schon wieder bei Mr. Fish und brachte den guten Mann in Verlegenheit.

»Meine Nichte behauptet, Lord Ashborne müsse sich in Brighton befinden«, sagte sie ohne lange Umschweife.

Mr. Fish entschuldigte sich. Er verschwand wieder in seinem Zimmerchen mit den Getränken und schenkte sich Cognac ein. Ging denn alles schief? Was hatte sich diese dämliche Sängerin mit Kriminalistik zu befassen? Warum mißgönnte sie ihm seine fette Kundin, die sich so ausgiebig und mühelos melken ließ? Er versuchte ja auch nicht, ihr auf der Opernbühne Konkurrenz zu machen.

Mr. Fish setzte sich in seinen Sessel und zermarterte sich den Kopf. Ein Gedanke fehlte ihm. Ein guter Gedanke. Als er ihn endlich hatte und wieder hinaus zu der wartenden Lady Abbot trat, war er ganz der Alte, der Siegessichere.

»Das ist ja kaum zu glauben, Mylady«, sagte er munter. »Soeben erhielt ich einen Hinweis, der sich mit dem deckt, was Sie mir sagten.«

»Darf ich Sie bitten, deutlicher zu werden?«

»Lord Ashborne scheint sich tatsächlich in Brighton aufzuhalten.«

»Ja?« Wenn Lady Abbot einige Jahrzehnte weniger auf dem Buckel gehabt hätte, wäre sie vor Aufregung elastisch aufgesprungen.

»Oder zumindest in der Umgebung von Brighton, Mylady.«

»Dann hatte meine Nichte also doch recht! Und ich wollte ihr nicht glauben.«

»Sie kennen das alte Sprichwort, Mylady«, sagte Mr. Fish mit dreister Stirn. »Manchmal findet auch ein blindes Huhn ein Korn.« Er lachte meckernd. »Ich will damit sagen, daß ich nicht weiß, wie Ihre Nichte zu dieser zutreffenden Information gekommen ist. Wir jedenfalls haben sie als eine Frucht unserer pausenlosen, nie erlahmenden Aktivität zu betrachten. Über Paris führte die Spur in der Tat nach Brighton. Erstaunlich, ganz erstaunlich ist das.«

»Finde ich auch, Mr. Fish.«

»Uns sind natürlich wieder erhebliche Kosten entstanden, Mylady.«

»Wenn ich Sie recht verstehe, Mr. Fish, erwarten Sie wieder Geld von mir?«

»Ja, das darf ich doch, oder nicht?«

»Nein!« Mary Abbot hatte langsam genug von diesem Detektiv. »Sie haben mir nun schon ein Vermögen aus der Tasche gezogen. Konkreten Erfolg sah ich noch keinen. Damit ist jetzt Schluß. Finden Sie mir erst meinen Neffen. Wenn er vor mir steht, werden Sie weitere fünfhundert Pfund von mir bekommen.«

»Sechshundert«, sagte Mr. Fish rasch.

»Meinetwegen auch sechshundert. Das ist aber mein letztes Wort. Nun suchen und finden Sie ihn, Mr. Fish. Auf Wiedersehen.«

»Auf Wiedersehen, Mylady.«

Sauer blickte der Gauner Mary Abbot nach, als sie das Büro verließ. Noch 600 Pfund. Ihr letztes Wort. Die lasse ich mir nicht entgehen. Beim donnernden Zeus, jetzt heißt es aber wirklich einmal arbeiten.

Er rief seinen Bürochef herein – jawohl, so etwas hatte Mr. Fish auch, denn seine Geschäfte gingen gut – und sagte ihm, daß er verreisen werde. Dann packte er einen kleinen Lederkoffer und setzte sich in seinen Wagen. Gemütlich, denn er hatte ja Zeit, rollte er nach Aberdeen und bezog in der Nähe von Lorettas Villa ein möbliertes Zimmer. In diesem legte er sich auf die Lauer, um zu beobachten, was im Hause Gower vor sich ging. Fuhr Loretta mit Flip aus, setzte er sich mit seinem Wagen hinter die beiden und folgte unauffällig ihrer Route. Dieses Weib weiß etwas, sagte er sich ganz richtig. Sie muß etwas in der Nase haben vom Aufenthalt des Lords. Wie käme sie sonst auf Brighton? Und ich werde das, wenn ich sie nicht aus den Augen lasse, erfahren. Einmal verrät sie sich, einmal werde ich ihr in die Karten gucken können, und dann lache ich mir ins Fäustchen.

Das neunte Kapitel, in dem Loretta eine Reise tut und keinen Ausweg weiß

Loretta ließ Flip rufen und bat ihn freundlich, Platz zu nehmen.

»Sie sehen nicht gut aus, Flip«, sagte sie. »Haben Sie etwa noch unter den Nachwirkungen des Anschlags auf Sie zu leiden? Tut Ihnen der Kopf weh?

»Nein, der Kopf nicht, Mylady.«

»Sondern?«

»Das Herz, Mylady.« Er sah sie schmachtend an.

»Ach?«

»Ja, es sticht mich ganz bös.«

»Das ist aber schlimm.« Loretta verbiß sich ein Lächeln und zeigte gespielten Ernst. »Sie dürfen das nicht auf die leichte Schulter nehmen, sonst wird eine chronische Sache daraus.«

»Ist es schon geworden, Mylady.«

»So? Dann wird's aber Zeit, daß Sie etwas dagegen unternehmen. Machen Sie doch eine Kur.«

»Mir kann keine Kur helfen, Mylady.«

»Sagen Sie das nicht.«

»Doch, doch, Mylady.«

»Nun, das werden wir ja schon in allernächster Zeit feststellen können. Da trifft sich nämlich etwas ganz ausgezeichnet.«

»Was trifft sich ganz ausgezeichnet, Mylady?«

»Unsere gemeinsame Reise nach Brighton, Flip.«

»Nach Brighton?« stieß William erschrocken hervor.

»Ja, Flip. Das wollte ich Ihnen nämlich sagen, als ich Sie rufen ließ: Machen Sie alles fertig, wir fahren morgen nach Brighton. Ich möchte ein bißchen ausspannen. Und Ihnen muß ja nun das milde Seeklima auch wie gerufen kommen.«

»Bestimmt nicht, Mylady.«

»Warten Sie's ab, Flip, ich habe genug Erfahrung. Auch ich kenne nämlich dieses Herzstechen. Halten wir also fest – morgen Aufbruch nach Brighton.«

William widersprach nicht mehr. »Sehr wohl, Mylady.« Er verbeugte sich und ging aus dem Zimmer. Brighton, dachte er. Ausgerechnet Brighton. Ist zwar ein wundervolles Seebad, exklusiv und interessant – aber allein mit ihr am Strand, Haut an Haut mit ihr zusammen, dabei vielleicht mitansehen müssen, wie ihr andere Männer den Hof machen, das halte ich nicht aus. Das geht über meine Kräfte. Mein Gott, wenn ich doch bloß auf elegante Art wieder nach Invergarry zurückkönnte, zu meinem Schreibtisch und meinen halbfertigen Manuskripten. Welcher Teufel hat mich geritten, auf diesen ganzen blöden Vorschlag von Percy einzugehen?

Auch dem guten Percy selbst kam die Reise etwas spanisch vor. Er saß bei William im Zimmer, fühlte sich hier schon wie zu Hause und schüttelte immer wieder den Kopf.

»Was will sie denn in Brighton? Sich erholen, sagst du? Von was denn erholen? Das glaube ich nicht. Da steckt etwas anderes dahinter. Hoffentlich nicht das, was ich befürchte.«

»Jedenfalls bist du an allem schuld.« William schüttete einen Whisky hinunter, den er nötig zu haben glaubte. »Aber du mußt ja die Suppe nicht auslöffeln. Du bist im Gegenteil gut aufgehoben hier bei Bebsy und fühlst dich wie der zufriedene Hahn auf dem Mist . . .«

»Ein netter Vergleich«, unterbrach Percy ihn. »Man merkt, daß du Dichter bist.«

». . . während ich in Brighton den kleinen Chauffeur spielen soll, der schön ins Bettchen geht, wenn Loretta sich mit anderen Männern amüsiert. Nicht einmal über mein Ständchen hat sie bis jetzt etwas gesagt. Das reicht mir langsam, Percy. Einmal platzt auch mir der Kragen. Wenn wir in Brighton sind, mache ich Schluß. Ich lasse mir den lächerlichen Bart abrasieren, werfe die Brille ins Wasser, höre auf, mir ständig die Haare nachzufärben, und sage zu ihr: Loretta, aus Flip wurde Ashborne, jag' mich jetzt zum Teufel, zeig' mich an, mir ist alles wurscht, ich liebe dich.«

»Worauf sie dir eine knallt«, meinte Percy trocken. »Mein Junge, nachdem du so lange durchgehalten hast, wirst du auch noch Brighton verkraften können.«

»Und dann?«

Percy nippte an seinem Whisky, den William auch ihm eingeschenkt hatte. »Dann? Abwarten. Vergiß nicht, Junge, daß du tot bist. Du hast also massenhaft Zeit.«

Daraufhin ließ William seinen Freund stehen und rannte aus dem Zimmer. Unschlüssig, was er tun sollte, lief er durch den Park und setzte sich in die Laube. Er spielte mit einer abgerissenen Rose, stach sich einen Dorn in den Finger und steckte diesen in den Mund.

Ich liebe sie, dachte er, und das ist eine komische Sache, die Liebe. Die einen hängen sich ihretwegen auf, andere werden zu Mördern, dritte wandern ins Irrenhaus, und die Allerärmsten heiraten. Merkwürdigerweise gehört letzteren die Welt, und sie werden beneidet. Außerdem setzen sie Fett an. Es gibt wenige Männer, die als Verheiratete nicht mindestens zehn Pfund zunehmen. Das beweist, daß die Ehe eine sehr angenehme Einrichtung sein kann. Es ist also gar nicht richtig, die Liebe so tragisch zu nehmen; sie gehört nun einmal zum Menschen und kann von diesem nicht weggeleugnet werden. Unterschiedlich ist zwar, daß der eine nur zwinkern muß, um an jedem Finger eine Frau zu haben, während der andere sich die Hacken krumm läuft und immer noch keinen einzigen Blick erhascht. Das ist das Tragische an der Sache. Man weiß nie, zu welcher Kategorie man gehört. Die Wünsche sind manchmal größer als das Vermögen, sie sich zu erfüllen. Ich, zum Beispiel, liebe Loretta. Das ist ganz natürlich, denn Loretta ist ein Engel, eine Frau, die man einfach lieben muß. Aber daß auch sie mich liebt, ist ganz ausgeschlossen, denn ich bin nur ein Kutscher. Den Lord Ashborne lehnt sie jedoch ebenfalls ab. Was soll ich also tun? Ich weiß es nicht. Soll ich die Liebe überhaupt tragisch nehmen und mir eine Kugel durch das Großhirn jagen? Wäre doch dumm. Nein, man soll die Liebe nicht so tragisch nehmen – das ist ein gutes Rezept. Und wenn man so denkt und frischen und freien Mutes wie Samson an die Tempelsäulen herangeht, dann müßte – theoretisch – auch ein Herz wie das der kühlen Loretta zu kapern sein. Manchmal wird ja auch behauptet, daß jeder Mann bei jeder Frau eine Chance hat, er muß es nur richtig anstellen.

Sinnend saß William in seinem Versteck, als er ein nahes Rascheln hörte. Bebsy trat aus einem Busch und huschte zu ihm in die Laube. Sie legte den Finger auf das süße Mündchen und bedeutete ihm so, sich still zu verhalten.

»Ich habe dir etwas zu sagen«, flüsterte sie. »Die Gnädige ist im Park und komponiert. Es ist dein Gedicht. Ich habe es gestern auf ihrem Nachttisch liegen sehen. Percy meint, es sei wichtig für dich.«

»Und *wie* wichtig!« William fühlte, daß er dabei rot wurde. In einer Aufwallung von Glück und Freude zog er Bebsy an sich und küßte sie herzhaft auf den Mund. Dann eilte er aus der Laube und ließ die entgeisterte Bebsy in dieser zurück.

Vorsichtig pirschte er sich durch den Park und sah in der Nähe des Rosenbeetes auf einer weißen Bank Loretta sitzen. Sie hatte auf den Knien ein Notenblatt liegen und schrieb auf dieses, blickte ab und zu auf, summte eine Melodie vor sich hin und setzte denn weitere Noten in die fünf Zeilen. Als sie Flip kommen sah, legte sie das Notenblatt links neben sich auf die Bank und sah ihm lächelnd entgegen.

»Nichts zu tun, Flip?« fragte sie.

»Genug, Mylady. Aber ich sah Sie sitzen und wollte Sie fragen, ob Sie nicht für Ihre persönlichen Bedürfnisse auch noch Bebsy mit nach Brighton nehmen wollen.«

»Aber nein, ich bin doch keine Fürstin.« Loretta tippte rechts neben sich auf die Bank. »Setzen Sie sich, Flip. Sie stehen mir genau in der Sonne.«

William setzte sich und sah auf das Notenblatt.

»Sie komponieren?«

»Ja. Mir gefiel Ihre Romanze, wie ich Ihnen schon sagte, ganz gut. Noch besten Dank dafür. Sie haben auch eine recht gute Stimme, nur hätte ich es besser gefunden, wenn Sie die

Melodie in Dur genommen hätten. Moll klingt so traurig, so hoffnungslos.«

»Ist es auch«, sagte William ernst und setzte noch einmal bekräftigend hinzu: »Es *ist* hoffnungslos!«

»Ich habe eine Melodie in Dur«, entgegnete Loretta und sah zur Seite. »Hell, lustig, zukunftsfreudig, voller Verlangen und Optimismus. Das klingt gleich ganz anders – freier, offener, lockender.«

»Und doch ist es hoffnungslos«, wiederholte abermals William. »Es gibt da Dinge, die nicht ausgedrückt werden können. Auch in keinem Gedicht! Dort, wo das Wort versagt, setzt die Musik ein. Das ist manchmal wahr, oft aber hilft einem auch die Musik nicht mehr, um das auszudrücken, was man fühlt . . . weil es eben hoffnungslos ist.«

Loretta sah William groß an. Ich habe ihn verkannt, dachte sie. Er hat ein großes Herz und eine schöne Seele. Warum habe ich das nicht früher gesehen? Zu lange dachte ich, er sei einer der widerlichen Salonlöwen, die sich wegen ihrem Geld einbilden, jede Frau, die sie begehren, auch besitzen zu können. Das empörte mich, auch wenn ich ihn gleich gut leiden mochte. Das machte mich widerspenstig. Und jetzt sehe ich, daß er ein ganz edles Herz hat, daß er um seine Liebe kämpft, sich aber in den Gedanken verrannt hat, einem Phantom nachzujagen. Der arme Junge. Da sitzt er nun in seiner grünen Livree als Kutscher Flip und weiß nicht mehr, wie er aus allem herauskommen soll. Die Zeitungen schreiben von seinem Verschwinden, Scotland Yard sucht ihn, und nun bringe auch ich ihn noch in Bedrängnis dadurch, daß ich ihn nach Brighton schleppe. Das geht aber nicht anders.

»Wenn mein Lied fertig ist, will ich es Ihnen vorsingen«, sagte sie lächelnd. »Haben Sie Ihren Koffer schon gepackt, Flip? Wir bleiben voraussichtlich vier Wochen.«

»Meinen Koffer?« William schreckte aus seinen Gedanken auf. »Nein, habe ich noch nicht.« Er stand auf und verbeugte sich. »Mylady entschuldigen – ich will das sofort nachholen.«

Er rannte durch den Park, als würde er gehetzt. Weg! schrie es in ihm. Nur weg aus ihrer Nähe! Ich bin ja wahnsinnig, daß ich sie liebe!

Am nächsten Tag rollte der große Reisewagen aus dem Gittertor und brummte davon. Am Tor standen Percy, Stoke und Bebsy, sahen dem Wagen nach und winkten.

Mach's gut, alter Junge, dachte Percy gerührt. Entweder kommst du als Verlobter zurück – oder als Weiberfeind.

Ich weiß nicht, lieber Leser, ob Sie es gern hätten, jetzt die Fahrt nach Brighton geschildert zu bekommen. Es gibt Schriftsteller, die es richtig ausnützen, wenn die Personen der Handlung eine Reise machen. Man kann dann so schön von Station zu Station die Landschaft beschreiben, man kann erzählen, wie die Betten im Gasthof waren, was der Wirt sagte und der Oberkellner, vielleicht sogar der Pikkolo, man kann Seite um Seite mit Naturschilderungen füllen und so am Ende der Fahrt stolz auf zwanzig vollgeschriebene Seiten blicken. Wirklich, das gibt es. Aber daß Sie das interessiert, wage ich zu bezweifeln. Sie sind modern – hui – Sie wollen schon in Brighton sein, ehe kaum abgefahren wurde. Von Ihnen ist Tempo erwünscht. Was träge fließt wie Himbeersaft, wird weggeschüttet. Sie wollen Sekt!

Ich schildere deshalb auch nicht, wie Loretta und Flip achthundertachtzig Kilometer über verstopfte Straßen und durch netten, anhaltenden englischen Landregen fuhren, ehe sie am Ziel waren, nein, ich mache mit Ihnen einen Sprung – hoppla! – und wir sind in Brighton.

Brighton ist für England das, was für Deutschland Westerland auf Sylt ist. Mordsbetrieb. Bekannte Größen aus Film, Funk und Fernsehen. Schwerreiche Kerle mit Luxusautos und Brillanten an den Fingern, dicken Bäuchen und rätselhaft schönen Frauen. Kleine Künstler, die einem Erlebnis nachjagen. Reporter, die Filmstars beim Flirt erwischen wollen. Und Schriftsteller, die Stoff für einen neuen Roman suchen und meistens an irgendeiner Frau scheitern. Der Strand ist weiß, die Hotels sind weiß – braun hingegen ist der Mensch, der faul im Sand liegt und sich braten läßt.

Als Loretta und Flip in Brighton eintrafen, wimmelte der Strand von Badelustigen, und die Promenade roch mehr nach Parfüm als nach Seeluft. Die beiden stiegen im Hotel Excelsior ab, wo ihnen der Geschäftsführer Gary Wragby entgegenstürzte und die Koffer ins Haus tragen ließ. Fotoreporter einiger Illustrierten knipsten Loretta und schickten ihren Redaktionen die Bilder mit den Unterschriften »Loretta Gower will sich erholen« oder »Ein Opernstar am Badestrand«. So was sieht und liest die Menge gern, und wenn es hundertmal derselbe Quark ist.

Gary Wragby war als Hotelgeschäftsführer ein alter Hase. Ein Blick hatte ihm genügt, und er quartierte William neben Lorettas Appartement in ein Zimmer ein, das durch einen Balkon mit den Räumen Lorettas verbunden war. Dann gab er strikte Anweisung, Frau Gower so unauffällig wie möglich zu bedienen und so zu tun, als sei sie völlig inkognito gekommen. Wer zwanzig Jahre lang ein Hotel leitet, weiß rasch, welche Bande zwischen einer Dame und ihrem Chauffeur bestehen (oder noch nicht bestehen), und wo man so diskret wie möglich zu sein hat. (Dabei ergab es sich dann oft genug, daß sich Wragby fragte: Warum bin ich Hoteldirektor geworden und nicht Chauffeur?)

Der Badestrand von Brighton ist berühmt. Man kann dort so ziemlich alle Annehmlichkeiten haben, die man sich wünscht, mit Ausnahme von Ruhe und Alleinsein. Loretta hatte anscheinend keine andere Passion, als in einem wundervollen Badeanzug im Sand herumzustapfen, mit Flip ins Meer hinauszuschwimmen und sich zu sonnen. Faul lagen sie dann am Strand, spielten mit den Fingern im Sand oder lasen in bunten Magazinen, die alle entzückende Liebesgeschichten brachten, in denen ein Happy-End das andere jagte (ganz wie im wirklichen Leben, dachte William bitter). Einmal fanden die zwei sogar eine von William verfaßte Geschichte in einem Magazin, und er schämte sich, je einen so haarsträubenden Blödsinn geschrieben zu haben.

»Oh, sehen Sie her!« rief Loretta und tippte mit dem Finger auf die Magazinseite. »Eine Geschichte von William Ashborne!«

»Heilloser Quatsch!« erklärte William wegwerfend. »Da schreibt dieser Ignorant, daß man einer Frau mit Geist imponieren kann.«

»Und stimmt das etwa nicht?«

»Nein.« William drehte sich auf den Rücken und starrte in den wolkenlosen, blauen Sommerhimmel. »Wer heute mit einem Aufwärtshaken einen Zweizentnermann k.o. schlägt, ist gefragter als geistvolle Denker. Heute triumphiert der Bizeps – der Geist geht baden oder haust in Kellerwohnungen. Das ist traurig, Mylady, aber es ist so. Heute fragt man nicht mehr, was kannst du, sondern was hast du? Und wenn einer die Leute übers Ohr haut und dadurch zu Geld kommt, steht er gesellschaftlich wesentlich höher als der stille Gelehrte, der den Zusammenhängen im Weltall nachspürt. Und so ist es überall. Eine Illustrierte, die heute auf ihren Titelblättern nicht ständig nackte – oder zumindest halbnackte Frauen bringt, schwebt in Gefahr, pleite zu gehen. Den Entdecker des Erregers der spinalen Kinderlähmung aber mag keiner sehen. Was will der alte Mann mit Bart und Brille in einer Illustrierten? Das ist der Geschmack des zwanzigsten Jahrhunderts, Mylady. Ich komme da nicht mehr mit.«

Loretta lag auf dem Bauch und scharrte mit den Händen kleine Hügel aus Sand zusammen. Es sah aus, als wollte sie um sich herum einen Wall errichten.

»Was betrachten Sie denn als das Höchste in unserem Leben, Flip?« fragte sie.

»Die Seele, Mylady«, antwortete William. »Sie ist das Wichtigste, das den Menschen vom Tier unterscheidet. Ohne Seele, Mylady, wäre der Mensch nicht mehr menschlich.«

Loretta wischte die kleinen Sandhügel mit der Hand weg und richtete sich auf.

»Wir wollen lieber das Meer und den blauen Himmel genießen, als uns mit solchen Themen befassen. Sie sind kein guter Gesellschafter, Flip.«

William sah sie vorwurfsvoll an.

»Verzeihung, Mylady, lassen Sie mich gleich das Thema wechseln. Ob wir morgen wieder schönes Wetter haben? Der Himmel ist so blau – ob er eigentlich so blau bleibt?«

»Jetzt werden Sie albern, Flip«, sagte Loretta und sprang auf. »Kommen Sie, wir gehen ein Eis essen. Vielleicht bringt Sie das auf andere Gedanken.«

Gehorsam erhob sich William und trottete neben Loretta her. Sie ist die Herrin, dachte er, ich bin nur ein Knecht, buchstäblich sogar, ein Pferdeknecht, und muß mich von ihr zurechtweisen lassen. Mißmutig setzte er sich in den Eispavillon am Strand und aß ein Vanilleeis. Stumm saßen sie einander gegenüber, bis Loretta plötzlich ihren Stuhl zurückstieß und zwei ihr bekannte Schauspielerinnen, die sie in der Nähe entdeckt hatte, begrüßte. Sie bummelte mit den beiden ein Stück am Strand entlang, während William vor seinem zerfließenden Eis hockte und eigentlich an nichts dachte.

Plötzlich zuckte er zusammen; von einer Querstraße einbiegend, betrat eine alte Dame, die eingehüllt war in düsteres Schwarz, die Promenade. Tapfer stapfte sie trotz der Hitze mit gewichtigen Schritten dahin. Auf ihren grauen Haaren saß ein schwarzer Seidenhut.

Nervös machte sich William an seinem Tisch klein, verzweifelt suchten seine umherirrenden Augen einen Fluchtweg, aber der Pavillon hatte nur einen Ausgang, und der führte hinaus auf die Promenade.

Tante Mary! Tante Mary Abbot war in Brighton!

Ashborne fühlte, wie ihm der kalte Schweiß ausbrach. Wußte Loretta etwa, daß Tante Mary hier war, und war sie deshalb nach Brighton gefahren? Natürlich, sie konnte ja tun und lassen, was sie wollte, sie war ihm keine Rechenschaft schuldig, er war doch nur Flip, der Chauffeur – was hätte Tante Mary mit Flip zu tun?

Ich muß weg, schoß es ihm durch den Kopf. Er sah, wie Loretta Tante Mary herzlich begrüßte und sie unterfaßte. Wenn sie hier hereinkommen, flüchte ich, dachte William. Ich renne einfach weg, fahre nach Invergarry oder auf die Insel Pabbay und verstecke mich. Jetzt ist mir alles egal. Tante Mary in Schwarz, in Trauer um den verlorenen Neffen – und er saß hier vor einem geschmolzenen Vanilleeis! Es war zum Heulen! Oder zum Schießen!

Bereit aufzuspringen, kauerte William auf seiner Stuhlkante. Aber Loretta blieb mit Tante Mary stehen und sah hinaus aufs Meer.

»Ist es hier nicht herrlich?« sagte sie. »Es war doch eine gute Idee, dir diese Reise vorzuschlagen, Tantchen? Oder nicht?«

Tante Mary nickte und wischte sich den Schweiß aus den Augen.

»Es wäre alles noch viel schöner, wenn der gute Junge, der liebe William endlich gefunden würde. Wie oft habe ich mich über ihn geärgert, und wie sehr fehlt er mir jetzt! Wenn wir wenigstens sicher sein könnten, daß er noch lebt. Sieh dir meine Kleidung an, dann weißt du, daß ich auf alles vorbereitet bin. Im übrigen verstehe ich nicht, Loretta, wie du dich allein unter die vielen Männer hier wagen kannst. Weißt du denn nicht, was die im Schilde führen? Die Geschichte mit William zeigt doch, in welchen Zeiten wir leben. Heute ist doch alles möglich.«

Loretta lächelte. Jetzt ist es soweit, dachte sie. Das Ende des

Flip-Theaters steht vor der Tür.

»Ich bin nicht allein, Tante. Ich habe meinen Chauffeur und Kutscher mitgebracht.«

»Deinen Chauffeur und Kutscher?« Tante Mary zog geringschätzig die Augenbrauen hoch und blickte sich um. »Wo ist er denn?«

Loretta nickte zu dem Eispavillon hinüber.

»Dort. Der Große da mit dem Bart und der Sonnenbrille, der in der blauen Badehose am Tisch neben dem Eingang.«

Tante Mary schaute angestrengt hinüber und sah auch einen großen, bärtigen Mann dort sitzen. Er trug eine Sonnenbrille und eine blaue Badehose. Bart, Sonnenbrille und blaue Badehose interessierten aber Tante Mary nicht. Was ihren Blick magnetisch anzog, war eine breite Narbe auf der Brust des Mannes.

Tante Mary machte die Augen zu, dann riß sie sie wieder auf, und sie begann leicht zu schwanken.

»Die Narbe«, sagte sie aufgeregt. »Die Narbe auf der Brust . . . die hat er sich in Denbigh geholt . . . beim Spielen stürzte er auf die Kante einer Kohlenlore. Loretta . . . das ist doch . . . das ist doch . . .« Und plötzlich riß sie beide Arme hoch, setzte sich in Bewegung und schrie: »William! Guter Junge! William!«

Ashborne hörte den Schrei und sprang auf. Wie von Furien gehetzt, raste er aus dem Pavillon, rannte um die Ecke, sauste die Promenade entlang, kümmerte sich nicht um die erstaunten Leute und die rufende Tante Mary, stürzte in die nächste Querstraße und lief zum Hotel. Dort fuhr er mit dem Lift auf sein Zimmer, schlüpfte in rasender Eile in seinen Anzug, sauste mit dem Lift wieder hinunter in die Halle und sprang in eine der vor dem Hotel geparkten Droschken.

»Nach London!« stieß er hervor. »Fragen Sie nicht, fahren Sie los! Ich zahle den doppelten Preis!«

Als der Wagen um die Ecke fuhr, sah William, wie Loretta

und die keuchende Tante Mary gerade um die Promenade bogen und ihm nachstarrten.

Aus! sagte er sich. Restlos aus! Heute abend wollte ich ihr alles sagen, und sie sollte sich entscheiden. Aber diese Blamage! Nein! Lieber irgendwo auf einer Insel Eidechsen fressen, als nach diesem Hereinfall noch einmal um Lorettas Hand anhalten.

Er lehnte sich in die Polster zurück und schloß die Augen.

Vergiß Loretta, sagte er zu sich selbst. Vergiß sie. Wenn du nicht aufhörst, an sie zu denken, verlierst du jeden Lebensmut. Darum vergiß sie und lebe irgendwo in einem Winkel der Erde, still und erledigt. Man soll die Liebe nicht so tragisch nehmen. Er lachte gequält. Schön ist alle Theorie, aber sie wird in der Praxis bitter, wenn man als Mensch ein Rindvieh ist.

An der Ecke der Promenade lehnte sich Loretta erschöpft an die Hauswand und strich sich die Haare aus den Augen.

»Ich sehe ihn nicht wieder«, sagte sie leise. »Ich weiß, daß er nie wiederkommt. Und ich liebe ihn doch so.«

»Was? Diesen unmöglichen Menschen? Diesen Flegel? Diesen Lümmel?« Jetzt, da Tante Mary wußte, daß William lebte, geriet sie im Nu wieder ins alte Fahrwasser und schimpfte über ihn nach Noten. »Bist du nicht bei Trost? Einen solchen Menschen liebt man nicht. Er hat sich dir doch unter falscher Flagge genähert? Oder sehe ich das etwa nicht richtig?«

»Er hat es aus Liebe getan«, antwortete Loretta mit verdächtig brüchiger Stimme.

»Aus Liebe?« Tante Mary kochte über. »Aus Liebe hält man um die Hand der Ersehnten an, und damit basta!«

»Das hat er ja dreimal getan, indirekt wenigstens.«

»Und?«

»Ich habe ihn dreimal abblitzen lassen.«

»Was?« Tante Mary warf das Steuer wieder herum. »Du

hast dem guten, lieben, anständigen William drei Körbe gegeben? Da hört sich ja alles auf, Loretta. Ich bin entsetzt.«

»Was soll nun werden?« Loretta hob beide Arme. »Keiner weiß doch, wohin er sich absetzt. Wo soll ich ihn suchen? Ich habe mir das so schön vorgestellt. Ich wollte mich mit meinem Kutscher Flip verloben und ihm erst dann sagen, daß ich weiß, wer er ist. Oh, Tante Mary, ich bin ja so unglücklich.«

Weinend lehnte sie sich an Tante Marys schwarze Brust und verbarg ihr Gesicht in den Händen. Gegen Tränen war auch Tante Mary nicht gefeit. Brummend wischte sie ihrer Nichte die Augen aus und tupfte ihr die Tränen von den Wangen weg.

»Man soll die Liebe nicht so tragisch nehmen«, meinte sie. »Noch ist nicht aller Tage Abend, mein Kind. Die Welt ist klein, Loretta. Man wird in ihr doch einen Mann wie Lord Ashborne noch einmal finden können, ganz egal, wo.«

Das zehnte Kapitel, in dem man nicht weiß, ob man weinen oder lachen soll

Na, na, werden Sie, liebe Leserin, sagen, das ist ja ein tolles Stück. Rennt dieser Knabe da einfach weg und läßt Loretta mit der gestrengen Tante Mary allein. Das ist nicht sehr nett, und feige ist es außerdem. Hätte ich dem William nicht zugetraut, wirklich nicht. Der Bursche war so sympathisch, aber jetzt wird er echt ungezogen und verrückt. Wenn ich an Lorettas Stelle wäre, würde ich ihn ruhig sausen lassen und ihm nicht nachfahren.

Ich glaube, Ihre Theorien gehen da wieder einmal in die Irre, denn Loretta liebte ja William, und da liegt bekanntlich immer der Hase im Pfeffer. Wenn man einen Menschen liebt, fragt man nicht lange, wieso, warum, weshalb und wodurch das der Fall ist. Man hat in der Regel den Verstand verloren, und ich fräße einen Besen samt Stiel, wenn Sie, liebe Leserin, sozusagen im Ernstfall nicht genauso reagieren würden wie Loretta.

Guten Appetit, sagen Sie nun, ich habe bisher allerhand über mich ergehen lassen, ohne zu erklären: Jetzt ist aber Schluß! Was dieser William Ashborne nun macht, ist trotzdem absolut indiskutabel. Läuft einfach weg, statt sich dem Drachen Mary Abbot zu stellen, eine artige Verbeugung zu machen und zu sagen: »Liebes, reizendes Tantchen, du siehst entzückend aus in deinem Sommerkleid!« Und zu Loretta: »Mylady, welches Programm wünschen Sie heute abend? Eine Autotour die Küste entlang oder eine Bootsfahrt auf dem Meer?« Wetten, daß dann Tante Abbots Zorn verflogen wäre, und daß auch Loretta gelacht und gesagt hätte: »Mein lieber William, komm in meine Arme! Kiss me!«

Meine Liebe, wer so redet, kennt nicht die menschliche Seele. Diese geht am Einfachen vorbei und liebt das Komplizierte. Das ist nun mal so, und wer mitten im Schlamassel sitzt, wie der gute William, der verfällt nur auf das Dümmste und nicht auf das Naheliegendste.

So sah denn auch alles trostlos aus, gewissermaßen schwarz in schwarz. Loretta saß in ihrem Hotelzimmer und rauchte eine Zigarette nach der anderen, und Tante Mary marschierte zwischen Tür und Fenster auf und ab und schimpfte nach Kräften, allerdings nun wieder andersrum.

»Meine Würde erlaubt es mir nicht, dir mehr zu sagen, als daß du eine dumme Gans bist. Rauche nicht soviel! Denke lieber daran, was du verbrochen hast! Meinen lieben William so zu behandeln! Diesen netten, braven, guten Jungen! Als Kutscher war er tätig, verrichtete niedrigste Arbeiten, um in deiner Nähe zu sein, so liebte er dich! Und wie danktest du es ihm? Du hast ihn behandelt wie einen Misthaufen, den man mit der Gabel umwendet, damit er richtig gar wird.«

Tante Mary vergaß also doch laufend ihre Würde und setzte sich nun schwer in den Sessel am Fenster. Sie ergriff den Telefonhörer und wählte eine Nummer.

»Wen rufst du denn an?« fragte Loretta, wobei sie sich die Nase putzte.

Mary Abbot winkte ab.

»Ich werde versuchen, William aufzuhalten! – Ja? Wer ist dort? Butler Stoke?«

Loretta sprang auf und wollte ihr den Hörer aus der Hand reißen, aber Tante Mary hielt sie sich energisch vom Leibe.

»Stoke, hören Sie mal«, begann sie, »ich hätte nicht gedacht, daß Sie ein solches Rindvieh sind.«

Butler Stoke in Aberdeen verdrehte die Augen und hielt die Sprechmuschel mit der Hand zu. Seine Tochter Bebsy stand neben ihm und sah, wie ihr Vater eine Grimasse schnitt. »Tante Mary«, sagte er leise zu ihr. »Der Drachen ist in Fahrt. Rindvieh nennt sie mich.« Und, die Hand von der Sprechmuschel nehmend: »Jawohl, Mylady, das hätte ich auch nicht gedacht. Darf ich fragen, worum's geht?«

»Seien Sie nicht noch frech dazu!« schrie Lady Abbot in Brighton. »Haben Sie denn wirklich nicht gemerkt, wer dieser Flip ist, der da bei Ihnen die Pferde versorgt?«

»Ein Kutscher und Chauffeur, Mylady.«

»Ein Lord!«

»Jawohl, bei einem Lord war er vorher als Kutscher in Stellung. Er hat sehr gute Manieren.«

Tante Mary schnaufte. Ein Seelöwe, der, nach Luft japsend, aus dem Wasser taucht und die Eisschollen beiseite schiebt, hätte keine bedrohlicheren Geräusche erzeugen können. Tante Mary brachte die Lippen ganz nahe an die Sprechmuschel heran und brüllte: »Der Kutscher Flip ist Lord Ashborne!«

Stoke sah seine Bebsy an und schüttelte den Kopf. Er tippte

sich an die Stirn, zeigte auf die Sprechmuschel und antwortete: »Daß Flip von Seiner Lordschaft kam, weiß ich, Mylady. Er wurde dort gut ausgebildet; ein sehr verläßlicher Bursche.«

»Stoke!« schrie Tante Mary. »Begreifen Sie Hornochse denn nicht: Flip *ist* Lord Ashborne!«

»Weeer ist Flip?« fragte Stoke nun doch gedehnt. Er starrte Bebsy an, seine Augen waren weit geöffnet, er schluckte krampfhaft.

»Der *Lord*, Stoke!«

»Der *Lord*?« röchelte der Butler. Dann legte er einfach auf und ließ sich auf den nächsten Stuhl fallen. »Bebsy«, sagte er leise, »meine liebe einzige Tochter . . . unser Kutscher Flip ist gar nicht der Flip . . . er ist der Lord.«

»Aber nein!« schrie Bebsy auf. »Und wer ist dann Percy?«

Das war ein Signal für Butler Stoke. Er fuhr aus seiner würdevollen Haut und hieb mit der Faust auf den Tisch.

»Dein Percy ist sein Komplice! Sein Mitwisser! Sein Kammerdiener, der alles deckt! Sicher ist er das! Wir sind hintergangen worden! Man hat uns an der Nase herumgeführt! Diesen Percy jage ich zum Teufel! Sofort!«

»Aber wir lieben uns doch, Vater«, jammerte Bebsy. »Wir wollen doch heiraten.«

Stoke wischte sich über die Augen. »Bebsy«, sagte er plötzlich mild. »Bebsylein, glaubst du, der Spießgeselle und Freund eines Lords heiratet eine kleine Zofe? Nie und nimmer. Es wäre unter seiner Würde. Er spielt nur mit dir . . . das ist alles. Ich werde mit ihm sprechen.« Stoke stand auf. »Wo ist er denn jetzt?«

»Im Park. Er schneidet die Rosenstöcke.« Bebsy klammerte sich an den Vater. »Bitte, bitte, geh nicht. Laß mich mit ihm sprechen, ich kann das besser, und mir sagt er auch die Wahrheit. Laß mich gehen.«

»Wie du willst.« Stoke sah in den Spiegel, ordnete sich den Schlips an seinem steifen, weißen Kragen. »Aber vergiß nicht, mein Kind, du bist die Tochter des Butlers. Wir haben Haltung zu bewahren, in allen Lagen. Wer Percy ist, soll uns nicht mehr interessieren, aber daß wir Lord Ashborne einige Tage unter uns als Kutscher hatten, das muß uns eigentlich mit stillem Stolz erfüllen. *So* mußt du denken, mein Kind. Und nun geh.«

Im Park schnitt Percy die Rosenstöcke und sang dabei ein Seemannslied. Das paßte zwar nicht zusammen, der Gesang entsprang aber einem Bedürfnis, dem Percy oft erlag, denn sein Traum war die See. So merkte er nicht, wie Bebsy plötzlich hinter ihm stand und ihn anrief: »Herr Kammerdiener!«

Percy fuhr herum und ließ fast die Schere fallen. »Bebsy, du Racker«, sagte er zärtlich, »mich so zu erschrecken! Was ist denn, mein Süßes?«

Er wollte nach ihr greifen.

»Finger weg!« rief Bebsy zornig. »Gestehe, daß Flip in Wirklichkeit Lord Ashborne ist!«

Percy wurde blaß und bekam einen Hustenanfall, der ihm wieder die Röte ins Gesicht trieb. Und während er hustete und keuchte, jagten die Gedanken durch seinen Kopf. Woher weiß sie das? Wer hat uns da verpfiffen? Oder hat sich William in Brighton so blöd benommen, daß alles aufgeflogen ist?

Er beschloß, sich äußerst dumm zu stellen, und fragte Bebsy freundlich: »Hast du sonderbar geträumt, mein Täubchen?«

»Tante Mary hat eben angerufen, Flip sei der Lord!« schrie Bebsy. »Stimmt das?«

»Da mußt du Tante Mary fragen, mein Kleines«, erwiderte Percy ausweichend. Die alte Hexe, durchfuhr es ihn, sie hat uns erkannt. Jetzt gnade uns Gott, wenn sie nach Aberdeen kommt.

Er kam nicht dazu weiterzusprechen, weil Bebsy ihn bei den Rockaufschlägen packte und ihn an sich heranzog.

»Und wer bist du, Percy?« zischte sie. Ihre Augen flammten. »Hast du mich auch belogen?«

»Ich bin ganz und gar dein Percy, immerdar«, antwortete er und lächelte. »Du siehst hinreißend aus, wenn du wütend bist.«

»Du bist der Kammerdiener des verdammten Lords! Ihr beide steckt unter einer Decke, nicht wahr? Gestehe es!«

Und Percy versuchte das letzte zu retten, indem er sagte: »In der Nähe deiner Lippen gestehe ich alles . . .«

Daraufhin erhielt er von Bebsy eine Ohrfeige, und das Mädchen rannte laut weinend durch den Park davon.

So ist das nun, dachte Percy und drückte die Zunge von innen gegen die brennende Backe. Da führt man seinen Freund der Liebsten zu, nimmt alle Opfer auf sich, und zum Dank wird man allein gelassen und erhält Ohrfeigen. Es ist zum Verrücktwerden. Wenn dieser William bloß nicht so dusselig gewesen wäre. Die Katastrophe kann nur in Brighton geschehen sein.

Percy sah sehr pessimistisch in die Zukunft.

Außerdem wagte er es auch nicht, ins Haus zurückzukehren, denn auf der Terrasse zeigte sich unheilverkündend die Gestalt des Butlers Stoke, der bereit war, sich, Würde und Geist außer acht lassend, auf Percy zu stürzen.

Von Brighton aus rief Tante Mary unterdessen alle Adelsschlösser und Landsitze an und verständigte die gesamte Verwandtschaft, daß »der liebe William mit Bart und braungefärbten Haaren herumirrt«.

»Ich bitte euch«, setzte sie jedesmal hinzu, »mich es sofort wissen zu lassen, wenn er bei euch auftauchen sollte. Ihr erreicht mich in Brighton im Excelsior.«

In Invergarry wußte man scheinbar von nichts. Der alte Diener sagte am Telefon nur: »Ja, Mylady. Nein, Mylady«, und regte damit Tante Mary maßlos auf.

»Wenn Seine Lordschaft kommt, ihn festhalten!« rief sie

schnaufend. »Haben Sie mich verstanden?«

»Nein, Mylady. Seine Lordschaft steht hoch über mir und kann von mir, einem Diener, nicht festgehalten werden.«

»Er ist aber geistig verwirrt!« schrie Tante Abbot.

»Haben Sie einen ärztlichen Befund in Händen, der das bestätigt, Mylady?«

Erschöpft legte Lady Abbot auf und sank in den Sessel zurück. Sie schwitzte sehr und besprengte sich mit Kölnisch Wasser.

»Alles Verbündete«, röchelte sie und sah ihre Nichte an, die am Fenster saß, ein Seidentuch zerrupfte und sich sehr, sehr elend vorkam. »Ich habe den Verdacht, daß sie alle wußten, daß er der Flip ist . . . nur wir beide nicht.«

»Ich wußte es doch auch«, korrigierte Loretta sie unglücklich.

»Um so schlimmer für dich!« begann Tante Mary wieder zu schimpfen. »Du hast das infame Spiel mitgemacht und mich getäuscht, während ich mich um meinen William sorgte und mich von diesem widerlichen Mr. Fish um ein Vermögen bringen ließ. Pfui Teufel!«

Ihre Entrüstung war echt. Man sah das daran, daß sie plötzlich zu weinen begann, und was das hieß, sagte ich schon einmal. Wer Tante Mary je weinen sah, wünschte sich, das nie wieder erleben zu müssen. Wenn ein Vulkan tätig wird und Lava fließen läßt, dann ist das ein angsterregendes Schauspiel von schrecklichen Dimensionen. Tante Marys Tränen aus den Augen stürzen zu sehen, war aber auch etwas, das dem Betrachter den Atem rauben konnte. Der ganze massige Körper weinte dann mit, und es war, als wollte er gleich mit fortschwimmen, als löste er sich in Flüssigkeit auf und setzte das Zimmer unter Wasser.

Auch Loretta vermochte dies wieder einmal nicht mit anzusehen und trat zu Mary Abbot, legte den Arm um ihre Schulter und sagte entgegen ihrer eigenen Überzeugung: »Vielleicht wendet sich alles rasch zum Besseren, Tantchen. Er wird nach Invergarry zurückkehren, und dort sehen wir ihn bald wieder. Dann machen wir alles umgekehrt, Tantchen. Dann werde *ich* um seine Hand anhalten . . .«

»Und dir einen Korb holen«, warf Mary Abbot skeptisch ein.

»Wenn schon! Dann trete ich bei ihm als Köchin ein, so wie er sich bei mir als Kutscher verdingte, und lasse nicht lokker . . .«

Mary Abbot sah auf, ihre Augen blitzten plötzlich wieder.

»Ein guter Gedanke, Loretta. Nur darf das keiner, absolut keiner ahnen. Mein Kind, wir alle wären gesellschaftlich erledigt, wenn die Öffentlichkeit erführe, daß das ganze Theater noch einmal . . .« Sie brach ab.

Und ich bezweifle jetzt, lieber Leser, daß Sie mit Tante Mary einer Meinung sind. Ich bin das übrigens auch nicht, das werden Sie bald sehen.

William verließ in London das Taxi und besuchte seinen Verleger Silvester Holyhead.

»Schluß!« sagte er zu ihm. »Ich werde nie mehr ein Buch schreiben. Ich habe die Nase voll. Ich werfe keine Perlen mehr vor die Säue.«

»Sie können's sich ja leisten«, meinte Holyhead trocken. »Ihre letzten Bücher gehen jetzt in die siebte Auflage. Ich habe Ihrem Bankkonto an die 20000 Pfund überwiesen. Hätte nicht gedacht, daß je eine größere Anzahl von Interessenten Ihre Bücher liest. Aber Sie sind ein ganz geriebener Propagandist in eigener Sache.«

»Sie überschätzen mich«, sagte William und zündete sich eine Zigarette an. »Ich habe das alles nicht gewollt. Ich wäre wesentlich glücklicher, wenn ich der unbekannte Schriftsteller geblieben wäre, dafür aber als Lord Ashborne das erreicht hätte, was ich als Mr. Flip anstrebte – vergeblich anstrebte.

Aber das verstehen Sie ja doch nicht.«

»Nee.« Holyhead schüttelte den Kopf. »Ich bin es jedoch gewöhnt, Dichtern vieles nachzusehen. Wer immer mit verrückten Autoren umgehen muß, lernt es bald, stoisch zu nikken und zu schweigen. Man muß solchen Leuten ihre Spielchen lassen. Was Sie da machen, geht also wieder einmal über meinen Horizont.«

»Weit war dieser ja nie«, bemerkte William bissig. »Doch nichts für ungut, Silvester. Ich werde jetzt wirklich verschwinden.«

»Wie interessant! Wohin? Vielleicht in eine Höhle? In der Sie leben als moderner Eremit? Langer Bart, Kochtopf, Wurzelgemüse, Bärenschurz um die Lende. Mal was anderes, William, nicht wahr?«

Ashborne erhob sich. »Was verstehen Sie von solchen Dingen? Ich bin zu Ihnen gekommen, um Ihnen – gewissermaßen zum Abschied – die Möglichkeit zu einem neuen Verdienst zu geben. Für die Öffentlichkeit bin ich nach wie vor verschwunden, Scotland Yard sucht mich noch immer. Geben Sie der Presse bekannt, daß ich bei Ihnen war, mit Bart und Brille und braunen Haaren. Und sagen Sie, daß ich Ihnen beichtete, daß ich jetzt wirklich verschwinden werde. Ich kleide mich gleich ganz neu ein, schneide mir den Bart ab und gehe hinein ins Dunkle. Unter Garantie können Sie für dieses Interview einen schönen Batzen kassieren. So, das wär's.« Er reichte Holyhead die Hand. »Leben Sie wohl, Silvester. Es hat mich stets gefreut, mit Ihnen zusammenzuarbeiten. Immer, wenn ich Ihnen ein neues Werk von mir brachte und ich Ihr essigsaures Gesicht sah, war mir das schon einiges wert.«

Er wandte sich ab, aber Holyhead hielt ihn noch am Arm fest.

»William«, sagte er eindringlich, »machen Sie keine Dummheiten. Sie sind irgendwie verliebt – das sieht ein Blinder. Und in diesem Zustand ist ein Mann wie ein Maulwurf, er hat keine Augen mehr und krabbelt nur nach seinem Instinkt. Und das ist gefährlich, besonders bei Ihnen, da Sie auch noch das Geld besitzen, das Ihnen jede Verrücktheit erlaubt. Nehmen Sie sich also zusammen. Werden Sie vernünftig.«

»Eben weil ich das schon geworden bin, rücke ich aus.« William streifte die Hand des Verlegers von seinem Arm. »Wenn man eingesehen hat, daß eine Sache hoffnungslos ist, darf man nicht zögern, für einen guten Abgang zu sorgen. Das hätte ich schon viel eher machen sollen, mein Lieber, dann wäre es mir erspart geblieben, so sehr blamiert zu sein, blamiert bis auf die Knochen. Und deshalb gibt es für einen Lord Ashborne jetzt nur noch eines: Einsamkeit und Schweigen. Es stellt gewissermaßen einen geistigen Selbstmord dar.«

»Verrückt!«

»Nein, vernünftig. – Leben Sie wohl.«

Ehe Silvester Holyhead noch einmal etwas sagen konnte, war William Ashborne schon aus dem Zimmer. Entgeistert blickte der Verleger auf die Tür, die zugefallen war, dann sank er in seinen Sessel und schob die Schriftstücke auf dem Schreibtisch brüsk zur Seite. Der Mann hat total durchgedreht, dachte er. Hat da ein Mädel kennengelernt, und jetzt steht er kopf und weiß nicht mehr, wo seine Beine sind. Wie komisch er überhaupt ausgesehen hat. Momentan hatte ich ihn sogar überhaupt nicht erkannt. Der fremde Bart. Die Fensterglasbrille. Wie gesagt, verrückt das Ganze.

Plötzlich kam dem Verleger ein Gedanke: Ashborne hat da ein tolles Abenteuer hinter sich. Wenn er das niederschreiben würde, entstünde daraus ein Buch, über das man lachen könnte. Nach all der lyrischen Verstiegenheit endlich ein Roman mitten aus dem Leben.

Wie ein Gummiball sprang Holyhead in die Höhe und ließ sich mit Invergarry verbinden, um den Leuten auf dem Schloß zu sagen, daß sich der Lord sofort nach seinem Eintreffen wieder mit ihm, seinem Verleger, in Verbindung setzen möge.

»Wir wissen nicht, wo er sich aufhält«, antwortete der alte Diener am Telefon. »Er wird immer noch gesucht.«

»Früher oder später wird er bei Ihnen auftauchen«, versicherte der Verleger. »Vor einer Viertelstunde noch war er bei mir. Dann entwischte er mir allerdings.«

Dies vernehmen, den Hörer auf die Gabel werfen und Lady Abbot in Brighton anrufen war für den alten Diener eins.

»Mylady«, stammelte er mit freudetrunkener Stimme, »Lord Ashborne befindet sich in London. Soeben erhielt ich die Nachricht.«

Lady Abbot hielt den Atem an und winkte Loretta, die mit großen Augen auf der Couch saß, zu sich heran.

»Die erste neue Spur«, sagte die Tante, als sie aufgelegt hatte. »Er war bei seinem Verleger in London. Der kann uns bestimmt noch mehr sagen. Mit dem nächsten Zug fahren wir nach London, Baby.«

Was dann ablief, war eine Jagd nach William. In London erfuhren sie, daß William die Absicht geäußert habe, sein ferneres Leben in ländlicher Einsamkeit zu verbringen. Das war immerhin schon ein Anhaltspunkt, mit dem konkret zwar noch nicht viel anzufangen war, der aber an sich gewisse Aufschlüsse zuließ. Nur einer kannte sich plötzlich mit völliger Klarheit aus – Percy Bishop. Er kam auf den richtigen Gedanken, behielt ihn jedoch für sich, sogar auch Bebsy gegenüber. Eines Abends war er verschwunden und hatte auf Bebsys Kopfkissen nur einen Zettel hinterlassen:

»Ich komme bald wieder. Sucht mich nicht. Ich werde Lord Ashborne auftreiben. Ich glaube zu wissen, wo er ist. Wenn ich ihn gefunden habe, gebe ich sofort Nachricht. Aber folgt mir bitte nicht, sondern wartet ab, was ich euch mitteile. Percy Bishop.«

Diese Zeilen erregten großes Aufsehen. Tante Mary, die inzwischen wieder in Aberdeen, zusammen mit Loretta, aufgetaucht war, nannte alle Männer Windhunde, denen man jedes Futter und jede Pflege verweigern müßte, brüllte die heulende Bebsy an und zerstörte den Butler restlos am Boden, indem sie ihn wieder einen Idioten nannte, der doch gemerkt haben müßte, daß weder Lord Ashborne ein Kutscher sei, noch Percy Bishop ein Gärtner.

Aber was half das alles? Loretta teilte der Oper mit, daß sie nicht wieder auftreten werde, bis Lord Ashborne gefunden sei. Die Direktoren rauften sich die Haare. Brüllend lief der Generalintendant herum, und auch der Kapellmeister verlor die Contenance. Lord Ashborne mußte her, sonst war ein Skandal unabwendbar, unter dessen Eindruck ganz England vier Wochen lang stehen würde.

Aber wo sollte man den Vermißten suchen? Die britische Insel ist zwar nicht groß, doch sie bietet dennoch ungezählte Unterschlupfmöglichkeiten, wenn jemand entschlossen ist, sich zu verbergen. Und wer sagte denn überhaupt, daß Ashborne noch im Lande war? Konnte er nicht nach Calais hinübergefahren sein, um auf dem europäischen Kontinent unterzutauchen? Ihn dort zu suchen, war völlig aussichtslos, zumal sich die Polizei nach Kenntnisnahme der wahren Hintergründe von der Sache zurückzog. Was ging Scotland Yard eine Liebesaffäre an? Wenn ein Mann freiwillig ins Dunkel ging, war das seine Privatangelegenheit. Außerdem – und das war das Ausschlaggebendste – bat endlich auch Lord Ashborne selbst schriftlich Scotland Yard darum, ihn nicht weiter zu suchen, da er sich aus Gründen, in die niemand seine Nase hineinzustecken habe, aus der Öffentlichkeit zurückzöge.

Der Brief war abgestempelt im Leicester. Also – so mutmaßte man im Hauptquartier Gower – war er auf der Fahrt in den Norden. Etwas später fand sich eine Spur in Newcastle. Dort hatte William 2000 Pfund abgehoben. Das hatte man über seine Bank ermitteln können. 2000 Pfund! Und das in der Hafenstadt Newcastle! Das sah verdammt heiß nach

Flucht auf das Festland aus. Oder vielleicht gar in die USA.

Man alarmierte alle Reisebüros und Schiffsgesellschaften und fuhr im übrigen darin fort, auf der Lauer zu liegen.

Aber Lord Ashborne blieb verschwunden.

Nur einer wußte, wo er war – und dieser eine befand sich sogar auch schon bei ihm.

Percy Bishop.

Wenn man von Nordirland aus nach Norden fährt, kommt man zu einer Inselkette, die aus vielen kleinen und kleinsten Inseln besteht. Diese Inselkette – die Hebriden oder Westinseln – ist ein Wirrwarr von stürmischen, rauhen Felseilanden, aber auch von grünen Paradiesen, die von einer einzigartigen Schönheit sind. Ganz im Süden liegen zwischen dem Atlantischen Ozean und der stürmischen Hebriden-See mit ihrer Barra-Passage die kleinen Barra-Inseln, sturmumtoste Eilande mit weiten Weideflächen und niedrigen, windschiefen Fischerkaten.

Zu diesen Barra-Inseln gehört auch die Insel Pabbay, eine fast runde Insel zwischen den Eilanden Sandray im Norden und Mingulay im Süden. Sie wird von einigen Fischern bewohnt, wenigen Hirten, und trägt auf ihrem Rücken, nahe der Küste, mit Blick auf den tosenden Atlantik, ein kleines, steinernes Landhaus, das in den fünfziger Jahren ein Naturforscher und Käfersammler erbaut hatte. Als er nach London gezogen war, hatte er es an einen reichen Mann in Schottland verkauft, den aber die Fischer und Hirten auf Pabbay noch nie zu Gesicht bekommen hatten.

Um so erstaunter war man, als eines Tages ein Boot anlegte und ein großer, schlanker Mann an Land ging, die Tür des Landhauses aufschloß und am nächsten Tag einen alten Mann engagierte, der ihm das Haus sauberhalten sollte. Und noch erstaunter war man, als zwei Tage später ein neuer fremder, um einiges kleinerer Mann an Land kam und ebenfalls in dem Haus verschwand, aus dem man dann stundenlang einen wüsten Krach hörte, welchem eine tiefe Stille folgte.

Man sah die beiden Männer in der Folgezeit öfters über die Wiesen gehen oder am Strand angeln, sah sie baden und segeln und machte sich keine Gedanken darüber. Was wußte man von Lord Ashbornes Verschwinden? Wann kam jemals eine Zeitung nach Pabbay? Was die Fischer an Nachrichten mitbrachten, waren jeweils die Fischpreise auf den Märkten von Arisaig, Small und Coll. Etwas anderes interessierte die Leute auf Pabbay nicht. Wer sprach denn auch umgekehrt davon, wenn ein Fischer von Pabbay in den Wellen des Atlantik versank? Das war Berufsrisiko, und man nickte nur und betete still.

Aber irgend etwas lag in der Luft, das spürte auch Pabbay. Seit dem Auftauchen der beiden Fremden drohte so etwas wie ein Gewitter. Noch konnte man sich die unbestimmte Ahnung nicht erklären, aber in den Fischerhütten munkelte man darüber und fing mit der Zeit doch an, die beiden Fremden scheel anzusehen.

Oft saßen die zwei am Abend auf den Felsen an der Küste und betrachteten das Meeresleuchten, das von den letzten Strahlen der untergehenden Sonne hervorgerufen wurde. Wie ein riesiger goldener See sah dann der Atlantik aus, wie eine Decke aus Goldbrokat, die bestickt war mit den zauberhaftesten Ornamenten.

»Was würdest du sagen, wenn Loretta plötzlich nach Pabbay käme?« fragte eines Tages Percy.

William sah ihn von der Seite an. »Ich würde dich ins Meer werfen.«

»Mich?«

»Von wem sonst sollte sie meinen Aufenthaltsort wissen?«

»Aber du liebst sie doch?«

»Eben darum.«

»Das soll ein vernünftiger Mensch verstehen!«

William lehnte sich mit dem Rücken an einen Felsen und streckte die Beine weit von sich.

»Hast du schon einmal am eigenen Leib erlebt, daß du eine Frau erobern wolltest, vor deren Augen du dann restlos blamiert wurdest?« fragte er.

»Nein«, erwiderte Percy, »das blieb mir bisher erspart. Aber du übertreibst. So schlimm war das gar nicht.«

»Doch, doch.«

»Ach was«, widersprach Percy, »du hast dich als Kutscher bei Loretta anstellen, hast dir einen Bart wachsen lassen, hast eine Brille aufgesetzt und deine Locken färben lassen. Du hast eine Livree getragen – du, der Lord Ashborne! – und hast einen öffentlichen Skandal auf dich genommen, im Zusammenhang mit den ungeklärten Umständen bei deinem Verschwinden. Das hast du aber alles getan, weil du Loretta liebst. Weißt du denn nicht, daß du sie damit ungeheuer beeindruckt hast, daß du ihr gezeigt hast, wie es um dich steht? Dadurch erfuhr sie nämlich, daß du zu allem fähig bist, um ihr nahe zu sein. Sogar in eine Livree bist du geschlüpft, das übertrifft alles andere und hat ihr mächtig imponiert, glaub' mir das, William. Sie sitzt jetzt in Aberdeen todunglücklich herum und weint den ganzen Tag. Der Oper hat sie abgesagt, das ist ihrerseits das höchste Opfer, das zu bringen sie in der Lage ist – nicht mehr singen. Weißt du, was das bedeutet, bei einer Frau wie Loretta Gower? Sie verzichtet auf die Ausübung ihrer Kunst, um nur noch dir nachweinen zu können. Mensch, begreifst du das nicht? Du bist das ja gar nicht wert!«

William nickte. »Vielleicht«, sagte er leise. »Wenn man dich so reden hört, ist alles so einfach. So einfach, wie einen netten Roman zu schreiben, in dem sich zwei nach einigen Verwicklungen kriegen und glücklich sind bis ans Ende ihrer Tage. Aber das Leben ist anders, Percy, da gibt es dumme Vorurteile und seelische Hemmungen, da ist der Mensch ein Schlappschwanz, und er weiß es und kann nichts dagegen tun. Da wird der Held zum erbärmlichen Feigling, weil er glaubt, er könne sich verplappern. Im Roman, oh, da reden sie alle so schön flüssig, so gewählt, so treffend, da jagen sich die Pointen und träufeln die Bonmots von den Lippen – im Leben aber, Percy, stehst du wie bescheuert da und weißt nicht einmal, ob man dir ein schüchternes Lächeln nicht schon übelnimmt.«

»Du bist total erledigt, Will«, meinte Percy nach einer Zeit des Schweigens. »Nimm dich zusammen! Loretta suchte dich, ich weiß es, das muß dir doch beweisen, daß sie dich ehrlich liebt.«

»Das glaube ich nicht!« rief William. »Meiner Ansicht nach wird sie nie vergessen können, daß ich bei Tante Marys Anblick flüchtete. Sie wird immer darüber lachen müssen, und das ertrage ich nicht. Ich bin kein Mensch, der sich auslachen läßt.«

Percy kratzte sich den Kopf. »Soviel ich hörte, hat sie geweint, statt gelacht«, sagte er. »Sie war allzu gerne bereit, dir deine Maskerade zu verzeihen.«

»Verzeihen!« schrie William. »Das ist es ja! Ich will nichts verziehen haben! Verzeihung ist Mitleid, klingt nach Vergebung, die man einem reuigen Sünder gewährt. Nein, nein! Mag Loretta glücklich werden – ich bleibe auf Pabbay.« Er sah Percy von der Seite an. »Und wenn du Loretta heimlich benachrichtigst, fliegst du ins Meer, wiederhole ich.«

»Wie du willst«, nickte Bishop. »Ich werde nichts mehr unternehmen und die Hände in den Schoß legen.«

Percy hatte es leicht, dieses Versprechen abzugeben, denn Loretta war von ihm schon benachrichtigt worden. Zwar war es nur eine knappe Meldung gewesen, die er abgesandt hatte, aber sie genügte, um in Loretta neue Hoffnungen zu wecken.

»William auf Insel Pabbay. Bin bei ihm. Erwarte weitere Nachricht. Percy Bishop.«

So lautete der kurze Brieftext. Loretta versteckte das Schreiben und sagte Tante Mary nichts davon, weil diese sofort mit dem ersten Schiff nach Pabbay gefahren wäre. Loretta tat vielmehr etwas, das William Ashborne nicht ahnen konnte: Sie fuhr zu einer Schallplattenfirma nach Edinburgh.

Ja, und jetzt wird es noch einmal dramatisch in dieser verwickelten Geschichte um den Lord Ashborne. Nicht, daß Loretta ihm per Rillenpost gehörig die Meinung gegeigt und ihm den störrischen Kopf gewaschen hätte, o nein, dazu war Loretta viel zu sehr in William verliebt. Und haben Sie schon einmal eine bis über beide Ohren verliebte Frau gesehen, die in einem Atemzug mit »Liebling« auch »Du Scheusal« gesagt hätte? Nee, das gibt es nicht. Sehen Sie, und warum sollte ausgerechnet Loretta das tun? Dann wäre sie ja ganz und gar aus dem Rahmen gefallen.

Sie ging also in Edinburgh zu einer Schallplattenfirma. In deren Räumlichkeiten kannte man sie, die berühmte Sängerin, sehr gut und empfing sie mit überschwenglicher Begeisterung.

Der Direktor machte einen Bückling nach dem anderen, was ihm, da er über geschädigte Bandscheiben zu klagen hatte, gar nicht so leicht fiel. Der Geschäftsführer sprach auf ein Magnetophonband seine Eindrücke, um für die Firma diesen historischen Augenblick festzuhalten.

»Mylady«, sagte der Direktor, »daß Sie nun doch zu uns kommen, macht uns so glücklich. Zwei Jahre bemühten wir uns um Sie bei Ihrem Agenten, wollten wir Sie für eine Plattenserie gewinnen – als Tosca, als Butterfly, als Turandot, als Mimi, als Manon; alle Puccini-Partien sollten Sie singen! Und was sagte Ihr Agent ständig? ›Loretta Gower singt nicht bei Ihnen, Ihr Laden entspricht nicht ihren Vorstellungen.‹ Laden hat er gesagt, Mylady, Laden!!«

Man hörte die zwei Ausrufezeichen. Loretta Gower lächelte den Direktor lieb an.

»Von einem Angebot hat mir mein Agent nichts gesagt.«

»Das dachte ich mir.« Der Direktor wünschte innerlich dem

Agenten alles Schlechte. »Um so erfreulicher ist es, daß Sie nun von selbst zu uns kommen.« Er rieb sich die Hände. »Womit wollen Sie beginnen? Mit der Butterfly? Ich lasse sofort unser Orchester zusammentrommeln.«

»Das Orchester können Sie zusammentrommeln.« Loretta schüttelte den Kopf. »Aber die Butterfly singe ich nicht.«

»Dann die Tosca. Oder die Mimi. Was Sie wollen.« Der Direktor strahlte. »Ich werde sofort die Verträge fertig machen lassen. Wie hoch setzen Sie Ihre Gage an?«

»Ich will keine Gage. Ich werde nämlich keine dieser Opernpartien singen, sondern ein unbekanntes Lied. Und nur eine einzige Platte soll produziert werden.«

»Waaas?« Die Stimme des Direktors drohte zu brechen. »Eine einzige Platte? Wie soll ich das verstehen, Mylady?«

»Ich will diesmal nicht als Sängerin honoriert werden, sondern möchte eine einzige Privatplatte besingen und auch besprechen.«

Der Geschäftsführer stellte schnell das Magnetophon ab, um diese Katastrophe, die der Firma drohte, nicht auch noch festzuhalten. Aufs Schlimmste gefaßt, sah er, wie der Direktor dem Drang erlag, sich die Haare zu raufen. Seine Hände fuhren hoch zum Kopf, mußten dort aber unverrichteter Dinge bleiben, da der Direktor schon seit einem Jahrzehnt über eine totale Glatze verfügte.

»Höre ich recht, Mylady?« jammerte er. »Nur eine Platte wollen Sie . . .«

»Ist das so ungewöhnlich?«

»Völlig ungewöhnlich, Mylady. Sie sprachen doch von einem Orchester? Wer soll dieses unter solchen Umständen bezahlen?«

»Ich.«

»Sie?« Der arme Mann drohte in Tränen auszubrechen. »Wenn wir wenigstens eine Verkaufsaufnahme von diesem Lied machen dürften. Loretta Gower mit einem neuen Lied.

Uraufführung bei der ›Elektroton‹. Das gäbe eine Reklame. Das wäre ein Geschäft. Von wem ist denn dieses Lied?«

»Von Lord Ashborne.«

»Von . . . Oh . . .!« Der Direktor und der Geschäftsführer blickten einander gierig an. Sie witterten den größten Hit ihrer Firma. Sie sahen die große Nummer vor sich. Von dem verschwundenen Lord ein Lied! Gesungen von Loretta Gower! Damit schlug man alles aus dem Feld, sogar die amerikanische Konkurrenz mit ihren kaum zu erreichenden Produktionen.

»Und von wem ist die Melodie?« fragte der Direktor.

»Von mir.«

Der Geschäftsführer warf die Arme in die Luft. »Wir nehmen sofort auf!« schrie er, schneller denkend als der Direktor, der diesen schönen Schrecken erst verdauen mußte, ehe sein Gehirn ihn in seiner Bedeutung erfaßte. »Wir machen sofort mit dem Orchester einige Kontaktproben. Wir üben umgehend die Melodie ein. In zwei Stunden können Sie singen, Mylady.«

»Jawohl! In zwei Stunden!« Der Direktor war soweit, dem Geschäftsführer die Initiative wieder zu entreißen. »Wir bringen die Platte in einer Riesenauflage heraus!«

Loretta nickte. »Meinetwegen. Aber dann geht das Orchester auf Ihre Kosten. Und ich stelle noch eine zweite Bedingung . . .«

»Jede, Mylady, wenn sie nur erfüllbar ist . . .«

»Die Platte darf erst dann in den Handel gebracht werden, wenn ich die Erlaubnis dazu gebe.«

»Einverstanden. Nur darf das kein Jahr dauern.«

»Sicher nicht.« Loretta sah aus dem Fenster hinaus auf die Straße, auf welcher der Mittagsverkehr brandete. »Wenn wir Glück haben, kann ich Ihnen schon in ein bis zwei Wochen diese Erlaubnis geben.«

»Prima!« Der Direktor schnellte herum. »Sofort eine Orchesterprobe ansetzen! Haben Mylady die Noten mitgebracht?«

»Ja.« Loretta holte aus ihrer Handtasche einen großen Papierbogen hervor, faltete ihn auseinander und gab ihn dem Direktor, der ihn hastig an den Geschäftsführer weiterreichte mit den Worten: »Sofort abschreiben lassen und instrumentieren! Jungs, stellt heute neue Rekorde auf! In einer Stunde ist die erste Probe!«

Was dann geschah, war ein Tumult, der ständig an ein Irrenhaus erinnerte. Der Kapellmeister riß sich den Binder vom Hals und diktierte drei Spezialschreibkräften die Melodie. Dann instrumentierte er diese für ein Streichorchester, diktierte wieder und trommelte die Musiker zusammen. Im Probensaal begann man, die ersten Takte zu fiedeln. Der Geschäftsführer und der künstlerische Leiter liefen mit der Uhr in der Hand herum und drängten und drängten, der Kapellmeister verlor die Nerven und schmiß seinen Taktstock an die Wand. Man schrie sich an, schreckte vor den gröbsten Beleidigungen nicht zurück und war nahe daran, sich gegenseitig zu ohrfeigen.

Es war ein Wunder, daß dabei noch etwas herauskam und nach einigen Stunden das Lied für das Orchester eingeübt war und das Ganze, abgesehen von kleinen Schönheitsfehlern, klappte.

Loretta Gower wurde zur ersten Kontaktprobe vom Direktor selbst begleitet. Nicht am Flügel, sondern zu Fuß. Das war das einzige, was er konnte, denn er war total unmusikalisch, was keiner wußte und auch nicht wissen durfte. Er gab sich immer sehr sachverständig, nörgelte an den besten Aufnahmen herum und drückte sich so vor Gehaltserhöhungen für gute Leistungen seiner Belegschaft.

Die Probe war gut. Loretta sang das Lied mit viel Gefühl. Der Direktor saß im Sessel vor der Bühne, auf der die Aufnahmen stattfanden, und klatschte nach Beendigung der Darbietung in die Hände.

»Herrlich!« rief er. »Einzigartig! Das nennt man die Macht des Gesanges! Text von Lord Ashborne, Melodie von Loretta Gower . . . meine Damen und Herren, es wird unsere erfolgreichste Platte werden!« Und zur Kapelle sagte er, um sein Lob wieder zu dämpfen: »Freilich nur, wenn Sie sich alle Mühe geben . . .«

Man gab sich alle Mühe. Man fiedelte auf Teufel komm raus, man blies, man zupfte. Und Loretta sang wie eine Göttin . . . einmal, zweimal, fünfmal. Erst beim elftenmal wurde die Aufnahme gemacht.

Die neue Platte war fertig. Der Toningenieur in seiner Glaskabine winkte. Der Direktor sprang auf und konnte sich nicht davon abhalten, Loretta Gower zu umarmen.

»Mylady, das wird ein neuer Triumph!« Mit großer Schadenfreude rieb er sich die Hände. »Und Ihr Agent weiß davon nichts?«

»Nein.«

»Ha! Das ist wundervoll! Er wird platzen, der arrogante Mensch! Er wird zerspringen vor Ärger!«

»Sie müssen es ihm schonend beibringen.«

Der Direktor lachte. »Das werde ich. So schonend, daß er einen Herzinfarkt erleidet.«

Darüber mußte auch Loretta lachen. »Bringen Sie mich nicht um meinen Agenten, mein Lieber.«

»Ich könnte Ihnen sofort einen viel besseren Ersatz beschaffen, Mylady.«

»Wen?«

»Mich.«

Lorettas Vergnügen wuchs. »Und wer sollte die Firma hier leiten?«

»Das wäre mir vollkommen egal, Mylady. Für mich gälten dann nur noch Ihre Interessen. Und das hieße, daß ich aus diesem Laden hier das Doppelte als bisher herauszuziehen wüßte, wenn Sie verstehen, was ich meine, Mylady.«

»Ich verstehe Sie vollkommen.«

In das Gelächter der beiden stimmte auch der Geschäftsführer ein, dann verabschiedete sich Loretta. Als sie auf der Straße in ihren Wagen stieg, den sie heute selbst steuerte, wozu sie natürlich durchaus in der Lage war, folgte ihr in geringem Abstand ein kleineres Auto.

In diesem saß wieder Mr. Fish und wandte die alte Taktik an, Loretta zu beschatten, um den Aufenthalt des zum zweitenmal verschwundenen Lord Ashbornes zu ermitteln. Da er bald sah, daß Lady Gower den Weg nach Aberdeen einschlug, um nach Hause zu fahren, machte er kehrt und steuerte seinen Austin zurück nach Edinburgh zur ›Elektroton‹.

Der Direktor empfing Mr. Fish wie einen Mann, dem es an jeder Bedeutung mangelt. Zuerst ließ er ihn eine halbe Stunde lang warten, obwohl er nichts zu tun hatte und nach alter Gewohnheit Männchen auf Löschblätter malte, die seine Privatsekretärin regelmäßig heimlich verbrennen mußte, damit sein Nimbus der Überarbeitung erhalten blieb. Dann sah er Mr. Fish von oben herab an. Platz bot er ihm keinen an.

»Sie wünschen?« fragte er ihn.

»Ich möchte wissen, was Lady Gower soeben hier wollte.«

»Was?« Der Direktor beugte sich vor. »Wenn Sie ein Reporter sind, dann ziehen Sie Leine, Mann, ehe ich mich vergesse. Sind Sie aber von der Konkurrenz, dann rettet Sie nur noch ein Sprung aus dem Fenster. Falls Sie aber sogar von . . .«

»Ich bin Detektiv«, unterbrach Mr. Fish ihn. »Ich habe den Auftrag, den Aufenthaltsort von Lord Ashborne zu ermitteln.«

»Detektiv?« Dem Direktor war auch an Lord Ashborne gelegen, und so präsentierte er nach rascher Sinnesänderung Mr. Fish eine seiner besten Zigarren, ferner einen Cognac, endlich bot er ihm auch einen Sessel an und gewährte ihm zuletzt sogar Einblick in den neuen Vertrag mit Loretta Gower.

Mr. Fish war sehr zufrieden und verabschiedete sich erfreut.

Was er nicht wußte, war, daß von Loretta am Stadtrand von Edinburgh eine Platte zur Post gegeben wurde.

›An Lord Ashborne‹, lautete die Adresse. ›Insel Pabbay.‹

Und Loretta stand noch lange sinnend vor dem Postamt, das ihre Botschaft jetzt über das brausende Meer bringen würde.

Nach Pabbay. Zu William. Und sie lächelte glücklich.

William staunte nicht schlecht, als Percy draußen vor der offenen Tür dem Postboten ein Päckchen abnahm und mit demselben ins Zimmer trat.

»Woher?« fragte Ashborne.

Percy sah auf den Poststempel. »Aus Edinburgh.«

»Edinburgh? Von wem?«

»Kein Absender.«

Ashborne schüttelte den Kopf. »Wer kann in Edinburgh wissen, daß ich auf Pabbay bin? Das ist die erste Post, die ich bekomme. Sollte man mich doch schon aufgestöbert haben? Gibt es denn keinen Ort auf dieser Welt, an dem man leben kann, ohne entdeckt zu werden?«

»Anscheinend nicht. Aber mach' doch erst einmal das Päckchen auf.«

William löste die Verschnürung, zog dann einen flachen Karton hervor und öffnete ihn. Zwischen Wellpappe und Holzwolle lag schwarzglänzend eine Schallplatte.

»Wie nett!« meinte Percy. »Ein Menschenfreund will unserer Einsamkeit mit Musik abhelfen. Wen in Edinburgh kennst du, der dafür in Frage käme?«

»Niemanden«, sagte Ashborne völlig erstaunt. »Ich kann mir das nicht erklären. Was soll ich mit dieser Platte?«

»Vielleicht handelt es sich um Reklame. Wenn du sie abspielst, bietet eine angenehme Stimme Hosenträger oder Hormoncreme an. Man müßte sich davon überzeugen.«

»Ohne Grammophon?«

»Teufel noch mal!« Percy kratzte sich hinter dem Ohr. »Ob einer der Fischer vielleicht einen Apparat hat?«

»Das glaube ich kaum.«

Sie betrachteten die Platte und dachten nach. Das Licht fiel auf die Rillen. Es ging eine große Lockung von der schwarzen Platte aus. Neugier regte sich. Da hat man nun eine Schallplatte und weiß nicht, was auf ihr ist. Dieser Zustand ist ekelhaft – er kann nur von demjenigen nachempfunden werden, der auch schon vor so einem kreisrunden Ding saß und wissen wollte, was die Rillen bargen.

»Ob es in Small Grammophone gibt?« fragte William.

Percy nickte. »Bestimmt. Daran habe ich auch schon gedacht. Ich werde deshalb morgen mit den Fischern nach Small fahren und so ein Ding mitbringen. Und dann wollen wir uns einmal anhören, was man uns da ins Haus geschickt hat.«

So kam es, daß William und Percy am nächsten Abend gespannt vor einem neuen Koffergrammophon saßen und die mysteriöse Platte auflegten. Bevor William die Membrane mit der Nadel ansetzte, sah er Percy an.

»Was denkst du, was es ist?«

»Reklame, wie ich schon sagte. Irgendeine Firma preist Ladenhüter an. Was glaubst du?«

»Vielleicht ist es doch Musik. Wollen wir wetten?«

»Einverstanden. Ich sage Reklame – du Musik. Es geht um ein Pfund.«

Sie schlugen ein wie zwei Profis auf der Rennbahn, dann setzte William die Nadel auf die rotierende Platte.

Zunächst rauschte es ein wenig, rasch aber begann ein Flügel leise anzuschlagen. Aus dem ersten Akkord wurde eine zarte, einschmeichelnde Melodie.

»Doch Musik«, sagte William, leise lachend. »Wo bleibt

mein Geld, Percy?«

Aber dann erstarrte er, denn es ertönte eine helle, weiche, wundervoll klangreine Stimme.

Eine Frau sang. Ein einmaliger, gottbegnadeter Sopran.

»Auf einer kleinen Blumenwiese,
da lag ich einst und dacht' an dich,
und über mir die Wolkenschiffe,
sie brachten Grüße nur an mich . . .«

»Mein Lied«, stöhnte William und bedeckte die Augen mit beiden Händen. »Die Melodie von Loretta . . .«

»Und sie singt es auch«, sagte Percy leise und fühlte, wie ihn Rührung überkam.

Schwebend sang die Stimme weiter – es war, als überbrücke sie alle Räume und erklinge hier im Raum mit all der Liebe, die in ihrer Tiefe zitterte . . .

»Von dir, o Schönste, kamen sie,
doch war es leider nur ein Traum,
denn als der Abend niederstieg,
lag ich allein im weiten Raum.
Allein, wie immer, sehnsuchtsvoll,
doch keiner achtet meiner Klage.
Da stand ich auf und ging davon,
hinein in meine leeren Tage . . .«

Weit nach vorn gebeugt saß William am Tisch und hielt die Augen noch immer mit den Händen bedeckt.

»Loretta«, sagte er leise, »warum tust du das, Loretta?«

Als der Sopran verstummte, aber die Platte noch weiterlief, begann William zu beben. Und da war schon wieder Lorettas Stimme, allerdings nicht mehr als Gesang, sondern sie sprach zu ihm, flehend, stockend, als habe ihre Besitzerin beim Sprechen geweint.

»Warum bist du so weit weg, William? Warum kommst du nicht zurück? Sieh, ich warte doch auf dich. Willst du meine Stimme nicht mehr hören . . .?«

William war aufgesprungen und rannte im Zimmer hin und her.

»Stell den Kasten ab!« schrie er. »Percy, ich will das wirklich nicht mehr hören!«

Aber Percy rührte sich nicht. Lorettas Stimme sprach weiter:

»Soll *ich* zu dir kommen, William? Willst du das? Soll *ich* mit dir in der Einsamkeit leben, bis sich die laute Welt wieder beruhigt hat und keiner mehr an uns denkt? Nur noch wir zwei wollen füreinander da sein – einer für den anderen leben – wir lieben uns doch, William . . .«

Ashborne stöhnte wieder und lehnte sich mit dem Gesicht gegen die Wand.

»Soll ich kommen? Wartest du darauf? Niemand soll wissen, wo wir leben. Ganz allein wollen wir sein. Nur die See und die Felsen und die Wiesen, die Vögel und der Wind sollen sehen, wie unendlich glücklich wir sind. Willst du das? Oh, gib doch Antwort, sag ein einziges Wort . . . sag nur ›Loretta‹ . . . und ich will bei dir sein, solange wir leben.«

»Loretta!« schrie da Ashborne auf. »Ja! Loretta!« Er stürzte zum Grammophon und riß die Membrane von der Platte. »Sprich nicht weiter! Quäl mich doch nicht so! Ja! Ja! Ja! Hör es doch! Komm doch! Oh, ich bin ja wahnsinnig . . .«

Er stieß einen Stuhl zur Seite und rannte aus dem Haus.

Mit flatternden Haaren, die der Wind zauste, kletterte er durch die Felsen, setzte sich hoch oben an der Steilküste auf einen Vorsprung und starrte hinunter in die kochende Brandung. Schaum wallte auf, weißer Gischt spritzte an den Felsen empor – das Meer raste gegen den Damm der Erde.

Vor seinen Augen rangen die Elemente. Der Wind zerrte an ihm und drohte ihn vom Felsen zu reißen.

Ich liebe sie! schrie es in ihm. Und ich will, daß sie kommt. Ja, sie soll kommen. Ich will mit ihr allein sein, fern allen Menschen. Einsam will ich mit ihr leben und mir jeden Tag neue Kraft von ihren Lippen holen. Sie soll die Brandung sehen, dort unten, den schäumenden Gischt, und ich werde ihr sagen, daß auch mein Blut schäumt und sich an meinem Herzen bricht wie die Wellen dort unten an den Felsen.

Ich liebe sie – und ich weiß jetzt, daß sie mich auch liebt.

Sie hat für mich gesungen.

Stundenlang saß er auf seinem Felsen. Percy, der ihn von weitem sah, wagte nicht, ihn zu stören. Es war auch wichtiger für Percy, dafür zu sorgen, daß an Loretta Gower eine rasche Botschaft abging, die nur in zwei Worten bestand: »Sofort kommen!«

Als Percy dies erledigt hatte, legte er sich, zufrieden mit sich selbst, aufs Ohr.

William saß noch lange auf seinem Felsen. Das Meer war wie flüssiges Gold. Der Himmel glich dem purpurnen Dach eines Domes. Und das Rauschen und Brausen der Brandung war wie eine gewaltige Musik zur Größe der Natur.

Ich bin glücklich, dachte William und starrte in den brennenden Himmel. Ich könnte jauchzen.

Langsam verblaßte das Meer. Dunkel rollten die Wellen gegen das Urgestein. Der Wind wurde kalt und beißend.

Da stand William auf und kletterte hinunter von den Felsen. Langsam, mit gesenktem Haupt, ging er über die Wiesen.

Ob sie morgen kommt? dachte er. Oder übermorgen? Ich werde jeden Tag im kleinen Hafen stehen und warten.

Warten auf dich, Loretta . . .

Das elfte Kapitel, das ganz anders wird, als man erwartet

Nee, nee, werden Sie sagen, daß die sich so schön und glatt jetzt schon kriegen, das glauben wir noch nicht. Danach sieht's zwar nun aus, aber wir wissen doch, wie's in Romanen zugeht.

Da braucht der Autor noch ein paar Dutzend Seiten und denkt sich deshalb eine letzte große Verwicklung aus. Wetten, daß das hier auch zutrifft ...

Und ich kann Ihnen nicht widersprechen, meine Damen und Herren, Sie haben sogar recht. Daß ich dazu gezwungen bin, Pegasus, das Dichterroß, noch nicht abzusatteln, sondern noch einmal mit ihm zu einem furiosen Ritt anzusetzen, liegt an Williams schwierigem Charakter, mit dem ich ihn ausgestattet habe. Lesen Sie, bitte ...

Loretta kam also in der Tat nach Pabbay.

Sie ließ gar nicht lange auf sich warten, sie erschien schon drei Tage nach dem Eintreffen der Schallplatte und hopste mit süßem Lächeln an Land und sank William in die ausgebreiteten Arme.

Untergehakt gingen die beiden dann zu Williams Behausung, und sie sprachen auf dem Weg durch die weiten Wiesen nicht viel, weil ihnen das Glück die Kehle zuschnürte. Nur ab und zu blieben sie stehen, küßten sich und wandelten dann weiter, bis das Dach des kleinen Landhauses zwischen den Felsen hervorlugte.

»Dort ist es«, sagte William froh. »Und Percy hat bestimmt schon den Tisch gedeckt. Fünfzig Schritte weiter, und du bist am Meer, die Brandung rauscht zu dir empor, und du fühlst dich unendlich frei.«

»Herrlich«, sagte Loretta begeistert und schmiegte sich an William. »Ich liebe das Meer so. Wir werden oft zusammen auf den Felsen sitzen.«

Als sie in das kleine Haus traten, war Percy, nachdem er den Tisch gedeckt hatte, so diskret gewesen, das Feld zu räumen und irgendwo an der Küste zu angeln. Wenn zwei Liebende nach so vielen Verwicklungen endlich doch zusammenkommen, haben sie sich manches zu erzählen, was auch den besten Freund nichts angeht, sagte sich der lebenskluge Percy.

Behaglich ließ sich Loretta in einen Sessel sinken und blickte sich um.

»Schön hast du's«, sagte sie lächelnd. »Ich glaube wirklich, daß wir hier ohne weiteres leben können. Was brauchen wir die Welt draußen mit ihrem Getöse und Geschrei? Nichts sehen und hören und doch leben und lieben – das muß wie im Paradies sein.«

William nickte. Er setzte sich Loretta gegenüber und hielt ihre Hände in den seinen.

»Zuerst war ich wütend, als ich erfuhr, daß Percy dir meinen Schlupfwinkel verraten hatte. Doch dann war alles gut, und ich stand Stunde für Stunde am Strand, bis du kamst. War es ein großer Schrecken für dich in Brighton, als du durch den Auftritt Tante Marys erfahren hast, wer ich bin, nämlich nicht der Chauffeur Flip, sondern Lord Ashborne? Der Mann, der dich glühend verehrte, den aber nicht zum Zuge kommen zu lassen du dich redlich bemüht hattest?«

Loretta schüttelte lächelnd den Kopf.

»Ich muß dir etwas gestehen, William«, sagte sie zart.

»Daß du mich liebst?« Er streichelte ihre Hände.

»Etwas anders.«

»Daß wir bald heiraten wollen?«

»Auch nicht.«

»Dann errate ich es nicht«, sagte William und lachte wie ein kleiner Junge.

»Das kannst du auch nicht erraten.« Sie strich ihm über den wirren Haarschopf. »Ich habe von Anfang an gewußt, wer du bist.«

»Was?« William zuckte zurück und sah Loretta entgeistert an. »Du hast . . . das ist doch nicht wahr?«

»Doch.« Loretta nickte. »Tante Mary hatte mir erzählt, daß du dir einen Bart stehen läßt. Sie schimpfte erbost darüber. Und dann kamst du zu mir und hattest von Pferden keine Ahnung. Aber vom Dichten. Oh, wir Frauen sind darin hellhörig und scharfsichtig. Unsere erste Ausfahrt werde ich nie vergessen. Erinnerst du dich, ich nahm dir die Zügel ab, um dich nicht zu blamieren, und lenkte die Kutsche selbst. Wie froh du warst, sah ich dir an.«

»Dann wußtest du also schon alles, als wir nach Brighton fuhren? Du hattest mich erkannt und hast trotzdem Scotland Yard alarmiert, um mich suchen zu lassen? Du schimpftest auf Lord Ashborne und sahst ihn vor dir stehen?«

William war aufgesprungen und lief im Zimmer hin und her. Ängstlich folgte ihm Loretta mit ihren Blicken und wußte nicht, was sie von seinem Benehmen halten sollte. Sie preßte die Hand auf die Brust und schien mehr und mehr in sich zusammenzusinken.

William fuhr fort: »Und ich flüchtete aus Brighton, weil ich mich durch Tante Mary bloßgestellt fühlte. In Wirklichkeit hattest du mich aber schon wochenlang blamiert, da du mich erkannt hattest und mich trotzdem wie einen Kutscher behandelt hast. Wie sagte doch Percy: Loretta ist von dir überwältigt worden. Du hast ihr gezeigt, daß dein Stolz und deine Selbstachtung von deiner Liebe überwunden worden waren. Oh, nein! Nein! *Ich* bin es, der blamiert wurde! Du hast ein Spiel mit mir getrieben, das mir nicht mehr aus dem Kopf gehen wird. Wie magst du innerlich über mich Tölpel gelacht haben. Du hast mich . . .«

»William!« Loretta war aufgesprungen und streckte beide Hände nach ihm aus. »So darfst du nicht sprechen! Man soll die Liebe nicht so tragisch nehmen!«

»Und du hättest weiter mit mir gespielt, wenn nicht zufällig Tante Mary nach Brighton gekommen wäre. Du hättest den Lord Ashborne noch lange als deinen Chauffeur herumlaufen lassen . . . weil es deiner Eitelkeit schmeichelte.«

»Hör bitte auf, William.« Loretta klammerte sich am Tisch fest. »Du weißt ja nicht, was du sagst. Tante Mary ist nicht zufällig nach Brighton gekommen, sondern ich habe sie kommen lassen, um dein Inkognito zu lüften und mich vor ihr mit dir zu verloben.«

»Ha!« William lachte schrill auf. »Auch das noch! Du hast Tante Mary kommen lassen. Sehr schön! Wirklich sehr schön. Das hätte die Blamage des Lord Ashborne perfekt gemacht. Großes Theater am Strand. Tante Mary in großer Pose: ›O William!‹ Kleine Ohnmacht. Du in noch größerer Pose: ›Was, Sie sind Lord Ashborne, Flip? O pfui, Sie Scharlatan!‹ Und ich wäre dagestanden wie ein dummer Junge und hätte am Daumen lutschen können. Zwangsläufig hätte ich jubeln müssen, wenn du mich dann doch genommen hättest, denn so ein armer Irrer, der einen Kutscher spielt, muß froh sein, dennoch akzeptiert zu werden. Und endlich die Pointe: ›Ich habe alles von Anfang an gewußt.‹«

»Du tust mir weh, William«, sagte Loretta leise. Tränen glänzten in ihren Augen. »Ich wollte dich Tante Mary als meinen Verlobten vorstellen, wiederhole ich. Das war mein Plan. Ich konnte es kaum mehr erwarten.«

»Sehr dramatisch, wirklich. Wie bei Shakespeare: Der Narr kriegt die Prinzessin, weil er so gut blödeln kann«, antwortete William bitter. Sein ganzer Stolz, das Bewußtsein, von Beginn an durchschaut und an der Nase herumgeführt worden zu sein, bäumte sich in ihm auf. »Schluß!« rief er. »Begreifst du, es ist Schluß! Jetzt gebe *ich* dir einen Korb – aber keinen momentanen – nein, einen unabänderlichen. Ich denke nicht daran, dich zu heiraten. Ein Lord Ashborne, der so behandelt wurde, ehelicht nicht diejenige, welche das tat.«

»William!« Loretta schrie auf und wankte. »Du liebst mich doch?«

»Es war ein Irrtum.« William wandte sich zur Tür. »Ich habe dir nichts mehr zu sagen. Geh zurück nach Aberdeen an deine Oper und sing fleißig deine Traviata oder deine Butterfly. Vielleicht wirst du einmal der Welt beste Sopranistin – bestimmt wirst du das ... aber eine Lady Ashborne wirst du nie!«

Er knallte die Tür hinter sich zu und rannte aus dem Haus. Schluchzend fiel Loretta in ihren Sessel und bedeckte die Augen mit den Händen.

Er wußte nicht, was er sagte, dachte sie. Er liebt mich doch. Ich hätte ihm nicht verraten dürfen, daß ich im Bilde war. Ich hätte mir doch denken können, wie stolz er auf seinen Einfall war.

O Gott, was soll ich jetzt nur tun?

So saß sie eine ganze Weile und starrte durch das kleine Fenster hinaus auf das flache Weideland und auf den blaßblauen Himmel, der sich über der Insel und dem Meer spannte.

Ihre Gedanken waren tieftraurig. Sie haderte mit sich und dem Schicksal und wußte nicht, was sie machen sollte. Daß William ziemlich sauer reagieren würde, war vielleicht vorauszusehen gewesen – aber daß er sich so wild anstellte, das hatte sie nicht erwartet. Nun saß sie hier in dem kleinen Landhaus, William tief beleidigt. Er hatte sie abgekanzelt wie eine seiner Bekanntschaften in London, war weggerannt und hatte ihr deutlich zu verstehen gegeben, daß es zu einem endgültigen Bruch gekommen war. »Eine Lady Ashborne wirst du nie!« hatte er ihr ins Gesicht geschleudert, und sie war unter diesem Schrei zusammengezuckt, als ob er sie mitten ins Gesicht geschlagen hätte.

Percy schlich um das Haus herum, doch er wagte nicht, das Innere zu betreten, sondern bezog Posten in der Nähe der

Tür. Frauen, die unglücklich lieben, muß man unter Kontrolle halten, dachte er. Bei Männern ist das halb so schlimm. Die saufen bloß. Aber Frauen, die schneiden sich die Pulsadern auf, drehen den Gashahn auf oder gehen ins Wasser.

Er hat mich wie eines seiner Weiber in London abgekanzelt, dachte Loretta wieder. Sie steigerte sich in einen Zustand hinein, der gefährlich war. Zorn und Haß, Stolz und Trauer verbanden sich in ihr. Ich kann ihn nie wiedersehen, jetzt nicht mehr, nachdem er mir solche Häßlichkeiten gesagt hat. Ich habe ihn lieb, ich bin ihm heimlich nachgefahren, ich habe gezeigt, wie sehr ich ihn liebe ... und er kommt nicht einmal darüber hinweg, daß ich sein Spiel als Kutscher Flip durchschaut und eine Weile mitgespielt habe. *Er* hatte doch angefangen mit allem ...

Nein, er kann mich nicht so lieben wie ich ihn. Und ich kann auch nicht wieder nach Aberdeen zurück, nachdem ich dem Direktor der Oper gesagt habe, daß ich in Kürze heiraten werde.

Für immer müßte ich mich degradiert fühlen. Nun, es gibt kein Zurück mehr.

Aber wohin soll ich denn?

Wohin?

Sie stand auf und trat vor den Spiegel. Mit zitternden Fingern ordnete sie ihre Locken. Traurige, tiefliegende Augen starrten sie an. Ihre Lider waren von Tränen gerötet. Sie sah gar nicht mehr hübsch aus.

»Ich muß weg von Pabbay«, sagte sie zu ihrem Spiegelbild. »Jawohl, weg. Noch heute. Sofort. Und wohin? Das ist doch egal, Loretta. Das spielt jetzt keine Rolle mehr. Die Welt ist weit. Sie besteht nicht nur aus Aberdeen, Edinburgh, Pabbay oder Invergarry. Sie ist überall schön, wenn man zufrieden ist.«

Sie blickte ihr Spiegelbild an. Zufrieden? Ich werde nie mehr zufrieden sein, dachte sie. Ich werde immer an ihn denken müssen, und das ist furchtbar.

Loretta wandte sich vom Spiegel ab.

In diesem Zustand sind Frauen unberechenbar. Wenn sie sich erst einmal in einen Komplex hineingesteigert haben, gibt es kein Halten mehr. Eher kann man mit roten Tüchern gereizte Stiere besänftigen, als eine Frau beruhigen, die glaubt, nicht verstanden zu werden. Ich kenne das, o ja ... man hat da so seine Erfahrungen.

Und deshalb war es gut, daß Percy in der Nähe der Tür hinter einem Holzstapel hockte und das Haus scharf beobachtete.

Gas hatten sie nicht. Der Gastod entfiel also.

Ein gutes, scharfes Rasiermesser ließ sich ebenfalls nicht so schnell finden. Die Pulsadern mußten also auch in Ruhe gelassen werden.

Aber Wasser stand zur Verfügung, viel Wasser. Nicht etwa in der Wasserleitung, sondern vor der Tür.

Das Meer.

Es brauste und brüllte. Es warf seine Wellen gegen die Insel und fraß sich seit Jahrtausenden langsam in das Land hinein. Es lockte und mordete, glänzte und verschlang.

Welch eine Gelegenheit für eine unglückliche, unverstandene Frau!

Loretta Gower war viel zuviel Weib, um daran nicht zu denken.

Nun wurde die Lage ernst – todernst im wahrsten Sinne des Wortes.

Loretta hatte ihr Bild im Spiegel nicht mehr sehen können ... die traurigen Augen, den zuckenden Mund. Sie schlüpfte in ihren leichten Sommermantel und rannte aus dem Haus.

Aha, dachte Percy, jetzt heißt's zur Stelle sein. Unbemerkt glitt er hinter Loretta her und war sehr verwundert, als sie den Weg zum Hafen nahm.

Heute fährt doch kein Schiff mehr, grübelte er, scharf darauf achtend, daß er Loretta nicht aus den Augen verlor. Und Fischer fahren auch nicht aus. Was will sie im Hafen? William suchen? Der ist bestimmt nicht dort. Der hockt auf seinem Felsen über der Brandung und klagt den Winden sein Leid.

Loretta strebte mit schnellen Schritten zur Fischersiedlung. In dem kleinen Hafen sah sie sich um und trat auf eine Gruppe Inselbewohner zu, die sich beim Netzeflicken unterhielten.

»Ich brauche ein gutes Ruderboot«, sagte sie nach kurzer Begrüßung ohne Umschweife.

»Jetzt?« Die Fischer sahen sich groß an. »Mylady, es wird ein Sturm aufkommen«, sagte einer.

»Trotzdem. Ich möchte ein Boot mit kleinem Segel.« Sie schaute über das bewegte Meer. »Wie lange braucht man bis zum Festland?«

»Mit einem kleinen Boot?«

Die Fischer sahen sich wieder an. Die Lady weiß anscheinend nicht, wovon sie redet, dachten sie.

»Ja.«

»Gut sieben Stunden. Aber nur, wenn der Wind günstig steht und er das Segel voll trifft.«

»Das ist doch jetzt der Fall.« Loretta befeuchtete den Zeigefinger und hielt ihn in den Wind. »Er kommt vom Meer und weht zum Festland«, stellte sie fest.

»Er wird sich drehen.« Einer der älteren Fischer machte sich nun zum Wortführer. »Wir selbst fahren deshalb heute nicht hinaus aufs Meer.«

»Aber ich sehe keine Gefahr.« Loretta griff in die Tasche. »Wer will mir ein Boot verkaufen?«

Wieder blickten die Fischer einander an. Keiner wagte, der erste zu sein, der auf den Wahnsinn der Lady einging.

»Ich biete fünfhundert Pfund«, sagte Loretta laut genug, um von allen gehört zu werden.

Fünfhundert Pfund! Davon konnte man sich fünf neue Boote kaufen. Die Fischer erstarrten. Mit schlechtem Gewissen sagte endlich einer von Ihnen: »Ich hätte ein gutes, seetüchtiges Boot. Aber ich erkläre vor – vor meinen Freunden hier: Ich überlasse es Ihnen nur auf Ihre eigene Gefahr und Ihren ausdrücklichen Wunsch.«

»Natürlich.« Loretta gab ihm die fünf Hundertpfund-Noten und ging mit ihm hinunter zum Hafen, wo die Boote vertäut lagen.

Es war ein breites, tiefgehendes Boot, das der Fischer Loretta verkaufte. Ein weißes Segel lag gerafft auf dem Schiffsboden. Die Segelstange war glatt und poliert. Ein schönes Boot.

Ohne zu zögern, stieg Loretta Gower hinein und setzte sich. Sie nahm die Ruder in die Hände und nickte dem verdutzten Fischer zu, der untätig am Ufer stand.

»Binden Sie mich los und stoßen Sie mich ab!« sagte sie entschlossen.

»Mylady werden kentern«, erwiderte der Fischer. »Das Wetter schlägt um. Sie kommen nicht weit. Wir kennen uns aus, glauben Sie mir das. Ich rate Ihnen, hier zu bleiben.«

»Nein! Ich fahre! Stoßen Sie mich ab!«

»Kommt nicht in Frage, das mache ich nicht.« Der Fischer steckte demonstrativ die Hände in die Hosentaschen. »Ich habe Mylady ein Boot verkauft, das kann ich verantworten. Aber mehr nicht.«

»Dann nicht.«

Loretta stand auf, beugte sich über den Pflock und band selbst das Boot los. Unverzüglich stieß sie sich mit einem Ruder ab und hantelte sich in dem schwankenden Boot auf den Sitz zurück. Mit kräftigen Zügen legte sie sich in die Riemen und ruderte das Boot sicher aus dem kleinen, geschützten Hafen hinaus auf das freie Meer, einer in der Ferne sichtbaren Sandbank entgegen.

In diesem Augenblick stürzte Percy in den Hafen. Er rannte zu dem Platz, wo das Boot gelegen hatte, und schwenkte beide Arme.

»Mylady!« brüllte er. »Zurück, Mylady! Das ist Selbstmord, Mylady!«

Loretta schaute sich um. Percy! durchzuckte es sie heiß. Ob ihn William geschickt hat? Ob er mich zurückholen soll? Zu spät, William, zu spät, ich gehe weit weg von dir.

Sie strich sich die Haare aus dem Gesicht. Der Wind wehte durch ihre Locken. Dann drehte sie sich wieder um und ruderte weiter . . . in langen, gleichmäßigen Zügen, wie bei einer Regatta auf der Themse.

Im sportlichen England hatte Loretta Rudern und Segeln schon auf dem College gelernt.

Percy schlug im Hafen die Faust gegen seine Stirn.

»Ihr Idioten!« brüllte er die versammelten Fischer an. »Wie konntet ihr das zulassen?« Er drohte ihnen. »Wenn das Lord Ashborne erfährt, wird er euch alle zur Verantwortung ziehen!«

»Welcher Lord?« fragte einer.

»Der Mann, dem das Haus am Strand gehört. Denkt ihr Schafsköpfe immer noch, er wäre einer von euch?«

»Gott sei uns gnädig!« stieß der Wortführer der Fischer hervor.

»Sie wollte ja nicht hören«, sagte mit kläglicher Stimme der Mann, der sein Boot an Loretta verkauft hatte. »Ich habe mich geweigert, sie loszubinden. Sie hat es dann selbst getan. Wie hätte ich es verhindern sollen? Ich kann doch einer Lady nicht in den Arm fallen.«

»Holzköpfe seid ihr! Gemeingefährliche Idioten!« Percy tobte. »Natürlich kann man in einem solchen Fall einer Lady in den Arm fallen! Man *muß* es sogar! Sie will sich das Leben nehmen!«

»*Was* will sie?« riefen mehrere Fischer zugleich.

»Krabben fangen!« schrie Percy und rannte den Weg zurück, den er gekommen war. Ich muß es sofort William melden, dachte er keuchend. Hoffentlich finde ich ihn. Hoffentlich sitzt er auf seinem Felsen und starrt in die Brandung.

Hoffentlich!

Loretta ruderte. Es war – nach langer Zeit – eine ungewohnte Übung für sie, auch wenn sie auf dem College diesen Sport viel betrieben und zu den besten der Ruderinnen gehört hatte. Aber hier, in der stürmischen Hebridensee, mitten in den hohen Wellen und den sich immer wieder drehenden Winden war alles viel schwieriger als auf einem Binnengewässer.

Eine Strömung, die von der Insel Pabbay zum Festland ging, half ihr dann dennoch, schneller als erwartet einen größeren Abstand von der Insel zu gewinnen.

Sie sah noch, wie Percy mit den Fischern schimpfte, wie er dann wegrannte, und machte das Segel klar, um es beim Aufkommen eines günstiges Windes sofort setzen zu können.

Die Sandbank überruderte sie. Hier tobte das Meer noch einmal ungestüm gegen das Naturhindernis an und gischtete. Dann aber lag das freie Wasser vor Loretta, und die langen, hohen Wellen rollten ungehindert auf das kleine Boot zu. Auf Berge hinaufgeworfen, in Täler hinabgeschleudert wurde die Nußschale, und Loretta klammerte sich an der Bordwand fest, zog die Ruder ein und ließ sich treiben von der Strömung.

Die Insel Pabbay war nur noch ein flacher Erdstreifen. Über Loretta wölbte sich der graue Himmel, um sie herum tobte das Meer.

Loretta bekam Angst. Richtige gemeine Angst.

Was wollte sie überhaupt hier draußen auf der See? Wirklich hinüber aufs Festland rudern? Morgen ging ein Postdampfer ... Oder wollte sie nur hinausfahren, damit ihr Boot kenterte und man sagen konnte, es sei ein Unfall gewesen?

Kentern? Und hinein in diese Wellen fallen?

Sie würden sie emporschleudern und dann umarmen, hinabdrücken in dunkle Tiefen, aus denen es kein Emporkommen mehr gab.

Ertrinken? War es so schlimm zu ertrinken? Man schließt die Augen, öffnet den Mund und schluckt . . . schluckt . . . bis die Nacht über einem zusammenschlägt und man von nichts mehr weiß. Eine Minute wird es dauern, vielleicht auch zwei – zwei fürchterliche, grauenvolle Minuten. Luft! Wird sie schreien, Luft! Ich ersticke! Und mit jedem Schrei wird sie tiefer sinken, bis sie ins Schwarze fällt.

Nur zwei Minuten . . .

Loretta Gower klammerte sich an die Bordwand. Heiße Angst überspülte sie.

Nein, ich will nicht sterben! schrie es in ihr. Ich will zurück nach Pabbay, ich will zurück zu William! Warum hilft mir denn keiner? Warum kommt denn keiner nachgerudert?

Sie schaute sich hilflos und mit entsetzensgeweiteten Augen um. Nichts . . . niemand. Und das Meer brüllte um sie herum. Das Meer, das morden wollte.

Doch, da – da kam ein Boot von Pabbay! Ein Segelboot. Und ein Mann stand vorn am Bug und winkte.

Loretta fing an, laut zu beten.

Wirklich, sie kommen! Sie wollen mich retten!

Und William ist es. William! Ich kann ihn nicht erkennen, aber ich fühle es, ich weiß, daß er es ist.

Tränen rannen Loretta über die Wangen.

Ja, William, rette mich. Ich komme dir entgegen. Ich werde das Segel hissen und das Boot im Wind wenden. Zu dir hin . . . zu dir . . . lieber, lieber William.

Sie sprang auf, warf sich nach vorn in das schwankende Boot und krallte sich in das Segel, als eine neue Welle nach ihr greifen wollte. Der Boden des Bootes wurde schon hoch von Wasser überspült. Loretta dachte nicht daran, es auszuschöpfen. Sie schleifte das nasse Segel an die Stange, hakte die Haken in die Ösen der Leine und zog das Segel auf.

Keuchend zog sie an den Leinen. Langsam kletterte das Segel hoch, schlug im Wind, rauschte dann und bauschte sich. Das Boot machte einen Satz nach vorn, drehte etwas und lag vor dem Wind. Mit aller Kraft warf sich Loretta in das Segel und drehte es herum. Sie befestigte es an der Querrahe und klammerte sich an den Mast, als neue Brecher von der Seite über das Boot klatschten.

»Hilfe!« rief sie. »Hilfe, William! Ich schaffe es nicht! Ich treibe ab! Ich liege vor dem Wind, ich kann nicht wenden! Ich treibe hinaus aufs weite Meer! Hilf mir doch, hol' mich ein! Ich flüchte ja nicht vor dir, wie du vielleicht denkst, sondern ich möchte dir entgegenkommen – aber ich kann es nicht! Das Meer, der Wind, sie sind stärker als ich!«

Sie preßte sich an das Segel und ließ den Gischt der Wellen über sich sprühen. Mehr und mehr füllte sich das Boot mit Wasser, schon ging es tief, schwappte in den Wellentälern.

Wenn es hoch oben ritt, konnte Loretta die Retter sehen. Sie fuhren mit vollen Segeln und schäumendem Kiel durch das Meer. Vorne, an der äußersten Spitze, stand William, hatte die Hände an den Mund gelegt und schien etwas zu rufen. Sie verstand es nicht. Das Meer brüllte stärker, und der Wind pfiff durch das feuchte Segel.

»Komm!« schrie sie da. »William, komm doch! Ich kann nicht mehr! Mein Gott, vergib mir! Ich kann nicht mehr!«

Sie warf sich dem Segel entgegen und erwischte die Leitleine. An sie klammerte sie sich und versuchte, das Segel herumzureißen.

Ein Motorengeräusch wurde über dem Brausen des Meeres

vernehmbar. Loretta jubelte. Sie haben einen Motor. Sie kommen näher. Ich bin gerettet. Sie sah sich um. Dort winkte William, sie konnte ihn nun deutlich erkennen. Neben ihm standen Percy und zwei Fischer. Sie winkte zurück ... sie lachte ... da schlug das Segel herum, klatschte gegen sie, traf ihre Stirn. »William!« schrie sie gellend, dann fiel sie über Bord in die kochende See und sah noch, wie das Boot sich über sie senkte. Nacht wurde es, tiefe Nacht ...

Was war geschehen, nachdem Loretta von William verlassen worden war? Wie hatte sich das alles entwickelt? Wie kam William neben Percy auf das Meer? Wie war Percy nach Hause gekommen? Er war doch angeln gewesen, als sich der Streit zwischen William und Loretta entwickelt hatte?

Wie hatte das Schicksal da gespielt?

Nun, es war so gewesen:

William beleidigte Loretta. Und Loretta weinte, als William zornig das Haus verließ. Und Percy saß irgendwo und hielt die Angel ins Wasser. Der Tränenstrom der weinenden Loretta im Zimmer verstärkte sich. Man hatte ihr sozusagen ihre ganze große Liebe vor die Füße geworfen. Und sie wußte das und wurde lebensmüde. Lord Ashborne aber, der Übeltäter, der Rohling, rannte über die Wiesen den Felsen zu. Am Strand sah er Percy auf einem großen Stein hocken und friedvoll angeln. Er stürzte zu ihm hin, riß dem Verdutzten die Rute aus der Hand, zerbrach sie überm Knie und schrie ihn an: »Du Idiot!« Dann eilte er weiter und verschwand in den Felsen.

Verständnislos starrte ihm Percy nach und blickte auf seine kaputte Angelrute.

»Dem hat sich die Liebe aufs Gehirn geschlagen«, sagte er kopfschüttelnd. Dann zuckte er plötzlich zusammen und griff sich an den Kopf. Loretta, dachte er. Was ist im Haus vorgefallen?

Alles liegen lassend, rannte er die Uferböschung hinauf und lief über die Wiese dem Haus zu.

William hockte oben auf seinem Felsen und blickte in die kochende Brandung. In schauriger Wildheit brach sich unter ihm das Meer an dem Gestein.

Da hinunter springe ich gleich, dachte er und fühlte, wie er fror. Dann hat alles ein Ende, dann schweigen die Gedanken, und das Herz, das noch immer für Loretta schlägt, steht still. Sie hat alles gewußt und mich an der Nase herumgeführt. Ich wollte sie erobern, und sie spielte mit mir. Was hält mich denn noch davon ab, dort hinunterzuspringen und Schluß zu machen mit dem bißchen Leben, an dem mir nichts mehr liegt?

Er stand auf, trat an den äußersten Rand des Felsens und blickte hinab. Ich zähle bis drei, sagte er zu sich selbst, dann lasse ich mich fallen. Das Meer wird mich verschlingen, niemand wird mehr etwas von mir finden. Also ... eins ... zwei ...

Er hörte hinter sich einen eiligen Schritt und einen keuchenden Atem. Halb wandte er sich um und sah Percy über die Felsen springen.

»William!« schrie Percy und winkte mit beiden Armen. »Loretta ist weg!«

Na und? dachte William. Sie ist weg. Das war doch mein Wunsch. Sie hat getan, was ich wollte: ging weg aus meinem Leben.

Das ist gut so, sehr gut, das macht mir den Sprung in die Tiefe wesentlich leichter.

Keuchend und schwitzend stand Percy neben ihm. Doch momentan sprach er kein Wort mehr, sondern riß William vom Abgrund zurück, drehte ihn ganz zu sich herum und gab ihm rechts und links jeweils eine kräftige Ohrfeige.

»Du kannst mich jetzt entlassen!« schrie er dabei. »Mach', was du willst. Aber eins sage ich dir noch: Du bist das größte

Rindvieh, das je herumlief. Halt' deinen Mund, jetzt rede ich! Loretta ist weg. Begreifst du das nicht? Sie ist von der Insel Pabbay runter. Und es fuhr kein Schiff, verstehst du?«

William sah Percy mit stieren Augen an. Auf seine weiße Stirn trat ihm plötzlich kalter Schweiß.

»Es fuhr kein Schiff?« stammelte er. »Und Loretta ist trotzdem weg?«

»Ja. Mit einem lächerlichen Ruderboot. Durch die Hebriden-See mit einem lächerlichen Ruderboot. Das ist Selbstmord!« Percy schrie es außer sich.

»Nein!« William riß die Hand an den Mund und biß in sie hinein, bis der Schmerz ihn zur Besinnung brachte. »Das darf sie nicht!« Er stieß Percy zur Seite und stürzte den Weg zurück, rannte durch das Haus, rief sie, taumelte dann zu den Fischerhütten und erfuhr bei den in Gruppen herumstehenden und erregt diskutierenden Fischern, daß die Dame ein Boot gekauft habe und hinaus aufs Meer gefahren sei.

»Dann brauche ich ein besseres Boot!« brüllte William und sah sich im Kreis um. »Wer mir ein besseres Boot zur Verfügung stellt und hilft, die Lady einzuholen, erhält fünftausend Pfund!«

Man rannte zum Hafen und takelte im Handumdrehen eines der größeren, einigermaßen seetüchtigen Fischerboote auf.

William, Percy und zwei Fischer sprangen hinein, während andere das Boot vom Strand abstießen. Ein Außenbordmotor wurde angeworfen, und das Boot glitt hinaus in die stürmische Barra-Passage.

Weit draußen, kaum wahrnehmbar mit dem bloßen Auge, schaukelte eine Nußschale auf dem Wasser. Sie war gegen den hellen Horizont eben noch sichtbar. Mit starren Augen lehnte William am Mast und beobachtete die tanzende Nußschale auf den Wellen.

»Wir müsen sie erwischen, Percy«, preßte er zwischen den

Zähnen hervor, »ehe sie in die Hebriden-See kommt, denn dort kentert der Kahn sofort.«

Knatternd und fauchend arbeitete der kleine Motor. Der Wind in dem großen Segel blähte dieses weit auf. Doch da zeigte sich auch über der schwarzen Nußschale plötzlich ein weißer Fleck, der hell in der Sonne aufleuchtete.

»Sie hat uns gesehen und setzt nun ihr Segel!« schrie Percy. »Los, Leute, zeigt, was ihr könnt! Sie darf nicht in die Hebriden-See!«

Mühsam arbeitete sich das kleine Boot durch die hohen Wellen. Sie muß wie eine Irre gearbeitet haben, um schon so weit zu sein, sagte sich William. Ich habe sie ja aus meinem Haus gejagt. Ich habe sie tödlich beleidigt. Mein Gott, verzeih' mir, das habe ich nicht gewollt. Ich liebe sie doch noch immer. Ich kann sie ja gar nicht hassen. Wenn sie stirbt, folge ich ihr hier draußen auf dem Wasser sofort nach in die Ewigkeit.

Langsam kamen sie der Nußschale näher. Jetzt unterschied man das Segel und das Boot und sah in diesem einen lockigen Kopf, dessen Haare im Wind flatterten.

»Loretta!« schrie William, die Hände trichterförmig am Mund. »Loretta! Halte aus!«

Aber das Toben des Meeres verschluckte seine Stimme. Das Knattern des Motors und das Brausen des Windes halfen dazu.

Wir jagen den Tod, dachte William plötzlich. Warum mußte das alles so kommen? Warum mußte sich aus einem Scherz eine solche Tragik entwickeln? Man soll die Liebe nicht so tragisch nehmen – das war eines der letzten Worte Lorettas gewesen. Und ich habe sie zum äußersten getrieben, ich habe getobt und sie verlassen.

Und warum? Nur, weil sie gewitzter gewesen war als ich, und nicht ich sie, sondern sie mich an der Nase herumgeführt hatte.

Er beugte sich nach vorn und beobachtete mit heißen Augen, wie die Entfernung sich immer mehr verringerte. Jetzt konnte er Loretta deutlich sehen: Sie hockte hinter dem Segel und hielt die Leinen mit beiden Händen. Der Wind trieb ihr Boot vor sich her, und die Wellen drohten es oft zu verschlingen. Klatschend schlugen sie manchmal ins Boot, wenn Loretta nicht mit dem Segel lenkte und eine Woge sie seitwärts traf.

»Sie wird gleich kentern!« brüllte William den Fischern zu, die mit harten, kantigen Gesichtern das Boot steuerten. »Sie läuft voll, sie weicht den Wellen ja nicht aus! Da – da – wieder – schneller, schneller! Ich biete zehntausend Pfund!«

Der kleine Motor gab das Letzte. Das Segel über ihm knallte im Wind. Schaum brauste vor dem Bug des Bootes auf.

Da blickte sich Loretta um. Sie sah William an der Spitze des Bootes stehen und wollte ihm zuwinken. Adieu, sollte das heißen. Leb wohl, William, mach's gut, meine Liebe war unendlich groß.

Die Leine entglitt ihren Händen, das Segel schlug herum, flatterte im Wind, wurde von ihm losgerissen, das Boot legte sich zur Seite. Der Quermast schlug herum, traf Loretta an der Schulter und schleuderte sie in hohem Bogen in die kochende See.

»Loretta!« brüllte William auf. Es klang wie der Todesschrei eines Tieres, grell, unvergeßlich, schaurig.

Mit einem Satz war Percy neben ihm und riß ihn zurück. Einer der Fischer klammerte sich an Williams zweiten Arm. Von Sinnen trat und schlug William um sich und wollte sich ins Meer stürzen. Er biß in die ihn haltenden Hände, stieß um sich und drängte zur Bordwand. Da klatschte es neben ihm, und Percys Kopf tauchte zwischen den Wellen auf. Er hatte einen Rettungsring um die Brust und schwamm im Freistil durch das Meer. Percy konnte schwimmen wie ein Fisch.

Hochauf schnellte sein Körper bei jedem Doppelschlag seiner Beine. Steuerlos trieb Lorettas Boot auf den Wellen. Loretta selbst mußte längst in die Tiefe gesunken sein. Noch immer rang William mit den beiden Fischern und schrie unverständliche Worte in das Getöse von Willen, Motor und Segeln.

Als Percy das Boot erreichte, sah er, daß sich Lorettas Bein in einer Leine verfangen hatte. Ihr Körper wurde vom treibenden Boot mitgeschleift. Ein Wunder war geschehen. Mit geschlossenen Augen lag Loretta im Wasser, mit aufgelösten Haaren, schon bewußtlos. Sie mußte rasch die Besinnung verloren haben. Höchste Eile tat not.

Mit wenigen Stößten war Percy bei ihr, stülpte ihr den Rettungsring über den Kopf, drückte ihre Schultern hindurch und legte die Arme über den Ring. Dann schob er sie vor sich her, dirigierte den ohnmächtigen Körper durch die Wellen und machte sich durch Winken mit der einen oder der anderen Hand dem Boot Williams bemerkbar. Rasch verließen nun auch ihn die Kräfte.

»Er hat sie«, sagte der eine der Fischer zu William und ließ ihn los.

Stöhnend sank William auf den Bug und starrte Percy entgegen, der gegen die Wellen kämpfte und Loretta vor sich herschob.

Als der Retter und die ohnmächtige Gerettete endlich an Bord gezogen wurden und man letztere hinab in die Kabine trug, kauerte William zwischen den Tauen und Netzen am Bug.

Er weinte.

Und keiner, selbst Percy nicht, wagte, zu ihm zu gehen.

»Das Schicksal hat ihn gestreift«, sagte Percy leise und zündete sich mit zitternden Fingern eine Zigarette an.

Dann stieg er hinab in die Kabine, wo Loretta blaß und ohne Besinnung auf einer Bank lag.

Als er nach einiger Zeit wieder nach oben kam, stand William am Mast und blickte der Küste entgegen, der sie sich näherten.

»Wir bringen sie nach Castlebay ins Hospital«, sagte er, als ob es das Selbstverständlichste von der Welt wäre, daß man Loretta halb ertrunken in ein weißes Krankenhausbett legte. »Und dann hoffe ich, Percy, daß du weißt, was du zu tun hast. Ich danke dir übrigens. Ich werde dir deine Heldentat nie im Leben vergessen.«

»Ich rufe sofort in Aberdeen an und zitiere Bebsy herbei.«

»Natürlich. Das kommt dir gelegen, und auch Loretta kann das Mädchen in den nächsten Wochen gut brauchen.« William zog an seiner Zigarette. »Was noch, Percy?«

»Ich verständige Lady Abbot.«

»Was wirst du ihr sagen?«

»Erstens, daß du gefunden worden bist.«

»Falls sie das noch nicht weiß. – Und zweitens?«

»Daß alles okay ist.«

»Was ist alles okay?« William blickte seinen Freund und Diener mißtrauisch an.

Jetzt, da die unmittelbare Gefahr vorüber war, befürchtete er schon wieder irgendeine der kleinen Teufeleien des unverbesserlichen Percy.

»Na, was denn, mein Goldjunge?« Percy blinzelte ihm zu. »Ich werde Tante Abbot sagen, daß Lord Ashborne und Lady Loretta Gower in Kürze als Vermählte grüßen werden.«

»Bist du verrückt?« William hielt Percy, der sich abwenden wollte, am Ärmel fest. »Wir haben doch Loretta noch gar nicht gefragt.«

»Ist das nötig?« lachte Percy. »Bebsy hat ›ja‹ gesagt, als ich sie fragte, ob sie meine Frau werden will. Und hast du schon einmal erlebt, daß eine Kammerzofe etwas anderes sagt als ihre Herrin – oder umgekehrt?« Und als er das verblüffte Gesicht Williams sah, klopfte er ihm kräftig auf die Schulter und meinte. »Na, mach' den Mund zu, hier zieht's ganz gewaltig.«

Und darin konnte William dem guten Percy nicht widersprechen.

In Castlebay ging man an Land. Ein Wagen brachte Loretta, die noch immer besinnungslos war, sofort in die Klinik von Dr. Scilly. William wich nicht von ihrer Seite. Er saß im Krankenzimmer bei ihr, er begleitete sie ins Untersuchungszimmer, er stand neben dem Bett, als sie, noch immer – oder schon wieder – besinnungslos, in erhitzte Tücher eingewickelt wurde.

Dann – als der Arzt absolute Ruhe verordnete – ging er in den großen Garten der Klinik, setzte sich auf die Bänke, lief herum, beobachtete das Fenster, hinter dem Loretta bleich in den Kissen lag, oder ließ sich von Percy berichten, was dieser alles unternahm. Er selbst begnügte sich damit, zu warten, zu warten und zu warten. Zu etwas anderem fühlte er sich nicht in der Lage.

Percy hatte unterdessen, wie angekündigt, bei Lady Abbot angerufen.

Dieses Telefongespräch war es wert, aufgezeichnet zu werden. Es bewies, daß man per Draht allerhand erzielen konnte, was normalerweise unmöglich zu erreichen gewesen wäre.

Percy sagte: »Guten Abend, Mylady. Hier spricht Percy . . .«

»Wo ist William?« schrie Tante Mary sofort. »Sie Lümmel, Sie sind einfach verschwunden! Und Ihre Bebsy weint den ganzen Tag! Wo ist William?«

»Bei mir, Mylady.«

»Bei – bei Ihnen?« Tante Mary keuchte wie eine lahme, sich eine Steigung hinaufquälende Lokalbahn, welcher der Dampf auszugehen droht. »Und wo sind Sie?«

»Gegenwärtig in Castlebay. Sonst auf Insel Pabbay.«

»Castlebay? Pabbay? Mein Gott, was macht William am Ende der Welt?«

»Zuerst stand er am Meer und starrte hinein. Unzweifelhaft wollte er hineinspringen. Aber dann maß ich die Temperatur. Sechzehn Grad. Das war ihm zu kalt.«

»Sie wagen es, mich auf den Arm zu nehmen?« schrie Lady Abbot außer sich. »Sie sind wohl inzwischen Kommunist geworden? Ich schicke Sie nach Moskau! Warten Sie nur, ich komme sofort nach Pabbay!«

Und jetzt geschah das, was in die vereinigte Familiengeschichte der Abbots und Ashbornes einging. Percy sagte, was noch keiner vor ihm zu sagen gewagt hatte: »Bloß das nicht! Bleiben Sie, wo Sie sind!«

Tante Mary verschlug es die Sprache. Eine solche Ungeheuerlichkeit hatte sie noch nie erlebt. Zum erstenmal in ihrem Leben war sie geschlagen, so geschlagen, daß sie während der folgenden Unterhaltung nur noch »ja« und »nein« und »soso« sagte.

»Lord Ashborne hat inzwischen ganz davon abgesehen, Mylady, sich selbstmörderisch zu betätigen. Er ist verliebt.«

»Soso.«

»Lady Gower ist auch hier.«

»Ja?«

»Gewiß. Und sie lieben sich.«

»Soso.«

»Außerordentlich sogar. Haben Sie etwas dagegen, wenn die beiden sich heiraten?«

»Nein.«

»Wunderbar. Dann kann die Veranstaltung ja über die Bühne gehen. Lady Gower muß nur erst wieder gesund werden . . .«

»Lory ist krank?« entrang sich endlich auch wieder ein etwas umfänglicherer Schrei der voluminösen Brust der alten

Dame.

»Och, nichts Schlimmes. Lady Gower wollte segeln und beherrschte diese Kunst nicht. Sie fiel in den Teich. Das ist ihr nicht gut bekommen. Wie gesagt, bei sechzehn Grad Wassertemperatur . . .«

»Sie Flegel! Sie Lümmel! Ich wiederhole: Sie Kommunist!« Lady Abbot entledigte sich ihres ganzen Vorrates an Insultationen. Dann hielt sie keuchend inne und schöpfte Atem. Percy nickte am Telefon.

»Mylady benutzen Chanel?« fragte er.

Tante Mary war zu verblüfft, um weiter zu denken. Sie fragte: »Woher wissen Sie das?«

»Ich rieche es durchs Telefon.«

»Percy!« Tante Mary hieb an die Hand. »Ich enterbe meinen Neffen, wenn er Sie nicht entläßt!«

»Das wäre schrecklich für ihn. Aber beruhigen Sie sich, Mylady, wenn ich Bebsy geheiratet haben werde, scheide ich freiwillig aus den Diensten bei Seiner Lordschaft aus und mache mich selbständig.«

»Als was? Als Revolutionär?«

»Nein, Mylady. Als Spion für die Russen.«

Er hörte nicht mehr den Schrei Mary Abbots – er hatte eingehängt und ging lustig pfeifend zum Bahnhof, auf dem in einer Stunde Bebsy und Stoke eintreffen mußten, die er per Telegramm nach Castlebay beordert hatte.

Als er dann mit den beiden in die Klinik zurückkam und sie auf den im Garten wartenden William trafen, wurde Percys gute Laune gedämpft. William saß auf einer Bank und starrte auf den Kiesweg.

»Noch immer ohne Bewußtsein«, sagte er deprimiert. »Dr. Scilly rechnet mit einer schweren Lungenentzündung. Er hat aus London ein besonderes Medikament angefordert. Loretta fiebert und phantasiert.«

Da wurden Percy und Bebsy, die auf dem ganzen Weg vom

Bahnhof zur Klinik wie zwei Täubchen geturtelt hatten, still. Auch der alte, treue Stoke wischte sich über die Augen.

»Wird sie wieder gesund, Flip?« fragte er. Dann erst merkte er, was er gesagt hatte, und wurde blutrot. »Verzeihung, Euer Lordschaft. Mir rutscht das noch so über die Lippen.«

»Schon gut, Stoke.« William winkte ab. »Ob sie gesund wird, liegt in Gottes Hand. Wenn sie diese Krise übersteht, will ich jedenfalls für euch alle ein großes Fest geben. Wie gesagt, *wenn* sie die Krise übersteht ...«

Dieses ›Wenn‹ hing tagelang wie ein Damoklesschwert über allen.

William und die anderen bewohnten in der Klinik Zimmer auf dem gleichen Flur, auf dem auch Loretta lag. Keiner von allen schlief. Sie saßen an den Fenstern oder lauschten nach draußen auf den Korridor, wenn die Nachtschwestern vorüberhuschten. Einmal sah Dr. Scilly herein zu William.

»Das Fieber ist sehr hoch«, meinte er besorgt. »Fast 41. Noch höher würde ...« Er stockte. Aber jeder wußte, was ungesagt geblieben war. William stand auf und wanderte im Zimmer auf und ab. Seine Hände hielt er ineinander verkrampft auf seinem Rücken.

»Dr. Scilly«, sagte er mit tonloser Stimme, »Sie dürfen nicht glauben, daß ich Gott bezahlen will. Der Allmächtige ist unbestechlich. Aber wenn er mir Loretta nicht nimmt, stifte ich der Klinik eine neue Kapelle und eine Station für Unfallverletzte.«

»Danke, Mylord.« Der alte Arzt drückte ihm die Hand. »Was in unserer Macht steht, geschieht. Es sind uns aber Grenzen gesetzt, das wissen Sie. Zur Hoffnung gibt freilich die Zähigkeit der Patientin Anlaß.«

So saß man und wartete.

Eine Nacht.

Einen Tag und eine zweite Nacht.

Zwei Tage. Drei Tage. Vier Tage und Nächte.

Und noch immer war das Fieber hoch. Noch immer lag Loretta phantasierend in den Kissen. William schlief kaum eine Minute – er qualmte unaufhörlich und trank starken Tee. Er starrte auf das bleiche Gesicht im Bett und rannte dann hinaus in den Garten.

Und er betete. Leise, versteckt hinter hohen Büschen, die Augen gen Himmel gerichtet.

Und der Himmel erhörte ihn.

Das zwölfte Kapitel, in dem das kommt, was der Leser seit Beginn erwartet

Als Loretta zum erstenmal bei sich einstellendem klarerem Bewußtsein die Augen aufschlug, lag sie in einem weißen Bett, und eine Schwester saß an ihrer Seite und fühlte den Puls. Sonnenschein flutete durch hohe, weite Fenster ins Zimmer, draußen rauschten alte Bäume, und neben dem Bett auf dem Tischchen stand ein Riesenstrauß roter Rosen, deren Duft den ganzen Raum erfüllte.

Schnell schloß Loretta die Augen und atmete flach – es war ihr, als glitte sie wieder zurück in jenes Dunkel, aus dem sie gerade gekommen war. Da riß die helle Stimme der Schwester sie zurück.

»Sie dürfen jetzt nicht wieder einschlafen, Mylady. Wir sind froh, daß Sie endlich erwacht sind.«

»Bin ich so krank?« fragte Loretta mit leiser Stimme. »Was ist denn geschehen?«

»Sie hatten eine Lungenentzündung und waren vier Tage praktisch ohne Besinnung. Sie befinden sich im Krankenhaus von Castlebay, und Lord Ashborne läßt Sie herzlich grüßen.«

Die Schwester zeigte dabei auf die Rosen. Loretta drehte den Kopf zur Seite, entdeckte die Blumen und erstrahlte.

»Und wo ist er jetzt?«

»Er wartet im Garten. Seit vier Tagen hat er die Klinik keine Minute verlassen. Selbst in der Nacht saß er draußen im Flur und döste auf einem Stuhl.«

Loretta lächelte. Ihr blasses Gesicht, umrahmt von den langen Locken, färbte sich ein wenig; rosig überzogen sich ihre Wangen.

»Und ich muß noch lange liegen?« fragte sie leise.

Die Schwester nickte.

»Einige Zeit schon noch. Dr. Scilly meint, daß er Sie erst entläßt, wenn Sie wieder ohne Schwierigkeit die Tosca singen können.«

Lächelnd räkelte sich Loretta in den Kissen und summte einige Takte aus der Puccini-Oper.

»Der Anfang wäre gemacht«, sagte sie dann scherzend zur Schwester. »Den Rest schaffe ich mit Leichtigkeit.«

Sie nahm eine Rose aus der Vase und drückte sie an die Lippen.

Die Schwester verließ das Zimmer. Jetzt ruft sie William, dachte Loretta und fühlte, wie ihr Herz stärker klopfte. Jetzt erscheint er gleich wie ein großer, schuldbewußter Junge, und ich muß ihn trösten.

Sie strich über die Bettdecke und legte die Rose darauf, behielt aber den Stiel in der Hand.

Als die Tür aufging, schloß sie schnell die Augen. Jetzt steht er vor dem Bett, malte sie sich aus. Jetzt betrachtet er mich und wagt nicht zu sprechen.

Er denkt, ich schlafe. Und er sieht die Rose in meiner Hand und freut sich.

Langsam öffnete sie die Augen. William stand am Fußende des Bettes und sah sie an. Lächelnd hob er die Hand, trat näher, beugte sich über sie und gab ihr einen sanften Kuß. Dann richtete er sich auf und setzte sich auf die Bettkante.

»Gut, daß du wieder wach bist und die Krisis vorbei ist«, sagte er burschikos, während ihn Loretta erstaunt musterte. Er sieht gar nicht zerknirscht aus, dachte sie. Im Gegenteil, er scheint sich durchaus wohl zu fühlen.

»Wenn du wieder ganz auf den Beinen bist«, fuhr William fort, »wollen wir uns nämlich über den Fall genauer unterhalten. Übers Knie werde ich dich legen und dir klarmachen, was es heißt, den guten, lieben William so aufzuregen. Tut eine anständige Braut so etwas?«

»Nein, William«, sagte Loretta leise und schüttelte glücklich den Kopf.

»Und zwei Wochen nach deiner Entlassung wird geheiratet.«

»Ja, William.«

»Ich habe Tante Mary bereits benachrichtigt. Telefonisch. Den ersten Schock hatte ihr schon Percy verpaßt. Sie bekam einen Schreikrampf und ließ den Hörer fallen. Ich nehme an, daß sie dich zur Alleinerbin einsetzt. Dadurch wirst du eine Riesenpartie sein, die ich mir nicht entgehen lassen kann.«

»Pfui, du Mitgiftjäger!« lachte Loretta und zog ihn an seiner Mähne zu sich herab. »Du ganz ekliger, gemeiner, egoistischer, eiskalter, ge . . . geliebter Mensch, du!« Und dann gab sie ihm einen Kuß, der gar nicht sanft, sondern heiß und zeitlich nicht mehr meßbar war. Sozusagen ein Weltrekord.

»Ich habe übrigens mein Haus auf Pabbay zum Verkauf ausgeschrieben«, meinte William nach dem Kuß. »Ich kann es nicht mehr sehen.«

»Weil ich dir dort sagte, daß ich dich liebe?«

»Schäfchen!« Er wußte, daß er nicht von ihrem Abenteuer auf dem Meer sprechen sollte, und schwieg deshalb davon. »Wohin wollen wir fahren?«

»Wann?« Loretta sah ihn fragend an.

»Auf unserer Hochzeitsreise. Nach Venedig? Nach Capri? Oder nach Indien? Du kannst wählen.«

»Wirklich?« Loretta schmiegte sich an ihn. »Dann weiß ich schon, wohin.«

»Rio de Janeiro wäre auch nicht schlecht.«

Sie schüttelte den Kopf.

»Nach Invergarry. Und wir schreiben allen: Wir sind verreist. Auch Percy schicken wir weg. Dann sind wir endlich in unserem eigenen Haus allein . . . verreist ins Glück zu zweien.«

Als William sie stürmisch küßte, warf er die Vase mit den Rosen um. Wasser ergoß sich auf die Bettdecke, aber sie merkten es kaum.

Zwei Liebende, die sich küssen, wachen erst auf, wenn der Erdball zu wackeln beginnt.

Draußen auf dem Flur saß Percy Bishop seiner Bebsy gegenüber.

Er hatte die Beine auf den runden Korbtisch gelegt und rauchte eine Zigarette.

»Mein Zuckermäulchen«, sagte er. »Ich habe das bestimmte Gefühl, daß du in wenigen Wochen Mrs. Bishop heißen wirst.«

Bebsy hob warnend den Zeigefinger und erwiderte schnippisch:

»Aber nur unter der Bedingung, daß du deine dreckigen Schuhe schleunigst vom Tisch nimmst. Wenn du sie dir wenigstens anständig geputzt hättest.«

Percy betrachtete seine Schuhe und schüttelte den Kopf.

»Hab' ich ja, aber sie sind ein hoffnungsloser Fall. In die bekomme ich keinen Glanz mehr rein. Ich hab' alles versucht, wirklich.«

»Was?« Bebsy sah Percy geringschätzig an. »Alles versucht? Noch nicht einmal Schuhe putzen kannst du! Aber einen falschen Beruf vorschützen, das gelingt dir ohne weiteres. Gib her!« Sie streifte ihm die Schuhe ab und nahm sie unter die Arme. »Ich will dir zeigen, wie blank sie werden.«

Entschlossen eilte sie mit den Schuhen zum Schwesternraum.

Gemütlich rauchte Percy seine Zigarette.

»So muß es sein«, sagte er philosophisch zu sich selbst. »Der Mann arbeitet mit dem Kopf, die Frau mit der Wichsbürste.« Er streifte die Asche seiner Zigarette ab und sah dem aufsteigenden Rauch nach. »Nicht schlecht, eine Gattin zu besitzen, die einem in ihrem Übereifer solche Dinge abnimmt. Gott erhalte ihr diese Eigenschaft.«

Im Vorgefühl seiner ehelichen Genüsse streckte er seine Beine weit von sich und spielte mit der großen Zehe in einem Loch im Strumpf.

Wenn Bebsy das sieht, wird sie wütend, fiel ihm aber dann ein, und er nahm schnell die Beine vom Tisch, schlug die Strumpfspitze um und wartete vorsichtig, bis Bebsy mit den glänzenden Schuhen wiederkehrte. Schnell schlüpfte er in diese hinein und atmete auf.

»Na, sind sie nun blank oder nicht?« fragte Bebsy.

»Spiegelblank, Häschen«, erwiderte Percy und küßte sie auf die hübsche Nase. Sie hat das Loch im Strumpf nicht gesehen, dachte er froh. Auf dieses setze ich sie morgen an.

Draußen rauschten die alten Bäume im heißen Sommerwind.

Seeluft strömte durch die großen Fenster in die weißen Gänge herein. Vögel zwitscherten in den Ästen.

»Weißt du, worauf ich mich freue?« flüsterte Loretta an Williams Ohr, während sie mit den Fingern in seinen Haaren spielte.

Er schüttelte verneinend den Kopf und küßte ihren Hals.

»Ich freue mich darauf, daß du es lernen wirst, mit Pferden

umzugehen, mein lieber . . . Flip.« Sie verschloß ihm rasch mit einem erneuten Kuß den Mund, ehe er etwas sagen konnte, und fuhr dann fort: »Denn ich fahre so gerne schon am Morgen durch die Wälder, wenn die Sonne über die Wipfel steigt . . .«

Leseprobe Jörn Pfennig

»Neue Annäherung der Geschlechter, Erwartungshaltungen abbauen, die den Weg zueinander versperren: Das ist das große Pfennig-Thema.«

Frankfurter Neue Presse

»Pfennig wird nicht träumerisch romantisch, sondern er bleibt in der Wirklichkeit, ohne daß dabei die Beschreibung wahrer Empfindungen leidet; sie nehmen im Gegensatz Formen an, die auf heutige Situationen anwendbar sind.«

Fuldaer Zeitung

Autor:

Jörn Pfennig wurde 1944 geboren. Seit 1964 lebt er in München, wo er Theaterwissenschaft und Germanistik studierte. Er arbeitete u. a. als Jazzmusiker, Texter und Sänger, Spiele-Erfinder, Rundfunk- und Fernsehmoderator. Seit 1979 ist Jörn Pfennig als Schriftsteller tätig.

Von Jörn Pfennig sind
im Goldmann Verlag lieferbar:

Abschied von der Männlichkeit (8950)
Das nicht gefundene Fressen · Erzählung (9376)
Keine Angst dich zu verlieren · Gedichte (8880)
Grundlos zärtlich · Gedichte (8836)
Hand aufs Hirn · Gedichte (9084)

Jörn Pfennig
Das nicht gefundene Fressen

Paul war gerade in den Feldweg eingebogen, der von der Landstraße zur Hütte führte, da fing es an zu regnen: fette Tropfen eines Sommerregens.

Als sie endlich vor der Hütte anhielten und Paul den Motor abgestellt hatte, lauschten sie alle erst einmal hilflos dem Prasseln, das zwischen ihnen und der Hütte stand.

Vinzenz holte tief Luft, sprang ohne vorbereitenden Satz aus dem Wagen und rannte mit der Tapferkeit eines Kamikazefliegers in gebückter Haltung wie unter feindlichem Beschuß zur Hütte.

An irgendeinem Balken neben der Eingangstür machte er sich zu schaffen – machte er sich zu schaffen – machte – er – sich – machte er sich zu schaffen – mein Gott, dauerte das lange!

Dann machte er sich nicht mehr zu schaffen, sondern rannte zum Auto zurück und kroch hinein, Feuchtigkeit und Verzweiflung verbreitend.

Hanna rückte ein wenig ab.

Hinter Vinzenz' inbrünstigem »Scheiße!« verbarg sich die ganze Enttäuschung dessen, der sich verantwortlich fühlt für einen niederschmetternden Fehlschlag. – Wo konnte dieser verdammte Schlüssel bloß sein?

Hanna verkniff sich ein »Hätt' ich mir denken können«. Sie war müde. Trotzdem war zunächst noch Platz für ein gewisses Mitleid.

Irene stellte die alles entscheidende Frage: »Was machen wir jetzt?«

Paul blieb seinem Image treu und bewahrte die Ruhe, ohne die ein Mann in kritischen Situationen seinem Dasein nicht gerecht wird.

»Wir brechen ein!« meinte er lapidar.

Vinzenz schluckte ein paarmal und murmelte etwas von »Selber schuld!«

Bedächtig stieg Paul aus dem Wagen und ging zum Kofferraum, um irgendein Gerät zu holen, mit dem er die Türe knacken konnte.

Vinzenz folgte ihm, wissend, daß er unnötig war, aber er konnte doch nicht einfach sitzen bleiben. Er stand schlotternd neben Paul, der den prasselnden Regen an seinem stählernen Leib abprallen ließ, als handelte es sich um Filmschnee.

Nachdem er einen gebogenen Schraubenzieher gefunden hatte, machte sich Paul sogleich mit der Lässigkeit eines Berufseinbrechers ans Türschloß.

Eine Welle der Bewunderung stieg in Vinzenz hoch. Er mußte an seinen Vater denken. Wenn er als kleiner Junge mit Tränen in den Augen und einem kaputten Spielzeug in der Hand die väterliche Hilfe suchte, dann bekam er immer wieder den beruhigenden Satz zu hören: »Na, das werden wir gleich haben, mein Junge!« – Und tatsächlich, mit ein paar Handgriffen war der Schaden behoben.

Vinzenz war stolz auf Paul.

Aha, das Schloß krachte verheißungsvoll. Paul zeigte ein breites, verregnetes Grinsen. Vinzenz winkte aufgeregt die Damen herbei. Doch während diese nun auch im Nassen standen, war Paul noch damit beschäftigt, dem Schloß eine weitere Drehung zu entlocken. Ganz offenbar hatte der Vorbenutzer die Hütte sehr korrekt verschlossen.

Als ihm auch das gelungen war und die Türe knarrend aufging, waren sie wenigstens alle gleichermaßen tropfnaß.

Der Raum war stockdunkel und roch muffig.

Vinzenz, jetzt wieder Herr der Situation, tastete sich voraus und fand eine Petroleumlampe, die er anzündete. Sie stank, erhellte aber den Raum, den es sich offenbar nicht lohnte, näher zu betrachten.

Wie süchtig tappte Vinzenz umher, fand da einen Kerzenstummel und dort noch einen. »Es werde Licht!« sagte er jedesmal, wenn er wieder eine Flamme entzündet hatte, und er sagte es, nicht ohne sich dem Erfinder dieser Worte ein wenig artverwandt zu fühlen.

Da standen sie nun, waren naß und froren – außer Paul natürlich.

Irene hatte in der Ecke einen Ölofen entdeckt und bat Vinzenz unschuldig, ihn in Gang zu bringen – wäre doch angenehm...

Vinzenz fror noch mehr: »Tja, Öl hätten wir eigentlich selber mitbringen müssen, aber ich dachte, schließlich ist doch Sommer und...«

Hannas Mitleid wurde kleiner.

Irene dachte an ihr Selbstgestricktes.

Paul hatte die Kochnische entdeckt mit einem Propangaskocher.

Jetzt kochen wir uns erst einmal etwas Warmes, holen unsere Sachen rein, ziehen uns um, und dann sehen wir weiter.«

Vinzenz sah gleich wesentlich weiter. Das war ein Wort! Er atmete tief durch.

Als er und Paul zum Wagen gingen, um das Gepäck zu holen, hatte der Regen schon etwas nachgelassen. Es schien Vinzenz, als hätte er allen Grund, auf ein frohes Gelingen zu hoffen.

Dieses Gefühl steigerte sich noch, als er die Plastiktüte ins Haus trug, die das Abendessen beinhaltete.

Er hatte einen cleveren Freund, der in einem Labor arbeitete, das sich mit den biochemischen Aspekten der Hühnerzucht beschäftigte. Ab und zu ließ dieser Freund ein paar von den Laborhühnchen mitgehen und brachte sie zu äußerst günstigem Preis unter die Leute. So ein Hühnchen machte zwar etwas mehr Arbeit, denn es war ungerupft und tiefgefroren, aber Vinzenz ließ sich dadurch in seiner Euphorie nicht bremsen.

Er stellte einen Topf mit Regenwasser auf den Propangaskocher und legte das Hühnchen hinein in der Hoffnung, daß es sich warm besser rupfen ließe. Erst dann begab er sich in die letzte noch freie Ecke des Wohnraums, um sich wie die andern etwas Trockenes anzuziehen.

Irene, unterdessen im Selbstgestrickten, erforschte die Räumlichkeiten. Schließlich will man ja wissen, wo man seine kostbare Freizeit verbringt.

Viel zu erforschen gab es allerdings nicht. Die ganze Hütte bestand aus einem Raum, an dessen einer Seite sich eine Art Galerie befand. Zu erreichen war sie, nicht ohne Risiko, über eine brüchige Holztreppe. Oben auf der Galerie befanden sich die Schlafgelegenheiten, bestehend aus ein paar nebeneinandergelegten Matratzen und offenbar geklauten Decken mit der Aufschrift »Eigentum der Deutschen Bundesbahn«.

Zwei Umstände ließen Irene plötzlich ganz logisch und nüchtern denken. Erstens: die Matratzen waren durch nichts voneinander getrennt. Zweitens: das Geländer der Galerie war sehr dürftig. Also erstens: ihr stark dekolletiertes Nachthemd war hier fehl am Platz, und zweitens: unruhiger Schlaf konnte tödlich enden.

Ansonsten: unter der Galerie teils Gerümpel, teils die Kochnische und gegenüber ein Tisch mit vier Stühlen.

Da würde man jetzt hoffentlich bald essen.

Der Ford Granada glänzte metallicblau im letzten Rest der Abendsonne. Paul warf einen verträumten Blick auf die Basis seines Glücks. Irene und Hanna schwärmten in gediegenen Sätzen von der umgebenden Natur. Und Vinzenz langte mit dem erhebenden Gefühl dessen, dem man all dies zu verdanken hat, den Schlüssel für die Tür aus seinem Versteck, das nur Erwählte kennen konnten.

Es war ein feierlicher Augenblick, als Vinzenz den Schlüssel umdrehte und die Tür aufstieß. Mit unverhohlenem Raunen der Bewunderung strebten Hanna und Irene sogleich in den Raum, während Paul sich mit einem kontrollierten »Aha!« zufriedengab und Vinzenz ihm mit einer großmütigen Geste den Vortritt ließ.

Hanna war in ihrer Aufregung gleich über den einladend ausgelegten Schaffellteppich gestolpert und lag benommen mit gespreizten Beinen vor Paul. Der mußte denken: Dieser Teppich ist nicht nur zum Stolpern da!

Außer dem Schaffellteppich gab es in dem großzügigen Raum einen nach drei Seiten offenen Kamin, der gegenüber der Eingangstür aus der Wand ragte. Rechts von ihm befand sich eine gemütliche Eßecke, während auf der linken Seite ein flacher runder Tisch stand, um den lässig etliche Sitzkissen verteilt waren. Daneben war ein Fernsehgerät installiert mit einer offenbar aufwendigen Videoanlage inklusive Kamera, wie Paul sofort interessiert feststellte.

Doch zunächst galt es, die übrigen Räume zu erforschen.

Weiter links führte eine Tür zur wohlausgerüsteten kleinen Küche, daneben eine Holztreppe zu den oberen Gemächern.

Mit einer vornehmen Geste bat Vinzenz nun die »Herrschaften«, doch bitte erst die Ruheräume im Obergeschoß in Augenschein zu nehmen, bevor man schon hier unten dem Überschwang verfalle. Die Begeisterung der Damen über das, was sie bisher vorgefunden hatten, äußerte sich in der Tat immer heftiger.

Im Konvoi erklomm man die steile Holztreppe, wobei sich Vinzenz dem vor ihm herfuchtelnden Paradehinterteil Irenes ausgeliefert sah.

Das Bad, das gleich am oberen Ende der Treppe lag, interessierte zunächst nicht weiter. Bei der Beschaffenheit der unteren Räume konnte man sich vorstellen, daß alles funktionierte und die Wanne zumindest oval war. Man wollte mehr sehen. Das Essentielle, hätte Vinzenz gesagt, aber der schwieg, sich in der Anerkennung weidend, die »seinem« Objekt so ausgiebig zuteil wurde.

Man besichtigte also die Räume zum Ruhen oder auch Nichtruhen. Zunächst war da ein Zimmer mit zwei getrennten Einzelbetten, ein Umstand, der alle Beteiligten, gemäß ihren Erlebnisvorstellungen, eher an einen Karzer denken ließ.

Der nächste Raum hingegen schien ihren Wünschen schon wesentlich näherzukommen. Er war nicht zu groß, nicht zu klein, gerade richtig, um sich heimelig zu fühlen und doch raumgreifende Körperbewegungen ausführen zu können. Zur Steigerung der Vorfreude bestand das Gemach praktisch nur aus Bett. Recht flach war es und weich gekantet, wovon sich Irene mit einem eher zufällig wirkenden Faustdruck überzeugte.

Hanna glänzte.

Vinzenz bebte der nächsten Bescherung entgegen.

Und da ertönte auch schon ein kaum noch kontrolliertes »Ahaaa!« von Paul, der vorausgeeilt war in den dritten Raum.

Den rasch hinzueilenden Damen bot sich ein Anblick, der einem Ausstattungsfilm à la Hollywood gut angestanden hätte. In einem Stilgemisch von Spätbarock bis Frühbayrisch war hier ein Gemälde von Raum gestaltet, erhellt von nachempfundenen Kerzenlüstern an der Wand, die das beleuchteten, was allen sogleich den Atem verschlug: ein überdimensionales rundes Bett!

Irene verspürte instinktiv den Drang, ihre Handtasche darauf zu werfen und sich selbst hinterdrein mit dem Schrei »Besetzt!«, so wie man das früher bei einem zweitägigen Schulausflug in der Jugendherberge gemacht hatte mit der Koje, die dem Fenster am nächsten war. Sie besann sich jedoch gerade noch. Schließlich war sie noch mehr Gast als Vinzenz und Hanna, ja sogar als Paul, und wenn sie es recht überlegte, kam es so sehr nun auch wieder nicht darauf an, wer wo und so...

Hanna glänzte noch mehr.

Paul hatte die Kontrolle wiedergefunden und damit sein konsequentes Lächeln.

Vinzenz bemühte sich, sachlich zu wirken.

»Na, Freunde, dann wolln wir doch erst mal einen trinken!«

Den Riesenspiegel, der den ganzen Plafond bedeckte, hatte keiner registriert. Das wäre auch wirklich zuviel gewesen!

Vinzenz hatte das mühselig gerupfte Hühnchen in einen Sud von kochendem Wasser gelegt, angereichert mit Pfeffer, ein paar Zwiebelschnitzen und trockenem Bohnenkraut, mit allem eben, was er vorgefunden hatte.

Jetzt, nach circa einer Stunde des Brodelns, nahm er einen Schenkel, der sich unterdessen vom Hühnchen gelöst hatte, biß probierend hinein und warf ihn aus Mangel an Zufriedenheit in den Mülleimer. Das Ganze würde wohl noch etwas dauern.

Es hatte hervorragend geschmeckt. Irene hatte ein komplettes Menü mitgebracht, dem sie kurzerhand in der Küche zur passenden Temperatur verholfen hatte: Hammelbraten, grüne Bohnen, roter Pudding. Man hatte die Mahlzeit in der behaglichen Eßecke zu sich genommen, und Irene verdaute gerade die empfangenen Komplimente.

Paul verdaute einfach so.

Vinzenz beschäftigte sich mit dem Fernseher.

Hanna wühlte in der Hausbar.

Man hatte das Leben im Griff, die Nacht konnte kommen.

Endlich war das Hühnchen oder das, was Vinzenz' rüde Kochkunst davon übriggelassen hatte, aufgetragen. Mit heißem Hunger, doch eher kaltem Appetit setzte man sich an den Tisch. Und während man mit ernster Miene das Dargebotene verzehrte, entspann sich eine kleine Konversation.

»Gib mir mal das Salz!«

»Bitte!«

»Gib mir bitte mal das Salz!«

»Schmeckt gar nicht soo übel.«

»Schmeckt aber seltsam nach Bohnen.«

»Falsch gefüttert, das Hühnchen.«

»Gib mir mal den Pfeffer!«

»Bitte!«

In das nun eintretende lustlose Schweigen brachten der von Vinzenz weggeworfene Hühnerschenkel und Irenes Impulsivität plötzlich Bewegung.

Paul wähnte sich betrogen um den Schenkel, der bei solchen Mahlzeiten normalerweise den Männern zugeteilt wird, und glaubte das ihm zustehende Stück auf dem Teller von Irene zu entdecken. Er nahm sich, was ihm gebührte, mit nackten Fingern und steckte es vorsichtshalber gleich in den Mund.

Irene blickte aus ihrem Selbstgestrickten wie die Frau, der man aus dem kaukasischen Kreidekreis das geliebte Kind weggezerrt hat.

Das Zögern war kurz, das Ausholen lang, und schon verpaßte sie ihrem Paul eine derartige Ohrfeige, daß sich dem der Hühnerschenkel fast durch die Wange gebohrt hätte.

Männliche Beherrschung hin oder her, das ging an die Substanz. Da konnte auch Paul menschlich reagieren. Er holte ebenfalls aus und verpaßte Irene gleich zwei so mächtige Maulschellen, daß ihr der letzte Rest von Appetit verging und sich Paul das »blöde Kuh!« eigentlich hätte sparen können, denn Irene war vorübergehend auch Hören und Sehen vergangen.

Hanna wollte überheblich lächeln, aber sie war zu müde und zu angeekelt von dem Hühnchen. »Ihr kotzt mich an!« war das einzige, was ihr zu dem Vorgang einfiel. Dann stand sie auf, ging auf die Galerie und legte sich auf die äußerste Matratze.

Paul kaute verbissen.

Irenes Tränen benetzten die Reste des Hühnchens.

Vinzenz fühlte sich schuldig.

Hanna hatte einen köstlichen Kognak gefunden und schwenkte ihn bereits in einem passenden Glas. Sie schien sich nicht so recht bewußt zu sein, was das Zeug bewirken konnte, denn sie trank in großen Zügen.

Als Vinzenz und Irene den Tisch abgeräumt hatten, tanzte Hanna bereits barfuß auf dem Schaffellteppich. Ihr Anblick half Paul, die Trägheit zu überwinden, die ihn nach Mahlzeiten gewöhnlich überkam. Noch saß er unbeweglich an seinem Eßplatz, doch mit zunehmend flackerndem Blick verfolgte er das anmutig hin und her schaukelnde Becken Hannas.

Vinzenz goß sich und Irene einen Drink ein und vergaß im letzten Moment auch Paul nicht, der völlig absorbiert schien von dem Schauspiel, das Hanna ihm bot.

Als der Drink vor ihm stand, griff Paul mechanisch zu und setzte ihn abwesend an die Lippen, die sich zu einem breiten

Grinsen dehnten, denn Hanna, immer noch den Kognak schwenkend, setzte gerade zu einem Spagat an. Paul glaubte schon ein Dehnungsgeräusch in ihrem Hüftgelenk zu hören, da kippte Hanna um und warf kichernd das Glas von sich. »Blöde Textilie« ließ sie noch vernehmen, dann griff sie mit beiden Händen ihr zartviolettes Höschen und streifte es ab.

Recht hat sie, dachte Paul.

Irene verfiel vor lauter Spannung ebenfalls in ein Kichern.

Vinzenz wurde es ganz heiß.

Und während die andern drei mit unterschiedlichen Empfindungen das offengelegte Geschlecht Hannas besahen, war diese schon dabei, sich auch ihrer übrigen Bekleidung zu entledigen.

Irene konnte nun endlich sehen, wie es um die Beschaffenheit von Hannas Brüsten tatsächlich stand: Sie ließen nichts zu wünschen übrig und waren doch ganz anders als ihre eigenen – irgendwie beruhigend!

Das gleiche dachte Paul.

Vinzenz wußte über die Reize von Hannas Leib naturgemäß Bescheid, aber vor den Augen dritter wirkte er doch ganz anders; noch schöner, dachte er.

Hanna robbte jetzt mit hocherhobenem, sanft wogendem Hinterteil erst auf ihr Glas, dann auf die Hausbar zu, goß sich Kognak nach, setzte sich genüßlich im Schneidersitz hin, so daß sie ihre Ferse wohltuend im Hintern spürte, sah die andern an und sprach: »Donnerwetter, fühl' ich mich wohl!«

Das durfte doch nicht wahr sein! Paul hielt sich für einen gutmütigen Menschen – ja wirklich, und das mit der Ohrfeige von Irene war ja schon vergessen durch die zwei Ohrfeigen seinerseits. Aber das ging doch wirklich zu weit! Hanna schlief bereits tief auf der äußersten Matratze, Vinzenz versuchte in der Kochnische mit den Speiseresten und mit sich selbst ins reine zu kommen, und trotzdem wagte es Irene nicht, ihr Selbstgestricktes auszuziehen.

Er, Paul, war schließlich die ganze lange Strecke zu dieser beschissenen Hütte gefahren, hatte durch seine Umsicht allen Zutritt verschafft, hatte, ohne mit der Wimper zu zucken, diesen erbärmlichen Fraß geschluckt und hatte sich auch noch schlagen lassen müssen – da hatte er doch jetzt ein Recht auf seine Frau, und zwar nackt!

Sollten doch gefälligst die andern ihre Ohren zustopfen, er jedenfalls dachte nicht daran, auf sein Recht zu verzichten!

»Irene, wenn du dich so ins Bett legst und mir mit deinem Selbstgestrickten das große Kratzen beibringen willst, dann sag' ich dir… dann sag' ich dir…«

»Aber mein Schatz, wir sind doch nicht alleine! Hab' ich gewußt, daß die hier keine getrennten Schlafmöglichkeiten haben?«

Bis hierher hatte sich der Dialog in einer Lautstärke abgewikkelt, wie sie einem gemeinsamen Schlafraum entsprach. Doch nun verlor Paul endgültig die Kontrolle, auf die er eigentlich so stolz war.

»Wenn du… wenn ich… und überhaupt… ich will jetzt deine Fotze sehen, ist das klar?!«

»Könnt ihr bitte ein bißchen leiser sein?« meldete sich Vinzenz durchaus freundlich von unten.

Irene heulte.

»Dieses ewige Geheule, das kotzt mich an! Fotze, hab' ich gesagt, Fotze, verstehst du? Man hat doch ein Recht als Mann auf seine Frau und ihre Fotze!«

»Widerlicher Kerl!« giftete Hanna, die offensichtlich wach geworden war, aus ihrer Ecke.

Vinzenz stand nun auf der brüchigen Holztreppe und hatte trotz der herrschenden Kälte Schweißtropfen auf der Stirn.

»Ich bitte dich, Paul, sei doch so nett…«

Paul war nicht so nett. Er wollte sein Recht.

»Wenn ihr das nicht begreift, du und deine intellektuelle Hanna, was das heißt, ein Recht zu haben auf die angeheiratete Fotze, dann seid ihr selber schuld!«

»Komm, Paul, du bist einfach ein bißchen überanstrengt«, versuchte Vinzenz zu beschwichtigen.

»Widerlicher Kerl!« Das war wieder Hanna. Fiel ihr denn nichts Besseres ein?

»Was heißt hier überanstrengt?« brüllte Paul, »das bißchen Autofahren, das bißchen Türschloßknacken, das bißchen Fressen – da ist man doch nicht überanstrengt! Gerade deshalb will ich ja jetzt die Fotze, meine Fotze, die mir zusteht!«

»Kerl, widerlicher!« Das war immerhin eine andere Satzstellung.

»Halt die Schnauze mit deinem intellektuellen Geschwätz, sonst zieh' ich dir die Fotze auf, daß du meinst, sie steht quer!«

Irene heulte noch mehr.

Vinzenz war beeindruckt von Pauls offener Art.

»Komm, Paul, laß doch die Mädels! Wir zwei Männer trinken noch einen hier unten. Ich hab' was mitgebracht.«

Er kam sich nicht sehr überzeugend vor, doch Paul schien sich wieder seiner Kontrolliertheit zu besinnen.

»Ist doch wahr, Menschenskind, da fährt man den ganzen Tag... also, wo ist der Schnaps?«

Vinzenz hatte Angst, man könnte sein Aufatmen hören.

Irene schluchzte noch einmal wie ein Kind, das zu lange am Stück geheult hat, und legte sich nieder, um einen ihrer kleinen Tode zu sterben.

Hanna verkniff sich eine weitere Unmutsäußerung, drehte sich zur Wand und schlief weiter.

Und unten wurden zwei Gläser voll, und eine Unterhaltung unter Männern begann mit einem nochmaligen »Ist doch wahr, Menschenskind!«

»Hast ja recht, Paul...«

Das war farblich wirklich unerhört! Neben dem zartvioletten Höschen von Hanna lag nun der zitronengelbe Geschlechtshalter von Paul. Was natürlich nicht nur hieß, daß sich nun zwei Dessous farblich ergänzten, sondern auch, daß Pauls Geschlecht nicht mehr gehalten wurde.

Das war allerdings auch nicht mehr nötig, denn es hielt sich unterdessen ganz von selbst in der Waagrechten.

Als er jetzt ebenfalls auf die Hausbar zustrebte, um sich seinen Drink zu erneuern, konnte Hanna, die dort saß, gar nicht anders, als nach ihm zu schnappen.

Sie hatte noch einen Schluck Kognak genommen, ihn aber im Mund behalten, und als sie Pauls ragenden Schwanz zwischen die Lippen bekam, umspülte sie mit dem warmen Kognak seinen blühenden Spargelkopf – präoperativ, hätte Vinzenz gesagt, aber der hatte anderes im Sinn.

Gespannt, welche Farbe demnächst die Dessous-Sammlung bereichern würde, hatte er seine Hand zwischen Irenes offene Schenkel geschoben, durch die ein sanftes Gewitter zu gehen schien.

Irene lehnte am Eckpfeiler des knisternden Kamins, seine Wärme umstrich ihren Hintern und ließ ihn sich wohlig entspannen, während Vinzenz sie zielstrebig vom Slip befreite... jetzt die Knie etwas knicken zum Nachhelfen und mit einem Fuß einsteigen, damit er seine fühlige Hand dorthin bringen konnte, wo Irene sie so gerne hatte – wush! –, und jetzt hatte er den Finger drin und bewegte ihn behutsam rein und raus...

Irene wollte jedoch vor lauter Wohlfühlen nicht ihr eigenes Ziel vergessen. Sie hatte schon Knöpfe und Haken an Vinzenz' Hose geöffnet, zog jetzt den Reißverschluß auf, zerrte seine Unterhose über den sperrigen Schwanz und hatte ihn endlich in der Hand.

Vinzenz ließ es sich eine geraume Weile gutgehen in dieser sanften Umklammerung, schob sich hin und her und wieder her und hin.

Dann nahm er lächelnd sein Glas vom Kaminsims, nippte daran und ging langsam in die Knie, während er sein geschwollenes Rohr selber in die Hand nahm.

Irene sah das gern, außerdem benötigte sie jetzt dringend ihre Hände zum Raffen des Rocks, um das Gelände freizulegen für Vinzenz' wandernde Zunge. Sie spürte den kühlen Hauch, der solchen Zungen immer hinterherweht, und als Vinzenz ihren lichten Waldrand benetzte, fror es sie sogar ein bißchen.

Vinzenz lauschte seinem eigenen Hecheln. Es war doch immer wieder eigenartig zu bemerken, daß man bei solchen Spielereien derartig außer Atem geriet, obwohl der Körper gar nicht strapaziert wurde.

Er umstrich jetzt mit der Spitze seiner Zunge die Hügel, die sich ohne Scham darboten, umstrich sie mit der Ahnung, daß er dieses strategische Annähern nicht mehr lange durchhalten würde – und schon hatte er die ganze Breite seiner Zunge auf die Stelle gepreßt, die allgemein als die weibliche Entsprechung dessen gilt, was er seinerseits wie eine Dynamitstange in der Hand hielt.

Für einen Moment beließ er es bei Breite und Ruhe. Irene atmete tief, und dieses tiefe Atmen konnte nur die Bestätigung dafür sein, daß er fortfahren sollte. Vinzenz nahm seine Zunge zusammen wie ein Drachenflieger sein Gerät, wenn er Fahrt bekommen möchte, und senkte sie in diese unsagbar empfangende Schlucht, die er sogleich kräftig von unten nach oben durchfurchte.

Irene beugte sachte, aber stetig die Knie, und während Vinzenz den wunderbaren, salzigen Geschmack ihrer verschwenderischen Feuchtigkeit aufsog, rutschte sie langsam am Kaminpfeiler entlang auf den Boden.

Vinzenz paßte sich Irenes sinkendem Körper an, griff mit beiden Händen ihren lang ersehnten Hintern und wühlte sein ganzes Gesicht in ihr Geschlecht. So verharrte er kurz. Dann richtete er sich auf, sah in Irenes Augen, die, völlig verloren in der Lust, nichts anderes auszudrücken schienen als mach's, tu's, tu ihn rein, mach mich naß! Und nichts anderes wollte er, nichts anderes! Er knickte über ihr zusammen ohne den Gedanken, irgend etwas irgendwo plazieren zu müssen, er knickte einfach zusammen, und ihr zartestes Fleisch hatte seinen Kolben umfangen, wie er besser nicht umfangen sein konnte.

Irene seufzte, und ihr Unterleib begann sich zu bewegen, als ginge ihm die Luft aus. Sie machte sich auf, daß es eine Freude war, und krallte ihre gepflegten Fingernägel in seinen Rücken.

Vinzenz preßte seine Backen zusammen, um noch mehr Kraft in den Schwanz zu pumpen, und dann floß es, floß es, floß...

»... echt, so ist das gelaufen.«

»Und was habt ihr dann gemacht?«

»Wir sind einfach noch ein Stück weitergegangen, aber da war nichts mehr. Dann sind wir umgekehrt.«

»Das ist ja ehrlich spannend!«

»Der Typ war ganz gelb im Gesicht.«

»Kann ich mir vorstellen.«

»Den hab' ich dann ein halbes Jahr später noch mal gesehn, da war der ganz anders, mit Anzug und Krawatte und so...«

»Ja ja, so geht's manchmal. Aber bei mir war's damals ganz ähnlich. Auf dem Grundstück steht jetzt ein Bungalow.«

»Ehrlich?«

»Komm, wir trinken noch einen!«

»Klar, Paul!«

»Aber ich sag's dir, so was passiert mir nicht noch mal. Obwohl's eigentlich ganz lustig war, wenn man's genau betrachtet...«

»Tja, im nachhinein – aber Erfahrungen muß der Mensch machen!«

»Und zwar auch schlechte. Daran reift der Mensch, Prost!«

Die angeregte Unterhaltung wurde jäh unterbrochen durch einen spitzen Schrei.

»Da ist eine Spinne, eine ganz eklige!« kreischte Irene hysterisch von der Galerie.

Paul umkrampfte sein Glas und ließ seine Beißmuskeln spielen.

Vinzenz reagierte schnell.

»Ich komm' schon, Irene!«

Paul entkrampfte sich wieder etwas, während Vinzenz auf die Galerie eilte, um Irene beizustehen.

Paul leerte sein Glas und wartete auf Erfolgsmeldung.

»So, das hätten wir!« sprach Vinzenz im Tonfall eines Großwildjägers nach erfolgtem Abschuß. Er stieg die Treppe herunter, setzte sich zu Paul, nahm einen Schluck und meinte: »Ja ja, die Weiber...!«

Dem war nicht zu widersprechen.

»Aber, was ich noch sagen wollte...«

In diesem Moment meldete sich Hanna: »Könnt ihr nicht endlich mal die Schnauze halten da unten?«

»Klar, mein Schatz«, beeilte sich Vinzenz zu flöten, »wir wollten sowieso gerade...«

Nun waren es also vier Dessous. Zu Zartviolett und Zitronengelb war noch Resedagrün gekommen und Altrosa mit Spitzen! Eine Symphonie in Farben!

Hanna hatte längst den Kognak hinuntergeschluckt, hatte eine Weile mahlend auf Pauls Schwanz herumgekaut und dann, während er versuchte, sich einen neuen Drink einzugießen, mit sanftem Druck und drei Fingern seine Vorhaut her- und hingeschoben.

Mit einem Auge verfolgte sie, was Vinzenz mit Irene vollbrachte, mit dem anderen sah sie rhythmisch auf sich zukommen, was man prosaisch eine Eichel nennt. Ihr entlockte es allerdings eher die Assoziation an Adams Apfel, bevor er seinen Platz gefunden hat.

Ihre Ferse, auf der sie nach wie vor saß, spielte für ihr körperliches Befinden eine maßgebliche Rolle. Sie bewegte nämlich ihren Unterleib gleichmäßig so vor und zurück, daß sie abwechselnd einen Druck auf dem vorderen wie auf dem hinteren Sesam verspürte. Dabei übertrug sich die vorne geholte Feuchtigkeit immer schön nach hinten, was das Gleiten äußerst angenehm machte.

Es war gut zu wissen, daß sie den Druck ihrer Ferse nur verstärken müßte, falls sich das Spannen und Entspannen von Pauls Hintern, den sie mit einer Hand bespreizte, über die Schwelle bewegte, hinter der es nur noch bergab ging, um sich selbst mit in den weichen Abgrund zu stürzen.

Bei dem Gedanken daran spürte sie, wie sie selber kurz davor war, diese Schwelle zu übertreten. Sie ließ noch ein paarmal den Apfel Adams auf sich zukommen, dann entzog sie ihn ihrem Blick, indem sie den Mund wieder um ihn schloß. Sie konnte gerade noch denken, die Rauhheit ihres schon wieder durstigen

Gaumens müßte diesem so herzlich aufgenommenen Schwanz besonders guttun, da zuckte dieser ganz kräftig, der Druck der Ferse auf ihrem Lustpunkt wurde übermächtig, und während sie ein Orgasmus durchtobte, der mal wieder so anders war als andere, stieß aus diesem Schwanz in drei, vier Schüben der Saft, der ihren Gaumen feucht werden ließ.